ABC du BREVET

# Réussite

le brevet efficace

W0216776

# Mathématiques 3e

ÉDITION ENRICHIE

avec un guide parents

Carole Feugère
Gilles Mora

Nathan

# Mode d'emploi

Un ouvrage synthétique pour réviser et progresser avec méthode !

## Cours

Méthode | Exercices | Corrigés

- Le cours est structuré en doubles-pages, pour faciliter les révisions. La page de gauche présente un **cours précis et concis.**
- La page de droite présente des **exercices résolus.**

## Méthode

Cours | Exercices | Corrigés

- Cette rubrique présente de manière simple les **savoir-faire** de calcul, de lecture et d'interprétation requis au programme et pour le brevet.
- Ces **fiches méthode** s'appuient sur des cas **concrets** et présentent la démarche à suivre de manière très détaillée, grâce à un exercice **corrigé**.

## Exercices

Cours | Méthode | Corrigés

- Variés, les **exercices d'entraînement** permettent de manipuler les notions du chapitre et d'appliquer la méthode.
- Des exercices **Vers le brevet** permettent de vous entraîner sérieusement à tous les types d'épreuve du brevet, avec des sujets obéissant aux exigences de l'examen.

## Corrigés

Cours | Méthode | Exercices

- Les corrigés sont accompagnés de petites « bulles » présentant des **conseils**, des **remarques**, des **astuces pour gagner des points**…

## CAHIER SPÉCIAL BREVET

- Un **vrai sujet de brevet**, avec son corrigé très détaillé et des **conseils de méthode**, pour s'entraîner dans les conditions de l'examen..

## le + GUIDE PARENTS

**Le livre détachable pour les parents qui soutiennent leurs enfants dans leurs révisions.**

- Une **première partie** pour répondre aux questions que vous vous posez sur le nouveau programme et l'épreuve du Brevet.
- Une **deuxième partie** avec des conseils pour aider votre enfant à acquérir des méthodes de travail et développer son autonomie.
- Une **troisième partie** avec **des fiches** couvrant tout le programme :
  - ➔ **Des fiches** de 30 minutes pour travailler chaque notion.
  - ➔ **Les exercices** du *Réussite*, accompagnés de conseils, à faire en duo.
  - ➔ **Des exercices** supplémentaires pour vérifier les acquis de la séance de travail et s'entraîner davantage.

**Connectez-vous à abcbrevet.com**

**Réalisation éditoriale** Roseline Messager

**Édition** Gwenn Alvarez / Nicolas Waszak / Fanny Morquin / Maria Tasso

**Conception graphique intérieur** Julie Lannes

**Couverture** Clémentine Largant

**Fabrication** Kévin Magar

**Compositeur** PCA


ISBN : 978-2-09-157576-6

# Sommaire

# DESCRIPTION DE L'ÉPREUVE

## 1 L'épreuve de mathématiques

- Cette épreuve comporte plusieurs exercices et dure 2 heures.
- **100 points** sont dédiés aux mathématiques : 90 points sont distribués entre les différents exercices et 10 points sont réservés à la présentation de la copie et à la qualité de la rédaction.

## 2 Structure de l'épreuve

- Le sujet est composé d'exercices qui peuvent être traités de manière indépendante. Il comporte obligatoirement au moins un exercice d'algorithmique ou de programmation.
- Un ou plusieurs exercices portent sur une thématique commune (par exemple la sécurité routière).
- Les exercices peuvent prendre différentes formes : exercice à prise d'initiative, questionnaire à choix multiples.
- Les exercices peuvent s'appuyer sur des situations issues de la vie courante ou d'autres disciplines.

## 3 Acquisitions évaluées

- Maîtrise des compétences et connaissances du programme.
- Utilisation des différents langages (symbolique, algébrique, schématique, graphique) pour observer, raisonner, argumenter et communiquer.
- Exploitation des données chiffrées et/ou expérimentales.
- Analyse et compréhension des informations en utilisant les raisonnements, méthodes et modèles étudiés.
- Application des principes élémentaires de l'algorithmique et du codage à la résolution d'un problème simple.

# Quelques conseils

## 1 De l'organisation…

- **Prenez le temps de lire l'intégralité du sujet** avant de commencer.
- **Commencez** par l'exercice avec lequel vous êtes le plus à l'aise.
- **Utilisez les feuilles de brouillon.** Il est recommandé de faire tous les calculs au brouillon, de tracer les figures ou les constructions de manière à apprécier la place nécessaire à leur réalisation sur la copie.
- **Gérez correctement votre temps.** Prévoyez de garder un peu de temps pour la relecture.

## 2 Pour la rédaction

- **Faites attention à l'orthographe.** Les fautes d'orthographe perturbent et indisposent le correcteur.
- **Évitez les ratures** qui nuisent à la lisibilité, et évitez les « pâtés » de blanc correcteur.
- **Évitez le « je »** ou le « nous » dans la rédaction.
- **Énoncez clairement les théorèmes utilisés.** Écrivez les mesures données par l'énoncé sur la figure si elle est fournie dans l'énoncé, ou bien faites-en une sur votre brouillon.
- N'oubliez pas d'**énoncer les hypothèses** qui permettent d'appliquer un théorème : pour le théorème de Thalès, il faut citer les droites parallèles…
- **Soulignez ou encadrez le résultat,** et vérifiez qu'il correspond bien à la question posée.

## 3 Pour chaque exercice

Essayez de traiter les questions les unes après les autres. Si toutefois vous séchez sur une question, passez à la suite en considérant le résultat comme démontré. Parfois, le résutat d'une question peut apparaître plus loin dans l'énoncé. C'est pour cela qu'il est important de prendre le temps de lire l'intégralité d'un exercice avant de le traiter.

CHAPITRE 1

# Calcul numérique

## 1 Les fractions

### 1 Écriture fractionnaire

Un nombre peut avoir différentes écritures : entière, décimale, fractionnaire.

**Exemples :**

- 0,5 est une écriture décimale.
- $\frac{1}{2}$ et $\frac{2,5}{5}$ sont des écritures fractionnaires.

**Remarque :**

Certaines fractions n'ont pas comme résultat un nombre décimal (nombre fini de chiffres derrière la virgule). On peut, alors, en écrire une valeur approchée : une valeur approchée de $\frac{2}{3}$ est 0,67.

On écrit : $\frac{2}{3} \approx 0,67$.

### 2 Simplifier des fractions

On ne modifie pas une fraction si l'on multiplie (ou divise) le numérateur **et** le dénominateur par le même nombre (non nul).

$$\frac{k \times a}{k \times b} = \frac{a}{b}$$

On simplifie par $k$

**Exemple :** $\frac{6}{8} = \frac{3 \times \cancel{2}}{4 \times \cancel{2}} = \frac{3}{4}$ (on a simplifié par 2).

**Remarques :**

- Quand une fraction est simplifiée au maximum, on dit qu'elle est sous forme irréductible. Cela signifie que l'on ne peut plus la réduire.
- L'égalité ci-dessus se lit aussi dans l'autre sens : $\frac{a}{b} = \frac{k \times a}{k \times b}$. Dans ce cas, elle sert à écrire des fractions avec un même dénominateur.

### 3 Comparer des fractions

Lorsque des fractions ont le même dénominateur, la plus petite est celle qui a le plus petit numérateur.

## EXERCICES RÉSOLUS

### Simplifier des fractions

**ÉNONCÉ**

Écrivez les fractions suivantes sous forme simplifiée :

- $A = \dfrac{210}{54}$ • $B = \dfrac{25 \times 54}{15 \times 27}$ • $C = \dfrac{49 \times 18}{21 \times 126}$

**CORRIGÉ**

- $A = \dfrac{210}{54} = \dfrac{\cancel{2} \times 105}{\cancel{2} \times 27} = \dfrac{\cancel{3} \times 35}{\cancel{3} \times 9} = \dfrac{35}{9}$
- $B = \dfrac{25 \times 54}{15 \times 27} = \dfrac{5 \times \cancel{5} \times 6 \times \cancel{9}}{3 \times \cancel{5} \times 3 \times \cancel{9}} = \dfrac{5 \times \cancel{3} \times 2}{3 \times \cancel{3}} = \dfrac{10}{3}$
- $C = \dfrac{49 \times 18}{21 \times 126} = \dfrac{\cancel{7} \times \cancel{7} \times 6 \times \cancel{3}}{\cancel{3} \times \cancel{7} \times 2 \times \cancel{7} \times 9}$
  $= \dfrac{\cancel{3} \times \cancel{2}}{\cancel{2} \times \cancel{3} \times 3} = \dfrac{1}{3}$

**Rappel**
Pour simplifier, on utilise les critères de divisibilité :
- un nombre est divisible par 2 s'il se termine par 0, 2, 4, 6 ou 8 ;
- un nombre est divisible par 3 si la somme de ses chiffres est un multiple de 3.

### Comparer des fractions

**ÉNONCÉ**

Classez ces nombres dans l'ordre croissant : • $\dfrac{43}{6}$ • $7$ • $\dfrac{55}{8}$ • $\dfrac{83}{12}$

**CORRIGÉ**

On cherche le dénominateur commun à ces 4 nombres : c'est 24.

- $\dfrac{43}{6} = \dfrac{43 \times 4}{6 \times 4} = \dfrac{172}{24}$
- $7 = \dfrac{7}{1} = \dfrac{7 \times 24}{1 \times 24} = \dfrac{168}{24}$
- $\dfrac{55}{8} = \dfrac{55 \times 3}{8 \times 3} = \dfrac{165}{24}$
- $\dfrac{83}{12} = \dfrac{83 \times 2}{12 \times 2} = \dfrac{166}{24}$

Ainsi : $\dfrac{165}{24} < \dfrac{166}{24} < \dfrac{168}{24} < \dfrac{172}{24}$.

On en déduit : $\dfrac{55}{8} < \dfrac{83}{12} < 7 < \dfrac{43}{6}$.

**Méthode**
Le dénominateur commun est un nombre qui se trouve dans les tables de 6, 1, 8 et 12. On choisit le plus petit.

# 2 Calculer avec des fractions

## 1 Somme. Différence de fractions

Pour additionner ou soustraire des fractions, il faut qu'elles soient au même dénominateur.

**Additionner**

$$\frac{a}{d}+\frac{b}{d}=\frac{a+b}{d}$$

**Soustraire**

$$\frac{a}{d}-\frac{b}{d}=\frac{a-b}{d}$$

**Exemples :**

- $\frac{5}{3}+\frac{2}{3}=\frac{5+2}{3}=\frac{7}{3}$
- $\frac{4}{7}-\frac{3}{7}=\frac{4-3}{7}=\frac{1}{7}$

## 2 Multiplication. Division de fractions

- Pour multiplier des fractions, on multiplie les numérateurs et les dénominateurs entre eux.

**Multiplier**

$$\frac{a}{b}\times\frac{c}{d}=\frac{a\times c}{b\times d}$$

**Multiplier**

$$\frac{a}{b}\times c=\frac{a\times c}{b}$$

**Exemples :**

- $\frac{5}{4}\times\frac{3}{2}=\frac{5\times 3}{4\times 2}=\frac{15}{8}$
- $\frac{3}{4}\times 5=\frac{3\times 5}{4}$

- Diviser par une fraction revient à multiplier par son inverse.

**Diviser**

$$\frac{a}{b}\div\frac{c}{d}=\frac{a}{b}\times\frac{d}{c}=\frac{a\times d}{b\times c}$$

**Exemple :**

$$\frac{3}{4}\div\frac{1}{3}=\frac{3}{4}\times\frac{3}{1}=\frac{3\times 3}{4\times 1}=\frac{9}{4}$$

EXERCICE RÉSOLU

## Additionner et soustraire avec des fractions

**ÉNONCÉ**

Effectuez les calculs suivants :

- $A = \frac{5}{12} + \frac{5}{6} - \frac{1}{2}$
- $B = \frac{1}{3} + \frac{5}{3} \times \frac{2}{7}$
- $C = \frac{-4}{7} \div \frac{3}{-5}$

Écrivez les résultats sous la forme d'une fraction simplifiée.

**CORRIGÉ**

- $A = \frac{5}{12} + \frac{5}{6} - \frac{1}{2}$

$= \frac{5}{12} + \frac{5 \times 2}{6 \times 2} - \frac{1 \times 6}{2 \times 6}$

$= \frac{5}{12} + \frac{10}{12} - \frac{6}{12}$

$= \frac{9}{12} = \frac{3 \times \cancel{3}}{4 \times \cancel{3}} = \frac{3}{4}$ (fraction simplifiée)

**Méthode**

Pour trouver le dénominateur commun, on cherche le plus petit multiple commun à 2, 6 et 12 : il s'agit de 12.

- $B = \frac{1}{3} + \frac{5}{3} \times \frac{2}{7} = \frac{1}{3} + \frac{5 \times 2}{3 \times 7}$

$= \frac{1}{3} + \frac{10}{21} = \frac{1 \times 7}{3 \times 7} + \frac{10}{21}$

$= \frac{7}{21} + \frac{10}{21} = \frac{17}{21}$ (fraction simplifiée)

**Rappel**

La multiplication étant prioritaire sur l'addition, on commence par calculer le produit.

- $C = \frac{-4}{7} \div \frac{3}{-5}$

$= \frac{-4}{7} \times \left(-\frac{5}{3}\right)$

$= \frac{-4 \times (-5)}{7 \times 3}$

$= \frac{20}{21}$ (fraction simplifiée)

**Rappel**

On utilise la règle des signes : le quotient (ou le produit) de deux nombres négatifs est un nombre positif.

# 3 Les puissances

## 1 Généralités

Soit $a$ un nombre non nul et $n$ un entier naturel non nul.

- On appelle « $a$ puissance $n$ » le nombre noté $a^n$ tel que :

$$a^n = \underbrace{a \times a \times \ldots \times a}_{n \text{ fois}} \qquad \text{où } n \text{ est l'exposant.}$$

- $a^0 = 1$ ; $a^1 = a$ ; $a^{-1} = \dfrac{1}{a}$ et $a^{-n} = \dfrac{1}{a^n}$.

## 2 Cas particulier : les puissances de 10

$$10^n = \underbrace{10 \times 10 \times \ldots \times 10}_{n \text{ facteurs } 10} = 1\,\underbrace{00\ldots0}_{n \text{ zéros}} \text{ et } 10^{-n} = \frac{1}{10^n} = \underbrace{0{,}0\ldots01}_{n \text{ zéros}}$$

## 3 Les préfixes de nano à giga

| Préfixe | giga | mega | kilo | hecto | deca | unité | deci | centi | milli | micro | nano |
|---|---|---|---|---|---|---|---|---|---|---|---|
| Notation | G | M | k | h | da | | d | c | m | µ | n |
| Puissance de 10 | $10^9$ | $10^6$ | $10^3$ | $10^2$ | $10^1$ | | $10^{-1}$ | $10^{-2}$ | $10^{-3}$ | $10^{-6}$ | $10^{-9}$ |
| Écriture | 1 000 000 000 | 1 000 000 | 1 000 | 100 | 10 | | 0,1 | 0,01 | 0,001 | 0,000 001 | 0,000 000 001 |

## 4 La notation scientifique

On appelle **écriture scientifique** d'un nombre la notation de la forme :

$$a \times 10^n$$

avec $1 \leqslant a < 10$ et $n$ entier relatif.

## EXERCICES RÉSOLUS

### Calculer les puissances d'un nombre

**ÉNONCÉ**

Calculez, sous la forme d'un entier ou d'une fraction irréductible, les nombres proposés.

- $2^4$ • $(-2)^3$ • $-2^3$ • $(-2)^0$ • $3^{-1}$ • $0{,}5^{-1}$ • $2^{-3}$ • $-(-2)^{-2}$

**CORRIGÉ**

- $2^4 = 2 \times 2 \times 2 \times 2 = 16$
- $(-2)^3 = (-2) \times (-2) \times (-2) = -8$
- $-2^3 = -2 \times 2 \times 2 = -8$
- $(-2)^0 = 1$
- $3^{-1} = \dfrac{1}{3^1} = \dfrac{1}{3}$
- $0{,}5^{-1} = \dfrac{1}{0{,}5^1} = \dfrac{1}{0{,}5} = 2$
- $2^{-3} = \dfrac{1}{2^3} = \dfrac{1}{2 \times 2 \times 2} = \dfrac{1}{8}$
- $-(-2)^{-2} = -\dfrac{1}{(-2)^2} = -\dfrac{1}{(-2) \times (-2)} = -\dfrac{1}{4}$

**Conseil**

Dans le second calcul, c'est (– 2) qui est au cube, alors que dans le suivant, c'est 2.

**Rappel**

Tout nombre non nul élevé à la puissance zéro vaut 1.

**Rappel**

Dès qu'on a une puissance négative, on commence par écrire $\dfrac{1}{\dots}$.

### Écrire des nombres en notation scientifique

**ÉNONCÉ**

Donnez la notation scientifique des nombres suivants :

- $A = 5\,600\,000$ • $B = 0{,}000\,125\,23$ • $C = 324 \times 10^4$

**Méthode**

Comptez le nombre de déplacements de la virgule pour obtenir l'exposant de la puissance de 10.

**CORRIGÉ**

- $A = 5\,600\,000$
  $= 5{,}6 \times 1\,000\,000$
  $= 5{,}6 \times 10^6$
- $B = 0{,}\,000\,125\,23$
  $= 1{,}252\,3 \times 0{,}\,000\,1$
  $= 1{,}252\,3 \times 10^{-4}$
- $C = 324 \times 10^4$
  $= 3{,}24 \times 10^2 \times 10^4$
  $= 3{,}24 \times 100 \times 10\,000$
  $= 3{,}24 \times 1\,000\,000$
  $= 3{,}24 \times 10^6$

# 4 Les racines carrées

• Soit $a$ un nombre positif. La **racine carrée de $a$** est le nombre positif dont le carré vaut $a$. On le note $\sqrt{a}$.

**Exemples :** $\sqrt{49} = 7$ et $\sqrt{81} = 9$.

**Remarques :** Il y a deux nombres dont le carré vaut 4 : 2 et −2. Mais la racine carrée de 4 est le nombre positif dont le carré vaut 4 : c'est 2. Ainsi, $\sqrt{4} = 2$.

• Un carré parfait est un nombre dont la racine carrée est un entier.

**Exemples :** 576 est un carré parfait car $\sqrt{576} = 24$.
En revanche, 7 n'est pas un carré parfait car $\sqrt{7} \simeq 2,646$.

• Listes des premiers carrés parfaits :

| Nombres | 1 | 2 | 3 | 4 | 5 | 6 | 7 | 8 | 9 | 10 | 11 | 12 |
|---|---|---|---|---|---|---|---|---|---|---|---|---|
| Carrés | 1 | 4 | 9 | 16 | 25 | 36 | 49 | 64 | 81 | 100 | 121 | 144 |

# 5 Les grandeurs composées

## 1 Grandeur produit

Une **grandeur produit** est le produit de deux grandeurs (simples, de même nature ou non).

**Exemples :**
L'aire $\mathscr{A}$ d'un rectangle est donnée par la formule : longueur × largeur.
La longueur et la largeur sont des grandeurs simples exprimées en mètres (m), $\mathscr{A}$ est en mètres carrés ($m^2$).

## 2 Grandeur quotient

Une **grandeur quotient** est le rapport de deux grandeurs (simples, de même nature ou non).

**Exemple :**
La vitesse moyenne $v$ est définie par la formule :

$$v = \frac{\text{distance parcourue}}{\text{temps de parcours}}$$

La distance parcourue s'exprime en kilomètres (km) et le temps de parcours en heures (h), la vitesse est alors en kilomètres par heure (notés km/h ou $km \cdot h^{-1}$).

## EXERCICE RÉSOLU

### Vitesse, distance et temps

**ÉNONCÉ**

Un TGV part de Paris à 17 h 45 et arrive à Strasbourg à 20 h 05. Sa vitesse moyenne sur cette ligne est de 210 $km \cdot h^{-1}$.

**1.** Quelle distance sépare Paris de Strasbourg ?
En avril 2007, le TGV Est a battu le record du monde de vitesse avec une pointe à 574,8 $km \cdot h^{-1}$.

**2.** À cette vitesse, combien de temps (à la minute près) mettrait ce TGV pour relier la capitale à Strasbourg ?

**CORRIGÉ**

**1.** Le trajet s'est effectué entre 17 h 45 et 20 h 05, soit pendant 2 h 20 min.

- La formule reliant vitesse moyenne ($v$), distance parcourue ($d$) et temps de parcours ($t$) est : $v = \frac{d}{t}$.

La vitesse s'exprime en kilomètres par heure, soit $v = 210\ km \cdot h^{-1}$ et $t = 2$ h 20.

On convertit cette durée en fraction :

$$2\text{ h }20 = 2\text{ h} + 20\text{ min} = 2\text{ h} + \frac{20}{60}\text{ h} = 2\text{ h} + \frac{1}{3}\text{ h} = \frac{6}{3}\text{ h} + \frac{1}{3}\text{ h} = \frac{7}{3}\text{ h}.$$

- L'expression de $v$ s'écrit alors $210 = \frac{d}{\frac{7}{3}}$.

On en déduit, par produit : $d = 210 \times \frac{7}{3} = 490$.

En conclusion, 490 km séparent Paris de Strasbourg.

**Méthode**
Pour convertir des minutes en heures, on divise par 60, car 1 min $= \frac{1}{60}$ h.

**Rappel**
Diviser par une fraction, c'est multiplier par son inverse.

**2.** On utilise à nouveau la relation $v = \frac{d}{t}$ avec $v = 574{,}8\ km \cdot h^{-1}$ et $d = 490$ km.

D'où $574{,}8 = \frac{490}{t}$.

Soit $t = \frac{490}{574{,}8}$ ou $t \approx 0{,}85$.

0,85 h = 0,85 × 60 min = 51 min.

À cette vitesse record, Paris serait à 51 min de Strasbourg.

**Méthode**
Pour convertir une partie décimale (entre 0 et 1) d'heure en minutes, on multiplie par 60, car 1 h = 60 min.

## Savoir calculer avec des fractions

**ÉNONCÉ**

Calculez sous la forme d'une fraction simplifiée le nombre :

$$A = \frac{1}{2} - \left(\frac{1}{3} \times \frac{6}{7} + 2\right)$$

**MÉTHODE**

**1.** On effectue les calculs contenus dans les parenthèses s'il y en a.

**2.** On effectue les multiplications et les divisions en premier, car elles sont prioritaires sur les autres opérations. On applique les règles de calcul sur les fractions (addition, soustraction, multiplication et division).

**3.** Les calculs doivent être faits les uns après les autres, de gauche à droite.

**4.** On s'assure que le résultat final est bien écrit sous forme simplifiée.

**CORRIGÉ**

| Solution | Commentaires |
|---|---|
| $A = \frac{1}{2} - \left(\frac{1}{3} \times \frac{6}{7} + 2\right)$ | **1.** On commence par effectuer le calcul entre parenthèses. |
| $A = \frac{1}{2} - \left(\frac{1 \times 6}{3 \times 7} + 2\right)$<br>$A = \frac{1}{2} - \left(\frac{1 \times 2 \times \cancel{3}}{\cancel{3} \times 7} + 2\right)$<br>$A = \frac{1}{2} - \left(\frac{2}{7} + 2\right)$<br>$A = \frac{1}{2} - \left(\frac{2}{7} + \frac{14}{7}\right)$ | **2.** Comme la multiplication est prioritaire sur l'addition, on calcule le produit en premier.<br>On simplifie au plus tôt le produit.<br>Pour additionner $\frac{2}{7}$ et 2, on écrit :<br>$2 = \frac{2}{1} = \frac{2 \times 7}{1 \times 7} = \frac{14}{7}$. |
| $A = \frac{1}{2} - \frac{16}{7} = \frac{7}{14} - \frac{32}{14}$ | **3.** On effectue les soustractions et additions de gauche à droite en écrivant les fractions avec le même dénominateur. |
| $A = -\frac{25}{14}$ | **4.** Le résultat final ne peut pas être simplifié.<br>Le résultat est bien une fraction simplifiée. |

# Utiliser la notation scientifique pour comparer des nombres

## ÉNONCÉ

Classez par ordre croissant les nombres suivants :
$A = 345 \times 10^{13}$ $B = 58\,310 \times 10^{11}$ $C = 0{,}021 \times 10^{18}$

## MÉTHODE

**1.** Les nombres $A$, $B$ et $C$ sont écrits sous la forme $M \times 10^n$. Pour les comparer, on les transforme sous forme de notation scientifique. Pour commencer, on écrit $M$ comme le produit d'un entier compris entre 1 et 10 (10 exclu) avec une puissance de 10.

**2.** On simplifie le produit des deux puissances de 10 en utilisant la propriété :

$$\underbrace{10^n \times 10^p = \underbrace{(10 \times 10 \times \ldots \times 10)}_{n \text{ facteurs}} \times \underbrace{(10 \times 10 \times \ldots \times 10)}_{p \text{ facteurs}}}_{(n+p) \text{ facteurs}} = 10^{n+p}$$

**3.** Avec l'écriture scientifique de $A$, $B$ et $C$, on peut alors les comparer.

## CORRIGÉ

| Solution | Commentaires |
|---|---|
| $A = \underbrace{345}_{M} \times 10^{13}$<br>$B = \underbrace{58\,310}_{M} \times 10^{11}$<br>$C = \underbrace{0{,}021}_{M} \times 10^{18}$ | **1.** On reconnaît $M \times 10^n$, mais M n'est pas un entier compris entre 1 et 10 (10 exclu), donc les nombres $A$, $B$ et $C$ ne sont pas sous forme d'écriture scientifique. |
| Pour $A$, $M = 345 = 3{,}45 \times 10^2$<br>Pour $B$, $M = 58\,310 = 5{,}831 \times 10^4$<br>Pour $C$, $M = 0{,}021 = 2{,}1 \times 10^{-2}$. | On écrit les nombres $M$ associés aux nombres $A$, $B$ et $C$ sous forme d'écriture scientifique. |
| $A = 3{,}45 \times 10^2 \times 10^{13} = 3{,}45 \times 10^{15}$<br>$B = 5{,}831 \times 10^4 \times 10^{11} = 5{,}831 \times 10^{15}$<br>$C = 2{,}1 \times 10^{-2} \times 10^{18} = 2{,}1 \times 10^{16}$. | **2.** On simplifie les écritures du produit des puissances de 10. |
| Il vient alors :<br>$3{,}45 \times 10^{15} < 5{,}831 \times 10^{15} < 2{,}1 \times 10^{16}$<br>Soit :<br>$A < B < C$ | **3.** • D'abord, on compare les différentes puissances de 10 : $10^{15} < 10^{16}$, donc $2{,}1 \times 10^{16}$ est le plus grand.<br>• Puis pour des mêmes puissances de 10 ($5{,}831 \times 10^{15}$ et $3{,}45 \times 10^{15}$), on compare les parties décimales : $3{,}45 < 5{,}831$.<br>• Enfin on classe les trois nombres. |

## QCM

### 1 Cochez la (ou les) réponse(s) correcte(s).

**1.** 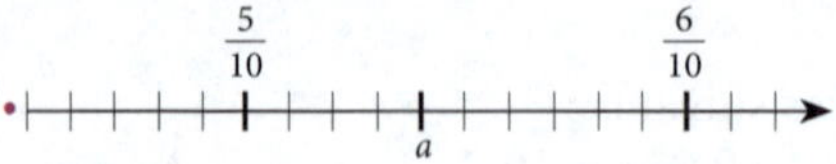


Le nombre $a$ est :

**a.** ☐ 0,54 **b.** ☐ $\frac{9}{10}$ **c.** ☐ $\frac{27}{50}$

**2.** $\frac{1}{2}+\frac{1}{3}=$ **a.** ☐ $\frac{1}{5}$ **b.** ☐ $\frac{2}{5}$ **c.** ☐ $\frac{5}{6}$

**3.** Le carré de $\frac{1}{2}$ est : **a.** ☐ $\frac{1}{4}$ **b.** ☐ $\frac{2}{4}$ **c.** ☐ 0,25

**4.** $(-2)^{-2}$ est :

**a.** ☐ un nombre positif **b.** ☐ égal à $-4$ **c.** ☐ égal à $\frac{1}{4}$

**5.** $-3^2$ est :

**a.** ☐ un nombre positif **b.** ☐ égal à $(-3)^2$ **c.** ☐ égal à $-9$

**6.** $\left(\frac{1}{3}\right)^2$ est égal à : **a.** ☐ $\frac{2}{3}$ **b.** ☐ $\frac{1}{9}$ **c.** ☐ $\frac{2}{9}$

**7.** $35 \times 10^{-4}$ est :

**a.** ☐ une écriture scientifique **b.** ☐ égal à $3{,}5 \times 10^{-5}$ **c.** ☐ égal à $3{,}5 \times 10^{-3}$

### 2 Répondez par vrai ou faux.

| Affirmations | Réponse |
|---|---|
| **1.** $5 \times 4 + 3$ est un produit. | ☐ V ☐ F |
| **2.** $\frac{1}{2}-\frac{1}{3}<0$ | ☐ V ☐ F |
| **3.** $\frac{1}{2}+\frac{1}{3}+\frac{1}{6}$ est un nombre entier. | ☐ V ☐ F |
| **4.** $\frac{7+3}{10+3}=\frac{7}{10}$ | ☐ V ☐ F |

| Affirmations | Réponse |
|---|---|
| **5.** $3 \times \frac{2}{5} = \frac{6}{15}$ | ☐V ☐F |
| **6.** $\frac{1}{2} \div 2 = \frac{1}{4}$ | ☐V ☐F |
| **7.** $\frac{2}{7} + \frac{6}{7} < 1$ | ☐V ☐F |

# Exercices d'entraînement

## 3 Calcul mental

**1.** Complétez (avec une fraction ou un nombre entier) sans utiliser la calculatrice :

- $2 - 5 = ....$
- $9 \times (7 + 3) = ....$
- $2 \times \frac{3}{2} = ....$
- $4 - \frac{1}{2} = ....$
- $-1 + 3 - 2 = ....$
- $8 \times 9 - 6 = ....$
- $2 + \frac{1}{3} = ....$
- $\frac{3}{4} \times \frac{1}{2} = ....$
- $2 - 3 \times 7 = ....$
- $7 - 6 \times 9 = ....$
- $1 + \frac{1}{2} = ....$
- $8 \times \frac{1}{8} = ....$

**2.** Donnez la valeur de :

- $7^2$
- $3^3$
- $(-2)^2$
- $7^0$
- $2^{-1}$
- $(2 \times 5)^4$

**3.** Complétez :

- $\sqrt{16} = \dots$
- $\sqrt{81} = \dots$
- $\sqrt{0{,}01} = \dots$
- $\sqrt{0{,}25} = \dots$

## 4 Comparaison de nombres sans calculatrice

Sans utiliser de calculatrice, classez par ordre croissant ces quatre nombres :

$\frac{10}{7}$ – $\frac{3}{2}$ – $1{,}4$ – $\frac{4}{3}$

## 5 Changement d'écriture

Écrivez sous forme de fraction de dénominateur 10, 100 ou 1 000 les nombres suivants :

- 1,9
- $\frac{3}{5}$
- 5,46
- 8,712
- $\frac{7}{25}$

## 6 Fractions en fête

Calculez sous la forme d'une fraction simplifiée ou d'un nombre entier :

- $A = \frac{1 + 3 \times 5}{15}$
- $B = \frac{4}{5} + \frac{2}{5} \times 3$
- $C = \left(\frac{1}{2} + \frac{1}{3}\right) \times \left(-\frac{1}{3}\right)$
- $D = 3 \times \frac{2}{3} + \frac{5}{2}$
- $E = \frac{1}{7} + \frac{3}{5} \times \frac{1}{2}$
- $F = \left(1 + \frac{1}{3}\right) \times \left(1 - \frac{1}{3}\right)$
- $G = 5 \div \left(\frac{3}{4} - \frac{1}{6}\right)$

## 7 À mi-chemin

**1.** Sur une droite graduée, on a placé les nombres 13 et 38. Quel nombre se trouve à égale distance de ces deux nombres ?

**2.** Sur une droite graduée, on a placé les nombres $\frac{1}{4}$ et $\frac{7}{4}$.
Quel nombre se trouve à égale distance de ces deux valeurs ?

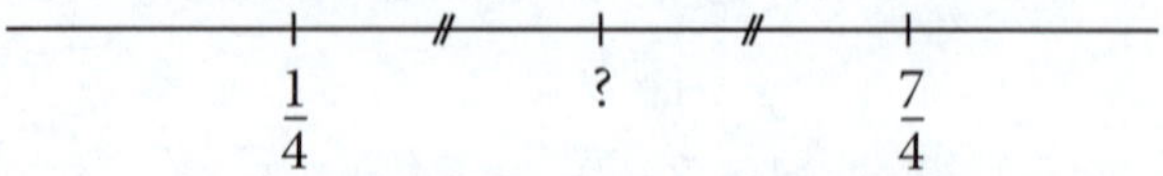


## 8 Différentes écritures

**1.** Écrivez sous la forme d'une puissance de 10 les nombres suivants.

- $A$ = un centième
- $B$ = un milliard
- $C = 0{,}000\,000\,1$
- $D = 100\,000$

**2.** Écrivez sous forme décimale les nombres suivants.

- $A = 4{,}58 \times 10^5$
- $B = 792 \times 10^{-3}$
- $C = 2^{-1} \times 3^4$

**3.** Donnez l'écriture scientifique des nombres suivants.

- $A = 2\,010\,000$
- $B = 0{,}000\,051$
- $C = 725 \times 10^3$

**4.** Écrivez sous forme scientifique :

- 15 micromètres en mètres
- 4 nanomètres en mètres
- 12 mégaoctets en octets

## 9 Du plus petit au plus grand

Rangez dans l'ordre croissant les nombres suivants :

- 258 000 000 • $9{,}57 \times 10^6$ • $854 \times 10^5$ • $0{,}015 \times 10^9$

## 10 Racines carrées

**1.** Calculez les valeurs exactes de :

• $\sqrt{144}$ • $\sqrt{225}$ • $\sqrt{400}$ • $\sqrt{625}$ • $\sqrt{10\,000}$

**2.** Donnez une valeur approchée au centième près de :

• $\sqrt{2}$ • $\sqrt{7}$ • $\sqrt{90}$ • $\sqrt{714}$ • $\sqrt{1\,000}$

## 11 Racines carrées et encadrements

L'encadrement de $\sqrt{35}$ par deux entiers consécutifs est : $5 < \sqrt{35} < 6$.

**1.** Sans calculatrice, encadrez par deux entiers consécutifs, comme ci-dessus :

• $\sqrt{17}$ • $\sqrt{78}$ • $\sqrt{124}$

**2.** Avec la calculatrice, encadrez par deux entiers consécutifs :

• $\sqrt{1\,346}$ • $\sqrt{8\,544}$ • $\sqrt{10\,215}$

## 12 Un peu de calcul

*Cet exercice est fait pour être traité sans la calculatrice.*

**1.** Combien de minutes représente 0,2 heure ?

**2.** Un véhicule roule à la vitesse moyenne de 90 km/h.
Quelle distance parcourt-il en 2 h 30 ?

**3.** À quelle vitesse en km/h correspond une vitesse de 10 m/s ?

**4.** La densité d'un arrondissement du Cantal est de 20 habitants/km$^2$.
Combien d'habitants compte une zone de 40 km$^2$ ?

## 13 Le Concorde : une légende

**1.** Un vol Paris-New York dure 7 h 30 pour une distance parcourue de 5 839 km. Quelle est la vitesse moyenne d'un tel vol ? (arrondir au km/h près)

**2.** La vitesse moyenne du Concorde sur ce vol était de 1 557 km/h. Combien de temps lui fallait-il pour relier les deux villes ?

**3.** La vitesse du son étant de 343 m/s, le Concorde était-il un avion supersonique (qui allait plus vite que le son) ?

## Vers le Brevet

### 14 Composition d'un jardin

Un jardin de 50 m$^2$ est aménagé selon les proportions suivantes :

- $\frac{2}{5}$ est consacré à la culture des légumes ;
- $\frac{1}{4}$ à celle des plantes aromatiques ;
- le reste est occupé par des fraisiers

Donnez la part du jardin qui est occupée par les fraisiers et l'aire que cela représente.

### 15 Essence ou diesel ?

Deux véhicules, l'un en motorisation essence, l'autre en motorisation diesel, ont les caractéristiques constructeurs données dans le tableau ci-dessous.

| Modèle | Véhicule essence | Véhicule diesel |
|---|---|---|
| Prix (en €) | 19 900 | 21 200 |
| Consommation moyenne aux 100 km (en litres) | 5,9 | 4,8 |

**1.** Exprimez, sous forme d'un pourcentage, le surcoût du prix d'achat du véhicule diesel par rapport au véhicule essence.
Arrondissez le résultat à 0,01 %.

**2.** Calculez le montant de la dépense en carburant (arrondi au centime près) pour un trajet de 1 800 km, si le prix du litre d'essence est de 1,468 € et le prix du litre de gasoil est de 1,414 € :

**a.** avec le véhicule essence

**b.** avec le véhicule diesel

## 16 Le réservoir

Le réservoir ci-contre a la forme d'un parallélépipède rectangle.

**1.** Calculez, en $cm^3$, le volume total $V$ de ce réservoir.

**2.** Sur ce réservoir est indiqué : « volume maximum de remplissage : 80 % du volume total du réservoir ». Calculez, en $cm^3$, le volume maximum conseillé $V_m$ de remplissage.

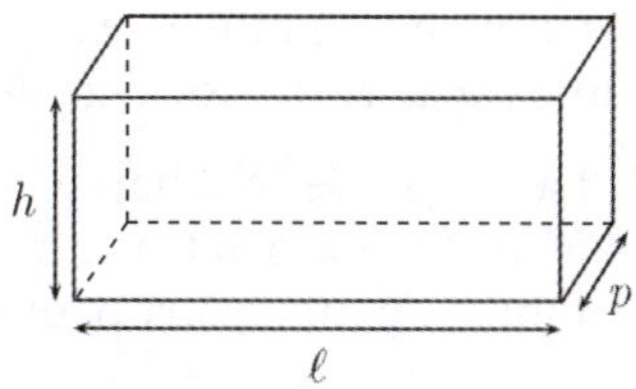

$\ell = 40$ cm ; $p = 20$ cm ; $h = 25$ cm

**3.** Donnez, en litres, la contenance maximale de remplissage du réservoir.

## 17 Dans l'espace

Voici les distances (en km) qui séparent le soleil de 4 planètes du système solaire :

- Saturne : $1\,427 \times 10^6$ ;
- Neptune : $4{,}497 \times 10^9$ ;
- Terre : 150 000 000 ;
- Uranus : $0{,}028\,7 \times 10^{11}$.

Classez ces planètes de la plus proche à la plus éloignée du Soleil.

## 18 Carré et racine carrée

$a$ désigne un nombre positif.

Complétez le tableau suivant en donnant les résultats sous forme de fractions irréductibles :

| $a$ | $\frac{4}{9}$ | | |
|---|---|---|---|
| $\sqrt{a}$ | | $\frac{3}{2}$ | |
| $a^2$ | | | $\frac{25}{81}$ |

## 19 En musique

On admet qu'un morceau de musique représente 3 Mo de mémoire. (1 Mo = 1 méga-octet).

**1.** Combien de morceaux de musique peut-on télécharger sur une clé USB d'une capacité de stockage de 512 Mo ?

**2.** La vitesse de téléchargement d'un morceau de musique sur le site est de 14 Mo/s (méga-octets par seconde).
Combien de morceaux peut-on télécharger en cinq minutes ?

**3.** Sur un autre site, une vidéo de 7 920 Mo est téléchargée en 7 min et 20 secondes. Quelle est la vitesse de téléchargement (en Mo/s) ?

## 20 Demandez le programme

On donne le programme de calcul suivant :

> Choisir un nombre.
>
> **a.** Multiplier ce nombre par 3.
>
> **b.** Ajouter le carré du nombre choisi.
>
> **c.** Multiplier par 2.
>
> Écrire le résultat.

**1.** Montrez que, si on choisit le nombre 10, le résultat obtenu est 260.

**2.** Calculez la valeur exacte du résultat obtenu lorsque :

- le nombre choisi est $-5$ ;
- le nombre choisi est $\frac{2}{3}$.

**3.** Louise pense que, quel que soit le nombre choisi au départ, le résultat sera toujours positif. Montrez qu'elle se trompe en utilisant un contre-exemple.

## 21 Différentes écritures

On donne l'expression numérique :

$$A = 3 \times 10^2 + 10^1 + 2 \times 10^{-1} + 7 \times 10^{-2}$$

**1.** Donnez l'écriture décimale de $A$.

**2.** Donnez l'écriture scientifique de $A$.

**3.** Écrivez $A$ sous la forme d'un produit d'un nombre entier par une puissance de 10.

**4.** Écrivez $A$ sous la forme d'une somme d'un entier et d'une fraction irréductible inférieure à 1.

## QCM

**1** **1.** $\frac{5}{10} = 0{,}5$ et $\frac{6}{10} = 0{,}6$. Il y a 10 graduations entre 0,5 et 0,6.

Une graduation représente alors $0{,}1 \div 10 = 0{,}01$. Le nombre $a$ se situe au niveau de la quatrième graduation soit 0,04 après 0,5.

D'où $a = 0{,}5 + 0{,}04 = 0{,}54$.

**Réponse : a.** 0,54.

> **Méthode**
> Pour additionner deux fractions, on les met au même dénominateur.

**2.** $\frac{1}{2} + \frac{1}{3} = \frac{1 \times 3}{2 \times 3} + \frac{1 \times 2}{3 \times 2} = \frac{3}{6} + \frac{2}{6} = \frac{5}{6}$

**Réponse : c.** $\frac{5}{6}$.

> **Gagnez des points !**
> $\left(\frac{a}{b}\right)^2 = \frac{a^2}{b^2}$.

**3.** Le carré de $\frac{1}{2}$ est $\left(\frac{1}{2}\right)^2 = \frac{1}{2} \times \frac{1}{2} = \frac{1 \times 1}{2 \times 2} = \frac{1}{4}$

**Réponse : a.** $\frac{1}{4}$

**4.** $(-2)^{-2} = \frac{1}{(-2)^2} = \frac{1}{(-2) \times (-2)} = \frac{1}{4}$

**Réponse : a.** est un nombre positif et **c.** égal à $\frac{1}{4}$.

> **Piège à éviter**
> Dans $(-2)^2$, le carré s'applique à $-2$.

**5.** $-3^2 = -3 \times 3 = -9$. Or $(-3)^2 = (-3) \times (-3) = 9$

**Réponse : c.** $-9$.

> **Piège à éviter**
> Dans $-3^2$, le carré s'applique uniquement à 3.

**6.** $\left(\frac{1}{3}\right)^2 = \left(\frac{1}{3}\right) \times \left(\frac{1}{3}\right) = \frac{1 \times 1}{3 \times 3} = \frac{1}{9}$

**Réponse : b.** $\frac{1}{9}$.

> **Remarque**
> Vous pouviez aussi écrire $\left(\frac{1}{3}\right)^2 = \frac{1^2}{3^2} = \frac{1}{9}$.

**7.** $35 \times 10^{-4}$ n'est pas écrit sous forme scientifique car $35 \geqslant 10$.

- $35 \times 10^{-4} = 3{,}5 \times 10^1 \times 10^{-4} = 3{,}5 \times 10^{1+(-4)} = 3{,}5 \times 10^{-3}$

**Réponse : c.** $3{,}5 \times 10^{-3}$.

**2** **1. Faux.** $\boxed{5 \times 4} + \boxed{3}$ est une somme constituée de deux termes : $5 \times 4$ et 3.

**2. Faux.** $\frac{1}{2} - \frac{1}{3} = \frac{3}{6} - \frac{2}{6} = \frac{1}{6}$ et $\frac{1}{6}$ est un nombre positif $\left(\frac{1}{6} > 0\right)$.

**3. Vrai.** $\frac{1}{2} + \frac{1}{3} + \frac{1}{6} = \frac{3}{6} + \frac{2}{6} + \frac{1}{6} = \frac{6}{6} = 1$ qui est un nombre entier.

**4. Faux.** $\frac{7+3}{10+3} = \frac{10}{13} \neq \frac{7}{10}$

**5. Faux.** $3 \times \frac{2}{5} = \frac{3}{1} \times \frac{2}{5} = \frac{3 \times 2}{1 \times 5} = \frac{6}{5} \neq \frac{6}{15}$

> **Piège à éviter**
> La simplification par 3 au numérateur et au dénominateur n'est pas correcte.

**6. Vrai.** $\frac{1}{2} \div 2 = \frac{1}{2} \times \frac{1}{2} = \frac{1 \times 1}{2 \times 2} = \frac{1}{4}$

**7. Faux.** Calculons : $\frac{2}{7} + \frac{6}{7} = \frac{8}{7}$. Comme $8 > 7$, on en déduit que $\frac{8}{7} > 1$.
Et donc $\frac{2}{7} + \frac{6}{7} > 1$.

## Exercices d'entraînement

**3** **1.**
- $2 - 5 = -3$
- $9 \times (7 + 3) = 90$
- $2 \times \frac{3}{2} = 3$
- $4 - \frac{1}{2} = \frac{7}{2}$
- $-1 + 3 - 2 = 0$
- $8 \times 9 - 6 = 66$
- $2 + \frac{1}{3} = \frac{7}{3}$
- $\frac{3}{4} \times \frac{1}{2} = \frac{3}{8}$
- $2 - 3 \times 7 = -19$
- $7 - 6 \times 9 = -47$
- $1 + \frac{1}{2} = \frac{3}{2}$
- $8 \times \frac{1}{8} = 1$

**2.**
- $7^2 = 7 \times 7 = 49$
- $3^3 = 3 \times 3 \times 3 = 27$
- $(-2)^2 = (-2) \times (-2) = 4$
- $7^0 = 1$
- $2^{-1} = \frac{1}{2} = 0{,}5$
- $(2 \times 5)^4 = (10)^4 = 10\,000$

**3.**
- $\sqrt{16} = \sqrt{4^2} = 4$
- $\sqrt{81} = \sqrt{9^2} = 9$
- $\sqrt{0{,}01} = \sqrt{0{,}1^2} = 0{,}1^2$
- $\sqrt{0{,}25} = \sqrt{0{,}5^2} = 0{,}5$

**4** L'idée est de mettre ces quatre nombres sous forme de fraction, tous au même dénominateur, ici 210.

- $\frac{10}{7}=\frac{10}{7}\times\frac{2\times3\times5}{2\times3\times5}=\frac{10}{7}\times\frac{30}{30}=\frac{300}{210}$
- $\frac{3}{2}=\frac{3}{2}\times\frac{3\times5\times7}{3\times5\times7}=\frac{3}{2}\times\frac{105}{105}=\frac{315}{210}$
- $1{,}4=\frac{14}{10}=\frac{14\times21}{10\times21}=\frac{294}{210}$
- $\frac{4}{3}=\frac{4}{3}\times\frac{2\times5\times7}{2\times5\times7}=\frac{4}{3}\times\frac{70}{70}=\frac{280}{210}$
- On déduit : $\frac{280}{210}<\frac{294}{210}<\frac{300}{210}<\frac{315}{210}$.

Soit $\frac{4}{3}<1{,}4<\frac{10}{7}<\frac{3}{2}$.

**L'astuce du prof**

Pour trouver le dénominateur commun, utilisez : $2\times3\times5\times7=210$.

**Gagnez des points !**

Pour comparer des fractions ayant le même dénominateur, il suffit de comparer les numérateurs.

**5**
- $1{,}9=1{,}9\times\frac{10}{10}=\frac{1{,}9\times10}{10}=\frac{19}{10}$
- $\frac{3}{5}=\frac{3}{5}\times\frac{2}{2}=\frac{3\times2}{5\times2}=\frac{6}{10}$
- $5{,}46=5{,}46\times\frac{100}{100}=\frac{5{,}46\times100}{100}=\frac{546}{100}$
- $8{,}712=8{,}712\times\frac{1\,000}{1\,000}=\frac{8{,}712\times1\,000}{1\,000}=\frac{8\,712}{1\,000}$
- $\frac{7}{25}=\frac{7}{25}\times\frac{4}{4}=\frac{7\times4}{25\times4}=\frac{28}{100}$

**Gagnez des points !**

La valeur d'une fraction ne change pas quand on multiplie son numérateur et son dénominateur par le même nombre.

**L'astuce du prof**

Quand le nombre a 3 chiffres après la virgule, multipliez le numérateur et le dénominateur par $10^3$.

**6**
- $A=\frac{1+3\times5}{15}$

  $=\frac{1+15}{15}=\frac{16}{15}$ (fraction simplifiée)

- $B=\frac{4}{5}+\frac{2}{5}\times3=\frac{4}{5}+\frac{6}{5}=\frac{10}{5}=2$ (nombre entier)

- $C=\left(\frac{1}{2}+\frac{1}{3}\right)\times\left(-\frac{1}{3}\right)=\left(\frac{3}{6}+\frac{2}{6}\right)\times\left(-\frac{1}{3}\right)=\frac{5}{6}\times\left(-\frac{1}{3}\right)$

  $=\frac{5\times(-1)}{6\times3}=-\frac{5}{18}$ (fraction simplifiée)

**Rappel**

La multiplication est prioritaire !

**Piège à éviter**

Ne calculez pas en premier $\frac{4}{5}+\frac{2}{5}$, même si la tentation est grande…

• $D = 3 \times \frac{2}{3} + \frac{5}{2} = \frac{\cancel{3} \times 2}{\cancel{3}} + \frac{5}{2} = 2 + \frac{5}{2} = \frac{4}{2} + \frac{5}{2} = \frac{9}{2}$ (fraction simplifiée)

• $E = \frac{1}{7} + \frac{3}{5} \times \frac{1}{2} = \frac{1}{7} + \frac{3 \times 1}{5 \times 2} = \frac{1}{7} + \frac{3}{10} = \frac{10}{70} + \frac{21}{70} = \frac{31}{70}$ (fraction simplifiée)

• $F = \left(1 + \frac{1}{3}\right) \times \left(1 - \frac{1}{3}\right) = \left(\frac{3}{3} + \frac{1}{3}\right) \times \left(\frac{3}{3} - \frac{1}{3}\right)$

$= \frac{4}{3} \times \frac{2}{3} = \frac{4 \times 2}{3 \times 3} = \frac{8}{9}$ (fraction simplifiée)

• $G = 5 \div \left(\frac{3}{4} - \frac{1}{6}\right) = 5 \div \left(\frac{9}{12} - \frac{2}{12}\right)$

$= 5 \div \frac{7}{12} = 5 \times \frac{12}{7} = \frac{60}{7}$ (fraction simplifiée)

**7** **1.** On recherche le nombre qui se situe « au milieu » de 13 et 38. Pour cela, on effectue le calcul $(13 + 38) \div 2 = 51 \div 2 = 25,5$. Le nombre qui se trouve à égale distance de 13 et 38 est 25,5.

> **Remarque**
> On calcule en fait la moyenne de ces deux nombres.

**2.** On recherche le nombre qui se situe au milieu de $\frac{1}{4}$ et $\frac{7}{4}$ sur la droite graduée.
On procède de la même façon ici : le nombre cherché est donc donné par :

$\left(\frac{1}{4} + \frac{7}{4}\right) \div 2 = \left(\frac{8}{4}\right) \div 2 = 2 \div 2 = 1$

Le nombre qui se trouve à égale distance de $\frac{1}{4}$ et $\frac{7}{4}$ est 1.

**8** **1.** • $A$ = un centième $= \frac{1}{100} = \frac{1}{10^2} = 10^{-2}$

• $B$ = un milliard $= 1\,000\,000\,000 = 10^9$

• $C = 0,000\,000\,1 = 10^{-7}$

• $D = 100\,000 = 10^5$

> **L'astuce du prof**
> Comptez les zéros.

**2.** • $A = 4,58 \times 10^5 = 4,58 \times 100\,000 = 458\,000$

• $B = 792 \times 10^{-3} = 792 \times 0,001 = 0,792$

• $C = 2^{-1} \times 3^4 = \frac{1}{2} \times 3 \times 3 \times 3 \times 3 = \frac{1}{2} \times 81 = 40,5$

**3.** • $A = 2\,010\,000 = 2{,}01 \times 1\,000\,000 = 2{,}01 \times 10^6$

• $B = 0{,}000\,051 = 5{,}1 \times 0{,}000\,01 = 5{,}1 \times 10^{-5}$

• $C = 725 \times 10^3 = (7{,}25 \times 100) \times 10^3$
$= 7{,}25 \times 10^2 \times 10^3 = 7{,}25 \times 10^{2+3}$
$= 7{,}25 \times 10^5$

**Méthode**

Commencez par écrire 725 en notation scientifique.

**4.** • 15 micromètres $= 15 \times 10^{-6}$ m $= 1{,}5 \times 10^1 \times 10^{-6}$ m$= 1{,}5 \times 10^{-5}$ m

• 4 nanomètres $= 4 \times 10^{-9}$ m

• 12 mégaoctets $= 12 \times 10^6$ octets $= 1{,}2 \times 10^1 \times 10^6$ octets $= 1{,}2 \times 10^7$ octets

**9** On détermine l'écriture scientifique de chacun de ces nombres.

• $258\,000\,000 = 2{,}58 \times 10^8$

• $9{,}57 \times 10^6$ est déjà en écriture scientifique.

• $854 \times 10^5 = 8{,}54 \times 10^2 \times 10^5 = 8{,}54 \times 10^7$

• $0{,}015 \times 10^9 = 1{,}5 \times 10^{-2} \times 10^9 = 1{,}5 \times 10^{-2+9} = 1{,}5 \times 10^7$

$9{,}57 \times 10^6 < 1{,}5 \times 10^7 < 8{,}54 \times 10^7 < 2{,}58 \times 10^8$

Soit $9{,}57 \times 10^6 < 0{,}015 \times 10^9 < 854 \times 10^5 < 25\,800\,000$.

**Méthode**

Les nombres ne sont pas comparables ainsi écrits. Transformez-les pour les écrire tous sous le même format.

**10** **1.** • $\sqrt{144} = \sqrt{12^2} = 12$

• $\sqrt{225} = \sqrt{15^2} = 15$

• $\sqrt{400} = \sqrt{20^2} = 20$

• $\sqrt{625} = \sqrt{25^2} = 25$

• $\sqrt{10\,000} = \sqrt{100^2} = 100$

**2.** À l'aide de la calculatrice :

• $\sqrt{2} \approx 1{,}41$

• $\sqrt{7} \approx 2{,}65$

• $\sqrt{90} \approx 9{,}49$

• $\sqrt{714} \approx 26{,}72$

• $\sqrt{1\,000} \approx 31{,}62$

**Gagnez des points !**

Pour arrondir une valeur au centième près, examinez le 3e chiffre après la virgule. De 0 à 4, arrondissez au centième inférieur ; de 5 à 9, arrondissez au centième supérieur.

**11** **1.** • On encadre 17 par les carrés parfaits supérieur et inférieur : 16 et 25.
$16 < 17 < 25$
$4^2 < 17 < 5^2$
$\sqrt{4^2} < \sqrt{17} < \sqrt{5^2}$
$4 < \sqrt{17} < 5$

• On encadre 78 par les carrés parfaits supérieur et inférieur : 64 et 81.
$64 < 78 < 81$
$8^2 < 78 < 9^2$
$\sqrt{8^2} < \sqrt{78} < \sqrt{9^2}$
$8 < \sqrt{78} < 9$

• On encadre 124 par les carrés parfaits supérieur et inférieur : 121 et 144.
$121 < 124 < 144$
$11^2 < 124 < 12^2$
$\sqrt{11^2} < \sqrt{124} < \sqrt{12^2}$
$11 < \sqrt{124} < 12$

**2.** • $\sqrt{1\,346} \approx 36{,}69$ soit $36 < \sqrt{1\,346} < 37$.
• $\sqrt{8\,544} \approx 92{,}43$ soit $92 < \sqrt{8\,544} < 93$.
• $\sqrt{10\,215} \approx 101{,}07$ soit $101 < \sqrt{10\,215} < 102$.

**12** **1.** 0,2 h = 0,2 × 60 min = 12 min

**2.** 2 h 30 = 2,5 h
En 1 h, le véhicule parcourt 90 km.
En 30 min = 0,5 h, il parcourt 0,5 × 90 = 45 km.
En 2 h, il parcourt 2 × 90 =180 km.
Ainsi, en 2 h 30 = 2,5 h, il parcourt 180 + 45 = 225 km.

**L'astuce du prof**
Utilisez la proportionnalité de la distance parcourue et du temps de parcours.

**3.** 10 m/s = 10 × 60 m/min = 600 m/min
= 600 × 60 m/h = 36 000 m/h = 36 km/h

**L'astuce du prof**
Pour convertir une vitesse de m/s à km/h, multipliez par 3,6.

**4.** Une densité de 20 habitants/km² signifie qu'une zone de 1 km² regroupe 20 habitants. Ainsi, une zone de 40 km² regroupe 40 fois plus, soit 40 × 20 = 800 habitants.

**13** **1.** Vitesse moyenne = $\dfrac{\text{distance parcourue}}{\text{temps de parcours}}$,
soit $v = \dfrac{d}{t}$.

- $t = 7\text{ h }30 = 7\text{ h} + 30\text{ min} = 7\text{ h} + \dfrac{1}{2}\text{ h} = 7{,}5\text{ h}$
- $d = 5\,839$ km.

La vitesse moyenne $v$ d'un vol Paris-New York est :

$v = \dfrac{5\,839}{7{,}5} \approx 779$ km/h.

**Rappel**
30 min = 1/2 h = 0,5 h.

**2.** $v_{\text{concorde}} = 1\,557$ km/h et $d = 5\,839$ km.
Le temps $t$ pour relier Paris à New York en Concorde vérifie : $1\,557 = \dfrac{5\,839}{t}$.

On en déduit : $t = \dfrac{5\,839}{1\,557} \approx 3{,}75$ h.

$t = 3{,}75\text{ h} = 3\text{ h} + 0{,}75\text{ h} = 3\text{ h} + 0{,}75 \times 60\text{ min} = 3\text{ h }45\text{ min}$

**Gagnez des points !**
Convertissez 0,75 h en min.

**3.** $v_{\text{concorde}} = 1\,557$ km/h.
Le Concorde parcourt 1 557 km en 1 heure.
1 557 km = 1 557 000 m
1 h = 60 min = 60 × 60 s = 3 600 s

$v_{\text{concorde}} = \dfrac{1\,557\,000}{3\,600} = 432{,}5$ m/s

La vitesse du son étant de 343 m/s, $v_{\text{Concorde}} > v_{\text{son}}$.
Le Concorde se déplaçant plus vite que le son, il méritait bien son nom d'avion supersonique.

**Rappel**
Convertissez les km en m, et 1 h en s.

## Vers le Brevet

**14** • La part du jardin cultivée en légumes et plantes aromatiques représente :

$\dfrac{2}{5} + \dfrac{1}{4} = \dfrac{2 \times 4}{5 \times 4} + \dfrac{1 \times 5}{4 \times 5} = \dfrac{8}{20} + \dfrac{5}{20} = \dfrac{13}{20}$

La part du jardin cultivée en fraisiers correspond au reste, soit :

$1 - \dfrac{13}{20} = \dfrac{20}{20} - \dfrac{13}{20} = \dfrac{7}{20}$

**Remarque**
On pouvait aussi obtenir ce résultat en un seul calcul : $1 - \dfrac{2}{5} - \dfrac{1}{4}$.

• L'aire correspondant à la culture en fraisiers est :

$\frac{7}{20} \times 50 = 17{,}5 \text{ m}^2$.

**15** **1.** Le surcoût du prix d'achat du véhicule diesel par rapport au véhicule essence représente :

$\frac{21\,200 - 19\,900}{19\,900} \approx 0{,}0653$ soit 6,53 %.

**Remarque**

0,0653 est l'écriture décimale et 6,53% est l'écriture en %.

**2. a.** Le véhicule essence consomme 5,9 L pour 100 km parcourus.
Pour 1 800 km = 18 × 100 km, il consommera 18 × 5,9 = 106,2 L d'essence.
La dépense en carburant correspondante est : 106,2 × 1,468 ≈ 155,90 €.

**b.** Le véhicule diesel consomme 4,8 L pour 100 km parcourus.
Pour 1 800 km, il consommera 18 × 4,8 = 86,4 L de gasoil.
La dépense en carburant correspondante est : 86,4 × 1,414 ≈ 122,17 €.

**16** **1.** Le volume $V$ du réservoir est :
$V = h \times \ell \times p = 25 \times 40 \times 20 = 20\,000 \text{ cm}^3$.

**2.** Le volume maximum conseillé $V_m$ est :

$V_m = \frac{80}{100} \times 20\,000 = 16\,000 \text{ cm}^3$.

**3.** $V_m = 16\,000 \text{ cm}^3 = 16 \text{ dm}^3 = 16$ L.

**Rappel**

$1\,000 \text{ cm}^3 = 1 \text{ dm}^3$
$1 \text{ dm}^3 = 1$ L

**17** Il s'agit de comparer les distances proposées en les mettant par exemple sous notation scientifique :
Saturne : $1\,427 \times 10^6 = 1{,}427 \times 10^3 \times 10^6 = 1{,}427 \times 10^9$ km
Neptune : $4{,}497 \times 10^9$ km
Terre : $150\,000\,000 = 1{,}5 \times 10^8$ km
Uranus : $0{,}0287 \times 10^{11} = 2{,}87 \times 10^{-2} \times 10^{11}$
$= 2{,}87 \times 10^9$ km
Il vient alors par ordre croissant :
$1{,}5 \times 10^8 < 1{,}427 \times 10^9 < 2{,}87 \times 10^9 < 4{,}497 \times 10^9$.

**Pensez-y !**

Il s'agit de classer ces nombres par ordre croissant, puis il faut conclure.

En conclusion, on trouve de la plus proche à la plus éloignée du Soleil :
Terre – Saturne – Uranus – Neptune.

**18**

| $a$ | $\dfrac{4}{9}$ | $\dfrac{3}{2} \times \dfrac{3}{2} = \dfrac{9}{4}$ | $\dfrac{5}{9}$ |
|---|---|---|---|
| $\sqrt{a}$ | $\sqrt{\dfrac{4}{9}} = \dfrac{2}{3}$ | $\dfrac{3}{2}$ | $\sqrt{\dfrac{5}{9}} = \dfrac{\sqrt{5}}{3}$ |
| $a^2$ | $\left(\dfrac{4}{9}\right)^2 = \dfrac{4}{9} \times \dfrac{4}{9} = \dfrac{16}{81}$ | $\left(\dfrac{9}{4}\right)^2 = \dfrac{9}{4} \times \dfrac{9}{4} = \dfrac{81}{16}$ | $\dfrac{25}{81}$ |

**Méthode**

On commence par calculer a, puis on en déduit $a^2$.

**Méthode**

À partir de $a^2$, on trouve a, et enfin a.

**19** **1.** On cherche combien de morceaux de musique de 3 Mo peuvent être stockés sur une clé USB de 512 Mo.
$512 \div 3 \approx 170{,}7$
Une clé peut donc contenir 170 morceaux de musique.

**Piège à éviter**

Le nombre de morceaux à télécharger est un entier. Et ici, 171 morceaux ne « rentreront » pas sur la clé !

**2.** $5 \text{ min} = 5 \times 60 \text{ s} = 300 \text{ s}$
La vitesse de téléchargement étant de 14 Mo/s, en 5 min, on télécharge :
$14 \times 300 = 4\,200$ Mo de musique.
Un morceau occupant 3 Mo, cela correspond à $4\,200 \div 3 = 1\,400$ morceaux de musique.

**3.** $7 \text{ min } 20 \text{ s} = (7 \times 60 + 20) \text{ s} = 440 \text{ s}$
Le téléchargement de 7 920 Mo en 440 s correspond à une vitesse de téléchargement associée $v$ telle que : $v = 7\,920 \div 440 = 18$ Mo/s.

**Rappel**

Vitesse de téléchargement $= \dfrac{\text{capacité téléchargée}}{\text{temps de téléchargement}}$

**20** **1.** On applique au nombre 10 le programme de calcul.

**a.** $10 \times 3 = 30$ ;

**b.** $30 + 10^2 = 30 + 10 \times 10 = 30 + 100 = 130$ ;

**c.** $2 \times 130 = 260$.

Si on choisit 10 au départ, on obtient bien pour résultat le nombre 260.

**L'astuce du prof**

Cette question sert à vérifier que vous avez bien compris le fonctionnement du programme de calcul.

**2.** • On applique au nombre – 5 le programme de calcul.

**a.** $-5 \times 3 = -15$ ;

**b.** $-15 + (-5)^2 = -15 + (-5) \times (-5) = -15 + 25 = 10$ ;

**c.** $2 \times 10 = 20$.

Quand le nombre choisi est – 5, le résultat est 20.

• On applique au nombre $\frac{2}{3}$ le programme de calcul.

**a.** $\frac{2}{3} \times 3 = \frac{6}{3} = 2$ ;

**b.** $2 + \left(\frac{2}{3}\right)^2 = 2 + \left(\frac{2}{3}\right) \times \left(\frac{2}{3}\right) = 2 + \frac{2 \times 2}{3 \times 3} = 2 + \frac{4}{9}$

$= \frac{2 \times 9}{1 \times 9} + \frac{4}{9} = \frac{18}{9} + \frac{4}{9} = \frac{22}{9}$ ;

**c.** $2 \times \frac{22}{9} = \frac{2 \times 22}{9} = \frac{44}{9}$.

**Rappel**

$a \times \frac{b}{c} = \frac{a \times b}{c}$

Quand le nombre choisi est $\frac{2}{3}$, le résultat est $\frac{44}{9}$.

**3.** Il s'agit de trouver un nombre tel que, quand on lui applique le programme de calcul, on trouve un résultat négatif.

Par exemple : – 1

**a.** $(-1) \times 3 = -3$ ;

**b.** $-3 + (-1)^2 = -3 + (-1) \times (-1) = -3 + 1 = -2$ ;

**c.** $2 \times (-2) = -4$.

Quand le nombre choisi est – 1, le résultat est – 4, qui est un nombre négatif.

Louise, qui pense qu'on obtient toujours un résultat positif, a donc tort.

**Remarque**

Le nombre – 2 convient aussi. Tous les nombres compris strictement entre – 3 et 0 donnent un résultat négatif.

**21** **1.** L'écriture décimale de *A* est :

$A = 3 \times 10^2 + 10^1 + 2 \times 10^{-1} + 7 \times 10^{-2}$

$A = 3 \times 100 + 10 + 2 \times 0,1 + 7 \times 0,01$

$A = 300 + 10 + 0,2 + 0,07$

$A = 310,27$

**2.** L'écriture scientifique de $A$ est :

$A = 310{,}27$

$A = 3{,}1027 \times 100$

$A = 3{,}1027 \times 10^2$

**Rappel**

L'écriture scientifique est de la forme :
un nombre a × une puissance de 10, avec $1 \leq a < 10$.

**3.** L'écriture de $A$ sous la forme d'un produit d'un nombre entier par une puissance de 10 est :

$A = 310{,}27$

$A = 31\,027 \times 0{,}01$

$A = 31\,027 \times 10^{-2}$

**4.** L'écriture cherchée de $A$ sous la forme d'une somme d'un entier et d'une fraction irréductible inférieure à 1 est :

$A = 310{,}27$

$A = 310 + 0{,}27$

$A = 310 + \dfrac{27}{100}$

**Remarque**

310 est la partie entière de *A* et 0,27 est sa partie décimale.

## Arithmétique

Dans ce paragraphe, on travaille avec des entiers naturels.

### 1 Diviseurs et multiples

• On dit que ***b* est un diviseur de *a*** ou que ***a* est un multiple de *b*** lorsqu'il existe un entier naturel $n$ tel que $a = n \times b$ (ou lorsque $\frac{a}{b} = n$).

**Exemple :** $42 = 3 \times 14$ ou $\frac{42}{3} = 14$. Ainsi, 3 est un diviseur de 42 ; 42 est un multiple de 3.

### 2 Critères de divisibilité

| Un nombre est divisible par … | si … | Exemple |
|---|---|---|
| 2 | il se termine par 0, 2, 4, 6 ou 8 ; autrement dit s'il est pair. | 2 012 se termine par 2 |
| 3 | la somme de ses chiffres est un multiple de 3. | 105 car $1 + 0 + 5 = 6 = 2 \times 3$ |
| 5 | il se termine par 0 ou 5. | 765 se termine par 5 |
| 9 | la somme des chiffres qui le composent est un multiple de 9. | 783 car $7 + 8 + 3 = 18 = 2 \times 9$ |
| 10 | il se termine par 0. | 430 se termine par 0 |

### 3 Nombres premiers

• On appelle **nombre premier** un nombre qui admet exactement deux diviseurs distincts : 1 et lui-même.
Par convention, 0 et 1 ne sont pas des nombres premiers.

**Exemples :**
- 5 est un nombre premier, car il admet pour seuls diviseurs : 1 et 5.
- 26 n'est pas un nombre premier, car ses diviseurs sont {1 ; 2 ; 13 ; 26}.

• Tout entier naturel supérieur ou égal à 2 se décompose en produit de facteurs premiers, et cela de manière unique.

**Exemple :**
$60 = 2 \times 2 \times 3 \times 5$ (les nombres 2, 3 et 5 sont des nombres premiers).

EXERCICE RÉSOLU

## Établir la liste des nombres premiers inférieurs à 100

**ÉNONCÉ**

Il s'agit de déterminer, à la manière d'Eratosthène, tous les nombres premiers inférieurs à 100. On utilise un tableau contenant les nombres de 1 à 100.

| 1 | 2 | 3 | 4 | 5 | 6 | 7 | 8 | 9 | 10 |
|---|---|---|---|---|---|---|---|---|---|
| 11 | 12 | 13 | 14 | 15 | 16 | 17 | 18 | 19 | 20 |
| 21 | 22 | 23 | 24 | 25 | 26 | 27 | 28 | 29 | 30 |
| 31 | 32 | 33 | 34 | 35 | 36 | 37 | 38 | 39 | 40 |
| 41 | 42 | 43 | 44 | 45 | 46 | 47 | 48 | 49 | 50 |
| 51 | 52 | 53 | 54 | 55 | 56 | 57 | 58 | 59 | 60 |
| 61 | 62 | 63 | 64 | 65 | 66 | 67 | 68 | 69 | 70 |
| 71 | 72 | 73 | 74 | 75 | 76 | 77 | 78 | 79 | 80 |
| 81 | 82 | 83 | 84 | 85 | 86 | 87 | 88 | 89 | 90 |
| 91 | 92 | 93 | 94 | 95 | 96 | 97 | 98 | 99 | 100 |

- Par convention, 1 n'est pas premier, on le raye.
- 2 est un nombre premier. On le conserve. On raye ensuite tous les multiples de 2 (autrement dit, tous les nombres pairs).
- Le premier nombre non rayé qui suit est 3. On le conserve. Puis on raye tous les multiples de 3 suivants (soit une case sur 3)… jusqu'à 100.
- Le premier nombre non rayé qui suit est 5 : on le conserve. On raye ensuite tous les multiples de 5 suivants.
- On recommence ainsi de suite le procédé, en rayant tous les multiples du plus petit entier restant.

**CORRIGÉ**

De cette façon apparaissent dans ce tableau les 25 nombres premiers inférieurs à 100.

| 1 | 2 | 3 | 4 | 5 | 6 | 7 | 8 | 9 | 10 |
|---|---|---|---|---|---|---|---|---|---|
| 11 | 12 | 13 | 14 | 15 | 16 | 17 | 18 | 19 | 20 |
| 21 | 22 | 23 | 24 | 25 | 26 | 27 | 28 | 29 | 30 |
| 31 | 32 | 33 | 34 | 35 | 36 | 37 | 38 | 39 | 40 |
| 41 | 42 | 43 | 44 | 45 | 46 | 47 | 48 | 49 | 50 |
| 51 | 52 | 53 | 54 | 55 | 56 | 57 | 58 | 59 | 60 |
| 61 | 62 | 63 | 64 | 65 | 66 | 67 | 68 | 69 | 70 |
| 71 | 72 | 73 | 74 | 75 | 76 | 77 | 78 | 79 | 80 |
| 81 | 82 | 83 | 84 | 85 | 86 | 87 | 88 | 89 | 90 |
| 91 | 92 | 93 | 94 | 95 | 96 | 97 | 98 | 99 | 100 |

**Remarques**

- Le crible d'Erastosthène est un algorithme procédant par élimination.
- Certains nombres sont rayés plusieurs fois, car ils ont plusieurs diviseurs.

## Décomposer un nombre en produit de facteurs premiers

**ÉNONCÉ**

Décomposez le nombre 5 460 en produit de facteurs premiers.

**MÉTHODE**

1. On utilise les critères de divisibilité (par 2, 3, 5) pour trouver les premiers diviseurs premiers.
2. Puis on utilise sa calculatrice pour chercher d'autres diviseurs premiers (7, 11, 13…). La décomposition est terminée quand le résultat des divisions successives est 1.
3. Reste à écrire par multiplications successives de tous les facteurs premiers le nombre de départ.
4. On ordonne les nombres premiers dans le sens croissant, puis on groupe les puissances de même nombre ensemble.

**CORRIGÉ**

| Solution | Commentaires |
| --- | --- |
| 5 460 \| 2 — 5 460 est pair donc admet 2 pour diviseur<br>2 730 \| 2 — 2 730 est pair donc admet 2 pour diviseur<br>1 365 \| 5 — la terminaison en 5 indique que 5 est un diviseur<br>273 \| 3 — $2 + 7 + 3 = 12$ (multiple de 3) donc 3 est un diviseur | **1.** On teste rapidement les critères de divisibilité par 2 (nombre pair), par 3 (somme des chiffres multiple de 3) et par 5 (terminaison en 5 ou 0). |
| 91 \| 7 — À la calculatrice, $91 \div 7 = 13$<br>13 \| 13 — $13 \div 13 = 1$<br>1 | **2.** Avec la calculatrice, on teste la divisibilité par des nombres premiers plus grands (7, 11, 13..). Le dernier résultat obtenu est 1. |
| $5\,460 = 2 \times 2 \times 5 \times 3 \times 7 \times 13$ | **3.** On obtient la décomposition cherchée comme produit de tous les nombres premiers de la colonne de droite. |
| $5\,460 = 2 \times 2 \times 3 \times 5 \times 7 \times 13$<br>$= 2^2 \times 3 \times 5 \times 7 \times 13$ | **4.** On ordonne dans le sens croissant les nombres premiers, puis on groupe éventuellement les puissances ensemble. |

# Rendre une fraction irréductible à partir de la décomposition en produit de facteurs premiers

## ÉNONCÉ

Rendez irréductible le quotient $\frac{84}{330}$.

## MÉTHODE

1. Décomposer en produit de facteurs premiers le numérateur et le dénominateur du quotient.
2. Écrire le quotient sous sa forme décomposée (en rayant les facteurs communs du numérateur et du dénominateur).
3. Simplifier la fraction, qui est alors encore décomposée en produit de facteurs premiers.
4. Calculer les valeurs du numérateur et du dénominateur.

## CORRIGÉ

| Solution | Commentaires |
|---|---|
| En utilisant la méthode vue ci-contre, on obtient : <br> $84 = 2 \times 2 \times 3 \times 7$ <br> $330 = 2 \times 3 \times 5 \times 11$ | **1.** On utilise les critères de divisibilité, puis la calculatrice pour décomposer 84 et 330 en produit de nombres premiers. |
| $\frac{84}{330} = \frac{\cancel{2} \times 2 \times \cancel{3} \times 7}{\cancel{2} \times \cancel{3} \times 5 \times 11}$ | **2.** Apparaissent en commun au numérateur et au dénominateur : 2 et 3. |
| $\frac{84}{330} = \frac{2 \times 7}{5 \times 11}$ | **3.** On simplifie la fraction. |
| $\frac{84}{330} = \frac{14}{55}$ | **4.** On calcule le quotient simplifié. On obtient la forme irréductible de la fraction. |

## QCM

### 1 Cochez la (ou les) réponse(s) correcte(s).

**1.** 54 est un multiple de :

**a.** ☐ 6 **b.** ☐ 54 **c.** ☐ 108

**2.** 8 est un diviseur de :

**a.** ☐ 1 **b.** ☐ 8 **c.** ☐ 32

**3.** 156 est divisible par :

**a.** ☐ 3 **b.** ☐ 6 **c.** ☐ 9

**4.** 1 est diviseur de :

**a.** ☐ 1 **b.** ☐ 2 **c.** ☐ 5

**5.** Ce nombre est premier :

**a.** ☐ 51 **b.** ☐ 71 **c.** ☐ 91

**6.** Ce nombre est un carré parfait :

**a.** ☐ 289 **b.** ☐ 529 **c.** ☐ 1 000

**7.** Cette fraction est irréductible :

**a.** ☐ $\frac{35}{91}$ **b.** ☐ $\frac{77}{9}$ **c.** ☐ $\frac{52}{17}$

### 2 Répondez par vrai ou faux.

| Affirmations | Réponse |
|---|---|
| **1.** Le nombre 16 admet 5 diviseurs. | ☐ V ☐ F |
| **2.** 357 est un multiple de 3. | ☐ V ☐ F |
| **3.** 2 009 est un multiple de 9. | ☐ V ☐ F |
| **4.** Un nombre différent de 1 a toujours au moins deux diviseurs. | ☐ V ☐ F |
| **5.** 8,3 est un nombre rationnel. | ☐ V ☐ F |
| **6.** 1 225 est un carré parfait. | ☐ V ☐ F |
| **7.** 119 est un nombre premier. | ☐ V ☐ F |
| **8.** Tout nombre premier est impair. | ☐ V ☐ F |
| **9.** $\frac{84}{55}$ est une fraction irréductible. | ☐ V ☐ F |

## Exercices d'entraînement

### 3 Calcul mental

*Cet exercice est fait pour être traité sans la calculatrice.*

**1. a.** Dans la liste 180 – 92 – 75 – 87 – 67, quels nombres sont divisibles par 2 ; 3 ; 5 ; 9 ; 10 ?

**b.** Dans la liste 43 – 56 – 64 – 84 – 210, quels nombres sont divisibles par 7 ?

**2.** Rendez irréductibles les fractions suivantes :

- $\frac{7}{35}$
- $-\frac{28}{20}$
- $\frac{45}{81}$
- $\frac{36}{42}$

**3.** Effectuez la division euclidienne de : 39 par 7 ; 35 par 4 ; 56 par 8 ; 83 par 9.

**4.** Donnez la liste des nombres premiers inférieurs à 20.

**5.** Donnez la valeur exacte de : $\sqrt{81}$ ; $\sqrt{36}$ ; $\sqrt{100}$ ; $\sqrt{121}$.

**6.** Décomposez en produit de facteurs premiers : 12 ; 42 ; 60.

**7.** Combien le nombre 12 compte-t-il de diviseurs ?

### 4 Vocabulaire

Complétez les cases du tableau par les mots : multiple/diviseur/non multiple/non diviseur.

| Est ↗ ……… de | 1 | 4 | 7 | 8 | 28 | 168 |
|---|---|---|---|---|---|---|
| 56 | | | | | | |
| 14 | | | | | | |
| 24 | | | | | | |

### 5 Premiers ou pas ?

Déterminez dans la liste qui suit les nombres premiers.

53 – 133 – 154 – 2 277 – 8 715 – 8 841

## 6 Les nombres en décomposition

Décomposez en produit de facteurs premiers les nombres :

- 660
- 1 260
- 3 528
- 9 075

## 7 D'irréductibles fractions

Après avoir décomposé en produit de facteurs premiers le numérateur et le dénominateur des fractions ci-dessous, rendez-les irréductibles.

- $\frac{90}{84}$
- $\frac{294}{140}$
- $\frac{240}{264}$

# Vers le Brevet

## 8 Simplifier une fraction

**1.** Comment, sans calcul, peut-on justifier que la fraction $\frac{150}{105}$ n'est pas irréductible ?

**2.** Décomposez les nombres 150 et 105 en produit de facteurs premiers.

**3.** Simplifiez la fraction $\frac{150}{105}$ pour la rendre irréductible.

## 9 Une belle démonstration

On donne le programme de calcul suivant :

- Choisir un nombre entier
- Ajouter 4 à ce nombre
- Multiplier le résultat par 3
- Ajouter le double du nombre de départ
- Ajouter 3 au résultat

**1.** Le nombre choisi au départ est 7. Justifiez que le résultat obtenu est 50.

**2.** Quel résultat obtient-on si on choisit −6 comme nombre au départ ?

**3.** Clément affirme que le résultat obtenu à l'issue de ce programme est un multiple de 5 quelque soit le nombre entier choisi au départ. Montrez qu'il a raison.

### 10 Le problème du jardinier

Une commune dispose de 108 bulbes de tulipes blanches et 135 bulbes de tulipes rouges.

Le jardinier de cette commune veut faire des massifs (tous identiques) composés de tulipes blanches et de tulipes rouges. Il étudie plusieurs possibilités.

**1.** Il choisit dans un premier temps de faire 15 massifs. Utilisera-t-il tous les bulbes dont il dispose ? Donnez la composition de chacun des massifs.

**2.** Puis, après quelques calculs, il choisit de faire 9 massifs. Quel est alors l'intérêt de ce choix ?

**3.** En réfléchissant, il voudrait faire le maximum de massifs en utilisant tous les bulbes.

**a.** Décomposez en produit de facteurs premiers les nombres 108 et 135.

**b.** En utilisant la question précédente, donnez alors la composition de chacun des massifs.

### 11 Diviseurs communs et PGCD

**1.** Donnez la liste des diviseurs de : 28 ; 30 ; 54 et 105.

**2.** On appelle PGCD de deux nombres le plus grand diviseur commun à ces deux nombres.
Pour chacun des couples de nombres proposés, déterminez les diviseurs communs. Puis déduisez-en le PGCD.

**a.** 28 et 54.

**b.** 30 et 105.

### 12 Les nombres parfaits

Un nombre est parfait quand il est égal à la somme de ses diviseurs autres que lui-même.

**1.** Montrez que 6 et 28 sont deux nombres parfaits.

**2.** 42 est-il un nombre parfait ?

### 13 Opérer sur les fractions

**1.** Donnez la liste des nombres premiers inférieurs à 12.

**2.** En utilisant la décomposition en produit de facteurs premiers, donnez sous forme de fraction irréductible :

- $A = \frac{30}{44} \times \frac{14}{25}$
- $B = \frac{1}{66} + \frac{1}{12}$

**14** **Le nombre *N***

On pose $N = \dfrac{924}{176} - \dfrac{3}{8}$.

**1.** En utilisant la décomposition en produit de facteurs premiers, écrivez la fraction $\dfrac{924}{176}$ sous forme irréductible.

**2.** Écrivez en détaillant les calculs le nombre $N$ sous la forme d'une fraction irréductible.

## QCM

**1** **1.** $54 = 9 \times 6$ ; $54 = 1 \times 54$ ; mais 54 n'est pas « dans la table » de 108.

Ainsi, 54 est un multiple de 6 et de 54.

**Réponses :** **a.** 6 et **b.** 54.

> **Méthode**
> Vous pouviez aussi calculer $\frac{54}{9}$ ; $\frac{54}{54}$ et $\frac{54}{108}$. Si le résultat est un entier, alors 54 est un de ses multiples.

**2.** $\frac{1}{8}$ n'est pas un entier. Par contre, $\frac{8}{8} = 1$ et $\frac{32}{8} = 4$.

Ainsi 8, est un diviseur de 8 et de 32.

**Réponses :** **b.** 8 et **c.** 32.

> **Remarque**
> Regardez si 1 ; 8 et 32 sont « dans la table » de 8.

**3.** • $1 + 5 + 6 = 12$, multiple de 3. Donc 156 est divisible par 3.

• 156 est pair, donc divisible par 2.
De plus, il est divisible par 3. Donc 156 est divisible par 6.

• $1 + 5 + 6 = 12$, non multiple de 9. Donc 156 n'est pas divisible par 9.

**Réponses :** **a.** 3 et **b.** 6.

**4.** 1 est diviseur de tous les nombres, donc de 1, 2 et 5.

**Réponses :** **a.** 1, **b.** 2 et **c.** 5.

**5.** • $51 = 3 \times 17$ donc 51 n'est pas un nombre premier.

• 71 admet pour seuls diviseurs 1 et 71 : c'est un nombre premier.

• $91 = 7 \times 13$ donc 91 n'est pas un nombre premier.

**Réponse :** **b.** 71.

**6.** • $\sqrt{289} = 17$. Donc $289 = 17^2$ et 289 est un carré parfait.

• $\sqrt{529} = 23$. Donc $529 = 23^2$ et 529 est un carré parfait.

• $\sqrt{1\,000} \approx 31{,}62$. Donc 1 000 n'est pas un carré parfait.

**Réponses :** **a.** 289 et **b.** 529.

**7.** Dans chaque cas, on décompose le numérateur et le dénominateur en produit de facteurs premiers, puis on les simplifie.

• $35 = 5 \times 7$
$91 = 7 \times 13$
$$\frac{35}{91} = \frac{5 \times \cancel{7}}{\cancel{7} \times 13} = \frac{5}{13}$$

• $77 = 7 \times 11$

$9 = 3 \times 3$

$$\frac{77}{9} = \frac{7 \times 11}{3 \times 3}$$

En l'absence de facteur commun au numérateur et au dénominateur, cette fraction est irréductible.

• $52 = 2 \times 2 \times 13$

17 est un nombre premier.

Le quotient $\frac{52}{17} = \frac{2 \times 2 \times 13}{17}$ ne se simplifie pas.

**Réponses : b.** $\frac{77}{9}$ et **c.** $\frac{52}{17}$.

**2** **1. Vrai.** 16 admet pour diviseurs {1 ; 2 ; 4 ; 8 ; 16}, soit 5 diviseurs.

**2. Vrai.** $3 + 5 + 7 = 15$ qui est un multiple de 3.

**3. Faux.** $2 + 0 + 0 + 9 = 11$ qui n'est pas un multiple de 9.

**4. Vrai.** Un nombre différent de 1 a toujours au moins pour diviseurs 1 et lui-même, car pour tout $a$ entier $\neq 1$ : $a = 1 \times a$.

**5. Vrai.** 8,3 est un nombre décimal (partie « après la virgule » finie).

Et tout nombre décimal est aussi rationnel. En effet, $8{,}3 = \frac{83}{10}$.

**6. Vrai.** $\sqrt{1\,225} = 35$. Ainsi, $1\,225 = 35^2$ : 1 225 est un carré parfait.

**7. Faux.** 119 admet pour diviseurs {1; 7; 17; 119}. 119 n'est donc pas un nombre premier.

**8. Faux.** 2 est un nombre premier.

> **Remarque**
> 2 est le seul nombre premier pair.

**9. Vrai.** $84 = 2 \times 2 \times 3 \times 7$ et $55 = 5 \times 11$.

84 et 55 n'ont aucun facteur premier commun,

donc le quotient $\frac{84}{55}$ ne se simplifie pas.

## Exercices d'entraînement

**3** **1. a.** Sont divisibles par 2 : 180 ; 92.
Sont divisibles par 3 : 180 ; 75 ; 87.
Sont divisibles par 5 : 180 ; 75.
Est divisible par 9 : 180.
Est divisible par 10 : 180.

**b.** Sont divisibles par 7 :
56 car $56 = 7 \times 8$ ;
84 car $84 = 70 + 14 = 7 \times 10 + 7 \times 2 = 7 \times (10 + 2) = 7 \times 12$
210 car $210 = 21 \times 10 = (7 \times 3) \times 10 = 7 \times (3 \times 10) = 7 \times 30$

**2.** • $\frac{7}{35} = \frac{\cancel{7} \times 1}{\cancel{7} \times 5} = \frac{1}{5}$

• $-\frac{28}{20} = -\frac{\cancel{4} \times 7}{\cancel{4} \times 5} = -\frac{7}{5}$

• $\frac{45}{81} = \frac{\cancel{9} \times 5}{\cancel{9} \times 9} = \frac{5}{9}$

• $\frac{36}{42} = \frac{\cancel{6} \times 6}{\cancel{6} \times 7} = \frac{6}{7}$

**L'astuce du prof**

Il est indispensable de réviser ses tables de multiplication pour bien aborder ce chapitre !

**3.** $39 = 7 \times 5 + 4$
$35 = 4 \times 8 + 3$
$56 = 8 \times 7 + 0$
$83 = 9 \times 9 + 2$

**4.** Les nombres premiers inférieurs à 20 sont {2 ; 3 ; 5 ; 7 ; 11 ; 13 ; 17 ; 19}.

**5.** $\sqrt{81} = \sqrt{9^2} = 9$
$\sqrt{36} = \sqrt{6^2} = 6$
$\sqrt{100} = \sqrt{10^2} = 10$
$\sqrt{121} = \sqrt{11^2} = 11$

**Conseil**

Les premiers carrés parfaits sont à connaître par cœur.

**6.** $12 = 2 \times 2 \times 3 = 2^2 \times 3$
$42 = 2 \times 3 \times 7$
$60 = 2 \times 2 \times 3 \times 5 = 2^2 \times 3 \times 5$

**7.** Le nombre 12 a 6 diviseurs : {1 ; 2 ; 3 ; 4 ; 6 ; 12}.

**4**

| Est ↗ ......... de | 1 | 4 | 7 | 8 | 28 | 168 |
|---|---|---|---|---|---|---|
| **56** | Multiple car $56 = 1 \times 56$ | Multiple car $56 = 4 \times 14$ | Multiple car $56 = 7 \times 8$ | Multiple car $56 = 8 \times 7$ | Multiple car $56 = 28 \times 2$ | Diviseur car $168 = 3 \times 56$ |
| **14** | Multiple car $14 = 1 \times 14$ | Non multiple car $14 \div 4$ n'est pas entier | Multiple car $14 = 7 \times 2$ | Non multiple car $14 \div 8$ n'est pas entier | Diviseur car $28 = 14 \times 2$ | Diviseur car $168 = 14 \times 12$ |
| **24** | Multiple car $24 = 1 \times 24$ | Multiple car $24 = 4 \times 6$ | Non multiple car $24 \div 7$ n'est pas entier | Multiple car $24 = 8 \times 3$ | Non diviseur car $28 \div 24$ n'est pas entier | Diviseur car $168 = 24 \times 7$ |

**5** • 53 admet pour seuls diviseurs 1 et 53. C'est un nombre premier.

• $133 = 7 \times 19$. 133 n'est pas un nombre premier. Ses diviseurs sont {1 ; 7 ; 19 ; 133}.

• 154 étant un nombre pair, il admet 2 pour autre diviseur que 1 et lui-même : il n'est donc pas premier.

• La somme des chiffres de 2 277 est un multiple de 9 ($2 + 2 + 7 + 7 = 18$). 2 277 est donc un multiple de 9 : ce n'est pas un nombre premier.

**Pensez-y !**

Ayez le réflexe de tester de tête les critères de divisibilité simples (2 ; 3 ; 5). Ensuite, utilisez votre calculatrice (pour 7 ; 11...).

• 8 715 a une terminaison en 5 : c'est un multiple de 5, donc ce n'est pas un nombre premier.

• 8 841. La somme de ses chiffres vaut $8 + 8 + 4 + 1 = 21$ (multiple de 3). 8 841 est donc un multiple de 3 : ce n'est pas un nombre premier.

**6** •

| | |
|---|---|
| 660 | 2 |
| 330 | 2 |
| 165 | 5 |
| 33 | 3 |
| 11 | 11 |
| 1 | |

$$660 = 2 \times 2 \times 5 \times 3 \times 11$$
$$= 2 \times 2 \times 3 \times 5 \times 11$$
$$= 2^2 \times 3 \times 5 \times 11$$

•

| | |
|---|---|
| 1 260 | 2 |
| 630 | 2 |
| 315 | 5 |
| 63 | 7 |
| 9 | 3 |
| 3 | 3 |
| 1 | |

$$1\,260 = 2 \times 2 \times 5 \times 7 \times 3 \times 3$$
$$= 2^2 \times 3^2 \times 5 \times 7$$

- $$\begin{array}{r|l} 3\,528 & 2 \\ 1\,764 & 2 \\ 882 & 2 \\ 441 & 3 \\ 147 & 3 \\ 49 & 7 \\ 7 & 7 \\ 1 & \end{array}$$

$3528 = 2 \times 2 \times 2 \times 3 \times 3 \times 7 \times 7$
$= 2^3 \times 3^2 \times 7^2$

- $$\begin{array}{r|l} 9\,075 & 5 \\ 1\,815 & 5 \\ 363 & 3 \\ 121 & 11 \\ 11 & 11 \\ 1 & \end{array}$$

$9\,075 = 5 \times 5 \times 3 \times 11 \times 11$
$= 3 \times 5^2 \times 11^2$

> **Pensez-y !**
> Pour alléger les décompositions, utilisez les puissances.

**7**

- $$\begin{array}{r|l} 90 & 2 \\ 45 & 5 \\ 9 & 3 \\ 3 & 3 \\ 1 & \end{array} \qquad \begin{array}{r|l} 84 & 2 \\ 42 & 2 \\ 21 & 3 \\ 7 & 7 \\ 1 & \end{array}$$

$90 = 2 \times 5 \times 3 \times 3 = 2 \times 3 \times 3 \times 5$ $\qquad$ $84 = 2 \times 2 \times 3 \times 7$

$$\frac{90}{84} = \frac{\cancel{2} \times 3 \times \cancel{3} \times 5}{\cancel{2} \times 2 \times \cancel{3} \times 7} = \frac{3 \times 5}{2 \times 7} = \frac{15}{14}$$

- $$\begin{array}{r|l} 294 & 2 \\ 147 & 3 \\ 49 & 7 \\ 7 & 7 \\ 1 & \end{array} \qquad \begin{array}{r|l} 140 & 2 \\ 70 & 2 \\ 35 & 5 \\ 7 & 7 \\ 1 & \end{array}$$

$294 = 2 \times 3 \times 7 \times 7$ $\qquad$ $140 = 2 \times 2 \times 5 \times 7$

$$\frac{294}{140} = \frac{\cancel{2} \times 3 \times 7 \times \cancel{7}}{\cancel{2} \times 2 \times 5 \times \cancel{7}} = \frac{3 \times 7}{2 \times 5} = \frac{21}{10}$$

- $$\begin{array}{r|l} 240 & 2 \\ 120 & 2 \\ 60 & 2 \\ 30 & 2 \\ 15 & 3 \\ 5 & 5 \\ 1 & \end{array} \qquad \begin{array}{r|l} 264 & 2 \\ 132 & 2 \\ 66 & 2 \\ 33 & 3 \\ 11 & 11 \\ 1 & \end{array}$$

$220 = 2 \times 2 \times 2 \times 2 \times 3 \times 5 = 2^4 \times 3 \times 5$ $\qquad$ $264 = 2 \times 2 \times 2 \times 3 \times 11 = 2^3 \times 3 \times 11$

$$\frac{240}{264} = \frac{2^{\cancel{4}} \times \cancel{3} \times 5}{\cancel{2^3} \times \cancel{3} \times 11} = \frac{2 \times 5}{11} = \frac{10}{11}$$

## Vers le Brevet

**8** **1.** Dans le quotient proposé, le numérateur (150) se termine par 0 et le dénominateur (105) par 5. On en déduit que le numérateur et le dénominateur ont pour diviseur commun « évident » 5.

La fraction $\frac{150}{105}$ peut donc être simplifiée : elle n'est pas irréductible.

**Rappel**
Un nombre admet pour diviseur 5 s'il se finit par 0 ou par 5.

**Remarque**
150 admet également pour diviseur « évident » 10 (car sa terminaison est un 0), mais pas 105.

**2.** Décomposons les nombres 150 et 105 en produit de facteurs premiers :

$$\begin{array}{r|l} 150 & 5 \\ 30 & 5 \\ 6 & 3 \\ 2 & 2 \\ 1 & \end{array} \qquad \begin{array}{r|l} 105 & 5 \\ 21 & 7 \\ 3 & 3 \\ 1 & \end{array}$$

$150 = 2 \times 3 \times 5 \times 5$
$\phantom{150} = 2 \times 3 \times 5^2$

$105 = 5 \times 7 \times 3$
$\phantom{105} = 3 \times 5 \times 7$

**3.** En utilisant la question précédente, on simplifie le quotient :

$$\frac{150}{105} = \frac{2 \times \cancel{3} \times \cancel{5} \times 5}{\cancel{3} \times \cancel{5} \times 7} = \frac{2 \times 5}{7} = \frac{10}{7}$$

**9** **1.** Appliquons au nombre 7 le programme de calcul :

- $7 + 4 = 11$ ;
- $11 \times 3 = 33$ ;
- $33 + 2 \times 7 = 33 + 14 = 47$ ;
- $47 + 3 = 50$.

Quand on choisit pour nombre de départ 7, on obtient pour résultat 50.

**Gagnez des points !**
Cette étape est intéressante car elle vous permet de vérifier que vous avez bien compris comment fonctionne le programme de calcul, puisque vous connaissez à l'avance le résultat.

**2.** Appliquons le même programme de calcul à $-6$ :

- $-6 + 4 = -2$ ;
- $(-2) \times 3 = -6$ ;

- $-6 + 2 \times (-6) = -6 - 12 = -18$ ;
- $-18 + 3 = -15$.

Quand on choisit pour nombre de départ -6, on obtient pour résultat $-15$.

**3.** Notons $x$ le nombre entier choisi au départ et appliquons lui le programme de calcul :

- on ajoute 4 à ce nombre : on obtient $x + 4$ ;
- on multiplie le résultat par 3 : on obtient $3 \times (x + 4)$;
- on ajoute le double du nombre de départ : on obtient $3 \times (x + 4) + 2 \times x$ ;
- on ajoute 3 au résultat : on obtient $3 \times (x + 4) + 2 \times x + 3$.

> **Méthode**
> Il s'agit de refaire le même travail que dans les deux questions précédentes sauf que vous remplacez 7 et $-6$ par $x$.

Quand on choisit $x$ pour nombre de départ, on obtient pour résultat $3 \times (x + 4) + 2 \times x + 3$.

$$\begin{aligned} 3 \times (x + 4) + 2 \times x + 3 &= 3 \times x + 3 \times 4 + 2x + 3 \\ &= 3x + 2x + 12 + 3 \\ &= 5x + 15 \\ &= 5 \times x + 5 \times 3 \\ &= 5(x + 3) \end{aligned}$$

> **Gagnez des points !**
> Développez et réduisez l'expression obtenue, puis factorisez par 5.

Comme $x$ est un nombre entier, $(x + 3)$ est aussi un entier. Et par conséquent le nombre $5 \times (x + 3)$ est un multiple de 5.

Cela montre que Clément a raison : le résultat obtenu à l'issue du programme est toujours un multiple de 5.

> **Rappel**
> Un multiple de 5 s'écrit : $5 \times$ (un nombre entier).

**10** **1.** $\dfrac{108}{15} = 7{,}2$ et $\dfrac{135}{15} = 9$.

Pour faire 15 massifs, le jardinier utilisera bien tous les bulbes de tulipes rouges (car 9 est un entier) mais pas tous ceux de tulipes blanches (car 7,2 n'est pas un entier).

Chaque massif sera composé de 7 tulipes blanches et de 9 tulipes rouges.

> **Remarque**
> $108 = 15 \times 7 + 3$.
> Il restera au jardinier 3 bulbes de tulipes blanches.

**2.** $\dfrac{108}{9} = 12$ et $\dfrac{135}{9} = 15$.

Pour faire 9 massifs, le jardinier utilisera bien cette fois tous les bulbes de tulipes rouges et

> **Remarque**
> Chacun des 9 massifs sera fleuri dans ce cas de 12 tulipes blanches et 15 tulipes rouges.

blanches (car 12 et 15 sont des entiers). C'est là l'intérêt de ce choix : il ne reste aucun bulbe.

**3. a.** Décomposons les nombres 108 et 135 en produit de facteurs premiers :

| 108 | 2 |
|---|---|
| 54 | 2 |
| 27 | 3 |
| 9 | 3 |
| 3 | 3 |
| 1 | |

| 135 | 3 |
|---|---|
| 45 | 3 |
| 15 | 3 |
| 5 | 5 |
| 1 | |

$108 = 2 \times 2 \times 3 \times 3 \times 3$
$= 2^2 \times 3^3$

$135 = 3 \times 3 \times 3 \times 5$
$= 3^3 \times 5$

**b.** • Pour utiliser tous les bulbes, il faut déterminer un diviseur commun aux nombres de bulbes 108 et 135. De plus le jardinier souhaite faire le maximum de massifs, il s'agit alors de trouver le plus grand diviseur commun de 108 et 135.

• D'après la question précédente :

$108 = 2 \times 2 \times \underline{3 \times 3 \times 3}$
$135 = \underline{3 \times 3 \times 3} \times 5$

Le plus grand diviseur commun cherché est :
$3 \times 3 \times 3 = 27$.

• $\frac{108}{27} = 4$ et $\frac{135}{27} = 5$

Le jardinier pourra fleurir 27 massifs, composés chacun de 4 tulipes blanches et 5 tulipes rouges.

**Méthode**
Pour trouver les diviseurs, utilisez les critères de divisibilité par 2, 3 et 5 ainsi que votre calculatrice.

**Gagnez des points !**
Expliquez votre démarche en deux étapes. Vous cherchez un diviseur :
– commun à 108 et 135 ;
– le plus grand possible.
Ce nombre est appelé PGCD de 108 et 135.

**L'astuce du prof**
Dans les deux décompositions en produit de facteurs premiers, soulignez tous les facteurs communs : vous ferez apparaître le nombre cherché.

**11** **1.** Diviseurs de :
28 : {1 ; 2 ; 4 ; 7 ; 14 ; 28}
30 : {1 ; 2 ; 3 ; 5 ; 6 ; 10 ; 15 ; 30}
54 : {1 ; 2 ; 3 ; 6 ; 9 ; 18 ; 27 ; 54}
105 : {1 ; 3 ; 5 ; 7 ; 15 ; 21 ; 35 ; 105}

**Gagnez des points !**
Cherchez toutes les façons d'écrire 28 dans les tables de multiplication.

**2. a.** Dans la liste des diviseurs de 28 et 54, on cherche les diviseurs communs. On y trouve 1 et 2. Le plus grand de ces diviseurs communs est 2. On conclut PGCD (28 ; 54) = 2.

**b.** De même, dans la liste des diviseurs de 30 et 105, les diviseurs communs sont 1 ; 3 ; 5 ; 15. Le plus grand est 15.
D'où PGCD (30 ; 105) = 15.

**12** **1.** • 6 admet pour diviseurs {1 ; 2 ; 3 ; 6}.
La somme de ses diviseurs autres que lui-même vaut : 1 + 2 + 3 = 6, soit lui-même. 6 est donc un nombre parfait.

• 28 admet pour diviseurs {1 ; 2 ; 4 ; 7 ; 14 ; 28}.
La somme de ses diviseurs autres que lui-même vaut : 1 + 2 + 4 + 7 + 14 = 28, soit lui-même.
28 est donc un nombre parfait.

**2.** 42 admet pour diviseurs {1 ; 2 ; 3 ; 6 ; 7 ; 14 ; 21 ; 42}.
La somme de ses diviseurs autres que lui-même vaut : 1 + 2 + 3 + 6 + 7 + 14 + 21 = 54 ≠ 42. Donc 42 n'est pas un nombre parfait.

**L'astuce du prof**

Chercher les diviseurs d'un nombre, c'est chercher à l'écrire de toutes les façons possibles comme produit de deux entiers positifs.

**13** **1.** Les nombres premiers inférieurs à 12 sont : {2 ; 3 ; 5 ; 7 ; 11}.

**2.** • $A = \frac{30}{44} \times \frac{14}{25} = \frac{2 \times 3 \times 5}{2 \times 2 \times 11} \times \frac{2 \times 7}{5 \times 5}$

$= \frac{\cancel{2} \times \cancel{2} \times 3 \times \cancel{5} \times 7}{\cancel{2} \times \cancel{2} \times 5 \times \cancel{5} \times 11} = \frac{3 \times 7}{5 \times 11} = \frac{21}{55}$

• $B = \frac{1}{66} + \frac{1}{12} = \frac{1}{2 \times 3 \times 11} + \frac{1}{2 \times 2 \times 3}$

$= \frac{1}{2 \times 3 \times 11} \times \frac{2}{2} + \frac{1}{2 \times 2 \times 3} \times \frac{11}{11}$

$= \frac{2}{2 \times 2 \times 3 \times 11} + \frac{11}{2 \times 2 \times 3 \times 11}$

$= \frac{13}{2^2 \times 3 \times 11} = \frac{13}{132}$

**L'astuce du prof**

Comme les nombres 30, 44, 14 et 25 sont petits, on décompose les fractions associées directement.

**Rappel**

Pour additionner deux fractions, cherchez leur dénominateur commun. Ici, c'est $2 \times 2 \times 3 \times 11$.

**14** **1.**

| 924 | 2 |
|---|---|
| 462 | 2 |
| 231 | 3 |
| 77 | 7 |
| 11 | 11 |
| 1 | |

| 176 | 2 |
|---|---|
| 88 | 2 |
| 44 | 2 |
| 22 | 2 |
| 11 | 11 |
| 1 | |

$924 = 2 \times 2 \times 3 \times 7 \times 11$ $176 = 2 \times 2 \times 2 \times 2 \times 11$

$\frac{924}{176} = \frac{\cancel{2} \times \cancel{2} \times 3 \times 7 \times \cancel{11}}{\cancel{2} \times \cancel{2} \times 2 \times 2 \times \cancel{11}} = \frac{3 \times 7}{2 \times 2} = \frac{21}{4}$

**2.** $N = \frac{924}{176} - \frac{3}{8} = \frac{21}{4} - \frac{3}{8} = \frac{21}{4} \times \frac{2}{2} - \frac{3}{8} = \frac{42}{8} - \frac{3}{8} = \frac{39}{8}$

CHAPITRE 3

# Calcul littéral (développement, factorisation)

## Développer et factoriser

### 1 Développement avec la distributivité

Développer, c'est transformer un produit en une somme (ou une différence).

- $k(a + b) = ka + kb$ (Produit → Somme) $k(a - b) = ka - kb$ (Produit → Différence)

**Exemples :**
- $6(x + 3) = 6 \times x + 6 \times 3 = 6x + 18$
- $3(2x - 5) = 3 \times 2x - 3 \times 5 = 6x - 15$

- $(a + b)(c + d) = ac + ad + bc + bd$ (Produit → Somme)

**Exemple :**
$(x + 2)(3x + 5) = x \times 3x + x \times 5 + 2 \times 3x + 2 \times 5 = 3x^2 + 5x + 6x + 10 = 3x^2 + 11x + 10$

### 2 Développement avec une identité remarquable

$$(a + b)(a - b) = a^2 - b^2.$$

**Exemples :**
- $(x - 5)(x + 5) = x^2 - 5^2 = x^2 - 25.$
- $(2x - 4)(2x + 4) = (2x)^2 - 4^2 = 4x^2 - 16.$

### 3 Factoriser avec un facteur commun

Factoriser, c'est transformer une somme (ou une différence) en un produit.

$ka + kb = k(a + b)$ (Somme → Produit) $ka - kb = k(a - b)$ (Différence → Produit)

**Exemples :**
- $5x + 5y = \underline{5} \times x + \underline{5} \times y = 5(x + y)$
- $3x - 6 = \underline{3} \times x - \underline{3} \times 2 = 3(x - 2)$

### 4 Factoriser avec une égalité remarquable

$$(a + b)(a - b) = a^2 - b^2.$$

**Exemples :**
- $x^2 - 36 = x^2 - 6^2 = (x - 6)(x + 6).$
- $25x^2 - 4 = (5x)^2 - 2^2 = (5x - 2)(5x + 2).$

EXERCICE RÉSOLU

## Développer et factoriser des expressions

**ÉNONCÉ**

**1.** Développer

- $A = 6(5x - 3)$
- $B = (x + 3)(1 - 2x)$
- $C = (x + 6)(x - 6)$

**2.** Factoriser

- $D = 9x - 18$
- $E = 2x^2 + 9x$
- $F = 64 - x^2$

**CORRIGÉ**

**1.** • On reconnaît dans $A$ un produit du type $k(a - b)$ qui se développe en $ka - kb$ avec $k = 6$, $a = 5x$ et $b = 3$.
$A = 6(5x - 3) = 6 \times 5x - 6 \times 3 = 30x - 18$

• $B$ est un produit de deux facteurs que l'on développe :
$B = (x + 3)(1 - 2x) = x \times 1 - x \times 2x + 3 \times 1 - 3 \times 2x$
$= x - 2x^2 + 3 - 6x = -2x^2 - 5x + 3$

**Rappel**
On n'oublie pas que : $x \times x = x^2$.

• On reconnaît dans $C$ un produit particulier du type $(a + b)(a - b)$ qui se développe en $a^2 - b^2$ avec $a = x$ et $b = 6$.
$C = (x - 6)(x + 6) = x^2 - 6^2$
$= x^2 - 36$

**Remarque**
Identifiez bien les termes $a$ et $b$ pour utiliser l'égalité remarquable.

**2.** • $D$ est la différence de deux termes, $9x$ et $18$.
Il s'agit donc de la factoriser :
$D = 9x - 18$
$= \underline{9} \times x - \underline{9} \times 2$
$= \underline{9}(x - 2)$

**Remarque**
En notant que 18 s'écrit $9 \times 2$, on peut utiliser la formule : $ka - kb = k(a - b)$.

• $E$ est la somme de deux termes, $2x^2$ et $9x$.
On la factorise :
$E = 2\underline{x}^2 + 9\underline{x} = 2x \times \underline{x} + 9 \times \underline{x}$
$= \underline{x}(2x + 9)$

**Conseil**
Dans les termes $2x^2$ et $9x$, il y a un facteur commun, $x$.

• $F$ est une différence de deux carrés. On utilise l'égalité remarquable $a^2 - b^2 = (a + b)(a - b)$ avec $a = 8$ et $b = x$.
$F = 64 - x^2 = 8^2 - x^2$
$= (8 - x)(8 + x)$

**Remarque**
Identifiez bien les termes $a$ et $b$ pour utiliser l'égalité remarquable.

## Développer avec la double distributivité

**ÉNONCÉ**

Développez l'expression suivante : $A = (5 - 2x)(3x + 4)$.

**MÉTHODE**

**1.** On reconnaît un produit de deux facteurs.

**2.** On trace des flèches partant de chaque terme du premier facteur vers chaque terme du second facteur.

**3.** On développe. On commence par écrire le signe du produit en utilisant la règle des signes (le produit de deux nombres de même signe est positif et le produit de deux nombres de signe contraire est négatif), puis on écrit le produit.

**4.** On simplifie l'écriture en enlevant les signes ×.

**5.** On réduit l'écriture.

**CORRIGÉ**

| Solution | Commentaires |
|---|---|
| $A = \boxed{(5 - 2x)}\ \boxed{(3x + 4)}$ | **1.** On reconnaît un produit de deux facteurs (encadrés). Les parenthèses sont importantes. Elles indiquent que c'est $(5 - 2x)$ qui est multiplié par $(3x + 4)$. On utilise donc la double distributivité pour développer ce produit. |
| $A = (5 - 2x)(3x + 4)$ | **2.** On trace les flèches qui vont aider au développement. |
| $A = 5 \times 3x + 5 \times 4 - 2x \times 3x - 2x \times 4$ | **3.** On développe. On écrit d'abord le signe (grâce à la règle des signes des produits), puis on écrit le produit. |
| $A = 15x + 20 - 6x^2 - 8x$ | **4.** On simplifie l'écriture, sans oublier que $x \times x = x^2$. |
| $A = -6x^2 + 7x + 20$ | **5.** On réduit l'écriture en « calculant » les $x$ avec les $x$. On vérifie bien que le résultat final est une somme (c'est toujours le cas après un développement). |

**Remarque :**

Avec un peu d'entraînement, vous pouvez ne pas écrire l'étape **3.** et passer directement de l'étape **2.** à l'étape **4.** Écrivez le signe du produit, puis faites le produit mentalement sans l'écrire.

# Factoriser une expression

## ÉNONCÉ

Factoriser $A = 5x^2 + 3x$ et $B = 25 - 9x^2$.

## MÉTHODE

1. On remarque que les expressions $A$ et $B$ sont des sommes ou différences : ce ne sont donc pas des expressions factorisées.
2. On repère pour $A$ et $B$ la méthode à utiliser : soit la factorisation par facteur commun, soit la factorisation avec l'égalité remarquable $a^2 - b^2 = (a - b)(a + b)$.
3. On identifie le facteur commun ou les valeurs de $a$ et $b$ dans l'égalité remarquable.
4. On factorise avec le facteur commun ou on utilise l'égalité remarquable.
5. On vérifie qu'à la fin on obtient bien un produit.

## CORRIGÉ

| Solution | Commentaires |
|---|---|
| $A = 5x^2 + 3x$<br>$B = 25 - 9x^2$ | **1.** $A$ est la somme de $5x^2$ et de $3x$.<br>$B$ est la différence de 25 avec $9x^2$. |
| $A = 5x^2 + 3x = 5x \times \underline{x} + 3 \times \underline{x}$<br>$B = 25 - 9x^2 = 5^2 - (3x)^2$ | **2. 3.** Dans $A$, on repère un facteur commun : $x$.<br>Dans $B$, on reconnaît une différence de deux carrés $a^2 - b^2$ avec $a = 5$ et $b = 3x$. |
| $A = x\,(5x + 3)$<br>$B = (5 - 3x)(5 + 3x)$ | **4.** Pour $A$, on met le facteur commun devant la parenthèse et on complète celle-ci avec les termes qui manquent.<br>Pour $B$ on écrit l'égalité $a^2 - b^2 = (a - b)(a + b)$ avec $a = 5$ et $b = 3x$. |
| Les expressions factorisées de $A$ et $B$ sont :<br>$A = x(5x + 3)$ et $B = (5 - 3x)(5 + 3x)$. | **5.** On obtient pour $A$ et $B$ des produits de deux facteurs. |

## QCM

### 1 Cochez la (ou les) réponse(s) correcte(s).

**1.** $2 - (-x + 3)$ est égal à :

**a.** ☐ $-x - 1$ **b.** ☐ $x - 1$ **c.** ☐ $x + 5$

**2.** $(-4x + 1)(2x - 3)$ est égal à :

**a.** ☐ $-8x^2 - 3$ **b.** ☐ $-8x^2 + 14x - 3$ **c.** ☐ $8x^2 + 14x - 3$

**3.** Pour $x = -2$, l'expression proposée vaut 0.

**a.** ☐ $16 - 4x^2$ **b.** ☐ $x^2 + 4$ **c.** ☐ $(2x + 4)(x - 1)$

**4.** $a^2 - b^2$ est égal à :

**a.** ☐ $(a + b)(a - b)$ **b.** ☐ $(a - b)^2$

**c.** ☐ Ce n'est pas une identité remarquable.

**5.** $(2x + 1)(2x - 1)$ a pour forme développée :

**a.** ☐ $2x^2 - 1$ **b.** ☐ $4x^2 - 1$ **c.** ☐ $4x^2 + 1$

**6.** $x^2 - 4$ se factorise en :

**a.** ☐ $(x - 2)(x + 2)$ **b.** ☐ $(x - 2)^2$ **c.** ☐ $(x + 2)(-2 + x)$

### 2 Répondez par vrai ou faux.

| Affirmations | Réponse |
|---|---|
| **1.** $5 - (2x + 1) = -2x + 6$ | ☐V ☐F |
| **2.** Quand $x = -3$, $x^2 - 4$ est un nombre négatif. | ☐V ☐F |
| **3.** $x^2 - 1 = (1 - x)(1 + x)$. | ☐V ☐F |
| **4.** $1 - x^2$ est une différence de deux carrés. | ☐V ☐F |
| **5.** $x^2 - 4 = (2 + x)(-2 + x)$. | ☐V ☐F |
| **6.** $(x - 3)(x + 3) = (x - 3)^2$. | ☐V ☐F |

## Exercices d'entraînement

### 3 Avec la distributivité

Développez, réduisez et ordonnez les expressions suivantes :

**1.** $A = 6(x - 9)$

**2.** $B = -7(3x + 2)$

**3.** $C = x(2x + 4)$

**4.** $D = 2x(1 - x)$

**5.** $E = 5(-x + 4)$

**6.** $F = -3x(1 - 4x)$

### 4 Avec l'égalité remarquable

Développez, réduisez et ordonnez les expressions suivantes :

**1.** $A = (x - 3)(x + 4)$

**2.** $B = (x - 4)(x + 4)$

**3.** $C = (2x + 6)(2x - 6)$

**4.** $D = (2x + 1)(4 - x)$

**5.** $E = (6x + 4)(6x - 4)$

**6.** $F = (1 - 3x)(1 - 2x)$

### 5 Le facteur commun

Factorisez les expressions suivantes :

**1.** $A = 3 \times x + 12$

**2.** $B = 9x - 18$

**3.** $C = 6 \times x - 18$

**4.** $D = 3x^2 + x^2(x + 7)$

**5.** $E = 6y + 6$

**6.** $F = 4t + t(t - 5)$

### 6 L'égalité remarquable

Factorisez les expressions suivantes :

**1.** $A = x^2 - 4$

**2.** $B = x^2 - 81$

**3.** $C = 4x^2 - 1$

**4.** $D = 4 - x^2$

**5.** $E = 9x^2 - 100$

**6.** $F = 25 - 4x^2$

### 7 Égal ou pas ?

**1.** Soit $A = 3(2x + 4) - 7x - 13$ et $B = x + 5 - 2(x + 3)$.
Montrez que $A = B$ pour tous les nombres $x$.

**2.** Soit $C = (2x + 6)(x - 4)$ et $D = x(2x - 2) - 24$.

**a.** Calculez $C$ et $D$ lorsque $x = 0$.

**b.** Est-ce que $C = D$ pour tous les nombres $x$ ?

## 8 La preuve

On considère $A = (x + 3)(2x + 1) - x(2x + 7)$.
Un élève affirme que, quel que soit le nombre $x$, la valeur de $A$ est toujours égale à 3. Montrez que cet élève a raison.

## 9 En fonction de

Pour chaque énoncé, écrivez le résultat final en fonction de $x$ :

**1.** Choisir un nombre $x$, lui retrancher 4 et élever le résultat au carré.

**2.** Prendre le double du carré de la différence de $x$ et de 5.

**3.** Prendre l'inverse de la somme de $x$ et de 3.

**4.** Choisir un nombre $x$, prendre la somme du carré de ce nombre et de son inverse.

# Vers le Brevet

## 10 Tout un programme

On effectue le programme de calcul suivant :

- Choisir un nombre
- Ajouter 3
- Calculer le carré du nombre obtenu
- Lui retrancher le carré du nombre de départ
- Écrire le résultat final

**1.** Lorsque le nombre choisi est 2, quel est le résultat final ?

**2.** Le nombre choisi au départ étant $x$, exprimez le résultat final en fonction de $x$.

**3.** On considère l'expression $P = (x + 3)^2 - x^2$. Développez puis réduisez $P$.

**4.** Quel nombre $x$ doit-on choisir pour obtenir un résultat final égal à 39 ?

## 11 Louise et Juliette

Louise demande à Juliette de choisir un entier positif et de faire la somme de cet entier avec celui qui le suit et celui qui le précède. Elle annonce ensuite à Louise le résultat qu'elle obtient.

**1. a.** Justifiez que le résultat annoncé par Juliette est 393, si elle choisit comme nombre entier 131.

**b.** Quel résultat est obtenu si Juliette choisi 40 comme nombre entier ?

**c.** Juliette annonce 174. Quel nombre avait-elle choisi au départ ?

**2.** Soit $n$ le nombre entier choisi par Juliette.

**a.** Exprimez en fonction de $n$ le résultat obtenu.

**b.** Louise lui dit que le résultat précédent permet de montrer que la somme de trois entiers consécutifs est un multiple de 3. A-t-elle raison ?

### 12 Autour d'une expression

**1. a.** Développez $(x + 6)(x +3)$.

**b.** Factorisez $x^2 - 25$.

**2.** On considère l'expression:

$$A = (x + 6)(x + 3) - (9x + 43)$$

**a.** Calculez $A$ pour $x = 2$.

**b.** Donnez l'expression développée de $A$.

**c.** Déduisez-en une expression factorisée de $A$.

**d.** En utilisant l'expression factorisée, calculez $A$ pour $x = 2$.

### 13 Les carrés

On construit à partir de carrés les motifs suivants. On s'intéresse aux nombres de points qui composent ces motifs.

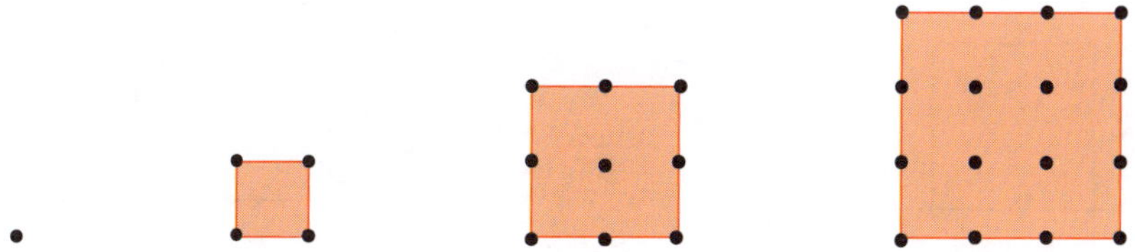

Motif 1 Motif 2 Motif 3 Motif 4

**1.** Donnez le nombre de points utilisés pour construire le motif 5.

**2.** Fanny a utilisé 324 points pour réaliser un motif de ce type. Quel est le numéro de son motif ?

**3.** On considère le motif $n$. Exprimez en fonction de $n$ le nombre de points utilisés pour réaliser ce motif.

**4.** Montrez qu'il faut $2n + 1$ points supplémentaires pour réaliser le motif qui suit le motif $n$.

**5.** On place des points rouges sur le contour du carré sur chaque motif. Par exemple, pour le motif 4, on obtient :

Motif 4

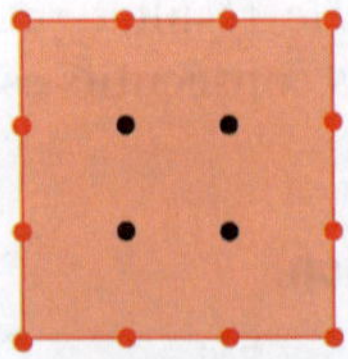

**a.** Combien de points rouges utilisera-t-on pour construire le motif 6 ?

**b.** Voici trois expressions données par 3 élèves permettant de calculer le nombre de points rouges nécessaires pour réaliser le motif $n$.

- Expression n° 1 : $4 \times (n - 1)$
- Expression n° 2 : $2 \times n + 2(n - 2)$
- Expression n° 3 : $4 \times (n + 1) - 4$

Une seule de ces expressions ne convient pas. Laquelle ?

## 14 Même aire ?

On considère les figures suivantes constituées de triangles rectangles, carrés et rectangles.

Figure $F_1$

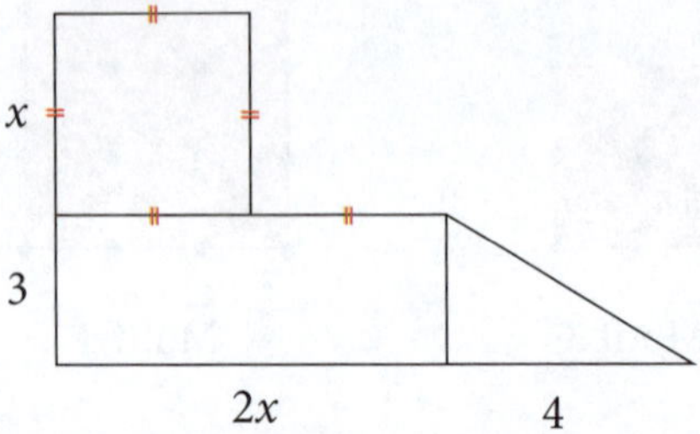


Figure $F_2$

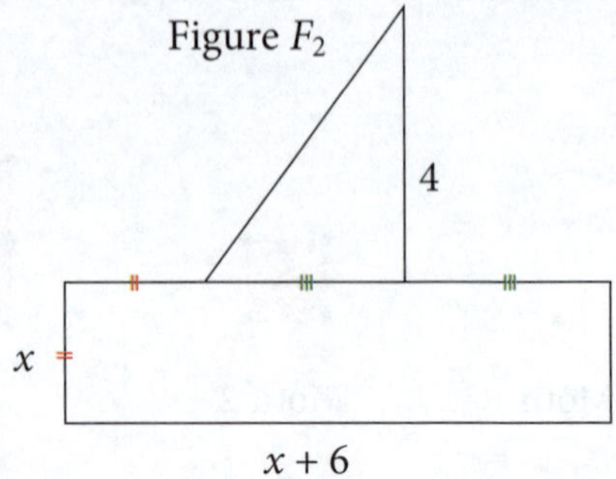


**1.** Calculez l'aire de chaque figure pour $x = 5$. Que remarque-t-on?

**2.** Les deux figures ont-elles toujours la même aire ? Justifiez à l'aide d'un calcul littéral.

# QCM

**1** **1.** $2 - (-x + 3) = 2 + x - 3$
$= x + 2 - 3 = x - 1$

**Réponse :** **b.** $x - 1$.

> **Pensez-y !**
> La parenthèse est précédée d'un signe –, on change donc les signes.

**2.** $(-4x + 1)(2x - 3) = -4x \times 2x + 4x \times 3 + 1 \times 2x - 1 \times 3$
$= -8x^2 + 12x + 2x - 3$
$= -8x^2 + 14x - 3$

**Réponse :** **b.** $-8x^2 + 14x - 3$.

**3.** Pour $x = -2$,

**a.** $16 - 4x^2 = 16 - 4 \times (-2)^2$
$= 16 - 4 \times 4 = 16 - 16 = 0$

**b.** $x^2 + 4 = (-2)^2 + 4 = 4 + 4 = 8 \neq 0$

**c.** $(2x + 4)(x - 1) = (2 \times (-2) + 4)(-2 - 1)$
$= (-4 + 4)(-2 - 1)$
$= 0 \times (-3) = 0$

> **Gagnez des points !**
> N'oubliez pas de mettre des parenthèses autour de (– 2).

**Réponses :** **a.** $16 - 4x^2$ et **c.** $(2x + 4)(x - 1)$.

**4.** La différence de deux carrés $a^2 - b^2$ se factorise en $(a + b)(a - b)$.
**Réponse :** **a.** $(a + b)(a - b)$.

**5.** $(2x+1)(2x-1)$ est de la forme $(a+b)(a-b)$ qui se développe en $a^2 - b^2$ avec $a = 2x$ et $b = 1$.
$(2x + 1)(2x - 1) = (2x)^2 - 1^2 = 4x^2 - 1$.
**Réponse :** **b.** $4x^2 - 1$

> **Piège à éviter**
> $(2x)^2 = 4x^2$.

**6.** $x^2 - 4 = x^2 - 2^2 = (x + 2)(x - 2)$
De plus, $x - 2 = -2 + x$ d'où $x^2 - 4 = (x + 2)(-2 + x)$.
**Réponses :** **a.** $(x - 2)(x + 2)$ et **c.** $(x + 2)(-2 + x)$.

**2** **1. Faux.** $5 - (2x + 1) = 5 - 2x - 1 = -2x + 4$.
**2. Faux.** Quand $x = -3$, on obtient
$(-3)^2 - 4 = 9 - 4 = 5$ qui est un nombre positif.

> **Pensez-y !**
> La parenthèse est précédée d'un signe –, on change donc les signes.

**3. Faux.** $x^2 - 1 = x^2 - 1^2 = (x - 1)(x + 1)$
$\neq (1 - x)(1 + x)$

**4. Vrai.** $1 - x^2 = 1^2 - x^2$.
C'est une différence (soustraction) de deux carrés.

**5. Vrai.** $x^2 - 4 = x^2 - 2^2 = (x + 2)(x - 2)$
$= (2 + x)(-2 + x)$.

En effet, $x + 2 = 2 + x$ et $x - 2 = -2 + x$.

**6. Faux.** $(x - 3)(x + 3) = x^2 - 3^2 \neq (x - 3)^2$.

**Gagnez des points !**
$x^2 - 3^2$ est une différence de deux carrés.
$(x - 3)^2$ est le carré d'une différence.

## Exercices d'entraînement

**3** **1.** $A = 6(x - 9)$
$A = 6 \times x - 6 \times 9$
$A = 6x - 54$

**2.** $B = -7(3x + 2)$
$B = -7 \times (3x) + (-7) \times 2$
$B = -21x - 14$

**3.** $C = x(2x + 4)$
$C = x \times 2x + x \times 4$
$C = 2x^2 + 4x$

**4.** $D = 2x(1 - x)$
$D = 2x \times 1 - 2x \times x$
$D = 2x - 2x^2$
$D = -2x^2 + 2x$

**5.** $E = 5(-x + 4)$
$E = 5 \times (-x) + 5 \times 4$
$E = -5x + 20$

**6.** $F = -3x(1 - 4x)$
$F = -3x \times 1 - (-3x) \times 4x$
$F = -3x + 12x^2$
$F = 12x^2 - 3x$

**Méthode**
Développez l'expression en utilisant la distributivité : $k(a - b) = ka - kb$.

**Pensez-y !**
Cette dernière étape s'appelle ordonner : c'est ranger les puissances de $x$ de la plus grande à la plus petite.

**Rappel**
$-3x \times (-4x)$
$= -3 \times (-4) \times x \times x = 12x^2$.

**4** **1.** $A = (x - 3)(x + 4)$
$A = x \times x + x \times 4 - 3 \times x - 3 \times 4$
$A = x^2 + 4x - 3x - 12$
$A = x^2 + x - 12$

**2.** $B = (x - 4)(x + 4)$
$B = x^2 - 4^2$
$B = x^2 - 16$

**3.** $C = (2x + 6)(2x - 6)$
$C = (2x)^2 - 6^2 = 2x \times 2x - 6 \times 6$
$C = 4x^2 - 36$

**4.** $D = (2x + 1)(4 - x)$
$D = 2x \times 4 - 2x \times x + 1 \times 4 + 1 \times (-x)$
$D = 8x - 2x^2 + 4 - x$
$D = -2x^2 + 7x + 4$

**5.** $E = (6x + 4)(6x - 4)$
$E = (6x)^2 - 4^2$
$E = 36x^2 - 16$

**6.** $F = (1 - 3x)(1 - 2x)$
$F = 1 \times 1 - 1 \times 2x - 3x \times 1 + 3x \times 2x$
$F = 1 - 2x - 3x + 6x^2$
$F = 1 - 5x + 6x^2$
$F = 6x^2 - 5x + 1$

**Remarque**
Vous pouvez aussi développer en utilisant la double distributivité (comme dans la question 1) mais c'est plus long.

**Piège à éviter**
$(6x)^2 = (6x) \times (6x)$
$= 6 \times 6 \times x \times x = 36x^2$.

**Pensez-y !**
Soyez attentifs aux règles de signes. Par multiplication :
« – par + fait– »
« – par – fait + »
« + par + fait + »

**5** **1.** $A = 3 \times x + 12$
$A = \underline{3} \times x + \underline{3} \times 4$
$A = \underline{3}(x + 4)$

**2.** $B = 9x - 18$
$B = \underline{9} \times x - \underline{9} \times 2$
$B = \underline{9}(x - 2)$

**3.** $C = 6 \times x - 18$
$C = \underline{6} \times x - \underline{6} \times 3$
$C = \underline{6}(x - 3)$

**4.** $D = 3x^2 + x^2(x + 7)$
$D = 3 \times \underline{x^2} + \underline{x^2} \times (x + 7)$
$D = \underline{x^2}\,[3 + (x + 7)]$
$D = x^2\,(3 + x + 7)$
$D = x^2\,(x + 10)$

**L'astuce du prof**
Mettez en évidence le facteur commun de part et d'autre du signe + en le soulignant.

**L'astuce du prof**
Utilisez des crochets pour davantage de lisibilité quand il y a déjà des parenthèses, même s'ils ont mathématiquement le même rôle.

**5.** $E = 6y + 6$
$E = \underline{6} \times y + \underline{6} \times 1$
$E = \underline{6}(y + 1)$

**Pensez-y !**
Pour factoriser, remarquez que : $6 = 6 \times 1$.

**6.** $F = 4t + t(t - 5)$
$F = 4 \times \underline{t} + \underline{t} \times (t - 5)$
$F = \underline{t}\,[4 + (t - 5)]$
$F = t\,(4 + t - 5)$
$F = t\,(t - 1)$

**6** **1.** $A = x^2 - 4$
$A = x^2 - 2^2$
$A = (x - 2)(x + 2)$

**Gagnez des points !**
Pour reconnaître la différence de deux carrés, il est indispensable de connaître la liste des premiers carrés : $1 = 1^2$ ; $4 = 2^2$ ; $9 = 3^2$ ;… ; $81 = 9^2$ ;…

**2.** $B = x^2 - 81$
$B = x^2 - 9^2$
$B = (x - 9)(x + 9)$

**3.** $C = 4x^2 - 1$
$C = (2x)^2 - 1^2$
$C = (2x - 1)(2x + 1)$

**Pensez-y !**
$4x^2 = 2 \times 2 \times x \times x = (2x)^2$.

**4.** $D = 4 - x^2$
$D = 2^2 - x^2$
$D = (2 - x)(2 + x)$

**5.** $E = 9x^2 - 100$
$E = (3x)^2 - 10^2$
$E = (3x - 10)(3x + 10)$

**Remarque**
Les deux facteurs peuvent être inversés dans la factorisation. $E$ est aussi égal à : $(3x + 10)(3x - 10)$.

**6.** $F = 25 - 4x^2$
$F = 5^2 - (2x)^2$
$F = (5 - 2x)(5 + 2x)$

**Pensez-y !**
Si cela vous aide, vous pouvez écrire : $F$ est de la forme $a^2 - b^2$ qui se factorise en $(a - b)(a + b)$ avec $a = 5$ et $b = 2x$.

**7** **1.** Il s'agit de démontrer que les nombres $A$ et $B$ sont égaux pour tous les nombres $x$.
Pour cela, on réduit les écritures de $A$ et $B$ :

- $A = 3(2x + 4) - 7x - 13$
$= 6x + 12 - 7x - 13$
$= -x - 1$

• $B = x + 5 - 2(x + 3)$
$= x + 5 - 2x - 6$
$= -x - 1$

On obtient les mêmes expressions, donc $A = B$ pour tous les nombres $x$.

**2. a.** Pour $x = 0$, on obtient :

• $C = (2 \times 0 + 6)(0 - 4) = 6 \times (-4) = -24$.

• $D = 0(2 \times 0 - 2) - 24 = -24$.

**b.** On obtient donc le même résultat pour $C$ et $D$. Cependant, c'est insuffisant pour dire que les deux expressions sont égales.
En effet, on ne l'a pas vérifié pour **toutes** les valeurs de $x$. On a simplement constaté que pour $x = 0$, $C = D$.
Pour montrer que les deux expressions sont égales, on doit comparer leurs formes développées.

> **Gagnez des points !**
> Si les résultats avaient été différents, on aurait pu dire que les expressions $C$ et $D$ n'étaient pas égales pour tous les $x$.

• $C = (2x + 6)(x - 4) = 2x \times x - 2x \times 4 + 6 \times x - 6 \times 4$
$= 2x^2 - 8x + 6x - 24 = 2x^2 - 2x - 24$

• $D = x(2x - 2) - 24 = x \times 2x - x \times 2 - 24$
$= 2x^2 - 2x - 24$

On obtient les mêmes développements pour $C$ et $D$.
Ainsi, on peut affirmer que les expressions $C$ et $D$ sont égales pour tous les nombres $x$.

**8** On peut commencer par regarder si l'élève a raison en remplaçant $x$ par une valeur particulière, par exemple 0.
Pour $x = 0$, on obtient :
$A = (0 + 3)(2 \times 0 + 1) - 0(2 \times 0 + 7) = 3 \times 1 - 0 \times 7 = 3$.
Il semblerait que l'élève ait raison, mais cela ne suffit pas, car on n'a pas vérifié pour toutes les valeurs de $x$ que le résultat est 3. En effet, qu'en est-il pour d'autres valeurs de $x$ ?
L'écriture donnée est formée de produits. En développant, on obtient :

$A = (x + 3)(2x + 1) - x(2x + 7)$
$= (x \times 2x + x \times 1 + 3 \times 2x + 3 \times 1) - (x \times 2x + x \times 7)$
$= (2x^2 + x + 6x + 3) - (2x^2 + 7x)$
$= \cancel{2x^2} + \cancel{7x} + 3 - \cancel{2x^2} - \cancel{7x} = 3$

Cela signifie que, pour n'importe quelle valeur de $x$, le résultat est toujours 3.
L'élève a donc raison.

**9** **1.** Soit $x$ le nombre choisi au départ.
On lui retranche 4 : on obtient $x - 4$.
On élève le résultat au carré : on obtient $(x - 4)^2$.

**2.** La différence de $x$ et de 5 s'écrit : $x - 5$.
Le carré de la différence de $x$ et de 5 s'écrit : $(x - 5)^2$.
Le double du carré de la différence de $x$ et de 5 s'écrit : $2(x - 5)^2$.

**3.** La somme de $x$ et de 3 est : $x + 3$.
L'inverse de la somme de $x$ et de 3 est : $\frac{1}{x+3}$.

**4.** Soit $x$ le nombre choisi au départ.
Le carré de ce nombre est $x^2$.
Son inverse est $\frac{1}{x}$.
La somme du carré de ce nombre et de son inverse est : $x^2 + \frac{1}{x}$.

**Rappel**
Retrancher et soustraire, c'est la même chose.

**L'astuce du prof**
Écrivez chaque étape pas à pas en partant de la fin.

**Piège à éviter**
Ne confondez pas inverse et opposé d'un nombre.
L'inverse de 2 est ½.
L'opposé de 2 est – 2.

## Vers le Brevet

**10** **1.** Le nombre de départ est 2 ; $2 + 3 = 5$ ; $5^2 = 25$ ; $25 - 2^2 = 25 - 4 = 21$.
Lorsque le nombre choisi est 2, le résultat final est 21.

**2.** On choisit pour nombre de départ $x$.
En ajoutant 3, on obtient $x + 3$.
Le carré du résultat est $(x + 3)^2$.
On retranche le carré du nombre de départ, soit $x^2$, et on obtient pour résultat final : $(x + 3)^2 - x^2$.

**3.** On développe et on réduit l'expression $P$ :

$$\begin{aligned} P &= (x + 3)^2 - x^2 \\ &= (x^2 + 2 \times x \times 3 + 3^2) - x^2 \\ &= (x^2 + 6x + 9) - x^2 \\ &= \cancel{x^2} + 6x + 9 - \cancel{x^2} \\ &= 6x + 9 \end{aligned}$$

**4.** On cherche $x$ de façon que le résultat final soit égal à 39.
On est ramené à résoudre l'équation $P = 39$.

**Gagnez des points !**
Appliquez le programme de calcul au nombre $x$.

**L'astuce du prof**
Servez-vous du calcul précédent.

$(x + 3)^2 - x^2 = 39$
$6x + 9 = 39$
$6x = 39 - 9$
$6x = 30$
$x = \dfrac{30}{6}$
$x = 5$

Pour obtenir comme résultat final 39, on doit choisir 5 comme nombre de départ.

**11** **1. a.** Juliette choisit pour nombre de départ 131. L'entier qui le suit est 132 ; l'entier qui le précède est 130.
La somme de cet entier avec celui qui le suit et celui qui le précède vaut ici : 131 + 132 + 130 = 393.
En choisissant au départ 131, Juliette obtient bien 393 pour résultat.

**Gagnez des points !**
Cette question vous permet de vérifier que vous avez bien compris comment effectuer le calcul demandé puisque le résultat est donné. Vous devez trouver 393 !

**b.** Le nombre de départ est 40. Son suivant est 41. Son précédent est 39.
Leur somme vaut : 40 + 41 + 39 = 120.
En choisissant au départ le nombre 40, Juliette obtient pour résultat 120.

**c.** Cette fois Juliette annonce 174 pour résultat.
Il s'agit de retrouver le nombre de départ.
On remarque que : 174 ÷ 3 = 58.
Et on peut vérifier que 58 + 59 + 57 = 174.
Juliette avait choisi au départ 58 pour obtenir comme résultat 174.

**Méthode**
À partir de « l'observation » des deux calculs précédents, cherchez comment obtenir le nombre de départ à partir du résultat.

**2. a.** Soit $n$ le nombre entier choisi au départ.
L'entier suivant est $(n + 1)$. L'entier précédent est $(n - 1)$.
La somme $S$ de ces trois entiers est :
$S = n + (n + 1) + (n - 1)$
$S = n + n + 1 + n - 1$
$S = 3n$
En prenant $n$ pour nombre de départ, le résultat obtenu est $3n$.

**Gagnez des points !**
Vous faites un raisonnement identique à celui des questions 1 et 2 en remplaçant le nombre donné par $n$.

**b.** Les nombres $(n - 1)$, $n$ et $(n + 1)$ sont trois entiers consécutifs. Leur somme est $3n$ : c'est donc bien un multiple de 3.
Louise a raison : la somme de trois entiers consécutifs est un multiple de 3.

**12** **1. a.** $(x + 6)(x + 3) = x \times x + x \times 3 + 6 \times x + 6 \times 3$
$= x^2 + 3x + 6x + 18$
$= x^2 + 9x + 18$

**b.** $x^2 - 25 = x^2 - 5^2$

On reconnaît la différence de deux carrés $a^2 - b^2$ qui se factorise avec une identité remarquable en $(a - b)(a + b)$ avec $a = x$ et $b = 5$.
$x^2 - 25 = (x - 5)(x + 5)$.

**2. a.** Soit $A = (x + 6)(x + 3) - (9x + 43)$
Pour $x = 2$,
$A = (2 + 6)(2 + 3) - (9 \times 2 + 43)$
$A = 8 \times 5 - (18 + 43)$
$A = 40 - 61$
$A = -21$

**b.** Développons $A = (x + 6)(x + 3) - (9x + 43)$
$A = x^2 + 9x + 18 - (9x + 43)$
$A = x^2 + 9x + 18 - 9x - 43$
$A = x^2 + 9x - 9x + 18 - 43$
$A = x^2 - 25$

**L'astuce du prof**

L'énoncé précise « En déduire… » Soyez observateur. Vous avez déjà développé le premier membre de $A$ dans la question **1.**

**c.** D'après la question précédente $A = x^2 - 25$.
En utilisant le résultat de la **1.b.**, on déduit la forme factorisée de $A$ :
$A = (x - 5)(x + 5)$.

**d.** Avec l'expression $A = x^2 - 25$, on calcule pour $x = 2$ :
$A = 2^2 - 25 = 4 - 25 = -21$.

**Remarque**

Le calcul est beaucoup plus simple, efficace et rapide que celui effectué en question **2.a.** Vérifiez bien que vous obtenez le même résultat.

**13** **1.** Le motif 5 est un carré constitué de 5 lignes, composées de 5 points chacune.
Pour le motif 5, on utilise un total de $5 \times 5 = 25$ points.

**2.** Louise a utilisé 324 points.
On remarque que $18 \times 18 = 324$.
Louise a donc réalisé le motif 18.

**Méthode**

Soit on procède par tâtonnement à la calculatrice en calculant des carrés d'entiers successifs jusqu'à « tomber » sur 324, soit on note que $\sqrt{324} = 18$.

**3.** On considère le motif $n$.
Le motif $n$ est un carré constitué de $n$ lignes composées chacune de $n$ points.
Pour le motif $n$ : $n \times n = n^2$ points sont nécessaires.

> **Pensez-y !**
> Cette question généralise la question 1. Et on peut vérifier le résultat avec le nombre de points du motif 3 par exemple : $3^2 = 9$.

**4.** • Le motif $n$ compte $n^2$ points.
• Le motif $(n + 1)$ est le carré constitué de $(n + 1)$ lignes composées chacune de $(n + 1)$ points. Le nombre de points nécessaires pour le réaliser est :
$(n + 1)\times (n + 1) = n \times n + n \times 1 + 1 \times n + 1 \times 1$
$= n^2 + n + n + 1$
$= n^2 + 2n + 1.$
• Le nombre de points supplémentaires pour réaliser le motif qui suit le motif $n$ est :
(nombre de points du motif $(n + 1)$) – (nombre de points du motif $n$)
$= (n^2 + 2n + 1) - n^2$
$= n^2 + 2n + 1 - n^2$
$= 2n + 1$
On retrouve le résultat annoncé.

**5. a.** Le motif 6 est un carré composé de 6 points rouges sur chaque côté. Son contour compte :
– 4 points rouges associés aux quatre sommets du carré ;
– 4 points rouges sur l'intérieur de chacun des quatre côtés, soit un total de $4 \times 4 = 16$ points rouges.
Le motif 6 compte un total de $4 + 16 = 20$ points rouges.

**motif 6**

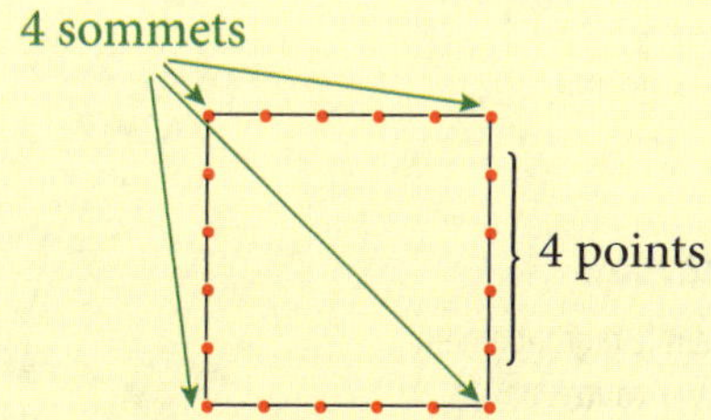


**b.** • Le motif $n$ est un carré composé de $n$ points rouges sur chaque côté. Son contour compte :
– 4 points rouges associés aux quatre sommets du carré ;
– $(n - 2)$ points rouges sur chacun des quatre côtés situés sur la partie « intérieure » des côtés, soit un total de $4 \times (n - 2) = 4n - 8$ points rouges.

Le motif $n$ compte un total de $4 + 4n - 8 = 4n - 4$ points rouges.

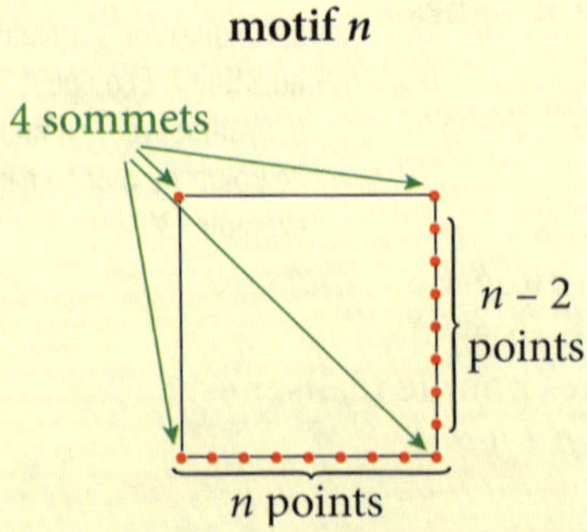


> **L'astuce du prof**
> Un croquis éclaircit les idées.

• Étudions les expressions proposées et comparons-les au résultat précédent.

**Expression n°1 :**
$4(n - 1) = 4 \times n - 4 \times 1 = 4n - 4$.
Cette expression donne bien le nombre de points rouges du carré sur le motif $n$.

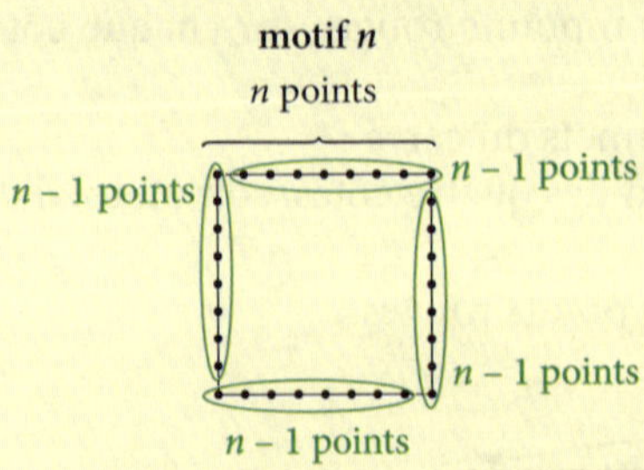


> **Remarque**
> En utilisant le regroupement de points ci-contre, on comprend en quoi cette formule est correcte. Il y a bien $4 \times (n - 1)$ points.

**Expression n°2 :**
$2 \times n + 2(n - 2) = 2n + 2 \times n - 2 \times 2$
$= 2n + 2n - 4 = 4n - 4$.
Cette expression donne également le nombre de points rouges du carré sur le motif $n$.

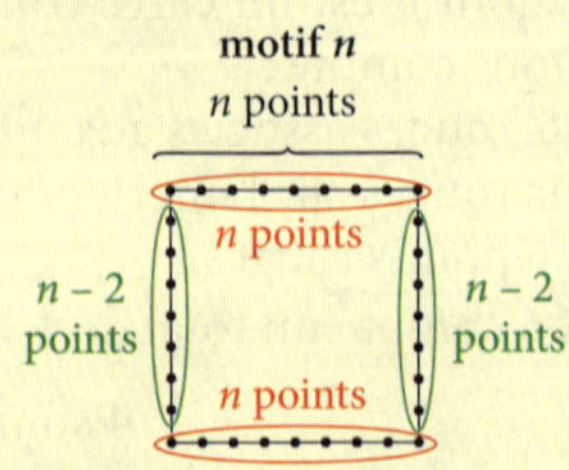


> **Remarque**
> Avec cet autre regroupement de points ci-contre, on compte $2 \times 2n + 2 \times (n - 2)$ points au total.

**Expression n°3 :** $4 \times (n + 1) - 4 = 4 \times n + 4\ 1 - 4 = 4n + 4 - 4 = 4n \neq 4n - 4$.
En conclusion, l'expression n°3 ne convient pas.

**14** **1.** • $\mathscr{A}_{F1} = \mathscr{A}_{C1} + \mathscr{A}_{R1} + \mathscr{A}_{T1}$

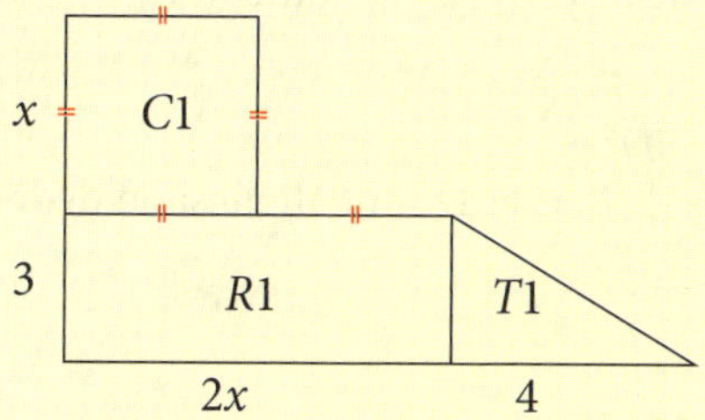


Pour $x = 5$ :
– $\mathscr{A}_{C1}$ est l'aire d'un carré de côté 5 :
$\mathscr{A}_{C1} = 5 \times 5 = 25$ ;
– $\mathscr{A}_{R1}$ est l'aire d'un rectangle de longueur $2 \times 5 = 10$ et de largeur 3 :
$\mathscr{A}_{R1} = 10 \times 3 = 30$ ;
– $\mathscr{A}_{T1}$ est l'aire d'un triangle rectangle de base 4 et de hauteur 3 :

$$\mathscr{A}_{T1} = \frac{4 \times 3}{2} = \frac{12}{2} = 6$$

**Rappel**

L'aire d'un triangle de base *b* et de hauteur *h* est

$$\frac{\text{base} \times \text{hauteur}}{2}$$

On déduit :
$\mathscr{A}_{F1} = 25 + 30 + 6$
$\mathscr{A}_{F1} = 61$

• $\mathscr{A}_{F2} = \mathscr{A}_{R2} + \mathscr{A}_{T2}$

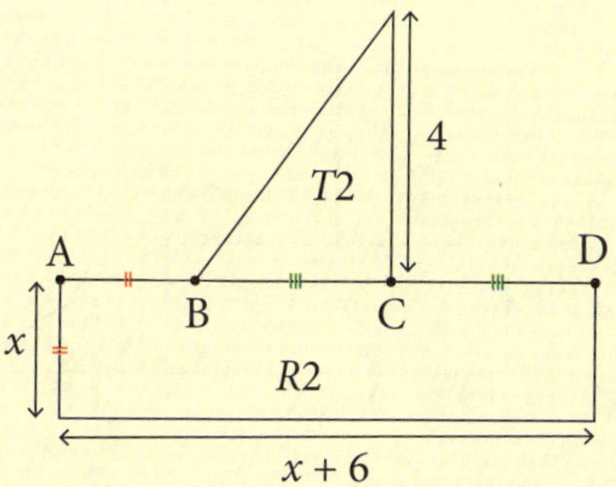


Pour $x = 5$ :
– $\mathscr{A}_{R2}$ est l'aire d'un rectangle de longueur $(5 + 6) = 11$ et de largeur 5 :

**Piège à éviter**

On ne connaît pas la longueur BC. Le codage permet de le calculer. Mais faites attention au fait que les longueurs AB, BC et CD ne sont pas égales !

$\mathscr{A}_{R2} = 11 \times 5 = 55$ ;
– $\mathscr{A}_{T2}$ est l'aire d'un triangle rectangle de base $BC$ et de hauteur 4.

Calculons la base $BC$ du triangle $T2$.
D'après le codage : $AB = x = 5$ et $BC = CD$.
Sachant que AD = 11, et que les points $A$, $B$, $C$ et $D$ sont alignés, on déduit :
$BD = 11 - 5 = 6$. Il vient alors $BC = \frac{6}{2} = 3$.

$$\mathscr{A}_{T2} = \frac{3 \times 4}{2}$$

$$= \frac{12}{2}$$

$$= 6$$

On déduit :
$\mathscr{A}F_2 = 55 + 6$
$\mathscr{A}F_2 = 61$

• $\mathscr{A}_{F1} = \mathscr{A}_{F2} = 61$.
On remarque que pour $x = 5$, les deux figures ont la même aire.

**Remarque**
Les aires sont égales pour $x = 5$. Mais qu'en est-il pour d'autres valeurs de $x$ ? La question **2** permet de répondre à cette question et de traiter le cas général.

**2.** • $\mathscr{A}_{F1} = \mathscr{A}_{C1} + \mathscr{A}_{R1} + \mathscr{A}_{T1}$
– $\mathscr{A}_{C1}$ est l'aire d'un carré de côté $x$ :
$\mathscr{A}_{C1} = x \times x = x^2$ ;

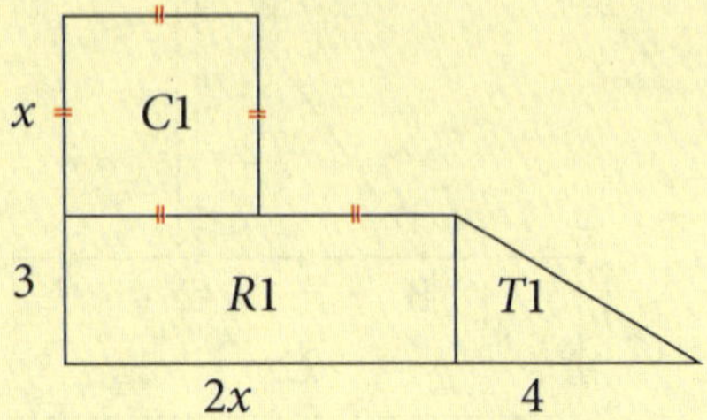


– $\mathscr{A}R_1$ est l'aire d'un rectangle de longueur $2x$ et de largeur 3 :
$\mathscr{A}_{R1} = 2x \times 3 = 6x$ ;

– $\mathscr{A}_{T1}$ est l'aire d'un triangle rectangle de base 4 et de hauteur 3 : $\mathscr{A}_{T1} = 6$ (même calcul que dans la question **1.**) ;

– $\mathscr{A}_{F1} = x^2 + 6x + 6$.

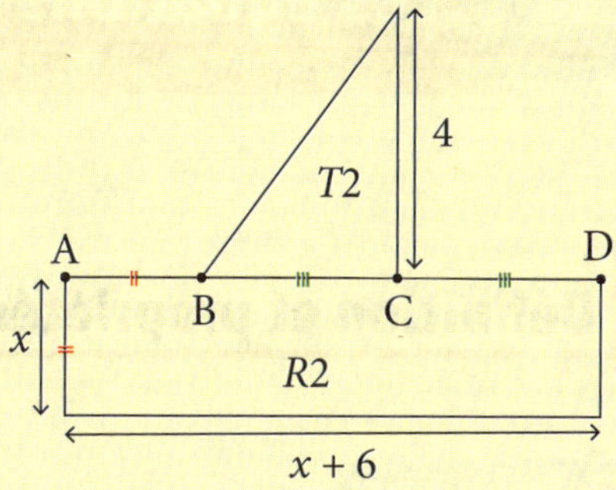


• $\mathcal{A}_{F2} = \mathcal{A}_{R2} + \mathcal{A}_{T2}$

– $\mathcal{A}_{R2}$ est l'aire d'un rectangle de longueur $(x + 6) = 11$ et de largeur $x$ :

$$\begin{aligned}\mathcal{A}_{R2} &= (x + 6) \times x \\ &= x \times x + 6 \times x \\ &= x^2 + 6x\,;\end{aligned}$$

– $\mathcal{A}_{T2}$ est l'aire d'un triangle rectangle de base BC et de hauteur 4.
Calculons la base $BC$ du triangle $T2$.
D'après le codage : $AB = x$ et $BC = CD$.
En reprenant un raisonnement identique à celui fait précédemment, sachant que $AD = x + 6$, on déduit :

$BD = (x + 6) - x = 6.$

Il vient alors $BC = 3$.

$\mathcal{A}_{T2} = \dfrac{3 \times 4}{2} = 6$ (même calcul que dans la question **1.**)

> **Remarque**
> L'aire de $T_2$ (comme l'aire de $T_1$) ne dépend pas de la valeur de $x$ (il n'y a pas de $x$ dans son expression). Elle est égale à 12. On dit que l'aire de $T_2$ est indépendante de $x$.

– $\mathcal{A}_{F2} = x^2 + 6x + 6.$

• Quelle que soit la valeur de $x$ : $\mathcal{A}_{F1} = \mathcal{A}_{F2} = x^2 + 6x + 6.$
Les deux figures ont donc toujours la même aire.

CHAPITRE 4

# Les équations

## 1 Définition et propriétés

### 1 Définition

- Une **équation à une inconnue** est une égalité dans laquelle se trouve un nombre inconnu. Ce nombre est souvent désigné par la lettre $x$.

- **Résoudre** une équation, c'est trouver toutes les valeurs possibles que peut prendre l'inconnue pour que l'égalité soit vérifiée. Ces valeurs sont appelées **les solutions** de l'équation.

**Exemple :** $x + 4 = 3$ est une équation qui a pour solution $-1$, car en remplaçant $x$ par $-1$, on obtient $-1 + 4 = 3$, l'égalité est bien vérifiée.

### 2 Propriétés

- On ne change pas une égalité lorsqu'on ajoute (ou soustrait) le même nombre à chacun des deux membres :

**SI** $a = b$ **ALORS** $a + c = b + c$ (On ajoute $c$)

**SI** $a = b$ **ALORS** $a - c = b - c$ (On retranche $c$)

- On ne change pas une égalité lorsqu'on multiplie (ou divise) par le même nombre (non nul) chacun des deux membres :

**SI** $a = b$ **ALORS** $a \times c = b \times c$ (On multiplie par $c$)

**SI** $a = b$ **ALORS** $\dfrac{a}{c} = \dfrac{b}{c}$ (On divise par $c \neq 0$)

**Exemple :**

$2x + 3 = 5$

$2x + 3 - 3 = 5 - 3$ On retranche 3 à chacun des deux membres.

$2x = 2$

$\dfrac{2x}{2} = \dfrac{2}{2}$ On divise par 2 chacun des deux membres.

$x = 1$ La solution de cette équation est 1.

EXERCICE RÉSOLU

## Comprendre une équation

**ÉNONCÉ**

Soit l'égalité $3x^2 + 7x = 6$.

**1.** Expliquez pourquoi il s'agit d'une équation. Donnez son degré.

**2.** Le nombre 4 est-il solution de cette équation ? Et le nombre $-3$ ?

**3.** Le tableau suivant donne des valeurs approchées de $3x^2 + 7x$ pour $x$ compris entre 0 et 1. En utilisant ce tableau, conjecturez un encadrement le plus précis possible d'une solution de l'équation $3x^2 + 7x = 6$. On notera cette solution $a$.

| | A | B | C | D | E | F | G | H | I | J | K | L |
|---|---|---|---|---|---|---|---|---|---|---|---|---|
| 1 | Valeurs de x | 0 | 0,1 | 0,2 | 0,3 | 0,4 | 0,5 | 0,6 | 0,7 | 0,8 | 0,9 | 1 |
| 2 | Valeurs de 3x²+7x | 0 | 0,73 | 1,52 | 2,37 | 3,28 | 4,25 | 5,28 | 6,37 | 7,52 | 8,73 | 10 |
| 3 | | | | | | | | | | | | |

**CORRIGÉ**

**1.** L'égalité $3x^2 + 7x = 6$ comporte une inconnue $x$. Il s'agit donc bien d'une équation.
L'inconnue $x$ est à la puissance 2. Il s'agit donc d'une équation du second degré.

> **Rappel**
> Le degré de l'équation est donné par le plus grand exposant de l'inconnue.

**2.** • On remplace $x$ par 4 :
$3 \times 4^2 + 7 \times 4 = 3 \times 16 + 28 = 48 + 28 = 76 \neq 6$.
On en déduit que 4 n'est pas solution de l'équation.

• On remplace $x$ par $-3$ :
$3 \times (-3)^2 + 7 \times (-3) = 3 \times 9 - 21 = 27 - 21 = 6$.
On retrouve le second membre de l'équation.
On en déduit que $-3$ est une solution de l'équation.

> **Rappel**
> Un nombre est solution d'une équation s'il vérifie l'égalité.

**3.** Dans le tableau, on recherche sur la 3e ligne les valeurs de $3x^2 + 7x$ les plus proches de 6.
On voit que pour $x = 0,6$, $3x^2 + 7x \approx 5,28 < 6$ et pour $x = 0,7$, $3x^2 + 7x \approx 6,37 > 6$. Il semblerait donc qu'entre 0,6 et 0,7, le nombre $3x^2 + 7x$ prenne la valeur 6.
L'encadrement d'une solution de l'équation $3x^2 + 7x = 6$ est donc :

$$0,6 < a < 0,7$$

> **Remarque**
> En mathématiques, une conjecture est une hypothèse.

# 2 Les différentes équations

## 1 Équation du premier degré

Une équation du premier degré est une équation qui peut s'écrire sous la forme :

$$ax + b = cx + d$$

Le nombre $x$ est à la puissance 1.

Voir la méthode page 84 pour la résolution de telles équations.

## 2 Équation produit nul

• Comme son nom l'indique, il s'agit d'une équation dont le premier membre est un produit de facteurs et dont le second membre est nul (il vaut zéro).

$$\underbrace{(ax + b)(cx + d)}_{\text{Produit de facteurs}} = \underbrace{0}_{\text{Nul}}$$

• Pour résoudre de telles équations, on utilise le théorème suivant :

« Un produit de facteurs est nul si et seulement si l'un au moins de ses facteurs est nul. »

**Exemple :** $(3x - 5)(4 - x) = 0$ est une équation produit nul. On applique le théorème précédent pour résoudre cette équation. L'un au moins des deux facteurs doit être nul :

$3x - 5 = 0$ ou $4 - x = 0$

$x = \frac{5}{3}$ ou $x = 4$

Cette équation a deux solutions : $\frac{5}{3}$ et 4.

## 3 Équation $x^2 = a$

Trois cas possibles :

Si $a > 0$ : l'équation a deux solutions car il y a deux nombres dont le carré est $a$ : $\sqrt{a}$ et $-\sqrt{a}$ ;

Si $a < 0$ : l'équation n'a pas de solution car le carré d'un nombre (qu'il soit positif ou négatif) est toujours positif ;

Si $a = 0$ : l'équation a une solution : 0.

**Exemple :**

L'équation $x^2 = 4$ a deux solutions (car $4 > 0$) : $\sqrt{4} = 2$ et $-\sqrt{4} = -2$.

EXERCICE RÉSOLU

## Reconnaître une équation puis la résoudre

**ÉNONCÉ**

Indiquez, pour chacune des équations suivantes, quel est son type (1er degré, produit nul, carré isolé), puis résolvez-la.

**1.** $5x - 4 = 7$

**2.** $x^2 - 9 = 0$

**3.** $(x - 5)(2x - 7) = 0$

**CORRIGÉ**

**1.** $5x - 4 = 7$ est une équation du premier degré.

$5x - \cancel{4} + \cancel{4} = 7 + 4$ *(on ajoute 4 de chaque côté)*

$5x = 11$

$\frac{5x}{5} = \frac{11}{5}$ *(on divise par 5 de chaque côté)*

$x = \frac{11}{5}$

Cette équation a une solution : $\frac{11}{5}$.

**2.** $x^2 - 9 = 0$ est une équation du type $x^2 = a$.

$x^2 - 9 = 0$

$x^2 - 9 + 9 = 0 + 9$ *(on ajoute 9 de chaque côté)*

$x^2 = 9$

$x = \sqrt{9}$ ou $x = -\sqrt{9}$

$x = 3$ ou $x = -3$

Cette équation a deux solutions : $-3$ et 3.

**Pensez-y**

Il est parfois nécessaire de transformer l'écriture d'une équation afin de se ramener à une équation de référence.

**3.** $(x - 5)(2x - 7) = 0$. Il s'agit d'une équation produit nul. Un produit de deux facteurs est nul si et seulement si l'un au moins des facteurs est nul.

$x - 5 = 0$ ou $2x - 7 = 0$

$x = 5$ ou $2x = 7$

$x = 5$ ou $x = \frac{7}{2}$

Cette équation a deux solutions : 5 et $\frac{7}{2}$.

**Conseil**

Résoudre une équation produit nul revient à résoudre deux équations.

## Résoudre une équation du premier degré

**ÉNONCÉ**

Résolvez l'équation $x + 3 = -3(x + 2)$.

**MÉTHODE**

**1.** On reconnaît une équation du premier degré.

**2.** Si l'équation comporte un produit, on développe pour se ramener à une équation du type $ax + b = cx + d$.

**3.** On regroupe les « termes en $x$ » dans le membre de gauche et les termes sans $x$ dans le membre de droite.

**4.** Quand l'équation est sous la forme $ax = b$, on divise les deux membres par $a$ pour obtenir la solution.

**5.** On écrit la solution de l'équation à l'aide d'une phrase.

**CORRIGÉ**

| Solution | Commentaires |
|---|---|
| $x + 3 = -3(x + 2)$ | **1.** On reconnaît une équation du premier degré (il n'y a pas de $x^2$, ni de produit contenant des $x$). |
| $x + 3 = -3 \times x - 3 \times 2$<br>$x + 3 = -3x - 6$ | **2.** Il y a un produit. On le développe. |
| $x + 3 + 3x = -\cancel{3x} - 6 + \cancel{3x}$<br>$4x + 3 = -6$<br>$4x + \cancel{3} - \cancel{3} = -6 - 3$<br>$4x = -9$ | **3.** On rassemble les $x$ dans le premier membre et les « non $x$ » (c'est-à-dire les constantes) dans le second. Pour cela, on commence par ajouter $3x$ de chaque côté pour éliminer les $x$ du membre de droite, puis on retranche 3 pour éliminer la constante du membre de gauche. Ces deux étapes peuvent être faites simultanément. |
| $\frac{\cancel{4}x}{\cancel{4}} = \frac{-9}{4}$<br>$x = \frac{-9}{4}$ | **4.** On divise par 4 pour obtenir $x$. |
| La solution de l'équation est $\frac{-9}{4}$. | **5.** On écrit la conclusion. |

# Résoudre un problème avec une équation

## ÉNONCÉ

Une boulangère très joueuse demande à Louise de résoudre l'énigme suivante pour trouver le prix d'une baguette de pain.
« La moitié du prix de la baguette augmenté de 0,7 € est égale au double du prix de la baguette diminué de 0,65 €. »
Comment Louise doit-elle s'y prendre pour retrouver le prix de la baguette ?

## MÉTHODE

1. On choisit une inconnue. Il s'agit souvent du nombre cherché.
2. On met le problème en équation. On traduit mathématiquement de deux façons différentes une même quantité. Cela permet d'obtenir une égalité.
3. On résout l'équation.
4. On rédige une phrase de conclusion.

## CORRIGÉ

| Solution | Commentaires |
|---|---|
| On note $x$ le prix d'une baguette de pain. | **1.** On choisit un nombre positif dont on connaît un ordre de grandeur. |
| • Une baguette coûte $x$ €, la moitié coûte $0{,}5x$ €. On augmente ce prix de 0,7 €, on obtient : $0{,}5x + 0{,}7$.<br>• Le double du prix de la baguette est $2 \times x$, soit $2x$. On diminue ce prix de 0,65 €, on obtient $2x - 0{,}65$.<br>• Ces deux prix sont égaux, on obtient l'équation : $0{,}5x + 0{,}7 = 2x - 0{,}65$. | **2.** La mise en équation du problème se fait pas à pas.<br>On traduit de deux façons différentes en langage mathématique les deux prix proposés. |
| $0{,}5x - 2x = -0{,}65 - 0{,}7$<br>$-1{,}5x = -1{,}35$<br>$x = \dfrac{-1{,}35}{-1{,}5} = 0{,}9$ | **3.** On résout l'équation : on reconnaît une équation du premier degré.<br>On utilise les règles de résolution relatives à ce type d'équation. |
| Le prix de la baguette est de 0,9 €. | **4.** On rédige une phrase de conclusion.<br>On fait attention à la cohérence du résultat. |

## QCM

### 1 Cochez la (ou les) réponse(s) correcte(s).

**1.** L'équation $5x + 10 = 0$ a pour solution :

**a.** ☐ $-2$ **b.** ☐ $2$ **c.** ☐ $-10$

**2.** Trouvez les équations produit nul parmi les équations suivantes :

**a.** ☐ $(3x + 4)(x - 5) = 1$ **b.** ☐ $(3x - 5) - (5x + 8) = 0$ **c.** ☐ $x(x + 3) = 0$

**3.** Les solutions de l'équation $(3 - x)(2x - 4) = 0$ sont :

**a.** ☐ $3$ et $-2$ **b.** ☐ $-3$ et $2$ **c.** ☐ $2$ et $3$

**4.** La solution de l'équation $2x - 15 = 4x - 1$ est :

**a.** ☐ un nombre entier **b.** ☐ $7$ **c.** ☐ $-7$

**5.** L'équation $\frac{x}{2} = 1$ a pour solution :

**a.** ☐ $x$ **b.** ☐ $2$ **c.** ☐ $-2$

**6.** L'équation $x^2 = 6$ a :

**a.** ☐ deux solutions **b.** ☐ pour solution 3

**c.** ☐ pour unique solution $\sqrt{6}$.

### 2 Répondez par vrai ou faux.

| Affirmation | Réponse |
|---|---|
| **1.** L'équation $(x + 1) - (2x + 6) = 0$ admet 2 solutions. | ☐ V ☐ F |
| **2.** L'équation $x + \frac{1}{2} = \frac{1}{3}$ a pour solution $\frac{1}{6}$. | ☐ V ☐ F |
| **3.** L'équation $\frac{x}{3} = \frac{x}{2}$ a pour unique solution 0. | ☐ V ☐ F |
| **4.** Il existe des équations admettant plus de 2 solutions. | ☐ V ☐ F |
| **5.** L'équation $x + 5 = 7(x - 1)$ a une solution qui est un nombre négatif. | ☐ V ☐ F |
| **6.** Toute équation a au moins une solution. | ☐ V ☐ F |
| **7.** Une solution de l'équation $x^2 + x = 0$ est $-1$. | ☐ V ☐ F |

## Exercices d'entraînement

### 3 Premier degré

Résolvez les trois équations suivantes :

**1.** $3x + 9 = 0$ **2.** $5x + 10 = 5$ **3.** $3x + 6 = 5x - 9$

### 4 Produit nul

Résolvez les trois équations suivantes :

**1.** $(x - 9)(5x + 3) = 0$ **2.** $(1 - 2x)(8 + 4x) = 0$ **3.** $2x(x - 4) = 0$

### 5 Avec un carré

Résolvez les trois équations suivantes :

**1.** $x^2 = 81$ **2.** $x^2 - 100 = 0$ **3.** $x^2 + 9 = 0$

### 6 Méli-mélo

Résolvez les équations suivantes :

**1.** $5x - 8 = 3$ **2.** $-2(x + 6) = 0$ **3.** $x^2 = 3$

**4.** $(2x + 6)(x + 9) = 0$ **5.** $x^2 - 121 = 0$ **6.** $5x = 2x + 9$

### 7 Autour d'une équation

On considère l'équation : $2x^2 + 7x - 15 = 0$.

**1.** 3 est-il solution de cette équation ?

**2.** – 5 est-il solution de cette équation?

**3. a.** Montrez que pour tout nombre $x$, $2x^2 + 7x - 15 = (2x - 3)(x + 5)$.
**b.** Déduisez-en les solutions de l'équation $2x^2 + 7x - 15 = 0$.

### 8 Comme dans l'exercice résolu

Pour chacune des équations suivantes, indiquez sa nature (premier degré, produit nul, $x^2 = a$), puis résolvez-la.

**1.** $5(x + 3) = 2(x - 7)$ **2.** $(2x - 4)(4 - x) = 0$

**3.** $2(6x - 5) + 4x - 2 = 0$

**4.** $x + 4 = 2x + 1$

**5.** $2x^2 = 50$

**6.** $5x - 3 - (3x + 9) = x$

### 9 Où sont les solutions ?

Reliez chaque équation à sa (ou ses) solution(s) :

| Équations | | Solutions |
|---|---|---|
| $(2x - 2)(x - 1) = 0$ • | | • $-1$ et $1$ |
| $5x = 5$ • | | • $1$ |
| $2x = 0$ • | | • $-1$ |
| $2x - 2 = 0$ • | | • $0$ |
| $x(1 + x) = 0$ • | | • $-1$ et $0$ |
| $(5 - 5x)(x + 1) = 0$ • | | |
| $x^2 = 1$ • | | |

### 10 À la boulangerie

Juliette achète 5 croissants et 3 pains au chocolat à la boulangerie. Elle paie avec un billet de 10 €. La boulangère lui rend 2,9 € et lui dit que le pain au chocolat coûte 0,10 € de plus que le croissant. Juliette souhaite retrouver le prix d'un croissant et celui d'un pain au chocolat.
Est-ce possible ? Si oui, aidez-la !

### 11 Une classe avec beaucoup de filles

Dans une classe de 36 élèves de troisième, il y a trois fois plus de filles que de garçons. On souhaite trouver le nombre de garçons et de filles qui constituent cette classe. En utilisant une équation, résolvez ce problème.

### 12 Le salaire du commercial

Le salaire, en euros, d'un commercial est : $1\,100 + 0{,}005x$ où $x$ représente le montant en euros des ventes qu'il réalise dans le mois.
Au mois d'avril, le commercial touche un salaire de 2 500 €. Quel est le montant des ventes qu'il a réalisées durant ce mois ?

### 13 Une histoire de billes

Louise a 12 billes de plus que Juliette. Louise dit à Juliette : « Si tu m'en donnes 10, j'en aurai deux fois plus que toi. »
Déterminez le nombre de billes que possèdent Louise et Juliette.

### 14 Le périmètre du rectangle

*ABCD* est un rectangle.

$x$ désigne un nombre positif. L'unité est le cm.

Déterminez la valeur de $x$ de façon que le périmètre du rectangle soit égal à 36,2 cm.

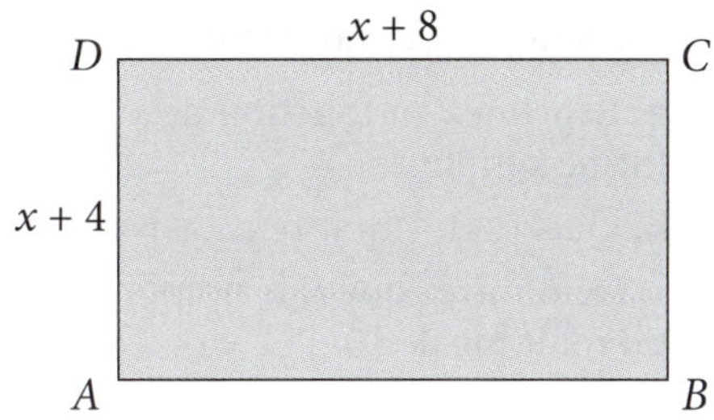


### 15 Les deux formules

Un cinéma propose deux formules d'abonnement avec une carte :

- Formule A : On paye une carte 52 €, puis 6,50 € par film ;
- Formule B : On paye une carte 79 €, puis 5 € par film.

On note $n$ le nombre de films vus.

**1.** Exprimez en fonction de $n$ le prix payé avec les deux formules d'abonnement.

**2.** Pour combien de films les deux tarifs sont-ils aussi avantageux l'un que l'autre ?

## Vers le Brevet

### 16 Toujours un miltiple de 10 ?

Voici un programme de calcul :

- Choisir un nombre
- Multiplier ce nombre par 2
- Ajouter 4
- Multiplier le résultat par 5

**1.** Vérifiez que le résultat obtenu si on choisit le nombre $-6$ est $-40$.

**2.** Le programme donne 0 comme résultat final. Quel nombre a été choisi au départ ?

**3.** On note $x$ le nombre choisi au départ.

**a.** Exprimez en fonction de $x$ le résultat obtenu. Donnez le résultat sous forme simplifiée.

**b.** Quel est le nombre choisi au départ si le résultat obtenu est 2 ?

**c.** Démontrez que si le nombre choisi est un entier, le résultat obtenu est un multiple de 10.

## 17 Comparaison de factures

Deux familles comparent leur facture d'électricité.

- Sur la facture de la famille Machin, il est indiqué :
  - abonnement mensuel : 6,2 € ;
  - prix du kWh : 0,095 €.
- Sur celle de la famille Truc, il est écrit :
  - abonnement mensuel : 8,5 € ;
  - prix du kWh : 0,086 €.

**1.** On note $x$ le nombre de kWh consommés par la famille Machin au cours d'un mois.

**a.** Exprimez en fonction de $x$ le prix $P$ payé par cette famille pour un mois de consommation.

**b.** Quelle est la consommation de cette famille si sa facture d'électricité pour un mois est de 80 € (arrondir le résultat au kWh le plus proche) ?

**2.** On note $y$ le nombre de kWh consommés par la famille Truc au cours d'un mois.

**a.** Exprimez en fonction de $y$ le prix $Q$ payé par cette famille pour un mois de consommation.

**b.** Quelle est la consommation de cette famille si sa facture d'électricité pour un mois est 80 € (arrondir le résultat au kWh le plus proche) ?

**3. a.** Les deux familles souhaitent savoir s'il existe une consommation commune qui leur permettrait de payer le même prix. Que doivent-elles faire pour cela ?

**b.** Quelle est cette consommation arrondie à 1 kWh près ?

**c.** Déduisez-en le montant de la facture correspondante.

## QCM

**1** **1.** L'équation $5x + 10 = 0$ est une équation du $1^{er}$ degré.

$5x + 10 = 0$

$5x = -10$

$x = -\dfrac{10}{5} = -2$

**Réponse : a.** – 2.

**2.** • $(3x + 4)(x - 5) = 1$. Le premier membre de l'équation est bien un produit, mais le second membre n'est pas nul.

• $(3x - 5) - (5x + 8) = 0$. Le premier membre de l'équation n'est pas un produit. C'est une différence.

• $x(x + 3) = 0$. Le premier membre est un produit de deux facteurs et le second est nul.

**Réponse : c.** $x(x + 3) = 0$.

**Rappel**
Une équation produit nul est une équation du type $A \times B = 0$.

**3.** L'équation $(3 - x)(2x - 4) = 0$ est une équation produit nul.
Un produit de deux facteurs est nul si et seulement si l'un au moins des deux facteurs est nul.

$3 - x = 0$ ou $2x - 4 = 0$

$-x = -3$ ou $2x = 4$

$x = 3$ ou $x = \dfrac{4}{2} = 2.$

L'équation a donc deux solutions : 2 et 3.

**Réponse : c.** 2 et 3.

**4.** L'équation $2x - 15 = 4x - 1$ est une équation du premier degré.

$2x - 15 = 4x - 1$

$2x - 4x = -1 + 15$

$-2x = 14$

$x = \dfrac{14}{-2} = -7.$

La solution de l'équation est – 7.

**Réponses : a.** un nombre entier et **c.** – 7.

**Remarque**
On peut éviter de résoudre cette équation.
En remplaçant $x$ par 7 puis par – 7 dans chacun des membres, on montre que – 7 est solution.

**5.** En multipliant par 2 chacun des membres de l'équation, on obtient :

$2 \times \dfrac{x}{2} = 1 \times 2$, soit $x = 2$. On en déduit que l'équation a une solution : 2.

**Réponse : b.** 2.

**6.** L'équation $x^2 = 6$ est de la forme $x^2 = a$ avec $a = 6$. Comme $a > 0$, elle a deux solutions.

**Réponse : a.** deux solutions.

**Remarque**

Les solutions de cette équation sont $\sqrt{6}$ et $-\sqrt{6}$.

**2** **1. Faux.** L'équation $(x + 1) - (2x + 6) = 0$ s'écrit $(x + 1) - 2x - 6 = 0$ soit $-x = 5$, c'est-à-dire $x = -5$.
L'équation n'a qu'une seule solution : 5.

**Rappel**

Cette équation n'est pas une équation produit nul. Le premier membre n'est pas un produit.

**2. Faux.** Cette équation a pour solution :

$$x = \frac{1}{3} - \frac{1}{2} = \frac{2}{6} - \frac{3}{6} = -\frac{1}{6}.$$

**3. Vrai.** En effectuant un produit en croix, l'équation s'écrit $2 \times x = 3 \times x$ soit $3x - 2x = 0$, c'est-à-dire $x = 0$.
L'équation a donc une unique solution : 0.

**4. Vrai.**
Par exemple, l'équation $x(x + 1)(x + 2) = 0$ admet trois solutions. En effet, il s'agit d'une équation produit nul avec 3 facteurs.
Un produit de facteurs est nul si et seulement si l'un au moins des facteurs est nul.
$x = 0$ ou $x + 1 = 0$ ou $x + 2 = 0$.
Les solutions sont 0, $-1$ et $-2$.

**Remarque**

On peut imaginer (en généralisant) qu'il existe des équations admettant 4, 5, 6, … solutions.

**5. Faux.**

$x + 5 = 7(x - 1)$

$x + 5 = 7x - 7$ *On développe.*

$x - 7x = -7 - 5$ *On rassemble les « x » dans le premier membre.*

$-6x = -12$

$x = \frac{-12}{-6}$ *On divise par $-6$ pour obtenir x.*

$x = 2$

La solution est un nombre positif.

**Remarque**

On peut aussi résoudre cette équation en factorisant le 1er membre : $x(x + 1) = 0$. On obtient une équation produit nul dont les solutions sont $-1$ et 0.

**6. Faux.** Il existe des équations n'admettant aucune
$x^2 = -5$ n'a pas de solution, car $-5$ est négatif.

**7. Vrai.** On remplace $x$ par $-1$ dans le premier membre : $(-1)^2 + (-1) = 1 - 1 = 0$, donc $-1$ est solution de l'équation.

# Exercices d'entraînement

**3** **1.** $3x + 9 = 0$

$3x + 9 - 9 = 0 - 9$ — *On soustrait 9 de part et d'autre du signe = pour isoler « 3x ».*

$3x = -9$

$\frac{3x}{3} = \frac{-9}{3}$ — *On divise chaque membre par 3 pour isoler « x ».*

$x = -3$

Cette équation a pour solution – 3.

**2.** $5x + 10 = 5$

$5x + 10 - 10 = 5 - 10$ — *On soustrait 10 de part et d'autre du signe = pour isoler « 5x ».*

$5x = -5$

$\frac{5x}{5} = \frac{-5}{5}$ — *On divise chaque membre par 5 pour isoler « x ».*

$x = -1$

Cette équation a pour solution – 1.

**Méthode**

Par addition/soustraction, on se ramène à une équation de la forme $ax = b$ qui a pour solution $x = \frac{b}{a}$.

**3.** $3x + 6 = 5x - 9$

$3x + 6 - 5x - 6 = 5x - 9 - 5x - 6$ — $-5x - 6$

$-2x = -15$

$\frac{-2x}{-2} = \frac{-15}{-2}$ — $\div(-2)$

$x = \frac{15}{2} = 7{,}5$

Cette équation a pour solution 7,5.

**Gagnez des points**

Quand on est plus à l'aise avec la résolution d'équation du premier degré, on peut se dispenser d'écrire quelques étapes, comme ici la 2e et la 4e ligne.

**4** **1.** $(x - 9)(5x + 3) = 0$

On reconnaît une équation produit-nul.
Un produit de facteurs est nul si et seulement si l'un au moins des facteurs est nul.

| | | |
|---|---|---|
| $x - 9 = 0$ | ou | $5x + 3 = 0$ |
| $x = 9$ | ou | $5x = -3$ |
| $x = 9$ | ou | $x = \frac{-3}{5} = -0{,}6$ |

Cette équation a deux solutions : 9 et – 0,6.

**Pensez-y !**

Une équation produit-nul est de la forme $A \times B = 0$. Ses solutions sont celles des équations $A = 0$ et $B = 0$.

**2.** $(1 - 2x)(8 + 4x) = 0$

$1 - 2x = 0$ ou $8 + 4x = 0$

$-2x = -1$ ou $4x = -8$

$x = \frac{-1}{-2}$ ou $x = \frac{-8}{4}$

$x = \frac{1}{2} = 0{,}5$ ou $x = -2$

Cette équation a deux solutions : 0,5 et – 2.

**Gagnez des points**

Cette équation produit-nul se ramène à la résolution de deux équations du premier degré.

**3.** $2x(x - 4) = 0$

$2x = 0$ ou $x - 4 = 0$

$x = \frac{0}{2}$ ou $x = 4$

$x = 0$ ou $x = 4$

Cette équation a deux solutions : 0 et – 4.

**Piège à éviter**

L'équation $2x = 0$ a pour solution le nombre 0 (et pas – 2) !

**5** **1.** $x^2 = 81$

Une équation de la forme $x^2 = a$ avec $a > 0$ (ici $a = 81$) a deux solutions : $\sqrt{a}$ et $-\sqrt{a}$.

$x = \sqrt{81}$ ou $x = -\sqrt{81}$

$x = 9$ ou $x = -9$.

Cette équation a deux solutions : 9 et – 9.

**2.** $x^2 - 100 = 0$

$x^2 - 100 + 100 = 0 + 100$

$x^2 = 100$

$x = \sqrt{100}$ ou $x = -\sqrt{100}$

$x = 10$ ou $x = -10$

Cette équation a deux solutions : 10 et – 10.

**Remarques**

- La 2e ligne est facultative.
- Isolez le $x$ afin de vous ramener à une équation du type $x^2 = a$.

**3.** $x^2 + 9 = 0$

$x^2 + 9 - 9 = 0 - 9$

$x^2 = -9$

Une équation de la forme $x^2 = a$ avec $a < 0$ (ici $a = -9$) n'a pas de solution.

Cette équation n'a pas de solution.

**Pensez-y !**

Il n'existe aucun nombre dont le carré soit négatif.

**6** **1.** $5x - 8 = 3$ (équation du premier degré)

$5x = 3 + 8$
$5x = 11$
$x = \frac{11}{5} = 2,2$

Cette équation a une solution : 2,2.

**2.** $-2(x + 6) = 0$ (équation du premier degré)

$-2x - 12 = 0$
$-2x = 12$
$x = \frac{12}{-2} = -6$

Cette équation a une solution : $-6$.

**3.** $x^2 = 3$ (équation $x^2 = a$)

$x = \sqrt{3}$ ou $x = -\sqrt{3}$

Cette équation a deux solutions : $\sqrt{3}$ et $-\sqrt{3}$.

**4.** $(2x + 6)(x + 9) = 0$ (équation produit nul)

$2x + 6 = 0$ ou $x + 9 = 0$
$2x = -6$ ou $x = -9$
$x = \frac{-6}{2}$ ou $x = -9$
$x = -3$ ou $x = -9$

Cette équation a deux solutions : $-3$ et $-9$.

**5.** $x^2 - 121 = 0$ (équation $x^2 = a$)

$x^2 - 121 + 121 = 0 + 121$
$x^2 = 121$
$x = \sqrt{121}$ ou $x = -\sqrt{121}$
$x = 11$ ou $x = -11$

Cette équation a deux solutions : 11 et $-11$

**6.** $5x = 2x + 9$ (équation du premier degré)

$5x - 2x = 2x + 9 - 2x$
$5x - 2x = 9$
$3x = 9$
$x = \frac{9}{3} = 3$

Cette équation a une solution : 3.

**L'astuce du prof**

La difficulté de cet exercice réside dans le fait que tous les types d'équations sont mélangés. Identifier le type d'équation vous aidera à la résoudre. Dans la 1 ; pour résoudre cette équation du premier degré, isolez $5x$ puis $x$.

**Gagnez des points**

3 n'est pas un carré parfait. Donc 3 ne se « simplifie » pas.

**Remarque**

121 est un carré parfait : $121 = 11^2$.

**7** **1.** On calcule :
$2 \times 3^2 + 7 \times 3 - 15 = 2 \times 9 + 21 - 15$
$= 18 + 21 - 15 = 24 \neq 0$.
Le nombre 3 n'est pas solution de l'équation $2x^2 + 7x - 15 = 0$.

**Méthode**

Pour vérifier qu'un nombre est solution d'une équation, on remplace $x$ par ce nombre et on regarde si l'égalité est vérifiée, ou pas.

**2.** On calcule :
$2 \times (-5)^2 + 7 \times (-5) - 15 = 2 \times 25 - 35 - 15$
$= 50 - 35 - 15 = 0$.
Le nombre $-5$ est solution de l'équation $2x^2 + 7x - 15 = 0$.

**3. a.** • Développons l'expression factorisée :
$(2x - 3)(x + 5)$
$= 2x \times x + 2x \times 5 - 3 \times x - 3 \times 5$
$= 2x^2 + 10x - 3x - 15$
$= 2x^2 + 7x - 15$

• En conclusion, pour tout $x$ :
$2x^2 + 7x - 15 = (2x - 3)(x + 5)$.

**Méthode**

Pour montrer ici que $A = B$, vous développez $B$ et le comparez à $A$.

**b.** On cherche à résoudre l'équation
$2x^2 + 7x - 15 = 0$
D'après la **3. a.**, cela revient à résoudre
$(2x - 3)(x + 5) = 0$.

| | | |
|---|---|---|
| $2x - 3 = 0$ | ou | $x + 5 = 0$ |
| $2x = 3$ | ou | $x = -5$ |
| $x = \frac{3}{2} = 1{,}5$ | ou | $x = -5$ |

L'équation $2x^2 + 7x - 15 = 0$ a deux solutions : 1,5 et $-5$.

**Remarque**

En 3e, vous ne savez pas résoudre cette équation (du second degré). Aussi l'énoncé vous propose une factorisation qui vous permet de vous ramener à une équation produit-nul, que vous savez résoudre, elle !

**8** **1.** $5(x + 3) = 2(x - 7)$ est une équation du premier degré.

$$5(x + 3) = 2(x - 7)$$
$$5x + 15 = 2x - 14$$
$$5x - 2x = -14 - 15$$
$$3x = -29$$
$$x = \frac{-29}{3}$$

La solution de l'équation est $\frac{-29}{3}$.

**2.** $(2x - 4)(4 - x) = 0$ est une équation produit nul. Un produit de deux facteurs est nul si et seulement si l'un au moins des deux facteurs est nul.

| | | |
|---|---|---|
| $2x - 4 = 0$ | ou | $4 - x = 0$ |
| $2x = 4$ | ou | $-x = -4$ |
| $x = \frac{4}{2}$ | ou | $x = 4$ |
| $x = 2$ | ou | $x = 4$ |

L'équation a deux solutions : 2 et 4.

**3.** $2(6x - 5) + 4x - 2 = 0$ est une équation du premier degré.

$$2(6x - 5) + 4x - 2 = 0$$
$$12x - 10 + 4x - 2 = 0$$
$$16x = 12$$
$$x = \frac{12}{16}$$
$$x = \frac{3}{4}$$

L'équation a une solution : $\frac{3}{4}$.

> **Gagnez des points !**
> N'oubliez pas de simplifier le résultat.

**4.** L'équation $x + 4 = 2x + 1$ est une équation du premier degré.

$$x + 4 = 2x + 1$$
$$x - 2x = 1 - 4$$
$$-x = -3$$
$$x = 3$$

La solution de l'équation est 3.

**5.** $2x^2 = 50$ est une équation $x^2 = a$.

$x^2 = \frac{50}{2}$

$x^2 = 25$

$x = \sqrt{25}$ ou $x = -\sqrt{25}$

$x = 5$ ou $x = -5$

Cette équation a deux solutions : 5 et –5.

> **Gagnez des points**
> L'équation après quelques transformations sera de la forme $x^2 = a$.

**6.** $5x - 3 - (3x + 9) = x$ est une équation du premier degré.

$$5x - 3 - 3x - 9 = x$$
$$2x - 12 = x$$
$$2x - x = 12$$
$$x = 12$$

Cette équation a pour solution 12.

**9** On résout chacune des équations.

- $(2x - 2)(x - 1) = 0$ est une équation produit nul.

$2x - 2 = 0$ ou $x - 1 = 0$

$2x = 2$ ou $x = 1$

$x = 1$ ou $x = 1$

Cette équation a pour unique solution : 1.

> **Piège à éviter**
> Ce n'est pas parce qu'il y a deux facteurs qu'il y a forcément deux solutions.

- $5x = 5$ est une équation du premier degré. On divise par 5 pour obtenir $x$.

Soit $x = \frac{5}{5} = 1$. On en déduit que cette équation a une unique solution : 1.

• $2x = 0$ est une équation du premier degré. On divise par 2 pour obtenir $x$.
Soit $x = \frac{0}{2} = 0$. Cette équation a donc pour unique solution : 0.

• $2x - 2 = 0$ est une équation du premier degré.

$$2x - 2 = 0$$
$$2x = 2$$
$$x = \frac{2}{2} = 1$$

Cette équation a une unique solution : 1.

• $x(1 + x) = 0$ est une équation produit nul.

$$x = 0 \quad \text{ou} \quad 1 + x = 0$$
$$x = 0 \quad \text{ou} \quad x = -1$$

Cette équation a deux solutions : – 1 et 0.

• $(5 - 5x)(x + 1) = 0$ est une équation produit nul.

$$5 - 5x = 0 \quad \text{ou} \quad x + 1 = 0$$
$$-5x = -5 \quad \text{ou} \quad x = -1$$
$$x = \frac{-5}{-5} \quad \text{ou} \quad x = -1$$
$$x = 1 \quad \text{ou} \quad x = -1$$

Cette équation a deux solutions : – 1 et 1.

• $x^2 = 1$
$x = \sqrt{1}$ ou $x = -\sqrt{1}$
$x = 1$ ou $x = -1$
Cette équation a deux solutions : – 1 et 1.

**10** On résout ce problème par une mise en équation.

• **Choix de l'inconnue :** soit $x$ le prix d'un croissant.

• **Mise en équation :**
Le prix d'un croissant est $x$ €. Un pain au chocolat valant 0,1 € de plus qu'un croissant, il coûte $(x + 0{,}1)$ €.
Juliette a payé avec un billet de 10 € et la boulangère lui a rendu 2,9 € : elle a donc payé $10 - 2{,}9 = 7{,}1$ €.

On en déduit l'équation :

$$\underbrace{5x}_{\text{Croissants}} + \underbrace{3(x+0{,}1)}_{\text{Pains au chocolat}} = 7{,}1$$

**Gagnez des points !**
Pensez aux quatre étapes décrites dans la méthode.

• **Résolution de l'équation :** il s'agit d'une équation du premier degré.

$$5x + 3(x + 0{,}1) = 7{,}1$$
$$5x + 3x + 0{,}3 = 7{,}1$$
$$8x = 7{,}1 - 0{,}3$$
$$8x = 6{,}8$$
$$x = \frac{6{,}8}{8}$$
$$x = 0{,}85$$

**Rappel**
Développez puis regroupez les $x$ dans le membre de gauche et les « non $x$ » dans celui de droite.

• **Conclusion :** un croissant coûte 0,85 € et un pain au chocolat coûte 0,95 €.

**11** On résout ce problème par une mise en équation.

• **Choix de l'inconnue :** soit $x$ le nombre de garçons.

• **Mise en équation :**
Il y a trois fois plus de filles que de garçons. Il y a $x$ garçons, il y a donc $3 \times x = 3x$ filles.
Il y a 36 élèves au total.
On en déduit l'équation :

$$\underbrace{x}_{\text{Garçons}} + \underbrace{3x}_{\text{Filles}} = 36$$

• **Résolution de l'équation :** il s'agit d'une équation du premier degré.

$$x + 3x = 36$$
$$4x = 36$$
$$x = \frac{36}{4}$$
$$x = 9$$

**Rappel**
Divisez par 4 et non par – 4.

• **Conclusion :** il y a 9 garçons et 27 filles dans cette classe.

**12** • Le salaire du commercial est $1\,100 + 0{,}005x$.

• Le commercial a gagné 2 500 €.

• On en déduit l'équation : $1\,100 + 0{,}005x = 2\,500$.
On obtient :

$$1\,100 + 0{,}005x = 2\,500$$
$$0{,}005x = 2\,500 - 1\,100$$

$$0{,}005x = 1\,400$$
$$x = \frac{1\,400}{0{,}005}$$
$$x = 280\,000$$

En avril, le commercial a réalisé 280 000 € de ventes.

**13** **Choix de l'inconnue :** on note $x$ le nombre de billes de Louise.

**Pensez-y !**
Appelez $x$ un des deux nombres que vous cherchez, puis traduisez les données de l'exercice par une équation.

**Mise en équation :**

Le nombre de billes de Juliette est donc $x - 12$, car Juliette en a 12 de moins que Louise.

Juliette donne 10 billes à Louise. Louise aura donc $x + 10$ billes et Juliette $x - 12 - 10$.

Sachant qu'alors, Louise a deux fois plus de billes que Juliette, on peut écrire l'égalité :

$$\underbrace{x + 10}_{\text{Nombre de billes de Louise}} = 2 \times (\underbrace{x - 12 - 10}_{\text{Nombre de billes de Juliette}})$$

**Résolution de l'équation :** $x + 10 = 2 \times (x - 12 - 10)$

$$x + 10 = 2 \times (x - 22)$$
$$x + 10 = 2x - 44$$
$$x - 2x = -44 - 10$$
$$-x = -54$$
$$x = 54$$

**Conclusion :** Louise a donc 54 billes et Juliette 42.

**14** Le périmètre de ce rectangle est :

$$2(x + 4) + 2(x + 8).$$

On cherche $x$ pour que ce périmètre soit égal à 32,6 cm.

**Rappel**
Le périmètre d'un rectangle de longueur $L$ et de largeur $\ell$ est : $2 \times L + 2 \times \ell$ ou $2(L + \ell)$.

On doit donc résoudre l'équation :

$$2(x + 4) + 2(x + 8) = 32{,}6$$
$$2(x + 4) + 2(x + 8) = 32{,}6$$
$$2x + 8 + 2x + 16 = 32{,}6$$
$$4x + 24 = 32{,}6$$
$$4x = 32{,}6 - 24$$

$$4x = 8{,}6$$
$$x = \frac{8{,}6}{4} = 2{,}15$$

Le périmètre du rectangle *ABCD* est 32,6 cm lorsque $x = 2{,}15$ cm.

**15** **1.** Soit $n$ le nombre de films vus.

- Avec la formule d'abonnement A, le prix payé $p_A$ s'écrit :

$p_A$ = prix de la carte A + 6,50 € par film vu $= 52 + 6{,}50 \times n = 52 + 6{,}5n$.

- Avec la formule d'abonnement B, le prix payé $p_B$ s'écrit :

$p_B$ = prix de la carte B + 5 € par film vu $= 79 + 5 \times n = 79 + 5n$.

**2.** Les deux tarifs sont aussi avantageux l'un que l'autre lorsque :

$p_A = p_B$

$52 + 6{,}5n = 79 + 5n$

$6{,}5n - 5n = 79 - 52$

$1{,}5n = 27$

$n = \frac{27}{1{,}5} = 18$

Les deux formules donnent le même tarif pour 18 films vus.

**Méthode**

Reconnaissez ici une équation du premier degré d'inconnue *n*.

## Vers le Brevet

**16** **1.** Appliquons le programme de calcul proposé au nombre – 6.

$-6 \times 2 = -12$ ;

$-12 + 4 = -8$ ;

$-8 \times 5 = -40$.

Lorsqu'on choisit le nombre – 6, le résultat donné par le programme est – 40.

**2.** Le programme a donné 0 comme résultat.

On « remonte » le programme à l'envers en prenant l'opération « inverse » de chaque étape du programme, en partant de la fin :

- on divise le résultat par 5 : on obtient $0 \div 5 = 0$ ;
- on soustrait 4 : on obtient $0 - 4 = -4$ ;
- on divise le nombre par 2 : on obtient $-4 \div 2 = -2$

Le nombre qui donne 0 pour résultat est – 2.

**L'astuce du prof**

Vérifiez votre réponse :
$-2 \times 2 = -4$ ; $-4 + 4 = 0$ ;
$0 \times 5 = 0$.
– 2 donne bien pour résultat 0.

**3. a.** Appliquons le programme de calcul proposé au nombre $x$.
- on multiplie ce nombre par 2 : on obtient $2 \times x = 2x$ ;
- on ajoute 4 : on obtient $2x + 4$ ;
- on multiplie le résultat par 5 : on obtient $5 \times (2x + 4) = 5 \times 2x + 5 \times 4 = 10x + 20$.

Lorsque le nombre de départ est $x$, le résultat du programme de calcul est $10x + 20$.

**L'astuce du prof**
Reprenez la question 1 en remplaçant – 6 par $x$.

**L'astuce du prof**
Le résultat correspond à celui de la question **1** : pour $x = -6$.
$10x + 20$
$= 10 \times (-6) + 20 = -40$.

**b.** Le programme de calcul donne pour résultat 2. Il s'agit de déterminer $x$ tel que :

$$10x + 20 = 2$$
$$10x = 2 - 20$$
$$10x = -18$$
$$x = \frac{-18}{10}$$
$$x = -1{,}8.$$

Lorsque le programme retourne le nombre 2, le nombre choisi au départ était 1,8.

**L'astuce du prof**
Vous pouvez vérifier votre résultat : pour $x = -1{,}8$.
$10 \times (-1{,}8) + 20$
$= -18 + 20 = 2$.

**c.** Supposons que le nombre de départ $x$ soit un entier.
Le résultat du programme est :
$10x + 20 = \underline{10} \times x + \underline{10} \times 2 = \underline{10}(x + 2)$.
Si $x$ est un entier positif, $(x + 2)$ l'est aussi.
Et par conséquent, le résultat du programme est bien toujours un multiple de 10.

**Rappel**
Un multiple de 10 est de la forme :
$10 \times$ (un nombre entier).

**17** **1. a.** Le prix payé par la famille Machin se compose de l'abonnement mensuel et de la consommation. Ainsi : $P = \underbrace{0{,}095x}_{\text{Consommation}} + \underbrace{6{,}2}_{\text{Abonnement}}$

**b.** La facture s'élève à 80 €. On est donc amené à chercher $x$ de façon que : $P = 80$.

$$0{,}095x + 6{,}2 = 80$$
$$0{,}095x = 80 - 6{,}2$$
$$0{,}095x = 73{,}8$$
$$x = \frac{73{,}8}{0{,}095} \text{ d'où } x \approx 777$$

La consommation de la famille Machin a été de 777 kWh environ.

**Méthode**
Dans cette question, vous êtes amené à résoudre une équation du premier degré.

**2. a.** Le prix payé par la famille Truc se compose de l'abonnement mensuel et de la consommation. Ainsi : $Q = \underbrace{0{,}086y}_{\text{Consommation}} + \underbrace{8{,}5}_{\text{Abonnement}}$

**b.** La facture s'élève à 80 €. On est donc amené à chercher $y$ de façon que : $Q = 80$.

$$0{,}086y + 8{,}5 = 80$$
$$0{,}086y = 80 - 8{,}5$$
$$0{,}086y = 71{,}5$$
$$y = \frac{71{,}5}{0{,}086} \text{ d'où } y \approx 831$$

La consommation de la famille Truc a été de 831 kWh environ.

**3. a.** Si on note $x$ la consommation commune cherchée, on cherche $x$ tel que $P = Q$. Il est donc nécessaire de résoudre cette équation pour répondre à leur interrogation.

**b.** On résout l'équation :

$$0{,}095x + 6{,}2 = 0{,}086x + 8{,}5$$
$$0{,}095x - 0{,}086x = 8{,}5 - 6{,}2$$
$$0{,}009x = 2{,}3$$
$$x = \frac{2{,}3}{0{,}009} \text{ d'où } x \approx 256$$

Lorsque les deux familles consomment environ 256 kWh, elles paieront le même prix.

**c.** Le prix correspondant est donné par :

$$0{,}095 \times 256 + 6{,}2 = 30{,}52.$$

Le montant de la facture est alors de 30,52 €.

**Pensez-y !**

Pour déterminer le montant, on a choisi la facture de la famille Machin. On trouve évidemment le même résultat avec celle de la famille Truc.

CHAPITRE

# 5 Proportionnalité. Pourcentages

## 1 Proportionnalité

### 1 Tableau de proportionnalité

• Un tableau décrit une situation de proportionnalité quand, en multipliant par un même nombre $a$ les valeurs de la première ligne, on retrouve celles de la deuxième ligne. Ce nombre $a$ est appelé **coefficient de proportionnalité**.

• À toute situation de proportionnalité, on peut associer une fonction linéaire.

**Exemple :**

| 5 | 0,2 | 4 |
|---|---|---|
| 1,5 | 0,06 | 1,2 |

$\times 0,3$

Dans ce tableau, la fonction linéaire qui modélise la situation est la fonction $f$ définie par $f(x) = 0,3x$ et le coefficient de proportionnalité est $a = 0,3$.

### 2 Quatrième proportionnelle

Dans un tableau de proportionnalité, il y a égalité des produit en croix. Cette propriété permet de calculer une quatrième proportionnelle.

**Exemple :**

| 3 | 5 |
|---|---|
| 1,8 | $x$ |

Dans ce tableau de proportionnalité, pour calculer la quatrième proportionnelle $x$, on utilise l'égalité des produits en croix :
$3 \times x = 5 \times 1,8$ d'où $x = \dfrac{5 \times 1,8}{3} = 3$.

### 3 Représentation graphique

• Dans une situation de proportionnalité, les points obtenus dans un repère sont alignés avec l'origine du repère.

• Réciproquement, si des points sont alignés avec l'origine dans un repère, alors il s'agit d'une situation de proportionnalité.

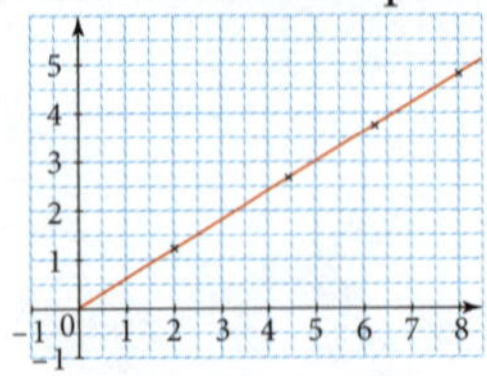


**Exemple :**

| 2 | 4,4 | 6,2 | 8 |
|---|---|---|---|
| 1,2 | 2,64 | 3,72 | 4,8 |

Les points obtenus sont alignés avec l'origine du repère. Il s'agit donc bien d'une situation de proportionnalité.

Les quotients $\dfrac{1,2}{2}$, $\dfrac{2,64}{4,4}$, $\dfrac{3,72}{6,2}$ et $\dfrac{4,8}{8}$ sont tous égaux à 0,6.

## 4 Notion de ratio

- **Avec deux nombres**

Deux nombres $a$ et $b$ sont dans un ratio 2 : 3 signifie que $\frac{a}{2} = \frac{b}{3}$ ou $a = \frac{2}{3}b$.

Cela revient aussi à dire que les nombres $a$ et $b$ sont proportionnels à 2 et 3.

- **Avec trois nombres**

Trois nombres $a$, $b$ et $c$ sont dans un ratio 2 : 3 : 7 signifie que $\frac{a}{2} = \frac{b}{3} = \frac{c}{7}$.

Cela revient à dire que les nombres $a$, $b$ et $c$ sont proportionnels à 2, 3 et 7.

**Exemple :**

La notation 1 : 500 qui correspond à une échelle signifie en terme de ratio que la grandeur mesurée a et la grandeur réelle b sont dans un ration de 1 : 500,soit $\frac{a}{1} = \frac{b}{500}$ ou encore $a = \frac{1}{500}b$ ou encore $b = 500a$.

Cela signifie que 1 cm sur le dessin représente 500 cm sur le terrain.

## EXERCICES RÉSOLUS

### Reconnaître un tableau de proportionnalité

**ÉNONCÉ**

Le tableau ci-contre est-il un tableau de proportionnalité ? Justifiez.

| 0,3 | 4,2 | 5,3 |
|---|---|---|
| 0,018 | 0,252 | 0,318 |

**CORRIGÉ**

On cherche la valeur de $a$ telle que $0,3 \times a = 0,018$.
En divisant les deux membres par 0,3 on obtient :

$a = \frac{0,018}{0,3} = 0,06$.

On vérifie ce résultat avec les autres valeurs :
$4,2 \times 0,06 = 0,252$
$5,3 \times 0,06 = 0,318$
Il s'agit donc d'un tableau de proportionnalité de coefficient 0,06.

**Méthode**
On recherche le coefficient $a$ qui permet de calculer les nombres de la 2e ligne à partir de ceux de la 1re.

# 2 Pourcentages

## 1 Appliquer un pourcentage

• **Problème :** dans une classe de troisième de 25 élèves, 40 % sont des filles. Calculer le nombre de filles dans cette classe.

• **Interprétation :** si la classe comportait 100 élèves, il y aurait 40 filles dans cette classe. Ainsi, on peut schématiser la situation à l'aide du tableau de proportionnalité suivant en notant $x$ le nombre de filles dans la classe :

| **Nombre d'élèves dans la classe** | 25 | 100 |
|---|---|---|
| **Nombre de filles dans la classe** | $x$ | 40 |

Par produit en croix, on obtient $x \times 100 = 40 \times 25$

soit $x := \frac{40}{100} \times 25 = 0{,}4 \times 25 = 10$.

Calculer 40 % de 25 revient donc à multiplier 25 par 0,4.

• **Conclusion :** il y a 10 filles dans la classe.

## 2 Calculer un pourcentage

• **Problème :** dans cette même classe, il y a 5 élèves externes. Quel est le pourcentage d'élèves externes dans cette classe ?

• **Interprétation :** la question qu'il faut se poser est la suivante « Si la classe comportait 100 élèves, combien y aurait-il d'élèves externes ? ». Ainsi, on peut schématiser la situation à l'aide du tableau de proportionnalité suivant en notant $y$ le nombre d'élèves externes si la classe comportait 100 élèves :

| **Nombre d'élèves dans la classe** | 25 | 100 |
|---|---|---|
| **Nombre d'externes dans la classe** | 5 | $y$ |

Par produit en croix, on obtient $y \times 25 = 5 \times 100$, soit $y = \frac{5}{25} \times 100 = 20$.

La proportion d'élèves externes est donnée par le quotient :

$$\frac{\text{Nombre d'élèves externes}}{\text{Nombre total d'élèves}} = \frac{5}{25} = 0{,}2 = 20\,\%.$$

• **Conclusion :** il y a 20 % d'élèves externes dans la classe.

## 3 Évolutions en pourcentage

• Augmenter un nombre de $t$ % revient à le multiplier par $1 + \frac{t}{100}$.

**Exemple :** augmenter un nombre de 7 % revient à le multiplier par $1 + \frac{7}{100}$, soit 1,07. La fonction linéaire associée est la fonction $x \longmapsto 1{,}07x$.

• Diminuer un nombre de $t$ % revient à le multiplier par $1 - \frac{t}{100}$.

**Exemple :** augmenter un nombre de 7 % revient à le multiplier par $1 - \frac{7}{100}$, soit 0,93. La fonction linéaire associée est la fonction $x \mapsto 0{,}93x$.

***Remarque :*** Dans le cas d'augmentation ou de diminution exprimée en pourcentage, on parle souvent de coefficients multiplicateurs. Une augmentation en pourcentage se traduit par un coefficient multiplicateur plus grand que 1 (dans l'exemple ci-avant, 1,07). Une diminution en pourcentage se traduit par un coefficient multiplicateur inférieur à 1 (dans l'exemple ci-avant, 0,93).

## EXERCICES RÉSOLUS

### Utiliser un tableau de proportionnalité

**ÉNONCÉ**

**1.** Complétez le tableau ci-contre en prenant 3,5 % des nombres de la première ligne.

| 20 | 30 | 120 |
|---|---|---|
| | | |

**2.** S'agit-il d'un tableau de proportionnalité ? Si oui, donnez le coefficient de proportionnalité ainsi que l'expression de la fonction linéaire associée.

**CORRIGÉ**

**1.** Prendre 3,5 % d'une quantité revient à la multiplier par $\frac{3{,}5}{100}$, c'est-à-dire par 0,035.

• $20 \times 0{,}035 = 0{,}7$ • $30 \times 0{,}035 = 1{,}05$
• $120 \times 0{,}035 = 4{,}2$

**Rappel**
Un pourcentage s'écrit de plusieurs façons :
$3{,}5\,\% = \frac{3{,}5}{100} = 0{,}035$.

**2.** On a multiplié les valeurs de la première ligne par un même nombre : 0,035. Il s'agit donc d'un tableau de proportionnalité de coefficient 0,035. La fonction linéaire associée à cette situation est la fonction $x \mapsto 0{,}035x$.

### Utiliser une évolution en pourcentage

**ÉNONCÉ**

Un article coûte 150 €. Quel est son prix avec une remise de 15 % ?

**CORRIGÉ**

Diminuer un nombre de 15 % revient à le multiplier par 1 – 0,15 soit par 0,85.
$150 \times 0{,}85 = 127{,}5$
Le prix après remise est 127,5 €.

# Calculer des valeurs dans un tableau de proportionnalité et déterminer le coefficient de proportionnalité

## ÉNONCÉ

Le tableau suivant est un tableau de proportionnalité. Déterminez les valeurs de $x$ et $y$.

| 0,7 | 3,1 |
|---|---|
| $x$ | 2,015 |

$\times y$

## MÉTHODE

**1.** Pour calculer $y$ : on détermine le nombre qui multiplié par 3,1 donne 2,015. Cela revient donc à résoudre l'équation $3{,}1 \times y = 2{,}015$.

**2.** Pour calculer $x$ : on utilise l'égalité des produits en croix.

Dans un tableau de proportionnalité tel que :

| $a$ | $b$ |
|---|---|
| $c$ | $d$ |

,

on a $a \times d = b \times c$. En connaissant trois valeurs sur les quatre (ici on connaît, $a$, $b$ et $d$), on détermine la quatrième valeur (ici $c$).

## CORRIGÉ

| Solution | Commentaires |
|---|---|
| Le nombre $y$ vérifie $3,1 \times y = 2,015$. En divisant chaque membre par 3,1 on obtient : $y = \frac{2{,}015}{3{,}1} = 0,65$. | **1.** C'est une équation du type $ay = b$. La solution est donnée par $\frac{b}{a}$. |
| On détermine $x$ par l'égalité des produits en croix. Ainsi, $3,1 \times x = 0,7 \times 2,015$, soit $x = \frac{0{,}7 \times 2,015}{3{,}1} = 0{,}455$. | **2.** On obtient encore une équation du type $a \times x = b$ qui a pour solution $\frac{b}{a}$. On pouvait également calculer $x$ en utilisant le coefficient de proportionnalité $y$ : $0,7 \times 0,65 = 0,455$. |

# Calculer/appliquer un pourcentage

## ÉNONCÉ

• Dans un collège *A* de 475 élèves, 80 % des élèves sont demi-pensionnaires. Quel est le nombre d'élèves demi-pensionnaires dans ce collège ?
• Dans un collège *B* de 520 élèves, 494 élèves sont demi-pensionnaires. Quel est le pourcentage d'élèves demi-pensionnaires ?
• Dans un collège *C*, il y a 456 élèves demi-pensionnaires soit 91,2 % des élèves du collège. Combien le collège *C* compte-t-il d'élèves ?

## MÉTHODE

**1.** Faites un tableau de proportionnalité en utilisant les données de l'énoncé :

| Nb d'élèves dans le collège | $N$ | 100 |
|---|---|---|
| Nb d'élèves ½ pensionnaires | $n$ | $p$ |

$n$ : nb de 1/2 pensionnaires
$N$ : nb total d'élèves
$p$ : nb d'élèves ½ pensionnaires s'il y avait 100 élèves dans le collège

**2.** Calculez la valeur de $n$, $p$ ou $N$ suivant la question.

## CORRIGÉ

| Solution | Commentaires |
|---|---|
| Nb d'élèves dans le collège *A* : 475 ; 100 / Nb d'élèves ½ pensionnaires : $n$ ; 80<br>Nb d'élèves dans le collège *B* : 520 ; 100 / Nb d'élèves ½ pensionnaires : 494 ; $p$<br>Nb d'élèves dans le collège *C* : $N$ ; 100 / Nb d'élèves ½ pensionnaires : 456 ; 91,2 | **1.** Soyez attentif aux données de l'énoncé afin de bien compléter ces tableaux. À chaque fois il ne doit rester qu'une seule valeur à déterminer : $n$ dans le 1er cas, $p$ dans le deuxième et $N$ dans le troisième. |
| 1. $n \times 100 = 80 \times 475$ soit $n = \frac{38\,000}{100} = 380$.<br>Il y a 380 élèves demi-pensionnaires dans le collège *A*.<br>2. $p \times 520 = 494 \times 100$ soit $p = \frac{49\,400}{520} = 95$<br>Il y a 95 % d'élèves demi-pensionnaires dans le collège *B*.<br>3. $N \times 91,2 = 456 \times 100$ soit $N = \frac{45\,600}{91,2} = 500$<br>Il y a 500 élèves dans le collège *C*. | **2.** Il s'agit de tableaux de proportionnalité :<br>$a$ ; $b$ / $c$ ; $d$<br>On a $a \times d = b \times c$.<br>En connaissant trois valeurs sur les quatre, on détermine la quatrième valeur. |

Tableaux de la solution :

| Nb d'élèves dans le collège *A* | 475 | 100 |
|---|---|---|
| Nb d'élèves ½ pensionnaires | $n$ | 80 |

| Nb d'élèves dans le collège *B* | 520 | 100 |
|---|---|---|
| Nb d'élèves ½ pensionnaires | 494 | $p$ |

| Nb d'élèves dans le collège *C* | $N$ | 100 |
|---|---|---|
| Nb d'élèves ½ pensionnaires | 456 | 91,2 |

| $a$ | $b$ |
|---|---|
| $c$ | $d$ |

## QCM

### 1 Cochez la (ou les) réponse(s) correcte(s).

**1.**

| 5 | 3 |
|---|---|
| $a$ | $b$ |

est un tableau de proportionnalité lorsque :

**a.** ☐ $a = 7$ et $b = 5$ **b.** ☐ $a = 3$ et $b = 5$ **c.** ☐ $a = 0{,}75$ et $b = 0{,}45$

**2.** Pour augmenter une quantité de 5 %, on la multiplie par :

**a.** ☐ $1 + \frac{5}{100}$ **b.** ☐ 0,95 **c.** ☐ 1,05

**3.** La valeur de $x$ dans le tableau de proportionnalité

| $x$ | 7,3 |
|---|---|
| 9,2 | 8,6 |

est solution de l'équation :

**a.** ☐ $8{,}6 \times x = 7{,}3 \times 9{,}2$ **b.** ☐ $9{,}2 \times x = 8{,}6 \times 7{,}3$

**c.** ☐ $8{,}6 \times 9{,}2 = 7{,}3 \times x$

**4.** Dans un groupe de 250 personnes, 50 ont moins de 18 ans. La proportion de personnes de moins de 18 ans dans ce groupe est :

**a.** ☐ 0,2 **b.** ☐ 20 % **c.** ☐ $\frac{1}{5}$

**5.** En 2017, la population française était de 66,8 millions d'habitants. Elle a augmenté de 0,3 % en 2018. Le nombre d'habitants a augmenté d'environ :

**a.** ☐ 20 000 **b.** ☐ 200 000 **c.** ☐ 2 000 000

### 2 Répondez par vrai ou faux.

| Affirmation | Réponse |
|---|---|
| **1.** Le prix d'une voiture est 15 000 €. Il baisse de 15 %.Son nouveau prix est 12 750 €. | ☐ V ☐ F |
| **2.** Augmenter un nombre de 5 % c'est le multiplier par 1,5. | ☐ V ☐ F |
| **3.** Diminuer un nombre de 2,3 % c'est le multiplier par 0,77. | ☐ V ☐ F |
| **4.** Le prix de 3 kg de tomates est 6,45 €. Pour obtenir le prix d'un kg de tomate, on doit calculer le tiers de 6,45 €. | ☐ V ☐ F |
| **5.** Un club de football de 125 licenciés compte 8 % de filles. La proportion de filles licenciées y est de $\frac{2}{25}$. | ☐ V ☐ F |
| **6.** Dans un lot de 1 500 pièces, 35 sont défectueuses. Environ 0,023 % des pièces sont défectueuses. | ☐ V ☐ F |

# Exercices d'entraînement

## 3 Calcul mental

**1.** Complétez avec un nombre entier ou décimal :

- 0,75 = … %
- 0,4 = … %
- … = 3,6 %
- 0,05 = … %
- … = 50 %
- … = 54 %

**2.** Complétez avec un nombre entier ou décimal :

- 5 % de 100 = …
- 50 % de 150 = …
- 10 % de 300 = …
- 10 % de 200 = …
- 25 % de 40 = …
- 10 % de 50 = …

## 4 Travail sur les tableaux de proportionnalité

Dans chacun des cas suivants, le tableau est un tableau de proportionnalité. Déterminez le nombre $x$ et le nombre $a$.

**1.** (× $a$)

| 5 | 8 |
|---|---|
| 3,5 | $x$ |

**2.** (× $a$)

| $x$ | 6 |
|---|---|
| 0,3 | 1,8 |

**3.** (× $a$)

| 3,5 | 6 |
|---|---|
| $x$ | 15 |

## 5 Tableaux de proportionnalité ou pas ?

Les tableaux suivants sont-ils des tableaux de proportionnalité ?

**1.**

| 8 | 12 |
|---|---|
| 7 | 10,5 |

**2.**

| 6,2 | 4 |
|---|---|
| 3,4 | 2,3 |

## 6 Déterminer des fonctions linéaires

Dans chacun des cas suivants, déterminez la fonction linéaire associée.

**1.** Soit $c$ la longueur du côté d'un carré et $P(c)$ son périmètre. Alors $P(c)$ = ….

**2.** La longueur d'un rectangle est $x$ cm. Sa largeur $g(x)$ est deux fois plus petite et son périmètre est donné par $h(x)$. Alors $g(x)$ = …. et $h(x)$ = ….

**3.** Michel vend du bois de chauffage à 80 € le stère. Soit $x$ le nombre de stères de bois de chauffage vendu et $R(x)$ sa recette. Alors $R(x)$ = ….

**4.** Carole court à la vitesse constante de 9 km/h. Soit $t$ le nombre d'heures qu'elle court et $d(t)$ la distance parcourue en km. Alors $d(t) = ....$

**5.** Un radiateur consomme 2 kilowattheures. Soit $t$ le nombre d'heures d'utilisation de ce radiateur et $C(t)$ la consommation en kilowatts. Alors $C(t) = ....$

## 7 Pourcentages et coefficients multiplicateurs (1)

Complétez les phrases suivantes :

**1.** Augmenter un nombre de 30 % revient à le multiplier par …

**2.** Augmenter un nombre de 15 % revient à le multiplier par …

**3.** Augmenter un nombre de 60 % revient à le multiplier par …

**4.** Augmenter un nombre de 27 % revient à le multiplier par …

**5.** Diminuer un nombre de 10 % revient à le multiplier par …

**6.** Diminuer un nombre de 25 % revient à le multiplier par …

**7.** Diminuer un nombre de 5 % revient à le multiplier par …

**8.** Diminuer un nombre de 2 % revient à le multiplier par …

**9.** Diminuer un nombre de 60 % revient à le multiplier par …

**10.** Diminuer un nombre de 20 % revient à le multiplier par …

## 8 Pourcentages et coefficients multiplicateurs (2)

Complétez les phrases suivantes :

**1.** Quand on multiplie un nombre par 1,2, on l'augmente de … %

**2.** Quand on multiplie un nombre par 1,6, on l'augmente de … %

**3.** Quand on multiplie un nombre par 1,63, on l'augmente de … %

**4.** Quand on multiplie un nombre par 0,8, on le diminue de … %

**5.** Quand on multiplie un nombre par 0,2, on le diminue de … %

**6.** Quand on multiplie un nombre par 0,95, on le diminue de … %

## 9 Attention aux pourcentages !

**1.** Un téléphone coûtant 150 € a baissé de 30 %. Quel est son nouveau prix ?

**2.** Après une baisse de 20 %, le prix d'un téléviseur est 850 €. Quel était son prix avant la baisse ?

### 10 Le prix augmente deux fois

Le prix d'un article augmente dans un premier temps de 20 %, puis dans un second temps de 30 %.

Grégory affirme que le prix de cet article a finalement augmenté de 50 %.

Montrez que Grégory a tort en prenant comme prix initial de l'article 100 €.

De quel pourcentage a été l'augmentation de cet article ?

### 11 Vrai ou faux ?

Le prix d'un vêtement qui coûtait 70 € a augmenté de 30 %. Pour compenser cette hausse, le vendeur propose de réduire le prix du vêtement de 30 %. Qu'en pensez-vous ? Argumentez.

### 12 Le partage

Thierry et Marius doivent se partager un terrain dont la surface est 2 400 $m^2$ .

Le notaire propose plusieurs possibilités :

**1er cas :** les surfaces pour Thierry et Marius sont dans le ratio 3 : 5.

**2e cas :** 40 % pour Thierry et le reste pour Marius.

**3e cas :** $\frac{9}{20}$ pour Marius et le reste pour Thierry.

Compléter le tableau suivant en justifiant :

| | Surface pour Thierry | Surface pour Marius | Total |
|---|---|---|---|
| 1er cas | | | |
| 2e cas | | | |
| 3e cas | | | |

## Vers le Brevet

### 13 Jusqu'où ira-t-elle ?

La population d'une ville augmente de 2,1 % par an. En 2000, elle est de 5 000 habitants.

On donne le tableau suivant (les résultats sont arrondis à l'entier le plus proche).

| Année | 2000 | 2001 | 2002 | 2003 | 2004 |
|---|---|---|---|---|---|
| Population | 5 000 | 5 105 | 5 212 | 5 322 | 5 433 |

**1.** Ce tableau est-il un tableau de proportionnalité ? Justifiez.

**2.** Justifiez que la population de cette ville en 2001 est 5 105.

**3.** À l'aide de votre calculatrice, déterminez à partir de quelle année la population dépassera 6 500 habitants.

## 14 Avec la TVA

Le prix toutes taxes comprises (TTC) d'un article se calcule en faisant la somme du prix de l'article hors taxes (HT) et de la taxe sur la valeur ajoutée (TVA). La TVA correspond à un pourcentage du prix HT d'un objet.

La TVA sur une voiture est de 20 %.

**1.** Une voiture coûte 12 500 € hors taxes. Calculez le montant en euros de la TVA, puis déterminez le prix de cette voiture TTC.

**2.** Quentin, vendeur de voitures dans une concession, affirme qu'en une seule opération à partir du prix HT, il peut calculer le prix TTC d'une voiture. Quelle est cette opération ?

**3.** Héléna vient d'acheter une voiture dont le prix TTC est 22 500 €. Quel est le montant de la TVA en euros ?

## 15 Le placement bancaire

Juliette place à la banque une somme d'argent sur un compte rémunéré. Le taux d'intérêt est de 1,5 %. Cela signifie que chaque année, la somme acquise augemente de 1,5 %.

**1.** Si Juliette dépose 2 500 € sur ce compte, de quelle somme disposera-t-elle au bout d'un an ?

**2.** On note $x$ la somme que dépose Juliette sur le compte et $f(x)$ la somme qu'elle aura au bout d'un an.

**a.** Exprimez $f(x)$ en fonction de $x$.

**b.** Juliette souhaite obtenir 50 € d'intérêts au bout d'un an. Elle souhaite donc avoir sur son compte $x + 50$ €. Quelle somme doit-elle placer sur le compte (arrondir le résultat à l'euro le plus proche) ?

### 16 La fête des mères

**1.** Camille et son frère Gauthier souhaitent gâter leur maman pour la fête des mères. Ils disposent de 90 € et profitent des soldes.

**2.** Dans la vitrine d'une bijouterie, ils aperçoivent de superbes boucles d'oreilles à 120 €. Pourront-ils les offrir à leur maman s'il y a une remise de 25 % sur ce prix ?

**3.** Dans la même bijouterie, ils aperçoivent une magnifique bague. Après une remise de 20 %, le prix de la bague est de 78,40 €. Quel était son prix initial ?

En s'apprêtant à sortir de la bijouterie, Camille est sous le charme d'un pendentif en nacre. Voici ce qu'indique l'étiquette :

| **Pendentif** |
|---|
| ~~124 €~~ |
| 89,50 € |

Déterminez le pourcentage de remise effectuée sur le prix de ce pendentif (arrondir à 0,1 % près).

## QCM

**1** **1.** • Pour $a = 7$ et $b = 5$, on a $5 \times 5 = 25$ et $7 \times 3 = 21$. Or $25 \neq 21$.

• Pour $a = 3$ et $b = 5$, on a $5 \times 5 = 25$ et $3 \times 3 = 9$. Or $25 \neq 9$.

• Pour $a = 0{,}75$ et $b = 0{,}45$, on a $5 \times 0{,}45 = 2{,}25$ et $0{,}75 \times 3 = 2{,}25$.

**Réponse : c.** $a = 0{,}75$ et $b = 0{,}45$.

**Méthode**

Dans un tableau de proportionnalité, les produits en croix sont égaux.

**2.** Pour augmenter une quantité de 5 %, on multiplie celle-ci par $1 + \frac{5}{100} = 1 + 0{,}05 = 1{,}05$.

**Réponses : a.** $1 + \frac{5}{100}$ et **c.** 1,05.

**3.** Dans un tableau de proportionnalité, les produits en croix sont égaux : $x \times 8{,}6 = 7{,}3 \times 9{,}2$.

**Réponse : a.** $8{,}6 \times x = 7{,}3 \times 9{,}2$

**4.** La proportion des moins de 18 ans est : $\frac{\text{nombre des moins de 18 ans}}{\text{total de personnes}}$

$= \frac{50}{250} = \frac{1 \times 50}{5 \times 50} = \frac{1}{5} = 0{,}2 = 20\ \%$.

**Réponses : a.** 0,2 et **b.** 20 % et **c.** $\frac{1}{5}$

**Pensez-y !**

Une proportion peut se mettre en écriture :
- fractionnaire : $\frac{1}{5}$ ;
- décimale : 0,2 ;
- pourcentage : 20%.

**5.** Le nombre d'habitants supplémentaires correspond à :

0,3 % de 66,8 millions $= \frac{0{,}3}{100} \times 66{,}8 \times 10^6 = 200\ 400$ soit environ 200 000.

**Réponse : b.** 200 000 d'habitants

**Rappel**

1 million = $10^6$.

**2** **1. Vrai.** $15\,000 \times (1 - \frac{15}{100}) = 15\,000 \times 0{,}85 = 12\,750$.

**2. Faux.** Augmenter un nombre de 5 %, c'est le multiplier par $1 + \frac{5}{100} = 1 + 0{,}05 = 1{,}05$.

**Remarque**

Le nombre $1 - \frac{15}{100} = 0{,}85$ est le coefficient multiplicateur ou CM associé à une baisse de 15 %

**3. Faux.** Diminuer un nombre de 2,3 %, c'est le multiplier par $1 - \frac{2{,}3}{100} = 1 - 0{,}023 = 0{,}977$.

**4. Vrai.** Le poids des tomates et leur prix sont deux grandeurs proportionnelles. Ainsi si 3 kg de tomates coûtent 6,45 €, 1 kg de tomate (donc trois fois moins ou le tiers de 3 kg) coûte trois fois moins ou le tiers de 6,45 €.

**5. Vrai.** La proportion de filles licenciées est :
$8\ \% = \frac{8}{100} = \frac{4 \times 2}{4 \times 25} = \frac{2}{25}$

**Piège à éviter**

On n'utilise pas le nombre de licenciés (125) pour répondre à cette question.

**6. Faux.** La proportion de pièces défectueuses est :

$$\frac{\text{nombre de pièces défectueuses}}{\text{nombre de pièces du lot}}$$

$$= \frac{35}{1\,500} \approx 0{,}023 \text{ soit } \frac{2{,}3}{100} \text{ soit } 2{,}3\ \%.$$

**Piège à éviter**

0,023 correspond à une écriture décimale et 2,3% l'écriture en %. Ne confondez pas les deux !

## Exercices d'entraînement

**3** **1.**

- 0,75 = 75 %
- 0,036 = 3,6 %
- 0,5 = 50 %
- 0,4 = 40 %
- 0,05 = 5 %
- 0,54 = 54 %

**2.**

- 5 % de 100 = 5
- 10 % de 300 = 30
- 25 % de 40 = 10
- 50 % de 150 = 75
- 10 % de 200 = 20
- 10 % de 50 = 5

**Pensez-y !**

Prendre 10 % d'un nombre revient à le diviser par 10.
Prendre 50 % d'un nombre revient à le diviser par 2.
Prendre 25 % d'un nombre revient à le diviser par 4.

**4** **1.** Le nombre $a$ vérifie $5 \times a = 3{,}5$
soit $a = \frac{3{,}5}{5} = 0{,}7$.

Le nombre $x$ vérifie $5 \times x = 8 \times 3{,}5$
soit $x = \frac{28}{5} = 5{,}6$.

**Remarque**

Pour trouver $x$, vous pouvez utiliser le coefficient de proportionnalité : $x = 8 \times 0{,}7 = 5{,}6$.

**2.** • Le nombre $a$ vérifie $6 \times a = 1{,}8$ soit $a = \frac{1{,}8}{6} = 0{,}3$.

Le nombre $x$ vérifie $1{,}8 \times x = 6 \times 0{,}3$ soit $x = \frac{1{,}8}{1{,}8} = 1$.

**3.** Le nombre $a$ vérifie $6 \times a = 15$ soit $a = \frac{15}{6} = 2{,}5$.

Le nombre $x$ vérifie $6 \times x = 15 \times 3{,}5$ soit $x = \frac{52{,}5}{6} = 8,75$.

**5** **1.** $8 \times 10{,}5 = 84$ et $12 \times 7 = 84$. Il s'agit bien d'un tableau de proportionnalité.

**2.** $6{,}2 \times 2,3 = 14{,}26$ et $4 \times 3,4 = 13{,}6$. Il ne s'agit pas d'un tableau de proportionnalité.

**Méthode**

On teste l'égalité des produits en croix.

**6** **1.** $P(c) = 4c$

**2.** $g(x) = 0{,}5x = \frac{1}{2}x = \frac{x}{2}$

$h(x) = 2 \times 0{,}5x + 2 \times x = 3x$

**3.** $R(x) = 80x$

**4.** $d(t) = 9t$

**5.** $C(t) = 2t$

**Pensez-y !**

Prendre la moitié d'un nombre revient à le multiplier par 0,5.

**7** **1.** Augmenter un nombre de 30 % revient à le multiplier par 1,3. $(1 + 0,3)$

**2.** Augmenter un nombre de 15 % revient à le multiplier par 1,15. $(1 + 0,15)$

**3.** Augmenter un nombre de 60 % revient à le multiplier par 1,6. $(1 + 0,6)$

**Pensez-y !**

- Augmenter un nombre de $t$ % revient à le multiplier par $1 + \frac{t}{100}$.
- Diminuer un nombre de $t$ % revient à le multiplier par $1 - \frac{t}{100}$.

**4.** Augmenter un nombre de 27 % revient à le multiplier par 1,27. (1 + 0, 27)

**5.** Diminuer un nombre de 10 % revient à le multiplier par 0,9. (1 – 0, 1)

**6.** Diminuer un nombre de 25 % revient à le multiplier par 0,75. (1 – 0, 25)

**7.** Diminuer un nombre de 5 % revient à le multiplier par 0,95. (1 – 0, 05)

**8.** Diminuer un nombre de 2 % revient à le multiplier par 0,98. (1 – 0, 02)

**9.** Diminuer un nombre de 60 % revient à le multiplier par 0,4. (1 – 0, 6)

**10.** Diminuer un nombre de 20 % revient à le multiplier par 0,8. (1 – 0, 2)

**8** **1.** Quand on multiplie un nombre par 1,2, on l'augmente de 20 %, car $1{,}2 = 1 + \frac{20}{100}$.

**2.** Quand on multiplie un nombre par 1,6, on l'augmente de 60 %, car $1{,}6 = 1 + \frac{60}{100}$.

**3.** Quand on multiplie un nombre par 1,63, on l'augmente de 63 %, car $1{,}63 = 1 + \frac{63}{100}$.

**4.** Quand on multiplie un nombre par 0,8, on le diminue de 20 %, car $0{,}8 = 1 - \frac{20}{100}$.

**5.** Quand on multiplie un nombre par 0,2, on le diminue de 80 %, car $0{,}2 = 1 - \frac{80}{100}$.

**6.** Quand on multiplie un nombre par 0,95, on le diminue de 5 %, car $0{,}95 = 1 - \frac{5}{100}$.

**9** **1.** Pour diminuer un nombre de 30 %, on le multiplie par : $1 - \frac{30}{100} = 1 - 0{,}3 = 0{,}7$.

$150 \times 0{,}7 = 105$. Le prix du téléphone après la baisse est de 105 €.

**2.** On appelle $x$ le prix du téléviseur avant la baisse. Pour diminuer un nombre de 20 %, on le multiplie par $1 - \frac{20}{100} = 1 - 0{,}2 = 0{,}8$.

**Piège à éviter**

Ce n'est pas en augmentant le prix du téléviseur que l'on a le résultat. En effet, une baisse de 20 % n'est pas compensée par une hausse de 20 %.

On cherche $x$ tel que $0{,}8 \times x = 850$. On obtient $x = \frac{850}{0{,}8} = 1\,062{,}5$. Le prix du téléviseur avant la baisse est de 1 062,5 €.

**10** Après une augmentation de 20 %, le prix initial de 100 € passe à 120 €. Le coefficient multiplicateur qui permet d'augmenter une quantité de 30 % est 1,3 : $120 \times 1{,}3 = 156$.

Après la deuxième augmentation, le prix passe à 156 €.
L'augmentation globale n'est donc pas de 50 % (car le prix final n'est pas 150 €) mais de 56 %.

> **Remarque**
> Augmenter 100 € de 20 % revient à l'augmenter de 20 € (le coefficient multiplicateur est 1,2).

**11** Augmenter de 30 % revient à multiplier par 1,3.
$70 \times 1{,}3 = 91$
Diminuer de 30 % revient à multiplier par 0,7 (en effet, $1 - 0{,}3 = 0{,}7$).
$91 \times 0{,}7 = 63{,}7$
Le prix final est de 63,70 €.
On ne retrouve pas un prix de 70 €, mais seulement 63,70 €. Une hausse de 30 % n'est donc pas compensée par une baisse de 30 %.

**12**

| | Surface pour Thierry | Surface pour Marius | Total |
|---|---|---|---|
| 1er cas | 900 | 1 500 | 2 400 |
| 2e cas | 960 | 1 440 | 2 400 |
| 3e cas | 1 320 | 1 080 | 2 400 |

**1.** Les surfaces pour Thierry ($S_T$) et Marius ($S_M$) sont dans le ratio 3 : 5.

$\frac{S_T}{3} = \frac{S_M}{5}$ ou $S_T = \frac{3}{5} S_M = 0{,}6\ S_M$.

La surface totale est de 2 400 m$^2$ :

$S_T + S_M = 2\,400$.

$0{,}6\ S_M + S_M = 2\,400$

$1{,}6\ S_M = 2\,400$

$S_M = \frac{2\,400}{1{,}6} = 1\,500$

> **Méthode**
> Appliquez la définition de ratio. Déduisez-en une expression de $S_T$ en fonction de $S_M$.

De l'égalité $S_T + S_M = 2\,400$, on déduit :
$S_T = 2\,400 - S_M = 2\,400 - 1\,500 = 900$.

**2.** 40 % de la surface revient à Thierry :
$S_T = \frac{40}{100} \times 2\,400 = 0{,}4 \times 2\,400 = 960$.
Le reste revient à Marius :
$S_M = 2\,400 - 960 = 1\,440$.

**Remarque**
Vous pouviez également obtenir $S_M$ comme 60 % de la surface totale :

$S_M = \frac{60}{100} \times 2\,400 = 1\,440$.

**3.** $\frac{9}{20}$ de la surface est destinée à Marius :

$S_M = \frac{9}{20} \times 2\,400 = 0{,}45 \times 2\,400 = 1\,080$.

Le reste va à Thierry : $S_T = 2\,400 - 1\,080 = 1\,320$

**Remarque**
Vous pouviez également obtenir $S_M$ comme le reste soit $\frac{11}{20}$ de la surface totale :

$S_M = \frac{11}{20} \times 2\,400 = 1\,320$.

## Vers le Brevet

**13** **1.** Il n'y a pas de proportionnalité entre les années et la population (cela n'aurait aucun sens). On peut le vérifier en effectuant un produit en croix : $2\,000 \times 5\,105 = 10\,210\,000$ et $5\,000 \times 2\,001 = 10\,005\,000$. On constate bien que les résultats sont différents.

**2.** La population de la ville augmente de 2,1 % par an.
Augmenter une quantité de 2,1 % revient à la multiplier par $1 + \frac{2{,}1}{100} = 1 + 0{,}021 = 1{,}021$.
$5\,000 \times 1{,}021 = 5\,105$. Le résultat est donc justifié.

**Remarque**
On pouvait obtenir ce résultat en deux étapes : on calcule d'abord l'augmentation (2,1 % de $5\,000 = 0{,}021 \times 5\,000 = 105$), puis on ajoute ce résultat à 5 000 ($5\,000 + 105 = 5\,105$).

**3.** La population augmente d'une année sur l'autre de 2,1 %. Chaque année, elle est multipliée par 1,021.
On cherche, à l'aide de la calculatrice, la première valeur de l'entier $n$ telle que $5\,000 \times 1{,}021^n > 6\,500$.
On a $5\,000 \times 1{,}021^{12} \approx 6\,416 < 6\,500$ et $5\,000 \times 1{,}021^{13} \approx 6\,551 > 6\,500$.

L'entier $n$ cherché est 13. On en déduit qu'à partir de l'année 2013, la population dépassera 6 500 habitants.

**14** **1.** 20 % de 12 500 = 0, 2 × 12 500 = 2 500.
Le montant de la TVA est 2 500 €.
12 500 + 2 500 = 15 000.
Le prix TTC du véhicule est 15 000 €.

> **Remarque**
> Prendre 20 % d'un nombre revient à le multiplier par 0,2.

**2.** Pour augmenter une quantité de 20 %, il suffit de la multiplier par 1 + 0, 2 soit par 1,2.
En multipliant le prix HT d'une voiture par 1,2, on obtient son prix TTC.

**3.** On calcule dans un premier temps le prix HT. Puisqu'on multiplie par 1,2 le prix HT pour obtenir le prix TTC, on divise par 1,2 le prix TTC pour obtenir le prix HT.
22 500 ÷ 1,2 = 18 750
Le prix HT est 18 750 €.
22 500 − 18 750 = 3 750
Le montant de la TVA est 3 750 €.

> **Pensez-y !**
> Prendre 20 % du prix TTC ne permet pas d'obtenir le montant de la TVA, car la TVA se calcule sur le prix HT et non sur le prix TTC.

**15** **1.** 1,5 % de 2 500 = 0,015 × 2 500 = 37,5.
Au bout d'un an, les intérêts s'élèvent à 37,5 €.
2 500 + 37,5 = 2 537,5.
Au bout d'un an, la somme acquise sera de 2 537,5 €.

> **Remarque**
> 1,5 % = 0,015

**2. a.** La somme $f(x)$ obtenue au bout d'un an est donnée par :

$$f(x) = x + 0{,}015x = 1{,}015x$$

**b.** Le nombre $x$ vérifie l'égalité : $1{,}015x = x + 50$.

$$1{,}015x = x + 50$$
$$1{,}015x - x = 50$$
$$0{,}015x = 50$$
$$x = \frac{50}{0{,}015}$$
$$x \approx 3\,333$$

Pour obtenir 50 € d'intérêts, Juliette doit placer 3 333 € environ.

> **Pensez-y !**
> Augmenter une quantité de 1,5 % revient à la multiplier par 1 + 0,015 = 1,015.
> On retrouve le résultat précédent par le calcul :
> 2 500 × 1,015 = 2 537,5.

**16** **1.** Les boucles d'oreilles sont proposées avec une remise de 25 %.

Leur prix est donc multiplié par $1 - \frac{25}{100} = 0,75$.

Elles coûtent alors : $120 \times 0,75 = 90$ €.

Camille et Gauthier disposant de 90 €, ils pourront donc bien les offrir à leur maman.

**Gagnez des points**

Le nombre 0,75 est appelé coefficient multiplicateur et noté CM.

**2.** Le prix de la bague bénéficie d'une remise de 20 %.

Il a donc été multiplié par $1 - \frac{20}{100} = 0,8$.

La bague après remise coûte 78,40 €.

Son prix initial est alors : $\frac{78,40}{0,8} = 98$ €.

**Méthode**

Calculez le CM associé à une remise de 20 % :
Prix plein tarif × CM = Prix remisé.

**Piège à éviter**

Appliquer une hausse de 20 % au prix final de la bague ne permet pas d'obtenir son prix initial.

**3.** Le prix du pendentif passe de 124 € à 89,50 €.

Il est donc multiplié par $\frac{89,50}{124} \approx 0,722$.

Diminuer un nombre de $t$ % c'est le multiplier par $1 - \frac{t}{100}$.

$1 - \frac{t}{100} = 0,722$

$1 - 0,722 = \frac{t}{100}$

$\frac{t}{100} = 0,278$

$t = 100 \times 0,278 = 27,8$.

Le pendentif est proposé avec une remise d'environ 27,8 %.

**Méthode**

Calculez le CM associé à la remise de $t$ % cherchée :

$CM = \frac{\text{Prix final}}{\text{Prix initial}}$

Puis déterminez t sachant que $CM = 1 - \frac{t}{100}$.

CHAPITRE

# 6 Notion de fonction

## 1 Généralités

### 1 Définition

- Une fonction est un procédé (une « machine ») qui, à un nombre $x$, associe un autre nombre, unique, noté $f(x)$ (lire « $f$ de $x$ »).
- **Schématiquement :**

Nombre d'entrée : $x$ ⟶ (fonction $f$) ⟶ Nombre de sortie : $f(x)$

On note : $x \mapsto f(x)$ (lire : « à $x$, on associe $f$ de $x$ »).

**Exemple :**
On appelle $f$ la fonction qui, à un mois donné, fait correspondre la hauteur $h$ de pluie tombée sur une ville, une année donnée.

| **Mois** | 1 | 2 | 3 | 4 | 5 | 6 | 7 | 8 | 9 | 10 | 11 | 12 |
|---|---|---|---|---|---|---|---|---|---|---|---|---|
| $h$ | 63 | 91 | 57 | 18 | 25 | 10 | 15 | 32 | 85 | 85 | 100 | 105 |

### 2 Image et antécédent

- $f(x)$ est appelée **image** de $x$ par la fonction $f$.
- $f(x) = y$ : le nombre $x$ est un **antécédent** de $y$ par $f$.

**Exemple :**
Dans le tableau ci-dessus, en octobre (10^e mois de l'année), il est tombé 85 mm de pluie.
On écrit : $f : 10 \mapsto 85$ ou $f(10) = 85$.
On dit que « 10 a pour image 85 par $f$ » ou que « l'image de 10 par $f$ est 85 ».
On dit également que « 10 est un antécédent de 85 par $f$ ».

**Remarques :**
- De par sa définition, un nombre admet une et une seule image (en effet, dans notre exemple, pour un mois donné, il tombe une seule hauteur de pluie !).
- En revanche, un nombre peut admettre plusieurs antécédents.

En septembre et octobre, il est tombé la même quantité de pluie. On écrit donc $f(9) = 85$ et $f(10) = 85$.
Le nombre 85 admet deux antécédents : 9 et 10.

## EXERCICE RÉSOLU

### Comprendre ce qu'est une fonction

**ÉNONCÉ**

On considère la « machine-fonction $f$ » suivante :

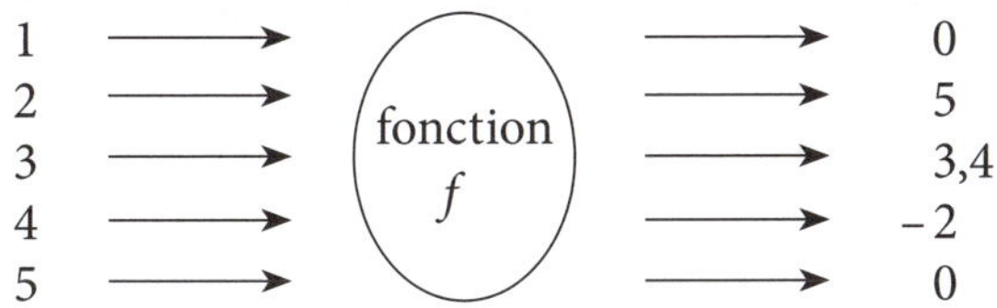


**1.** Cette machine définit-elle bien une fonction ? Justifiez votre réponse.

**2. a.** Déterminez l'image par $f$ du nombre 2.

**b.** Combien vaut $f(5)$ ?

**3.** Déterminez le(ou les) antécédent(s) éventuel(s) par $f$ de 3,4 ; 0 et 4.

**CORRIGÉ**

**1.** À un nombre de départ (entier d'entrée compris entre 1 et 5), on associe un seul autre nombre (nombre d'arrivée) : c'est bien la définition d'une fonction.

**2. a.** Au nombre 2 est associé, par $f$, le nombre 5. Ainsi, l'image par $f$ du nombre 2 est 5.

> **Conseil**
> À l'entrée de la machine, on place les $x$ ; à la sortie, les images $f(x)$.

**b.** $f(5)$ est l'image par $f$ du nombre 5 : c'est 0. On conclut $f(5) = 0$.

**3.** Le nombre 3,4 admet pour antécédent le nombre 3.

> **Méthode**
> Cherchez 3,4 dans les nombres d'arrivée. Puis lisez le nombre de départ qui lui est associé.

Le nombre 0 apparaît deux fois en sortie de la fonction. 0 admet deux antécédents par $f$ qui sont 1 et 5.

> **Rappels**
> • Un nombre peut admettre plusieurs antécédents.
> • Un nombre peut aussi ne pas admettre d'antécédent.

Le nombre 4 n'apparaît pas dans les nombres obtenus « à la sortie » de la machine. On conclut qu'il n'admet pas d'antécédent par $f$.

# 2 Différentes manières de définir une fonction

## 1 Avec une formule

On appelle $f$ la fonction qui, à chaque nombre $x$, associe le nombre $f(x) = 2x^2 - 6$.

**Exemple :**

$f(3) = 2 \times 3^2 - 6 = 2 \times 9 - 6 = 18 - 6 = 12$.
L'image de 3 par $f$ est 12.

## 2 Avec un graphique

À chaque nombre $x$ compris entre $-4$ et 5 (situé sur l'axe des abscisses), le graphique représentant $g$ (appelé $\mathscr{C}g$) associe un nombre $g(x)$ (situé sur l'axe des ordonnées).

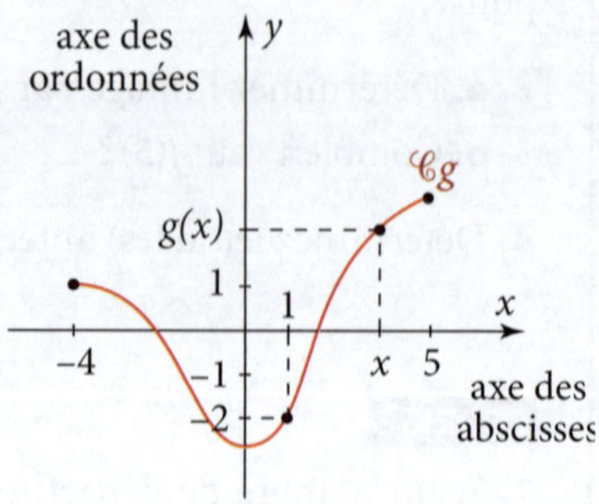


**Exemple :**

Au point d'abscisse 1 de la courbe $\mathscr{C}g$, est associée l'ordonnée $-2$.
Ainsi, $g(1) = -2$.

## 3 Avec un tableau de valeurs

Le tableau suivant définit une fonction $h$ qui, à chaque nombre $x$ de la première ligne (ces $x$ étant rangés habituellement dans l'ordre croissant), associe un nombre $h(x)$ dans la deuxième ligne.

| $x$ | −4 | −1 | 0 | 2 | 3 | 5 | 7 |
|---|---|---|---|---|---|---|---|
| $h(x)$ | 2 | 6 | 8 | 5 | 2 | 0 | −4 |

**Exemple :**

Dans le tableau de valeurs ci-dessus, au nombre 3, $h$ fait correspondre le nombre 2.
Ainsi, $h(3) = 2$.

EXERCICE RÉSOLU

## Étudier une fonction définie par un tableau de valeurs

**ÉNONCÉ**

La quantité d'alcool (en g/L) présente dans le sang d'un individu ayant consommé 4 verres de vin est rapportée dans le tableau suivant.

| Heure | 11 | 12 | 13 | 14 | 16 | 18 | 20 | 24 |
|---|---|---|---|---|---|---|---|---|
| Alcoolémie | 0 | 0,2 | 0,5 | 0,8 | 0,6 | 0,5 | 0,2 | 0 |

On note $f$ la fonction qui associe l'alcoolémie de l'individu à l'heure.

**1.** Que signifie $f(11) = 0$ ?

**2.** Quelle est l'image par $f$ de 14 ?

**3. a.** Déterminez le (ou les) antécédent(s) par $f$ de 0,5. Interprétez concrètement ce résultat.

**b.** Combien d'antécédents le nombre 0,8 admet-il ?

**4.** Traduisez les cases grisées par une phrase contenant le mot image, puis par une seconde phrase contenant le mot antécédent.

**CORRIGÉ**

**1.** $f(11) = 0$ signifie qu'à 11 heures, l'alcoolémie de l'individu est de 0 g/L. Autrement dit, la personne n'a pas consommé d'alcool.

**2.** L'image par $f$ de 14 est 0,8 ; soit $f(14) = 0,8$.

**3. a.** • Le nombre 0,5 apparaît deux fois : pour $x = 13$ et pour $x = 18$.

• Les antécédents par $f$ de 0,5 sont donc 13 et 18.
À 13 h et à 18 h, la personne a 0,5 g/L d'alcool dans le sang.

**b.** Le nombre 0,8 n'apparaît qu'une seule fois dans le tableau. 0,8 admet un seul antécédent par $f$.

**4.** • L'image de 12 par $f$ est 0,2.
Ou encore 12 a pour image 0,2 par $f$.

• Un antécédent par $f$ de 0,2 est 12.
Ou encore 0,2 est un antécédent de 12 par $f$.

> **Méthode**
> Les $x$ se trouvent sur la 1re ligne et les $f(x)$ sur la 2e ligne.

> **Méthode**
> Cherchez le nombre 0,5 dans la seconde ligne. Puis relevez les $x$ associés.

> **Conseil**
> Lisez bien l'énoncé : on demande le nombre d'antécédents, et non leur valeur.

# Lire graphiquement l'image et les antécédents d'un nombre

## ÉNONCÉ

On donne la représentation graphique $\mathscr{C}_f$ d'une fonction $f$.

**A.** Combien vaut $f(1)$ ?

**B.** Quels sont les antécédents par $f$ de 5 ?

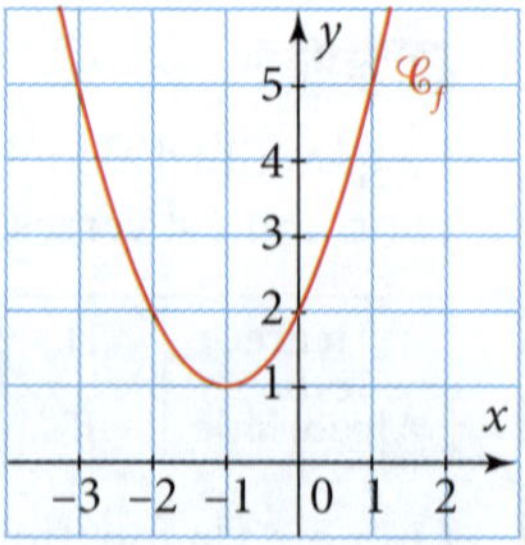


## MÉTHODE

**A. Pour lire graphiquement l'image d'un nombre par une fonction**, on se place sur l'axe des abscisses à la valeur de $x$ demandée. Avec des pointillés verticaux, on rejoint le point de $\mathscr{C}_f$ qui a cette même abscisse. Puis avec des pointillés horizontaux, on intercepte l'axe des ordonnées pour lire l'ordonnée correspondante.

**B. Pour lire graphiquement les antécédents éventuels d'un nombre par une fonction**, on se place sur l'axe vertical à la valeur de $y$ demandée. Avec des pointillés horizontaux, on rejoint le(s) point(s) de $\mathscr{C}_f$ qui a (ont) cette même ordonnée, s'il y en a. Puis avec des pointillés verticaux, on intercepte l'axe des abscisses pour lire le(s) $x$ correspondant(s).

## CORRIGÉ

**A.** $f(1) = 5$.

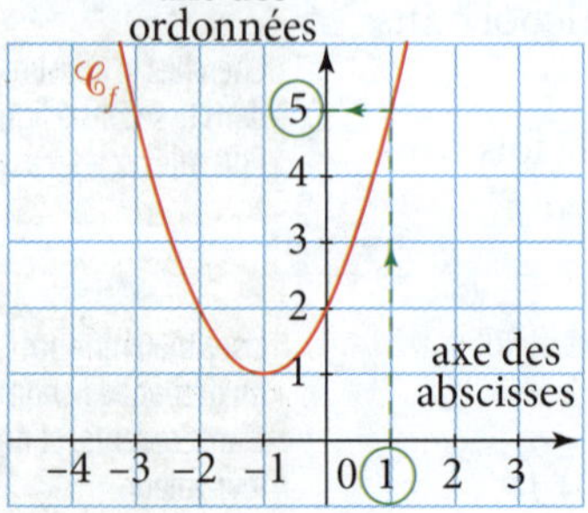


**B.** Le nombre 5 admet deux antécédents par $f$ : –3 et 1.

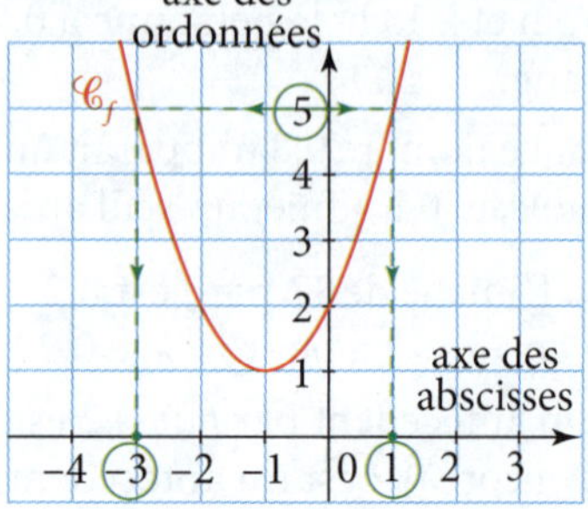

# Calculer une image à partir de l'expression d'une fonction

**ÉNONCÉ**

On donne la fonction $f$ définie par $f(x) = -3x + 7$. Quelle est l'image de – 2 par $f$?

**MÉTHODE**

Dans l'expression de $f(x)$, on remplace $x$ par la valeur dont on souhaite calculer l'image.

**CORRIGÉ**

| Solution | Commentaire |
|---|---|
| $f(-2) = -3 \times (-2) + 7 = 6 + 7 = 13$<br>L'image de –2 par $f$ est 13. | On calcule $-3x + 7$ avec $x = -2$, en respectant les règles de priorité et de calculs. |

# Déterminer un antécédent à partir de l'expression d'une fonction

**ÉNONCÉ**

Déterminer les éventuels antécédents de 10 par $f$ telle que $f(x) = -3x + 7$.

**MÉTHODE**

On cherche le(s) $x$ tel(s) que $f(x)$ soit égale au nombre proposé. Autrement dit, on résout l'équation $f(x)$ = nombre proposé. Cette équation admet ou non une (ou des) solution(s) qui sera (seront) le (ou les) antécédent(s) cherché(s).

**CORRIGÉ**

| Solution | Commentaire |
|---|---|
| On résout l'équation $-3x + 7 = 10$.<br>$-3x = 10 - 7 = 3$<br>$x = \dfrac{3}{-3} = -1$<br>10 admet pour antécédent –1 par $f$. | Déterminer les antécédents de 10, c'est chercher les nombres qui ont pour image 10. Cela revient encore à chercher les nombres $x$ qui vérifient $f(x) = 10$. |

## QCM

**1 Cochez la (ou les) réponse(s) correcte(s).**

**1.** Soit $f(x) = x^2 - 4$. $f(x) = 0$ quand $x$ vaut : **a.** ☐ –2 **b.** ☐ 0 **c.** ☐ 2

**2.** $f(2) = -1$ se traduit par :

**a.** ☐ l'image de 2 par $f$ est –1.

**b.** ☐ le point de coordonnées (2 ; –1) est sur la courbe représentative de $f$.

**c.** ☐ un antécédent de 2 par $f$ est –1.

**3.** À un nombre $x$, une fonction $f$ associe le carré de son triple. Alors $f(x)$ est égale à :

**a.** ☐ $3x^2$ **b.** ☐ $(3x)^2$ **c.** ☐ $3^2x$

Les questions **4.**, **5.**, et **6.** se rapportent au graphique.

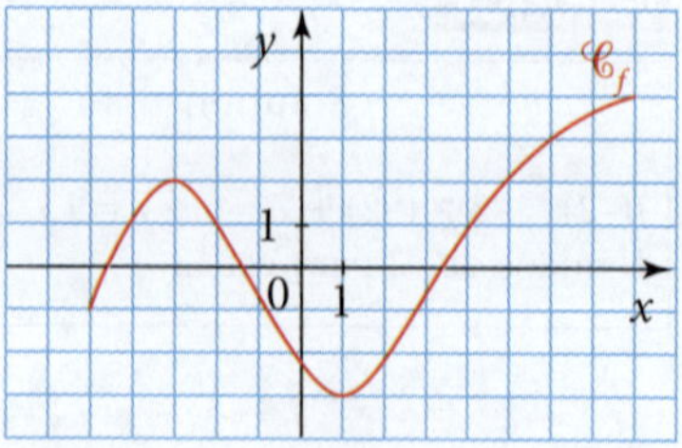


**4.** Le nombre 1 admet pour antécédent :

**a.** ☐ – 4 **b.** ☐ – 3 **c.** ☐ – 2

**5.** $f(-3)$ vaut :

**a.** ☐ 1 **b.** ☐ 2 **c.** ☐ n'existe pas

**6.** Ce nombre n'admet pas d'antécédent par $f$ :

**a.** ☐ – 4 **b.** ☐ 0 **c.** ☐ 5

**2 Répondez par vrai ou faux.**

| Affirmations | Réponse |
|---|---|
| **1.** Un nombre admet un unique antécédent par $f$. | ☐ V ☐ F |
| **2.** À un mois donné de l'année, on fait correspondre une température moyenne. On définit ainsi une fonction. | ☐ V ☐ F |
| **3.** Si $f(x) = -3x + 6$, alors un antécédent de 0 par $f$ est 2. | ☐ V ☐ F |
| **4.** Si $f(2) = -3$, alors $A(-3 ; 2)$ est sur $\mathscr{C}_f$. | ☐ V ☐ F |
| Soit le tableau : (voir ci-dessous) | |
| **5.** $f(-2) = 1$. | ☐ V ☐ F |
| **6.** 1 admet au moins deux antécédents par $f$. | ☐ V ☐ F |

| $x$ | –2 | 0 | 1 | 4 |
|---|---|---|---|---|
| $f(x)$ | 1 | 2 | 3 | 1 |

# Exercices d'entraînement

## 3 Calcul mental

*Cet exercice est fait pour être traité sans la calculatrice.*

Soit $f$ la fonction définie par $f(x) = 2x + 1$.

**1.** Quelle est l'image par $f$ de : 0 ? 1 ?

**2.** Combien vaut $f(2)$? $f(-3)$ ?

**3.** Quel est l'antécédent par $f$ de : 1 ? 5 ?

## 4 Mathématiques et français

Soit une fonction $f$ telle que $f(3) = -2$.

Traduisez cette égalité avec une première phrase contenant le mot image, puis avec une seconde phrase contenant le mot antécédent.

## 5 Texte à trous

Soit le tableau de valeurs d'une fonction $f$.

| $x$ | –3 | –2 | 0 | 1 | 2 |
|---|---|---|---|---|---|
| $f(x)$ | 4 | 1 | –2 | 1 | 3 |

Complétez les pointillés avec les mots : image – un antécédent – deux antécédents
(Attention, l'un des mots est utilisé deux fois !).

**1.** 4 est … de –3 par $f$.

**2.** 0 est … de –2 par $f$.

**3.** 1 admet au moins … par $f$.

**4.** –2 admet 1 pour … par $f$.

## 6 Tant de façons de dire la même chose…

Traduisez chacune de ces phrases par une égalité de la forme $f(\ldots) = \ldots$
On appelle $\mathscr{C}_f$ la courbe représentative de $f$.

**1.** Le point (2 ; 1) est sur $\mathscr{C}_f$.

**2.** L'image par $f$ du nombre –1 est 4.

**3.** Un antécédent de 1 par $f$ est 3.

**4.** $f : 4 \mapsto 0$.

**5.** $\mathscr{C}_f$ coupe (O$x$) au point d'abscisse 1.

**6.** $\mathscr{C}_f$ coupe (O$y$) au point d'ordonnée –1.

## 7 Fonction définie par une expression

Soit $f$ la fonction définie par $f(x) = x^2 - 2x + 3$.

**1. a.** Calculez $f(-1)$.

**b.** Quelle est l'image de $\frac{1}{2}$ par $f$?

**2. a.** Justifiez que 0 et 2 sont antécédents de 3 par $f$ sans résoudre d'équation.

**b.** Quelle équation faut-il résoudre pour déterminer les antécédents de 3 par $f$?

**c.** Résolvez l'équation trouvée en **b.** et retrouvez les résultats de la question **a**.

## 8 Fonction définie par un tableau de valeurs

Soit $f$ une fonction dont le tableau de valeurs est le suivant :

| $x$ | −2 | −1 | 0 | 1 | 2 | 3 | 4 | 5 |
|---|---|---|---|---|---|---|---|---|
| $f(x)$ | −3 | 0 | 1 | 0 | −1 | 1 | 3 | 7 |

On appelle $\mathscr{C}_f$ la courbe représentative de $f$.

**1. a.** Combien vaut $f(-1)$ ?

**b.** Quelle est l'image de −2 par $f$?

**c.** Au nombre 0, quel nombre associe $f$?

**2.** Déterminez d'éventuels antécédents par $f$ de : −5 ; 0 ; 1 et 3.

**3.** Parmi ces points, lesquels sont sur $\mathscr{C}_f$ : $A(3 ; 4)$ ; $B(0 ; 1)$ ; $C(1 ; 0)$ ?

**4.** Placez les huit points de $\mathscr{C}_f$ définis dans le tableau dans un repère orthonormal d'unité 1 cm.

## 9 Fonction définie par une représentation graphique

Soit $f$ une fonction dont la courbe représentative $\mathscr{C}_f$ est donnée ci-contre.

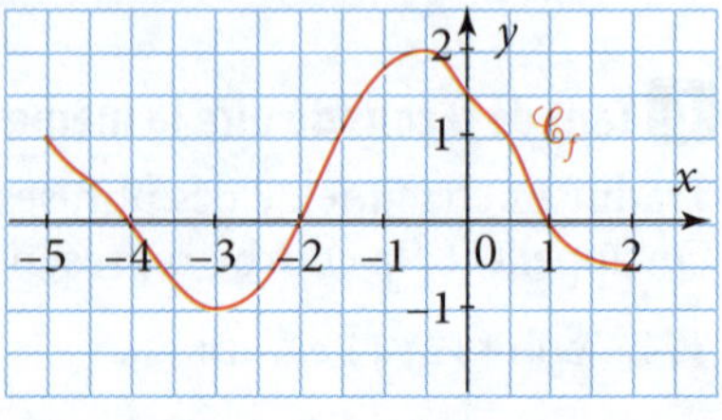


**1. a.** Lisez $f(2)$, $f(-5)$ et $f\left(\frac{1}{2}\right)$.

**b.** Donnez une valeur approchée de $f\left(\frac{10}{7}\right)$.

**2.** Lisez les coordonnées des points d'intersection de $\mathcal{C}_f$ avec l'axe des abscisses.

**3.** Déterminez les antécédents par $f$ de :

• $-2$ • $-1$ • $1$ • $2$ • $3$

**4.** Combien les nombres suivants admettent-ils d'antécédents ?

• 0,5 • 1,5 • 3

## 10 Autour d'une fonction

Soit $f$ la fonction définie par $f(x) = 2x + x^2$.

**1.** Calculez l'image de 4 par la fonction $f$.

**2.** Calculez $f(-2)$.

**3.** En détaillant les calculs, montrez que $f\left(\frac{3}{4}\right) = \frac{33}{16}$.

**a.** Complétez les pointillés : $f(x) = x(.... + ....)$.

**b.** En utilisant cette dernière forme, résolvez l'équation $f(x) = 0$.

**c.** Que représentent ces valeurs pour la représentation graphique de la fonction $f$ ?

## 11 L'effet de la marée

On donne la représentation graphique d'une fonction :

**1.** En utilisant ce graphique, donnez :

**a.** $f(8,5)$ et $f(5)$.

**b.** L'image de 2 par $f$.

**c.** Les antécédents de 3 par $f$.

**d.** Les antécédents de 3,4 par $f$.

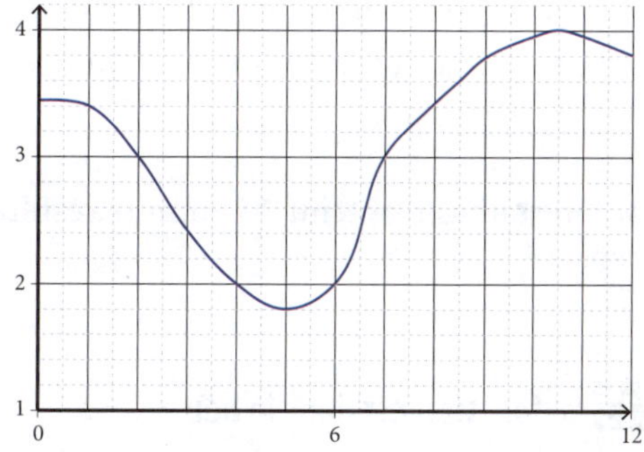


**2.** Le graphique ci-dessus décrit les variations de la hauteur de la mer (en mètre) dans un port de Bretagne en fonction de l'heure de la matinée.

**a.** Sur quel axe se trouvent les heures ?

**b.** Quelle est la hauteur d'eau maximale ? À quelle heure est-elle atteinte ?

**c.** Quelle est la hauteur d'eau minimale ? À quelle heure est-elle atteinte ?

**d.** Un voilier ne peut sortir du port que si la hauteur d'eau dépasse 3,40 mètres. Quels sont les horaires de départs possibles pour ce voilier ?

## Vers le Brevet

### 12 Tout un programme… encore

On effectue le programme de calcul suivant :

- Choisir un nombre
- Élever ce nombre au carré
- Prendre le double du nombre obtenu
- Ajouter 6
- Écrire le résultat

**1.** Donnez le résultat fourni par le programme lorsque le nombre choisi est 3.

**2.** On note $x$ le nombre choisi au départ et on appelle $f$ la fonction qui, au nombre $x$, associe le résultat du programme de calcul.

**a.** Quelle est l'image par $f$ du nombre 3 ?

**b.** Exprimez en fonction de $x$ l'image de $x$ par la fonction $f$.

**c.** Calculez $f(-1)$.

**3.** On souhaite obtenir 14 comme résultat. Quel nombre doit-on choisir au départ ?

### 13 La fonction est dans la boîte !

Un artisan fabrique des boîtes lui permettant de stocker des vis. Ces boîtes de hauteur $x$ sont à base carrée de côté $12 - 2x$ et ont pour volume :

$V(x) = 4x^3 - 48x^2 + 144x$.

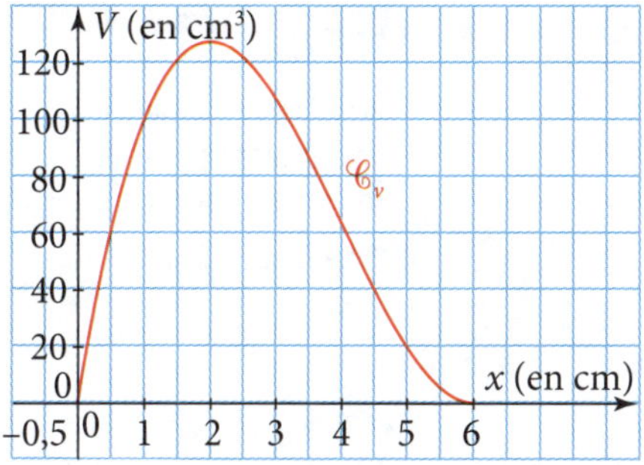


On donne ci-contre $\mathscr{C}_v$, la courbe représentative de la fonction $V$.

**1.** À l'aide du graphique, lisez le volume d'une boîte de 0,5 cm de haut.

**2. a.** Donnez une valeur approchée du volume d'une boîte de 2 cm de haut.

**b.** Retrouvez le résultat exact par le calcul.

**3.** Un client a besoin d'une boîte de 100 cm³ de volume. Quelles dimensions de boîtes l'artisan peut-il proposer à son client ? (Utilisez le graphique.)

## 14 Fonctions et tableur

Soient les fonctions $f$, $g$ et $h$ définies par :

$f(x) = 3x$ $\quad$ $g(x) = -x - 3$ $\quad$ $h(x) = x^2 + x - 6$

À l'aide d'un tableur, Fanny a construit un tableau de valeurs de ces fonctions. Puis elle a étiré vers la droite les formules qu'elle avait saisies dans les cellules.

| | A | B | C | D | E | F | G | H | I | J |
|---|---|---|---|---|---|---|---|---|---|---|
| 1 | x | -6 | -5 | -4 | -3 | -2 | -1 | 0 | 1 | 2 |
| 2 | f(x) = 3x | -18 | -15 | -12 | -9 | -6 | -3 | 0 | 3 | 6 |
| 3 | g(x) = -x-3 | 3 | 2 | 1 | 0 | -1 | -2 | -3 | -4 | -5 |
| 4 | h(x) = x²+x - 6 | 24 | | 6 | 0 | -4 | -6 | -6 | -4 | 0 |

**1.** Utilisez le tableur pour déterminer $g(1)$.

**2.** Calculez la valeur manquante dans la case jaune.

**3.** Faites une phrase avec le mot « antécédent », puis une autre avec le mot « image » traduisant l'égalité $f(1) = 3$.

**4.** Quelle formule Fanny a-t-elle saisie dans la cellule B3 ?

**5.** Déduisez du tableau les solutions de l'équation $g(x) = h(x)$.

## QCM

**1** **1.** • $f(-2) = (-2)^2 - 4 = 4 - 4 = 0$.

• $f(0) = (0)^2 - 4 = 0 - 4 = -4 \neq 0$.

• $f(2) = (2)^2 - 4 = 4 - 4 = 0$.

**Réponses : a.** $-2$ et **c.** 2.

**2.** $f(2) = -1$ se traduit par :

• Le nombre 2 a pour image $-1$ et le point de coordonnées $(2 ; -1)$ est sur $\mathscr{C}_f$.

• La proposition **c.** est fausse, 2 est un antécédent de $-1$ !

**Réponses : a.** l'image de 2 par $f$ est $-1$ et **b.** le point de coordonnées $(2 ; -1)$ est sur la courbe représentative de $f$.

**3.** Soit $x$ un nombre. Son triple est $3 \times x = 3x$.
Le carré de son triple est alors $(3x)^2$.

**Réponse : b.** $(3x)^2$.

**4.** On se place sur l'axe des ordonnées en $y = 1$. Puis on se déplace horizontalement jusqu'à $\mathscr{C}_f$ (des deux côtés de l'axe $(Oy)$). On peut alors, en descendant verticalement, rejoindre l'axe des abscisses et lire les trois antécédents : $-4$, $-2$ et 4.

**Réponses : a.** $-4$ et **c.** $-2$.

**5.** On se place sur l'axe des abscisses en $x = -3$. On monte verticalement pour rejoindre $\mathscr{C}_f$. On lit alors $f(-3) = 2$.

**Réponse : b.** 2.

**6.** En se plaçant sur l'axe des ordonnées en $y = -4$ et $y = 5$, et en se déplaçant horizontalement, on ne rencontre pas $\mathscr{C}_f$ (alors qu'en $y = 0$, si).

**Réponses : a.** $-4$ et **c.** 5.

**Méthode**

Remplacez $x$ par chacune des valeurs proposées et comparez le résultat à 0.

**Gagnez des points !**

Un point est sur la courbe si sa 2e coordonnée est l'image de la 1re.

**Rappel**

C'est la méthode décrite p. 124.

**2** **1. Faux.** Un nombre peut admettre aucun, un ou même plusieurs antécédents.

**2. Faux.** Un mois de l'année n'est pas un nombre. Or une fonction associe deux nombres !

**Piège à éviter**

Ne confondez pas image et antécédent. Une image est UNIQUE, alors qu'il peut y avoir plusieurs antécédents (ou aucun !).

**3. Vrai.** Un antécédent de 0 par $f$ est le(s) $x$ tel(s) que $f(x) = 0$.
On résout l'équation : $-3x + 6 = 0$ ; $-3x = -6$ ;
$x = \frac{-6}{-3}$ ; $x = 2$.

**L'astuce du prof**
Vous pouvez aussi calculer $f(2)$ et montrer qu'on obtient 0.

**4. Faux.** Quand $f(2) = -3$, c'est le point A(2 ; −3) qui est sur $\mathscr{C}_f$.

**Rappel**
$f(a) = b$
antécédent ($a$) — image ($b$)

**5. Vrai.** Pour $x = -2$, $f(x) = 1$.

**6. Vrai.** Pour $f(x) = 1$, on lit deux valeurs de $x$ : −2 et 4.

## Exercices d'entraînement

**3** **1.** L'image par $f$ de 0 est $f(0) = 2 \times 0 + 1 = 0 + 1 = 1$.
L'image par $f$ de 1 est $f(1) = 2 \times 1 + 1 = 2 + 1 = 3$.

**Gagnez des points !**
La multiplication est prioritaire sur l'addition. Calculez d'abord $2 \times$ la valeur de $x$. Ensuite seulement, ajoutez 1.

**2.** $f(2) = 2 \times 2 + 1 = 4 + 1 = 5$
$f(-3) = 2 \times (-3) + 1 = -6 + 1 = -5$

**3.** • L'antécédent $x$ de 1 vérifie l'équation $f(x) = 1$ :
$2x + 1 = 1$
$2x = 1 - 1$
$2x = 0$
$x = \frac{0}{2}$
$x = 0$
L'antécédent de 1 par $f$ est 0.

**L'astuce du prof**
Une fois la valeur de l'antécédent $x$ trouvée, vous pouvez la remplacer dans $f(x)$ pour vérifier que votre solution est juste.
$2 \times 0 + 1 = 1$.

• L'antécédent $x$ de 5 vérifie l'équation $f(x) = 5$ :
$2x + 1 = 5$
$2x = 5 - 1$
$2x = 4$
$x = \frac{4}{2}$
$x = 2$
L'antécédent de 5 par $f$ est 2.

**L'astuce du prof**
Vous pouvez vérifiez que :
$2 \times 2 + 1 = 5$

**4** $f(3) = -2$ se traduit par :

• L'image de 3 par la fonction $f$ est $-2$.
Ou encore $-2$ est l'image de 3 par la fonction $f$.

• Un antécédent de $-2$ par la fonction $f$ est 3.
Ou encore 3 est un antécédent de $-2$ par $f$.

> **Rappel**
> Dans la 2e ligne du tableau figurent les images, et dans la 1re ligne, les antécédents.

**5** **1.** 4 est **image** de $-3$ par $f$.

**2.** 0 est **un antécédent** de $-2$ par $f$.

**3.** 1 admet au moins **deux antécédents** par $f$.

**4.** $-2$ admet 1 pour **image** par $f$.

> **Remarque**
> 1 peut admettre d'autres antécédents qui n'apparaissent pas dans le tableau.

**6** **1.** Un point d'abscisse $x$ qui est sur $\mathscr{C}_f$ a pour ordonnée $f(x)$.
D'où $f(2) = 1$.

**2.** $f(-1) = 4$

**3.** $f(3) = 1$

**4.** Au nombre 4, $f$ associe le nombre 0, d'où $f(4) = 0$.

**5.** $f(1) = 0$

**6.** $f(0) = -1$

> **Rappels**
> • Les points de l'axe des abscisses ont une ordonnée égale à 0.
> • Les points de l'axe des ordonnées ont une abscisse égale à 0.

**7** **1.** • $f(-1) = -5 \times (-1) = 5$. L'image de $-1$ est 5.

• $f\left(\frac{5}{12}\right) = -5 \times \frac{5}{12} = -\frac{25}{12}$.

> **Remarque**
> L'image de $-1$ est donnée par $f(-1)$.

**2.** L'antécédent de $-2$ est le nombre solution de l'équation $f(x) = -2$.

$$-5x = -2$$
$$x = \frac{-2}{-5}$$
$$x = \frac{2}{5}.$$

L'antécédent de $-2$ est $\frac{2}{5}$.

> **Méthode**
> L'antécédent de $-2$ est le nombre qui a pour image $-2$.

**3.** On cherche $x$ (l'abscisse) telle que son image (l'ordonnée) vaille 1. On est donc amené à résoudre l'équation $f(x) = 1$.

> **L'astuce du prof**
> Pour vérifier son résultat, on peut calculer l'image de $\frac{2}{5}$ et vérifier qu'elle vaut $-2$.

$$-5x = 1$$

$$x = \frac{1}{-5}$$

L'abscisse du point dont l'ordonnée vaut 1 est $\frac{-1}{5}$.

> **L'astuce du prof**
> Faites un petit graphique pour visualiser ce que l'on vous demande !

**8** **1. a.** Pour $x = -1$ (première ligne), on lit (seconde ligne) $f(x) = 0$.
Soit $f(-1) = 0$.

**b.** Pour $x = -2$ (première ligne), on lit (seconde ligne) $f(x) = -3$.
Soit $f(-2) = -3$ : l'image de $-2$ par $f$ est $-3$.

**c.** Au nombre 0, on cherche quel nombre associe $f$, c'est-à-dire qu'on cherche l'image de 0 par $f$. Pour $x = 0$, $f(x) = 1$.
Ainsi au nombre 0, $f$ associe 1.

**2.** • Le nombre $-5$ n'apparaît pas dans la seconde ligne du tableau. Le tableau ne permet pas de trouver d'antécédent à $-5$.

> **Méthode**
> On trouve les antécédents éventuels dans la 1re ligne.

• Le nombre 0 apparaît dans la seconde ligne du tableau pour $x = -1$ et pour $x = 1$. 0 admet donc pour antécédents les nombres $-1$ et 1.

• Le nombre 1 apparaît dans la ligne des « $f(x)$ » pour $x = 0$ et pour $x = 3$.
1 admet pour antécédents les nombres 0 et 3.

• Le nombre 3 apparaît dans la seconde ligne du tableau pour $x = 4$.
3 admet pour antécédent par $f$ le nombre 4.

**3.** • Pour $x = 3$, $f(x) = 1 \neq 4$. Le point A(3 ; 4) n'est pas sur $\mathscr{C}_f$.
Pour $x = 0$, $f(x) = 1$. Le point B(0 ; 1) est sur $\mathscr{C}_f$.
Pour $x = 1$, $f(x) = 0$. Le point C(1 ; 0) est sur $\mathscr{C}_f$.

**4.**

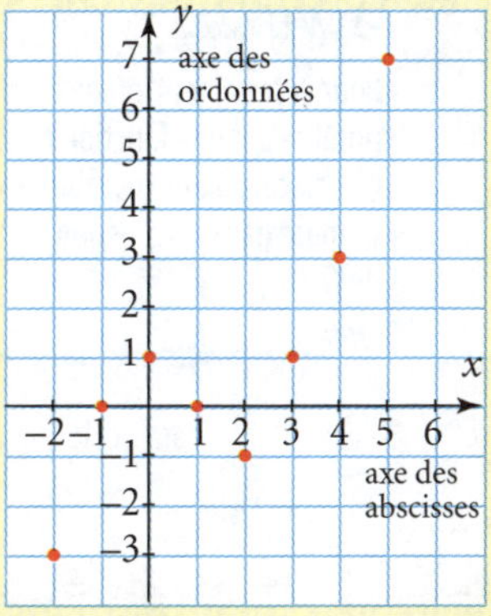


> **Remarque**
> Un point de $\mathscr{C}_f$ a pour abscisse $x$ et pour ordonnée $f(x)$.

**9** **1. a.** On lit :
- $f(2) = -0{,}5$.
- $f(-5) = 1$.
- $f\left(\frac{1}{2}\right) = f(0{,}5) = 1$.

**b.** $\frac{10}{7} \approx 1{,}4$.

On lit l'image de 1,4 : $f(1{,}4) \approx -0{,}3$.

On conclut $f\left(\frac{10}{7}\right) \approx -0{,}3$.

**2.** $\mathscr{C}_f$ coupe l'axe des abscisses en trois points dont les coordonnées sont :
- $(-4 ; 0)$
- $(-2 ; 0)$
- $(1 ; 0)$

**3.** • Le nombre $-2$ n'admet pas d'antécédent par $f$, car $\mathscr{C}_f$ n'a aucun point d'ordonnée $-2$.

• La valeur $-1$ est atteinte pour $x = -3$.
Le nombre $-1$ admet pour antécédent $-3$.

• La valeur 1 est atteinte pour $x = -5$, pour $x = -1{,}5$, et pour $x = 0{,}5$.
1 admet pour antécédents les nombres $-5$ ; $-1{,}5$ et 0,5.

• On lit $f(x) = 2$ pour $x = -0{,}5$.
Le nombre 2 admet pour antécédent $-0{,}5$.

• $f(x)$ ne prend pas la valeur 3.
Le nombre 3 n'admet pas d'antécédent par $f$.

**4.** • 0,5 admet 3 antécédents par $f$.
• 1,5 admet 2 antécédents par $f$.
• 3 n'a pas d'antécédent par $f$.

**Piège à éviter**
Attention aux unités : 2 graduations pour 1.

**Gagnez des points !**
Prenez d'abord une valeur approchée de $\frac{10}{7}$, puis lisez son image.

**Piège à éviter**
On veut seulement le nombre d'antécédents, pas leurs valeurs.

**10** **1.** L'image de 4 par la fonction $f$ est :

$f(4) = 2 \times 4 + 4^2 = 8 + 4 \times 4 = 8 + 16 = 24$.

**2.** $f(-2) = 2 \times (-2) + (-2)^2$
$= -4 + (-2) \times (-2)$
$= -4 + 4 = 0$

**3.** $f\left(\frac{3}{4}\right) = 2 \times \frac{3}{4} + \left(\frac{3}{4}\right)^2$

$= \frac{6}{4} + \frac{3}{4} \times \frac{3}{4}$

**Méthode**
Pour déterminer l'image d'un nombre par une fonction $f(x)$, remplacez $x$ par le nombre proposé dans l'expression de $f$.

$= \dfrac{6}{4} + \dfrac{9}{16}$

$= \dfrac{6 \times 4}{4 \times 4} + \dfrac{9}{16}$

$= \dfrac{24}{16} + \dfrac{9}{16}$

$= \dfrac{33}{16}$

On trouve bien le résultat annoncé.

**Méthode**

Pour additionner deux fractions, mettez-les au même dénominateur, ici 16.

**4. a.** $f(x) = 2x + x^2$

$f(x) = 2 \times \underline{x} + x \times \underline{x}$

$f(x) = x \times (2 + x)$

**b.** $f(x) = 0$

$x\,(2 + x) = 0$

On reconnaît une équation produit-nul : un produit de facteurs est nul si et seulement si l'un au moins des facteurs est nul.

$x = 0$ ou $2 + x = 0$

$x = 0$ ou $x = -2$

L'équation $f(x) = 0$ admet deux solutions : 0 et – 2.

**c.** Pour la représentation graphique de $f$, 0 et – 2 sont les abscisses des points d'intersection de la courbe avec l'axe des abscisses.

**Méthode**

Il s'agit ici de factoriser $f(x)$ en identifiant de part et d'autre du + le facteur commun $x$.

**Gagnez des points**

L'énoncé précise d'utiliser la forme de la question **4.a.** pour résoudre l'équation $f(x) = 0$.

**11**

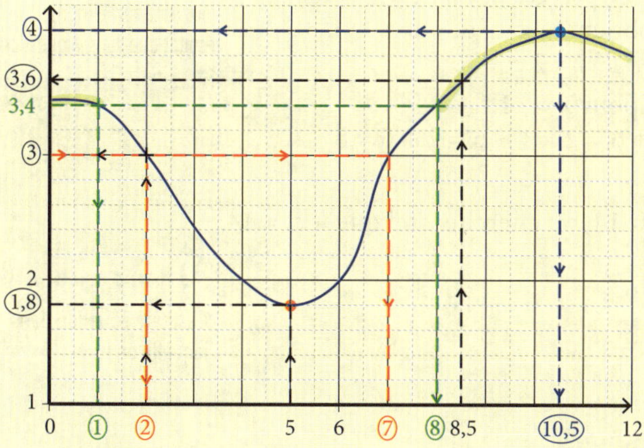


**L'astuce du prof**

Complétez la représentation graphique avec des pointillés pour lire vos réponses avec précision.

**1. a.** $f(8,5) = 3,6$ et $f(5) = 1,8$ (voir pointillés noirs).
**b.** L'image de 2 par $f$ est 3 (voir flèches noires).
**c.** Les antécédents de 3 par $f$ sont 2 et 7 (voir pointillés rouges).
**d.** Les antécédents de 3,4 par $f$ sont 1 et 8 (voir pointillés verts).

**Méthode**
Pour trouver un (ou des) antécédent(s) du nombre k, placez-vous à l'ordonnée k et cherchez la ou les abscisses correspondantes en utilisant des pointillés par exemple.

**2. a.** Les heures se trouvent sur l'axe des abscisses.
**b.** La hauteur d'eau maximale est de 4 mètres, atteinte à 10 h 30 (voir pointillés bleus).
**c.** La hauteur d'eau minimale est de 1,80 mètre, atteinte à 5 h (voir point rouge).
**d.** Le voilier peut sortir dès que le niveau de la mer dépasse 3,40 mètres, soit entre 0 h et 1 h, ou entre 8 h et 12 h (voir portion de la courbe en jaune).

**Piège à éviter**
L'abscisse 10,5 correspond à 10,5 h, soit 10 h 30.

## Vers le Brevet

**12** **1.** On choisit 3.
$3^2 = 9$
$2 \times 9 = 18$
$18 + 6 = 24$
Le résultat final est 24.

**2. a.** Quand on choisit 3, le programme de calcul retourne 24.
Aussi l'image de 3 par $f$ est 24 : $f(3) = 24$.
**b.** Le nombre choisi au départ est $x$.
Son carré s'écrit $x^2$.
Le double du nombre précédent est : $2 \times x^2 = 2x^2$.
On ajoute 6. On obtient : $2x^2 + 6$.
Le résultat final est $f(x) = 2x^2 + 6$.

**L'astuce du prof**
Vérifiez qu'avec $x = 3$, vous obtenez le même résultat que dans la question 1.

**c.** On calcule $f(x)$ pour $x = -1$.
$f(-1) = 2 \times (-1)^2 + 6 = 2 \times 1 + 6 = 2 + 6 = 8$
$f(-1) = 8$

**3.** On veut obtenir 14, on cherche $x$ tel que $f(x) = 14$.
Soit $2x^2 + 6 = 14$
$$2x^2 = 14 - 6$$
$$2x^2 = 8$$
$$x^2 = \frac{8}{2} = 4$$
$$x = 2 \text{ ou } x = -2$$

**Remarque**
C'est une équation dans laquelle on isole $x^2$.

En conclusion, quand on veut obtenir 14 comme résultat final, il faut choisir 2 ou – 2 comme nombre de départ.

> **Rappel**
> Un nombre (2) et son opposé (–2) ont le même carré.

**13** **1.** Pour une boîte d'une hauteur $x = 0{,}5$, on lit sur le graphique un volume correspondant de 60 cm$^3$. Soit $V(0{,}5) = 60$.

**2. a.** Pour $x = 2$, on lit $V(2) \approx 130$.
Une boîte d'une hauteur de 2 cm a un volume d'environ 130 cm$^3$.

**b.** Pour $x = 2$, on calcule $V(x) = 4x^3 - 48x^2 + 144x$.
$V(2) = 4 \times 2^3 - 48 \times 2^2 + 144 \times 2$
$V(2) = 4 \times 8 - 48 \times 4 + 144 \times 2$
$V(2) = 32 - 192 + 288$
$V(2) = 128$
Une boîte de 2 cm a pour volume 128 cm$^3$.

> **L'astuce du prof**
> Le résultat exact trouvé doit être très proche de celui lu graphiquement.

**3.** • Le client veut une boîte de 100 cm$^3$ de volume.
On lit deux hauteurs correspondantes de boîtes : $x = 1$ et $x \approx 3{,}2$.

• Pour $x = 1$, la boîte a une hauteur de 1 cm.
La base de la boîte est carrée de côté :
$12 - 2x = 12 - 2 \times 1 = 12 - 2 = 10$ cm.

• Pour $x = 3{,}2$ la boîte a une hauteur de 3,2 cm.
La base de la boîte est carrée de côté :
$12 - 2x = 12 - 2 \times 3{,}2 = 12 - 6{,}4 = 5{,}6$ cm.

> **Piège à éviter**
> Donnez la hauteur de la boîte et calculez le côté du carré de base.

**14** **1.** On lit, pour $x = 1$ : $g(x) = -4$. Soit $g(1) = -4$.

**2.** Le contenu de la cellule jaune correspond à l'image de – 5 par la fonction $h$.
$h(-5) = (-5)^2 + (-5) - 6 = 25 - 5 - 6 = 14$

**3.** L'image du nombre 1 par la fonction $f$ est 3.
Un antécédent du nombre 3 par la fonction $f$ est 1.

**4.** Dans la cellule B3 figure le calcul de $g(x) = -x - 3$ pour la valeur de $x$ située en case B1.
Ainsi, en B3, Fanny a entré : `= –B1 – 3`.

> **Conseil**
> Écrivez le calcul fait en B3 à partir de la case B1.

**5.** Pour $x = -3$ : $g(x) = h(x) = 0$.
De même, pour $x = 1$ : $g(x) = h(x) = -4$.
Les solutions de l'équation $g(x) = h(x)$ sont les nombres – 3 et 1.

> **Gagnez des points !**
> Cherchez dans le tableau les valeurs de $x$ pour lesquelles $g(x)$ et $h(x)$ sont égales.

CHAPITRE 7

# Fonctions linéaires. Fonctions affines

## 1 Fonctions linéaires

### 1 Définition

Soit $a$ un réel donné.

- Une **fonction linéaire** est une fonction qui, à un nombre $x$, associe le nombre $a \times x$.
- La fonction $f$ traduisant cette situation est définie par $f(x) = ax$.

$a$ est appelé **coefficient** de la fonction linéaire.

**Exemple :** La fonction linéaire de coefficient $-2$ est la fonction $f$ définie par $f(x) = -2x$.
On écrit également $f : x \mapsto -2x$.

**Remarque :** Une fonction linéaire est une fonction affine particulière.

### 2 Représentation graphique

- Dans un repère, la représentation graphique de la fonction linéaire $x \mapsto ax$ est une droite qui passe par l'origine du repère (on a $f(0) = 0$).
- Les points qui constituent cette droite ont des coordonnées de la forme $(x ; ax)$.
- On dit que $a$ est le **coefficient directeur** de la droite, car il donne la direction de la droite, c'est-à-dire son inclinaison par rapport à l'horizontale.

| Si $\boldsymbol{a > 0}$, la droite « monte ». | Si $\boldsymbol{a = 0}$, la droite est horizontale et confondue avec l'axe des abscisses. | Si $\boldsymbol{a < 0}$, la droite « descend ». |
|---|---|---|
| 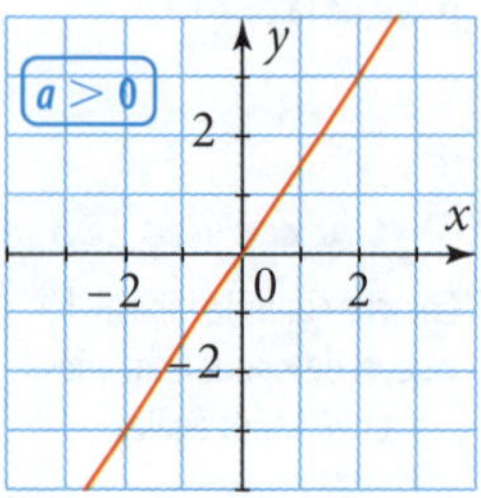 | 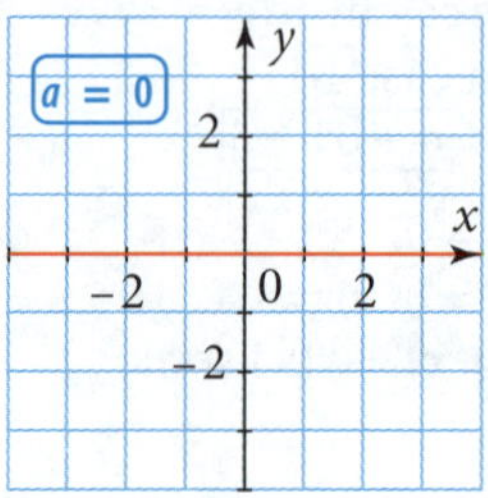 | 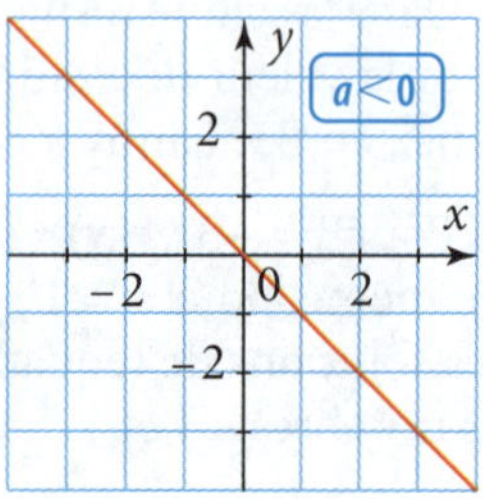 |

## EXERCICES RÉSOLUS

### Calculer des images et des antécédents par une fonction linéaire

**ÉNONCÉ**

$f$ est une fonction linéaire définie par $f(x) = -4x$.
Déterminez l'image de 3 par $f$, puis l'antécédent de $-8$ par $f$.

**CORRIGÉ**

• L'image de 3 par $f$ est donnée par
$f(3) = -4 \times 3 = -12$.
L'image de 3 par $f$ est $-12$.

• On cherche $x$ tel que $f(x) = -8$
soit $-4x = -8$.
On en déduit que $x = \dfrac{-8}{-4} = 2$.
L'antécédent de $-8$ est 2.

**Méthode**
Pour déterminer l'image de 3, on calcule $f(3)$. Pour cela, on remplace $x$ par 3 dans $f(x)$.

**Conseil**
Trouver des antécédents revient à résoudre une équation.

### Lire des images et des antécédents à partir d'une représentation graphique

**ÉNONCÉ**

On donne la représentation graphique $d$ d'une fonction linéaire $g$.
Lisez $g(2)$, puis l'antécédent de 2,5.

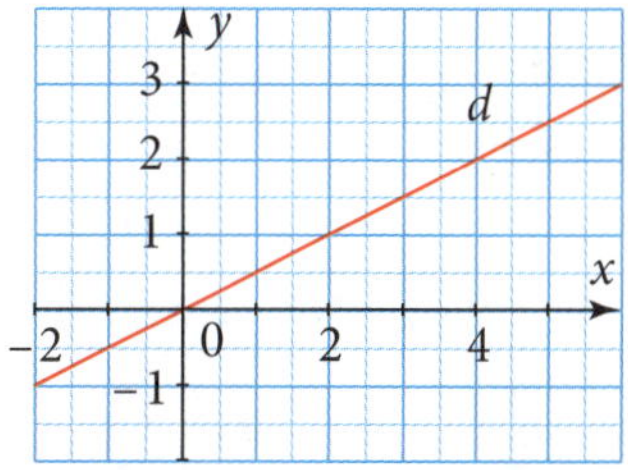


**CORRIGÉ**

• Pour lire l'image de 2 par $g$, on place 2 sur l'axe des abscisses, on va jusqu'à la droite, puis on lit sur l'axe des ordonnées la valeur correspondante (flèches bleues) : l'image de 2 par $g$ est 1.

• Pour lire l'antécédent de 2,5, on place 2,5 sur l'axe des ordonnées, on va jusqu'à la droite, puis on lit sur l'axe des abscisses la valeur correspondante (flèches vertes) : l'antécédent de 2,5 est 5.

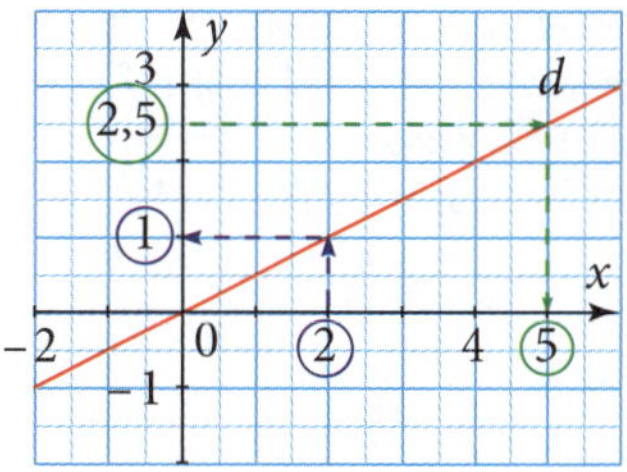

# 2 Fonctions affines

## 1 Définition

• Soient $a$ et $b$ deux nombres réels donnés.

Une **fonction affine** est une fonction qui, à un nombre $x$, associe le nombre $a \times x + b$, noté aussi $ax + b$.

On écrit $x \mapsto ax + b$.

**Exemple :**
La fonction $f : x \mapsto -2x + 3$ est une fonction affine avec $a = -2$ et $b = 3$.

• **Cas particuliers**

• $b = 0$. La fonction $f : x \mapsto ax$ est une **fonction linéaire**.

**Exemple :**
$f(x) = -4x$.

• $a = 0$. La fonction $f : x \mapsto b$ est une **fonction constante**.

**Exemple :**
$f(x) = 5$.

## 2 Proportionnalité des accroissements

Soit $f$ une fonction affine. Les accroissements de $x$ et de $f(x)$ sont proportionnels.

Ainsi, avec $f(x) = ax + b$, pour tous les réels $x_1$ et $x_2$, on a :

$$\underbrace{f(x_2) - f(x_1)}_{\text{accroissement des } f(x)} = a\underbrace{(x_2 - x_1)}_{\text{accroissement des } x}$$ où $a$ est appelé coefficient de proportionnalité.

**Exemple :**
Soit $f$ une fonction affine telle que $f(5) = 2$ et $f(1) = -3$.
$f$ est de la forme $f(x) = ax + b$.
Le coefficient de proportionnalité $a$, entre l'accroissement de $x$ et celui de $f(x)$, est tel que :
$f(5) - f(1) = a(5 - 1)$
soit $2 - (-3) = 4a$, d'où $5 = 4a$.
On obtient $a = \dfrac{5}{4}$.

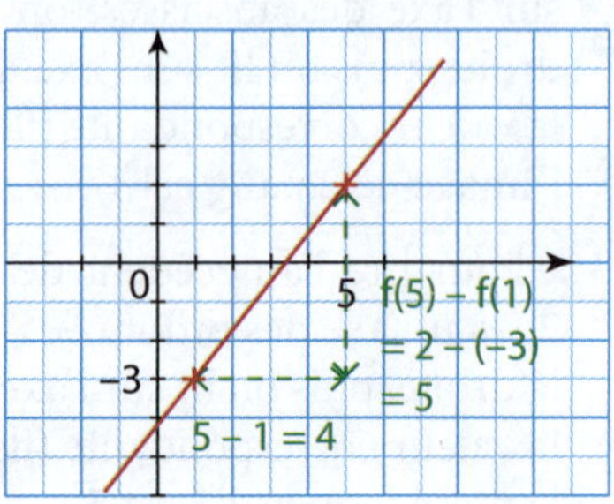

## EXERCICES RÉSOLUS

### Reconnaître une fonction affine à partir de son expression

**ÉNONCÉ**

Parmi les fonctions suivantes, précisez celles qui correspondent à une fonction affine. Indiquez alors les valeurs de $a$ et de $b$.

- $f_1(x) = 3x - 8$
- $f_2(x) = 7 - x$
- $f_3(x) = \dfrac{9x + 6}{5}$
- $f_4(x) = \dfrac{4}{x} - 5$

**CORRIGÉ**

- $f_1(x) = 3x - 8 = 3x + (-8)$ est une fonction affine, car elle est de la forme $f(x) = ax + b$ avec $a = 3$ et $b = -8$.

> **Méthode**
> Écrivez $f(x)$ sous la forme $ax + b$.

- $f_2(x) = 7 - x = -x + 7 = -1x + 7$ est une fonction affine, car elle est de la forme $f(x) = ax + b$ avec $a = -1$ et $b = 7$.
- $f_3(x) = \dfrac{9x + 6}{5} = \dfrac{9x}{5} + \dfrac{6}{5} = \dfrac{9}{5}x + \dfrac{6}{5}$.

$f_3$ est une fonction affine avec $a = \dfrac{9}{5}$ et $b = \dfrac{6}{5}$.

> **Conseil**
> Vous pouvez transformer l'écriture.

- $f_4(x) = \dfrac{4}{x} - 5$ n'est pas une fonction affine, car le $x$ est au dénominateur.

### Comprendre la propriété de proportionnalité des accroissements

**ÉNONCÉ**

$f$ est une fonction affine telle que $f(x) = 4x + b$ avec $b$ réel.

**1.** Calculez $f(5) - f(2)$.

**2.** Complétez « Quand $x$ augmente de …, $f(x)$ augmente de … ».

**CORRIGÉ**

**1.** La proportionnalité entre les accroissements de $x$ et $f(x)$ permet d'écrire : $f(5) - f(2) = a(5 - 2)$, où $a$ est le coefficient de proportionnalité.

Comme $f(x) = 4x + b$, on en déduit que $a = 4$.

D'où $f(5) - f(2) = 4 \times (5 - 2) = 4 \times 3$.

Soit $f(5) - f(2) = 12$.

> **Conseil**
> Écrivez la propriété :
> $f(x_2) - f(x_1) = a(x_2 - x_1)$
> avec $x_2 = 5$ et $x_1 = 2$.

**2.** On en déduit que « quand $x$ augmente de 3 (entre 2 et 5), $f(x)$ augmente de 12 ».

## 3 Représentation graphique d'une fonction affine

- Dans un repère, la représentation graphique d'une fonction affine est une droite $\mathscr{D}$.
- Les points de cette droite $\mathscr{D}$ ont des coordonnées de la forme $(x\,;\,ax + b)$.
- **Le coefficient *a***

*a* est appelé **coefficient directeur** de la droite $\mathscr{D}$. Il donne la direction de $\mathscr{D}$, c'est-à-dire l'inclinaison de $\mathscr{D}$ par rapport à l'horizontale.

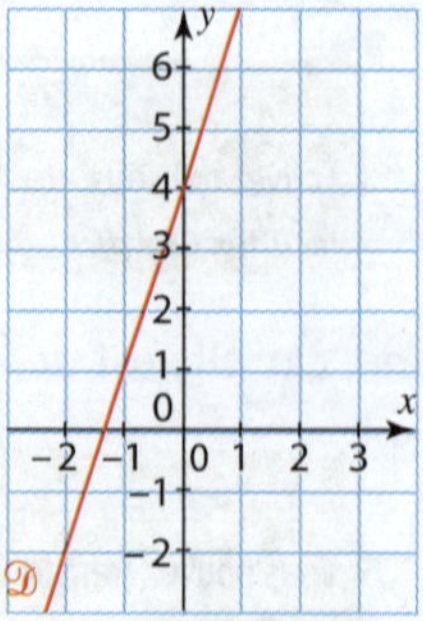

$a > 0$

La droite « monte ».

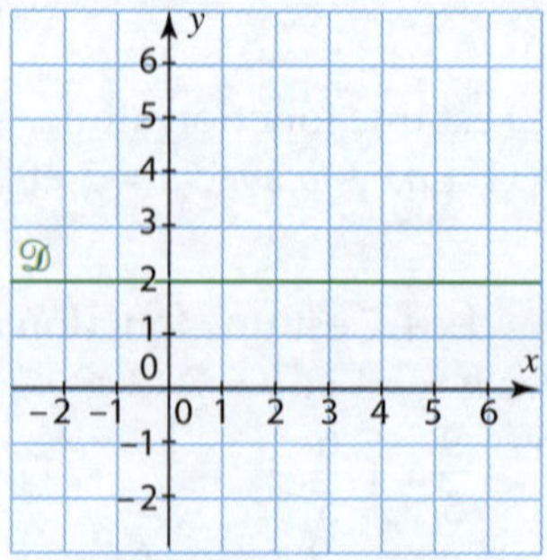

$a = 0$

La droite est horizontale, parallèle à $(Ox)$.

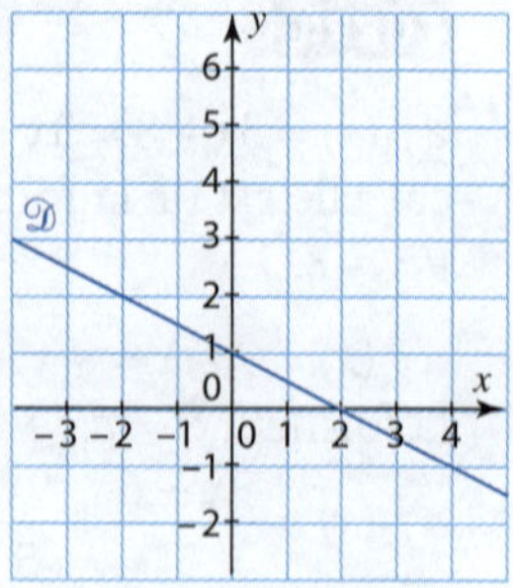

$a < 0$

La droite « descend ».

En utilisant la proportionnalité des accroissements pour le schéma ci-contre, on écrit :
quand $x$ augmente de 1, $f(x)$ augmente de $a$.
On lit ici $a = 3$.

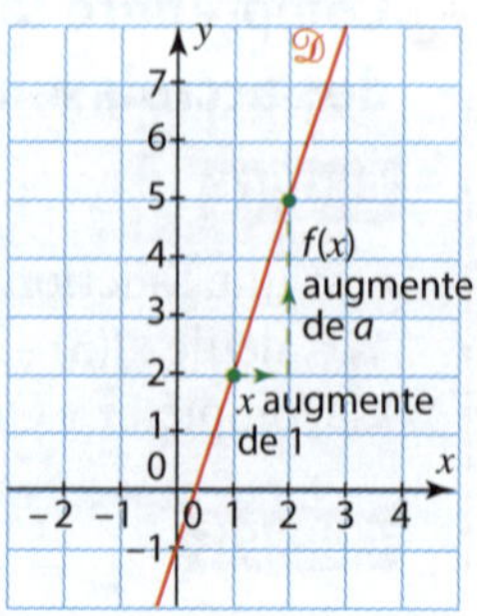


- **Le coefficient *b***

*b* est appelé **ordonnée à l'origine** de la droite $\mathscr{D}$ : c'est l'ordonnée du point d'intersection de la droite $\mathscr{D}$ avec l'axe des ordonnées (axe vertical).
Sur le schéma ci-contre, $b = 2$.

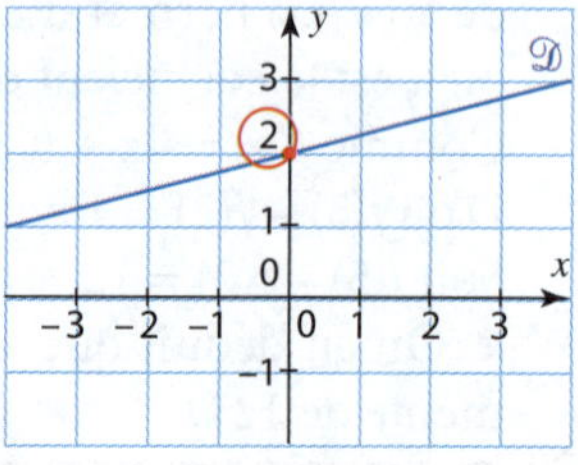

## EXERCICE RÉSOLU

### Déterminer l'expression d'une fonction affine à partir de sa représentation graphique

**ÉNONCÉ**

La droite $\mathscr{D}$ ci-contre représente une fonction affine $f$ dans un repère.

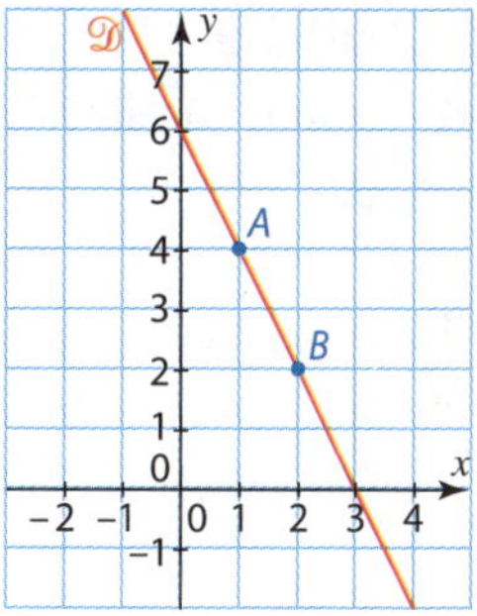


**1.** Quelle est l'ordonnée à l'origine de $\mathscr{D}$ ?

**2. a.** Lisez les coordonnées des points A et B situés sur $\mathscr{D}$.

**b.** Déduisez-en le coefficient directeur de $\mathscr{D}$.

**3.** Donnez l'expression de $f(x)$.

**4.** Calculez $f(9)$.

**CORRIGÉ**

**1.** L'ordonnée à l'origine de $\mathscr{D}$, notée $b$, est l'ordonnée du point d'intersection de $\mathscr{D}$ avec l'axe vertical (l'axe des ordonnées).
On lit $b = 6$.

> **Rappel**
> L'ordonnée à l'origine de $\mathscr{D}$ est aussi $f(0)$.

**2. a.** Le point A a pour coordonnées (1 ; 4).
Le point B a pour coordonnées (2 ; 2).

**b.** Pour passer de $x_A = 1$ à $x_B = 2$, $x$ augmente de 1.
Pour passer de $f(x_A) = 4$ à $f(x_B) = 2$, $f(x)$ diminue de 2.
D'après la proportionnalité des accroissements, quand $x$ augmente de 1, $y$ augmente de $a$.
On en déduit ici que $a = -2$ (le signe moins est dû au fait que $f(x)$ diminue).

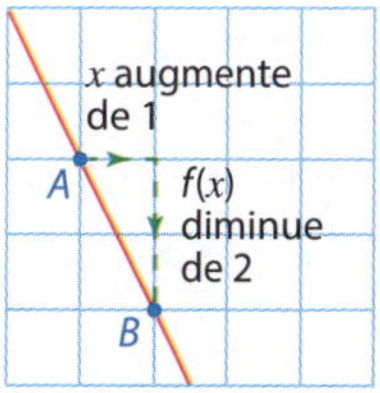


**3.** On en conclut que $f(x) = ax + b$ avec $a = -2$ et $b = 6$.
Soit $f(x) = -2x + 6$.

**4.** $f(9) = -2 \times 9 + 6$
$= -18 + 6$
$= -12$

> **Remarque**
> On ne peut pas lire $f(9)$ sur le graphique.

# Déterminer une fonction linéaire par le calcul

## ÉNONCÉ

Déterminez l'expression de la fonction linéaire $f$ qui vérifie $f(-2) = 3$, puis représentez cette fonction dans un repère.

## MÉTHODE

**1.** La fonction linéaire recherchée est une fonction qui s'écrit sous la forme $f(x) = ax$.

**2.** On recherche la valeur du coefficient $a$ en utilisant l'image donnée.

**3.** On écrit l'expression de $f(x)$.

**4.** On représente la fonction $f$ en traçant une droite passant par l'origine du repère et par le point défini par $f(-2) = 3$.

## CORRIGÉ

| Solution | Commentaires |
|---|---|
| Puisqu'il s'agit d'une fonction linéaire, elle s'écrit sous la forme $f(x) = ax$. | **1.** La fonction recherchée est une fonction linéaire, il faut bien lire l'énoncé. |
| • $f(-2) = 3$<br>• $f(-2) = a \times (-2) = -2a$<br>On a donc $-2a = 3$ soit<br>$a = \frac{3}{-2} = -\frac{3}{2}$. | **2.** Pour trouver la valeur de $a$, on écrit $f(-2)$ de deux façons différentes. |
| La fonction $f$ cherchée s'écrit :<br>$f(x) = -\frac{3}{2}x$. | **3.** N'oubliez pas que la fonction trouvée doit être de la forme $f(x) = ax$. |
| 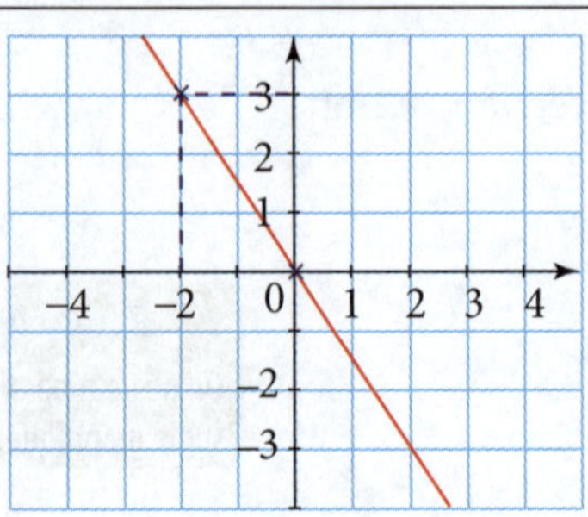  | **4.** L'égalité $f(-2) = 3$ permet d'obtenir un point de la droite.<br>On sait de plus que la droite passe par l'origine du repère. |

# Construire la représentation graphique d'une fonction affine

## ÉNONCÉ

Soit $f$ la fonction affine définie par $f(x) = 2x - 1$.
Représentez graphiquement la fonction $f$.

## MÉTHODE

1. $f$ est une fonction affine : sa représentation graphique est donc une droite $\mathcal{D}$.
2. Deux points suffisent pour tracer une droite.
   C'est pourquoi on choisit deux valeurs de $x$ (pas trop proches et bien choisies) dont on calcule les images.
3. On place dans un repère les deux points ainsi obtenus.
   En les reliant, on obtient la droite $\mathcal{D}$ demandée.

## CORRIGÉ

| Solution | Commentaires |
|---|---|
| $f$ est une fonction affine : sa représentation graphique est donc une droite $\mathcal{D}$. | **1.** On justifie pourquoi $f$ se représente graphiquement par une droite. |
| On calcule par exemple :<br>• $f(0) = 2 \times 0 - 1 = 0 - 1 = -1$ ;<br>• $f(3) = 2 \times 3 - 1 = 6 - 1 = 5$.<br>$\mathcal{D}$ passe par les deux points de coordonnées (0 ; – 1) et (3 ; 5). | **2.** On calcule l'image de deux nombres choisis « au hasard » : 0 et 3 (on prend deux nombres entiers). |
| 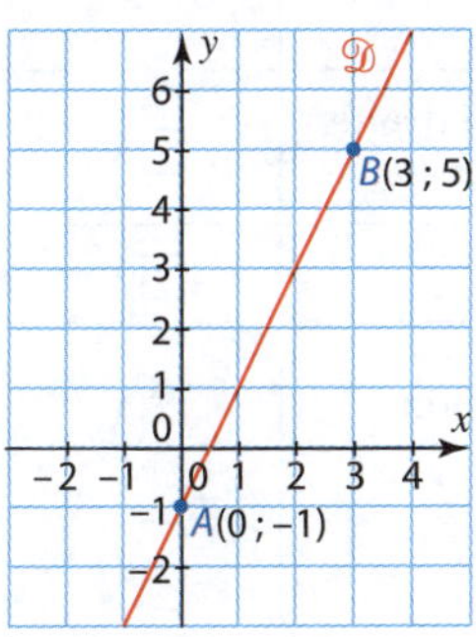<br> | **3.** On place dans un repère les deux points obtenus.<br>En reliant ces deux points, on construit la droite cherchée. |

## QCM

### 1 Cochez la (ou les) réponse(s) correcte(s).

**1.** On définit une fonction affine quand, à un nombre $x$, on associe :

**a.** ☐ le triple de $x$ auquel on retranche 4.
**b.** ☐ la division de $x$ par 2, à laquelle on ajoute 1.
**c.** ☐ son carré auquel on ajoute 1.

**Soit la fonction $f$ définie par $f(x) = \frac{x-8}{2}$.**

**2.** $f$ est une fonction affine de la forme $f(x) = ax + b$ avec $a$ égal à :

**a.** ☐ 1 **b.** ☐ $\frac{1}{2}$ **c.** ☐ $-\frac{7}{2}$

**3.** $f$ est une fonction affine de la forme $f(x) = ax + b$ avec $b$ égal à :

**a.** ☐ $\frac{1}{2}$ **b.** ☐ 4 **c.** ☐ – 4

**4.** L'image de 0 par $f$ est : **a.** ☐ 0 **b.** ☐ 8 **c.** ☐ – 4

**Soit $g$ la fonction définie par $g(x) = 5 - x$.**

**5.** L'antécédent de 0 par $f$ est : **a.** ☐ 0 **b.** ☐ 5 **c.** ☐ –5

**6.** La droite représentant $g$ passe par le point de coordonnées :

**a.** ☐ (0 ; 5) **b.** ☐ (5 ; 0) **c.** ☐ (5 ; 5)

### 2 Répondez par vrai ou faux.

| Affirmations | Réponse |
|---|---|
| **1.** La représentation graphique d'une fonction linéaire est une droite qui passe par l'origine du repère. | ☐ V ☐ F |
| **2.** Il existe une unique fonction linéaire $f$ qui vérifie $f\left(\frac{3}{4}\right) = \frac{4}{3}$. | ☐ V ☐ F |
| **3.** Soit $g$ la fonction linéaire qui vérifie $g(3) = -1$. La droite représentant $g$ est la droite $(OA)$ avec $A(6 ; -2)$. | ☐ V ☐ F |
| **4.** Si $h$ est une fonction linéaire, alors $h(0) = 0$. | ☐ V ☐ F |
| **5.** La fonction $t$ définie par $t(x) = \frac{-2x}{3}$ est une fonction linéaire. | ☐ V ☐ F |
| **6.** La fonction $i$ définie par $i(x) = 3$ est une fonction linéaire. | ☐ V ☐ F |

# Exercices d'entraînement

## 3 Avec un graphique

On donne les représentations graphiques de quatre fonctions. Indiquez celles qui représentent des fonctions linéaires.

Justifiez.

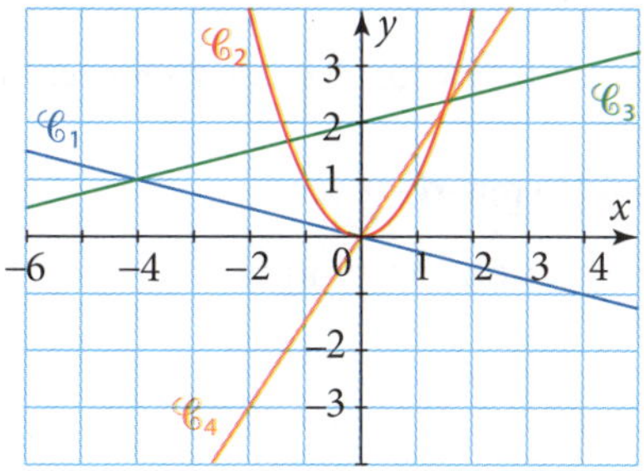


## 4 Calculs avec une fonction linéaire

On considère la fonction linéaire $f$ définie par $f(x) = -5x$.

**1.** Déterminez l'image de – 1 par $f$, puis celle de $\frac{5}{12}$.

**2.** Quel est l'antécédent de – 2 ?

**3.** Quelle est l'abscisse du point de la droite qui représente $f$ et dont l'ordonnée est 1 ?

## 5 Fonctions linéaires et problèmes

La voiture de Florent consomme 6,2 litres aux 100 km. Cette consommation est proportionnelle au nombre de kilomètres parcourus.

**1. a.** Combien de kilomètres (arrondis à l'unité) peut-il parcourir avec 1 litre d'essence ?

**b.** Quelle est sa consommation pour 1 km ?

**2.** Soit $x$ le nombre de kilomètres parcourus.

**a.** Déterminez la fonction $f$ qui donne la consommation en fonction de $x$.

**b.** Calculez $f(655)$. Interprétez ce résultat.

## 6 Allons faire les courses

Chez le boucher, le prix de l'entrecôte est proportionnel à sa masse. Sophie a payé 25,35 € pour 1,3 kg d'entrecôte.

Soit $x$ la masse en kg de l'entrecôte et $f(x)$ son prix.

**1.** L'égalité $f(25{,}35) = 1{,}3$ est-elle vraie ? Justifiez.

**2.** Exprimez $f(x)$ en fonction de $x$.

**3.** Donnez la valeur de $f(1)$. Interprétez concrètement ce résultat.

## 7 Avec un graphique cette fois-ci

On donne la représentation graphique d'une fonction linéaire $f$.

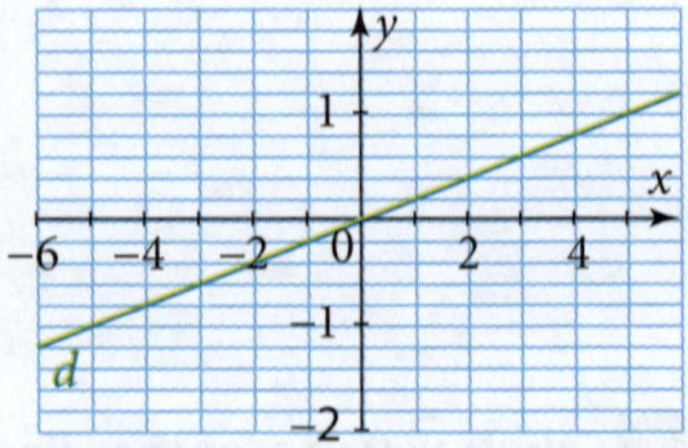


**1.** À l'aide de ce graphique et sans calcul, déterminez :

**a.** $f(3)$.

**b.** L'antécédent de $-1$.

**2.** Déterminez la valeur de $a$ pour que $f(x) = ax$.

## 8 Calcul mental

*Cet exercice est fait pour être traité sans la calculatrice.*

Soit $f$ la fonction affine définie par $f(x) = x + 5$ de droite représentative $\mathscr{D}$.

**1. a.** Quel est le coefficient directeur de $\mathscr{D}$ ?

**b.** Combien vaut l'ordonnée à l'origine de $\mathscr{D}$ ?

**2.** Quand les $x$ augmentent de 2, de combien augmentent les $f(x)$ ?

**3.** Combien vaut $f(4)$ ? Quelle est l'image de $-3$ par $f$ ?

**4.** Quel est l'antécédent de 0 par $f$ ?

**5.** $\mathscr{D}$ passe-t-elle par le point $A$ de coordonnées $(3 ; 7)$ ?

## 9 Affine or not affine ? Acte 1

Parmi ces fonctions, déterminez en justifiant celles qui définissent une fonction affine. Vous préciserez alors les valeurs de $a$ et de $b$.

- $f_1(x) = -4 + 3x^2$
- $f_2(x) = (x + 1)(3 - x) + x^2$
- $f_3(x) = \dfrac{-x + 7}{2}$
- $f_4(x) = -\dfrac{4}{3}x$
- $f_5(x) = 3x^3 - 2$
- $f_6(x) = \dfrac{1}{2x} + 1$

## 10 Un tableau à trous

Soit la fonction $f : x \mapsto -\frac{5}{2}x + 3$.

Complétez le tableau de valeurs suivant :

| $x$ | $-4$ | | $0$ | $1$ | |
|---|---|---|---|---|---|
| $f(x)$ | | $8$ | | | $-4{,}5$ |

## 11 Affine or not affine ? Acte 2

On donne ci-contre les représentations graphiques de cinq fonctions. Indiquez en justifiant celles qui représentent des fonctions affines.

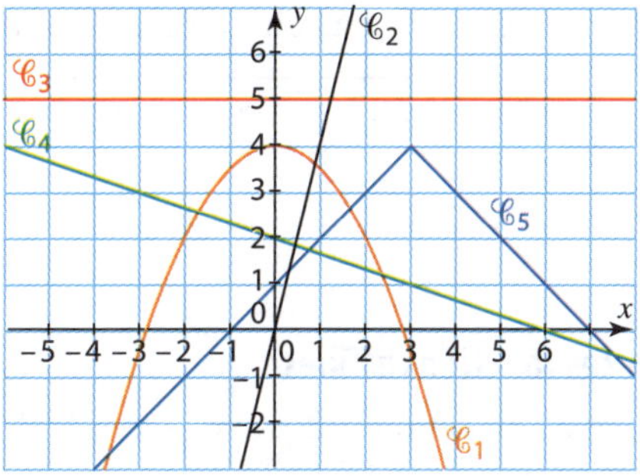


## 12 Savoir représenter une fonction affine

Représentez dans un repère les quatre fonctions affines définies par :

- $f_1(x) = -4 + x$
- $f_2(x) = -1$
- $f_3(x) = 6 - 3x$
- $f_4(x) = \frac{1}{2}x + 2$

## 13 Image et antécédents

Soit $f$ la fonction définie par $f(x) = -3x + 5$.

**1.** Calculez $f(0)$, $f(-1)$, $f(2)$ et $f\left(-\frac{2}{3}\right)$.

**2.** Déterminez les antécédents par $f$ des nombres 0, $-1$ et 15.

## 14 À partir de deux images seulement

$f$ est la fonction affine telle que $f(-4) = 2$ et $f(6) = -1$.

Déterminez l'expression de $f(x)$.

## 15 Que de $x$ et de $f(x)$ !

$f$ est une fonction affine telle que si les $x$ augmentent de 3, les $f(x)$ diminuent de 12.

**1.** Calculez le coefficient de proportionnalité $a$ en utilisant l'accroissement des $x$ et celui des $f(x)$.

**2.** Complétez les phrases :

**a.** si les $x$ augmentent de 1, alors les $f(x)$ diminuent de …

**b.** si les $x$ augmentent de 2, alors les $f(x)$ …

## 16 Affine or not affine ? Acte 3

Ce tableau de valeurs correspond-il à celui d'une fonction affine ?

| $x$ | $-3$ | $-2$ | $0$ |
|---|---|---|---|
| $f(x)$ | $-5$ | $-3$ | $1$ |

## 17 Elles sont partout ces fonctions affines !

Gilles reçoit sa facture d'eau qu'il étudie avec soin. L'abonnement s'élève à 27,40 € et le prix au $m^3$ est de 2,353 € (TTC).

**1.** Pour 30 $m^3$ consommés, quel est le prix à payer ?

**2.** Soit $x$ le nombre de $m^3$ d'eau consommés. Déterminez la fonction $f$ qui, à $x$, fait correspondre le montant de la facture associée.

**3. a.** Delphine a consommé 90 $m^3$ d'eau. Quel est le montant de sa facture ?

**b.** Gilles doit régler 309,76 €. Quel volume d'eau a-t-il consommé ?

## 18 Juste à partir d'un graphique

Soit $\mathscr{D}$ la droite représentant la fonction affine $f(x)$.

**1.** Lisez $f(-1)$ et $f(2)$.

**2.** Déterminez les antécédents de $-1$ et $5$ par $f$.

**3.** Déterminez l'expression de $f(x)$.

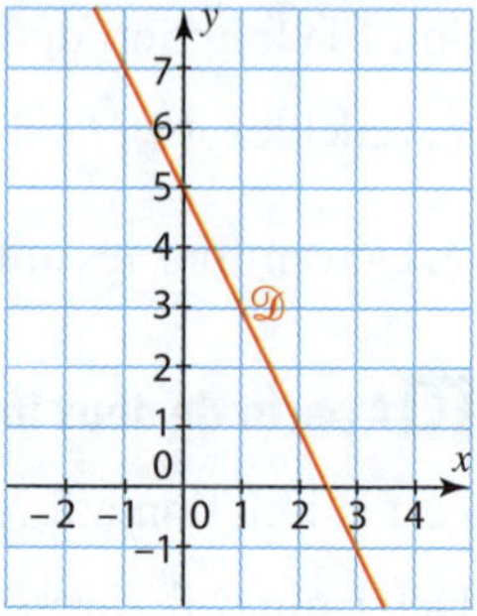

### 19 Fonctions affines et géométrie

Déterminez la fonction affine $f$ désignant :

**1.** l'aire du trapèze *TRAP*.

**2.** le périmètre du rectangle *RECT*.

**3.** la longueur *AC* dans le triangle *ABC*.

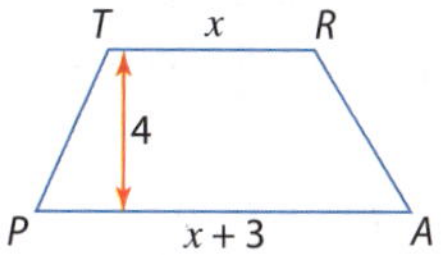


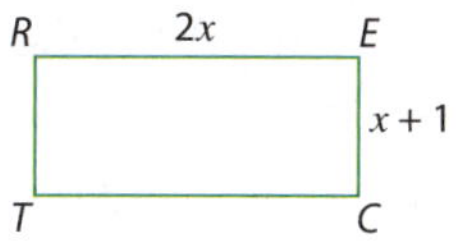


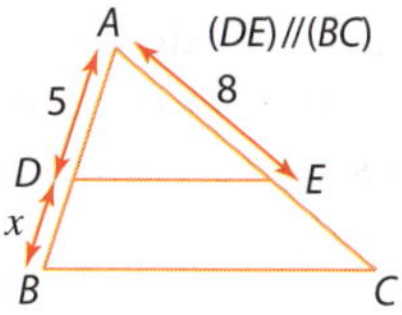


## Vers le Brevet

### 20 Distances de réaction

La distance de réaction d'un conducteur de scooter est la distance parcourue par le véhicule entre l'instant où le conducteur voit un obstacle et celui où il commence à freiner.

Le graphique ci-dessous représente la distance parcourue (en m) pendant le temps de réaction en fonction de la vitesse (en km/h).

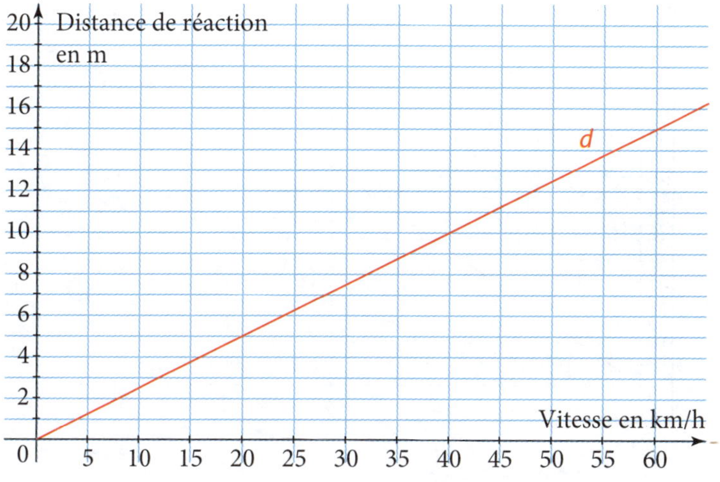


**1.** La distance de réaction est-elle proportionnelle à la vitesse ? Justifiez.

**2.** En utilisant le graphique :

**a.** déterminez la distance de réaction pour une vitesse de 40 km/h.

**b.** déterminez la vitesse pour une distance de réaction de 5 m.

**c.** déterminez l'expression de la distance de réaction $d(v)$ en m en fonction de la vitesse $v$ en km/h.

**3.** Un conducteur alcoolisé a son temps de réaction qui est doublé. La relation liant la distance parcourue (en m) pendant le temps de réaction à la vitesse $v$ (en km/h) est donnée par : $r(v) = 0{,}5v$.

**a.** Peut-on affirmer que dans ce cas, pendant le temps de réaction, la distance parcourue par un chauffeur alcoolisé est le double de celle parcourue par un chauffeur non alcoolisée ?

**b.** Calculez la distance de réaction pour une vitesse de 40 km/h.

**c.** Quelle est la vitesse (en km/h) pour une distance de réaction de 12 m ?

**d.** Représentez graphiquement la fonction $r$ dans le repère ci-dessus.

### 21 Passera ou ne passera pas ?

Sur la figure ci-dessous, le point $A$ a pour coordonnées (2 ; 35).
La droite ($OA$) passe-t-elle par le point $B$ de coordonnées (5 ; 88) ?
Justifiez votre raisonnement.

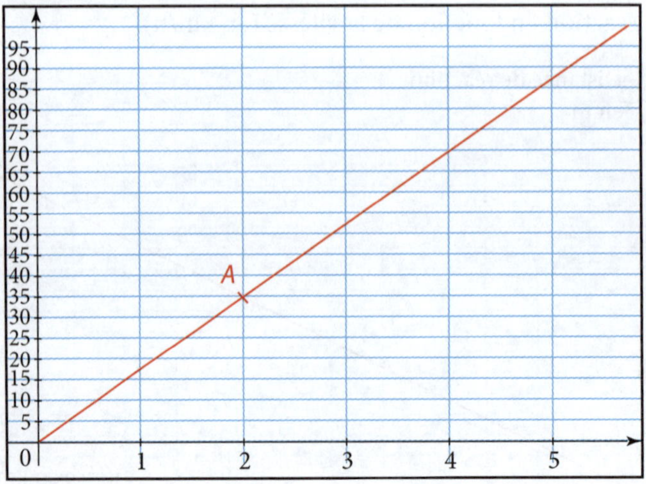

## 22 Histoire de températures

Dans les pays anglo-saxons, la température est mesurée en degrés Fahrenheit (notés °F). $x$ étant la température en degrés Celsius (notés °C), la température exprimée en °F, $f(x)$, est donnée par : $f(x) = 1{,}8x + 32$.

**1.** Pourquoi définit-on ainsi une fonction affine ?

**2. a.** À quelle température, en °F, l'eau gèle-t-elle ?

**b.** La température du corps humain est d'environ 37 °C.
Quelle est la température correspondante en °F ?

**3.** Sur le continent américain, la température record de 134,06 °F a été enregistrée en 1913. À quelle température cela correspond-il en °C ?

## 23 Identification de fonctions

À l'aide d'un tableur, on réalise les tableaux de valeurs de deux fonctions dont les expressions sont $2x + 3$ et $5x + 1$ :

| | A | B | C | D | E | F | G | H | I | J |
|---|---|---|---|---|---|---|---|---|---|---|
| 1 | $x$ | 2 | –1 | 0 | 1 | 2 | 3 | 4 | 5 | 6 |
| 2 | $f(x) =$ | 7 | 1 | 3 | 5 | 7 | 9 | 11 | 13 | 15 |
| 3 | $g(x) =$ | 11 | –4 | 1 | 6 | 11 | 16 | 21 | 26 | 31 |

*Toutes vos réponses devront être soigneusement justifiées.*

**1.** Identifiez les expressions des fonctions $f(x)$ et $g(x)$.

**2.** Ci-dessous sont représentées deux droites $d_1$ et $d_2$.

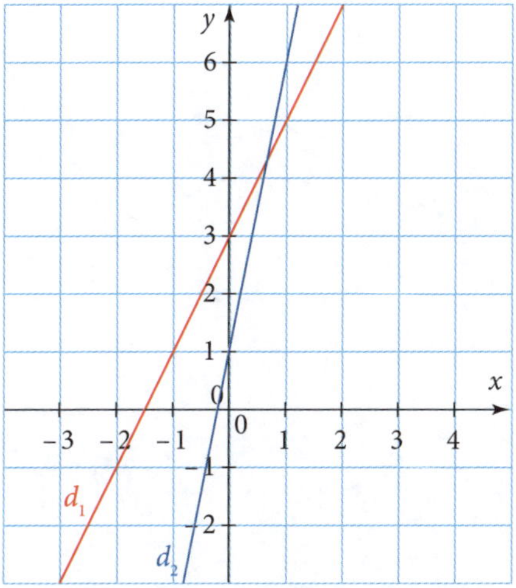

Identifiez les représentations graphiques de $f$ et de $g$.

**3. a.** Donnez une valeur approchée de la solution de l'équation $f(x) = g(x)$.
**b.** Déterminez par le calcul la valeur exacte de la solution de l'équation $f(x) = g(x)$.

**4.** Construisez dans ce même repère la représentation graphique de la fonction $h$ définie par : $h(x) = -2x - 1$.

**5. a.** En utilisant le graphique, donnez la solution de l'équation :

$2x + 3 = -2x - 1$.

**b.** Retrouvez ce résultat par le calcul.

## 24 Faire le bon choix

Deux chauffeurs de taxi proposent les tarifs suivants :
– Laurent : une prise en charge de 5 € et 0,70 € par km parcouru ;
– Frédéric : une prise en charge de 2 € et 0,90 € par km parcouru.

**1.** Pour 12 km parcourus, quel est le tarif le plus avantageux ?

**2.** On note $x$ le nombre de km parcourus. Exprimez, pour Laurent, le prix de la course $L(x)$, et, pour Frédéric, le prix $F(x)$.

**3.** Représentez dans un même repère les deux tarifs en fonction de $x$.

**4.** Déterminez graphiquement, selon le nombre de km parcourus, le tarif le plus avantageux.

## QCM

**1** **1.** • Le triple du nombre $x$ auquel on retranche 4 s'écrit $3x - 4$, il s'agit bien d'une fonction de la forme $ax + b$ avec $a = 3$ et $b = -4$.

• La division de $x$ par 2, à laquelle on ajoute 1, donne $\frac{x}{2} + 1 = \frac{1}{2}x + 1$.

Cette expression est de la forme $ax + b$ avec $a = \frac{1}{2}$ et $b = 1$.

• Le carré du nombre $x$ auquel on ajoute 1 s'écrit $x^2 + 1$. Cette fonction n'est pas affine à cause du terme $x^2$.

**Réponses : a.** le triple de $x$… et **b.** la division de $x$ par 2…

**2.** $f(x) = \frac{x-8}{2} = \frac{1x}{2} - \frac{8}{2} = \frac{1}{2}x - 4 = \frac{1}{2}x + (-4)$.

$f$ est de la forme $f(x) = ax + b$ avec $a = \frac{1}{2}$ et $b = -4$.

**Réponse : b.** $\frac{1}{2}$.

> **Gagnez des points !**
> Transformez l'écriture de $f(x)$ sous la forme $ax + b$.

**3. Réponse : c.** $-4$.

**4.** On calcule $f(0) = \frac{0-8}{2} = -\frac{8}{2} = -4$.

**Réponse : c.** $-4$.

**5.** L'antécédent de 0 par $g$ est le nombre $x$ qui vérifie $g(x) = 0$. On résout l'équation $5 - x = 0$ ; soit $-x = -5$ ; $x = 5$.

**Réponse : b.** 5.

> **L'astuce du prof**
> Déterminer un antécédent, c'est résoudre une équation.

**6.** On calcule $g(0) = 5$. La droite $\mathscr{D}_g$ représentant $g$ passe par le point de coordonnées (0 ; 5). De plus, $g(5) = 5 - 5 = 0$. $\mathscr{D}_g$ passe aussi par (5 ; 0).

**Réponses : a.** (0 ; 5) et **b.** (5 ; 0).

> **Rappel**
> Un point $M$ de coordonnées $(x_M ; y_M)$ est sur la droite représentant $f$ si $y_M = f(x_M)$.

**2** **1. Vrai.** Toute fonction linéaire se représente par une droite qui passe par l'origine du repère.

**2. Vrai.** $f$ est une fonction linéaire si elle s'écrit sous la forme $f(x) = ax$. Or $f\left(\frac{3}{4}\right) = \frac{4}{3}$.

> **Rappel**
> • On est amené à résoudre une équation dont l'inconnue est $a$.
> • Diviser par $\frac{3}{4}$ revient à multiplier par l'inverse, $\frac{4}{3}$.

On en déduit (en remplaçant) : $a \times \frac{3}{4} = \frac{4}{3}$.

D'où $a = \frac{4}{3} \div \frac{3}{4} = \frac{4}{3} \times \frac{4}{3} = \frac{16}{9}$.

On trouve une seule valeur de $a$ correspondante ; on en déduit qu'il existe une seule fonction linéaire qui vérifie l'égalité proposée.

Il s'agit de la fonction $f$ définie par $f(x) = \frac{16}{9}x$.

**3. Vrai.** On recherche l'expression de la fonction $g$ : $g(x) = ax$.
Or $g(3) = -1$. On en déduit (en remplaçant)

$3 \times a = -1$, d'où $a = -\frac{1}{3}$.

On obtient donc $g(x) = -\frac{1}{3}x$.

Alors $g(6) = -\frac{1}{3} \times 6 = -2$ et par conséquent, la droite (OA) représente la fonction $g$.

> **Méthode**
> A est sur la droite si l'image de 6 est – 2 par $g$.

> **L'astuce du prof**
> En faisant un graphique, vous pouviez deviner le résultat...

**4. Vrai.** $h$ est une fonction linéaire, elle est donc de la forme $h(x) = ax$, d'où $h(0) = a \times 0 = 0$.

**5. Vrai.** En effet, on peut écrire $t(x) = \frac{-2x}{3} = -\frac{2}{3}x$.

$t$ s'écrit bien sous la forme $t(x) = ax$ avec $a = -\frac{2}{3}$.

**6. Faux.** En effet, 3 n'est pas de la forme $a \times x$.

## Exercices d'entraînement

**3** • $\mathscr{C}_1$ et $\mathscr{C}_4$ sont des représentations de fonctions linéaires, car ce sont des droites passant par $O$.

• $\mathscr{C}_3$ est bien une droite mais elle ne passe pas par l'origine du repère.

• $\mathscr{C}_2$ passe par $O$ mais n'est pas une droite.

> **Gagnez des points !**
> Il faut vérifier :
> • si c'est une droite.
> • si elle passe par l'origine.

**4** **1.** • $f(-1) = -5 \times (-1) = 5$. L'image de $-1$ est 5.

• $f\left(\frac{5}{12}\right) = -5 \times \frac{5}{12} = -\frac{25}{12}$.

**2.** L'antécédent de $-2$ est le nombre solution de l'équation $f(x) = -2$.

$$-5x = -2$$
$$x = \frac{-2}{-5}$$
$$x = \frac{2}{5}.$$

L'antécédent de $-2$ est $\frac{2}{5}$.

**3.** On cherche $x$ (l'abscisse) telle que son image (l'ordonnée) vaille 1. On est donc amené à résoudre l'équation $f(x) = 1$.

$$-5x = 1$$
$$x = \frac{1}{-5}$$

L'abscisse du point dont l'ordonnée vaut 1 est $\frac{-1}{5}$.

**Remarque**

L'image de $-1$ est donnée par $f(-1)$.

**Méthode**

L'antécédent de $-2$ est le nombre qui a pour image $-2$.

**L'astuce du prof**

Pour vérifier son résultat, on peut calculer l'image de $\frac{2}{5}$ et vérifier qu'elle vaut $-2$.

**L'astuce du prof**

Faites un petit graphique pour visualiser ce que l'on vous demande !

**5** **1. a.** Sachant que la consommation est proportionnelle au nombre de kilomètres parcourus, on dresse le tableau suivant qui est un tableau de proportionnalité :

| Kilomètres | 100 | $x$ |
|---|---|---|
| Litres | 6,2 | 1 |

On en déduit $6{,}2 \times x = 100 \times 1$, soit $x = \frac{100}{6{,}2} \approx 16$.

Avec 1 L d'essence, Florent peut parcourir environ 16 km.

**b.** Le tableau suivant est un tableau de proportionnalité.

| Kilomètres | 100 | 1 |
|---|---|---|
| Litres | 6,2 | $x$ |

On en déduit que pour 1 km, la voiture de Florent consomme $100 \times x = 1 \times 6{,}2$ soit $x = \frac{6{,}2}{100}$ L, soit 0,062 L d'essence.

**2. a.** Pour 1 km, la voiture consomme 0,062 L d'essence. Donc pour $x$ km, elle consomme $0{,}062 \times x$ L d'essence. On en déduit que la fonction qui donne la consommation en fonction du nombre $x$ de km est $f(x) = 0{,}062x$.

**b.** $f(655) = 0{,}062 \times 655 = 40{,}61$

Pour un parcours de 655 km, la voiture de Florent consomme 40,61 L d'essence.

**6** **1.** L'égalité proposée est fausse. $x$ désigne la masse, pas le prix.

L'égalité correcte est $f(1{,}3) = 25{,}35$.

**2.** Puisque le prix de l'entrecôte est proportionnel à sa masse, on dresse le tableau de proportionnalité suivant :

| Masse | 1,3 | $x$ |
|---|---|---|
| Prix | 25,35 | $f(x)$ |

**Remarque**

On pouvait obtenir ce résultat en écrivant $f(x) = ax$ et en cherchant la valeur de $a$ telle que $f(1{,}3) = 25{,}35$.

Les produits en croix sont égaux,

donc $1{,}3 \times f(x) = 25{,}35 \times x$. On en déduit :

$f(x) = \frac{25{,}35}{1{,}3}x$. Soit $f(x) = 19{,}5x$.

**3.** $f(1) = 19{,}5 \times 1 = 19{,}5$. On en déduit que le prix d'un kg d'entrecôte est 19,5 €.

**7** **1.** À l'aide de ce graphique, on trouve :

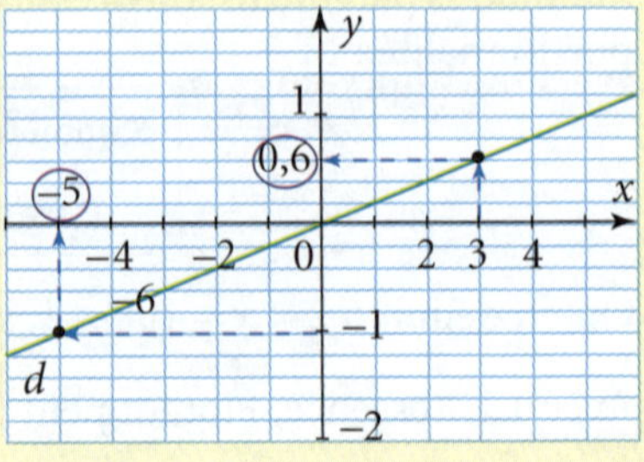


**a.** $f(3) = 0{,}6$

**b.** L'antécédent de – 1 est – 5.

**2.** On sait que $f(x) = ax$ et que $f(3) = 0{,}6$. En remplaçant, on obtient $3a = 0{,}6$ soit $a = \frac{0{,}6}{3} = 0{,}2$.

On en déduit que $f(x) = 0{,}2x$.

**8** **1. a.** $f(x) = x + 5 = 1 \times x + 5$ est de la forme $f(x) = ax + b$ avec $a = 1$. Le coefficient directeur de $\mathcal{D}$ vaut 1.

**b.** $f(x) = x + 5$ est de la forme $f(x) = ax + b$ avec $b = 5$. L'ordonnée à l'origine de $\mathcal{D}$ vaut 5.

**2.** Quand les $x$ augmentent de 1, les $f(x)$ augmentent de $a$, soit ici 1.
Donc quand les $x$ augmentent de 2, les $f(x)$ augmentent de $2 \times 1 = 2$.

> **Rappel**
> Pour une fonction affine, les accroissements en $x$ et les accroissements en $f(x)$ sont proportionnels de coefficient $a$.

**3.** • $f(4) = 4 + 5 = 9$

• L'image de –3 par la fonction $f$ est
$f(-3) = -3 + 5 = 2$.

**4.** L'antécédent de 0 par $f$ est le nombre $x$ vérifiant l'équation : $x + 5 = 0$.
On obtient $x = -5$.
– 5 est l'antécédent de 0 par $f$.

> **Remarque**
> Chercher un antécédent de 0 par $f$, c'est résoudre l'équation $f(x) = 0$.

**5.** $f(3) = 3 + 5 = 8 \neq 7$
Donc $A(3\,;7)$ n'est pas sur $\mathscr{D}$.

**9** On écrit si possible les fonctions sous la forme $ax + b$.

• $f_1(x) = -4 + 3x^2$ n'est pas une fonction affine à cause du terme $x^2$.

• $f_2(x) = (x + 1)(3 - x) + x^2 = 3x - \cancel{x^2} + 3 - x + \cancel{x^2} = 2x + 3$
$f_2$ est une fonction affine avec $a = 2$ et $b = 3$.

• $f_3(x) = \dfrac{-x + 7}{2} = -\dfrac{x}{2} + \dfrac{7}{2} = -\dfrac{1}{2}x + \dfrac{7}{2}$

$f_3$ est une fonction affine avec $a = -\dfrac{1}{2}$ et $b = \dfrac{7}{2}$.

• $f_4(x) = -\dfrac{4}{3}x = -\dfrac{4}{3}x + 0$

$f_4$ est une fonction affine avec $a = -\dfrac{4}{3}$ et $b = 0$.

> **Remarque**
> $f_4$ est un cas particulier de fonction affine : c'est une fonction linéaire.

• $f_5(x) = 3x^3 - 2$ n'est pas une fonction affine à cause du terme $x^3$.

• $f_6(x) = \dfrac{1}{2x} + 1$ n'est pas une fonction affine, car $x$ est au dénominateur.

**10** $f(x) = -\dfrac{5}{2}x + 3 = -2{,}5x + 3$

• On calcule les images de – 4 ; 0 et 1 par $f$.

Pour $x = -4$, on calcule :
$f(-4) = -2{,}5 \times (-4) + 3 = 10 + 3 = 13$.

Pour $x = 0$, on calcule :

> **Rappel**
> Calculer l'image d'un nombre, c'est remplacer $x$ par sa valeur dans $f(x)$.

$f(0) = -2{,}5 \times 0 + 3 = 0 + 3 = 3.$

Pour $x = 1$, on calcule :
$f(1) = -2{,}5 \times 1 + 3 = -2{,}5 + 3 = 0{,}5.$

• On cherche les valeurs de $x$ pour lesquelles $f(x) = 8$, puis $f(x) = -4{,}5$.

Pour $f(x) = 8$, on cherche $x$ tel que $-2{,}5x + 3 = 8$.

On est ramené à résoudre l'équation $-2{,}5x = 8 - 3$ ;

d'où $-2{,}5x = 5$ et $x = \dfrac{5}{-2{,}5} = -2$.

**L'astuce du prof**

Chercher l'antécédent du nombre $k$, c'est résoudre l'équation $f(x) = k$.

Pour $f(x) = -4{,}5$, on cherche $x$ tel que $-2{,}5x + 3 = -4{,}5$.

On résout l'équation $-2{,}5x = -4{,}5 - 3$ d'où $-2{,}5x = -7{,}5$ et $x = \dfrac{-7{,}5}{-2{,}5} = 3$.

| $x$ | $-4$ | $-2$ | $0$ | $1$ | $3$ |
|---|---|---|---|---|---|
| $f(x)$ | **13** | 8 | **3** | **0,5** | $-4{,}5$ |

**11** Les fonctions affines sont représentées par des droites (non verticales).

• $\mathscr{C}_1$ n'est pas une droite (c'est une parabole).

• $\mathscr{C}_2$ est une droite (passant par l'origine du repère).

• $\mathscr{C}_3$ est une droite horizontale.

• $\mathscr{C}_4$ est une droite.

**Remarque**

• $\mathscr{C}_2$ représente une fonction linéaire.
• $\mathscr{C}_4$ représente une fonction constante.

• $\mathscr{C}_5$ est constituée de deux « morceaux » de droites : ce n'est pas une droite.
En conclusion, seules $\mathscr{C}_2$, $\mathscr{C}_3$ et $\mathscr{C}_4$ représentent des fonctions affines.

**12** Ces quatre fonctions sont affines : elles sont donc représentées graphiquement par des droites notées $\mathscr{D}_1$, $\mathscr{D}_2$, $\mathscr{D}_3$ et $\mathscr{D}_4$.

• **Représentation graphique de $f_1$**

On calcule par exemple $f_1(1)$ et $f_1(6)$.

$f_1(1) = -4 + 1 = -3$

$f_1(6) = -4 + 6 = 2$

Les points de coordonnées $(1 ; -3)$ et $(6 ; 2)$ sont sur $\mathscr{D}_1$.

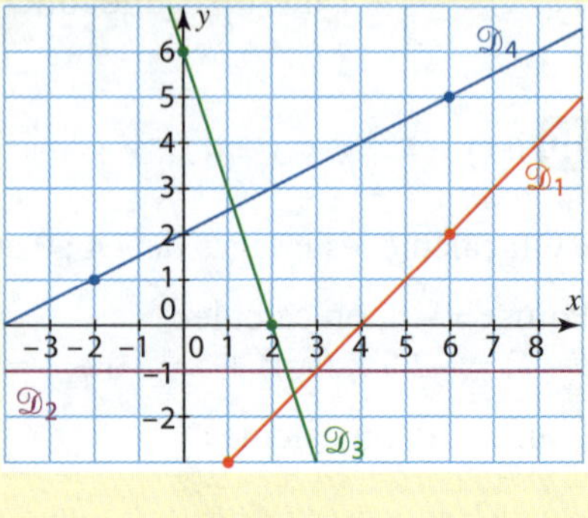

• **Représentation graphique de $f_2$**

$f_2$ est une fonction affine constante (il n'y a pas de terme en $x$, autrement dit $a = 0$) : sa représentation graphique est une droite $\mathscr{D}_2$ horizontale.

Notamment $f_2(4) = -1$. $\mathscr{D}_2$ est horizontale passant par le point $(4\,;-1)$.

• **Représentation graphique de $f_3$**

$f_3(0) = 6 - 3 \times 0 = 6 - 0 = 6$

$f_3(2) = 6 - 3 \times 2 = 6 - 6 = 0$

Les points de coordonnées $(0\,;6)$ et $(2\,;0)$ sont sur $\mathscr{D}_3$.

> **Conseil**
> $f(0)$ est souvent facile à calculer.

• **Représentation graphique de $f_4$**

$f_4(-2) = \dfrac{1}{2} \times (-2) + 2 = -1 + 2 = 1$

$f_4(6) = \dfrac{1}{2} \times 6 + 2 = 3 + 2 = 5$

Les points de coordonnées $(-2\,;1)$ et $(6\,;5)$ sont sur $\mathscr{D}_4$.

> **L'astuce du prof**
> Prenez des valeurs de $x$ paires afin que $\frac{1}{2}x$ soit un entier.

**13** **1.** • $f(0) = -3 \times 0 + 5 = 0 + 5 = 5$

• $f(-1) = -3 \times (-1) + 5 = 3 + 5 = 8$

• $f(2) = -3 \times 2 + 5 = -6 + 5 = -1$

• $f\left(-\dfrac{2}{3}\right) = -\cancel{3} \times \left(-\dfrac{2}{\cancel{3}}\right) + 5 = 2 + 5 = 7$

**2.** • Déterminons l'antécédent de 0. On cherche $x$ tel que $f(x) = 0$.

$-3x + 5 = 0$

$-3x = -5$

$x = \dfrac{-5}{-3} = \dfrac{5}{3}$. Le nombre $\dfrac{5}{3}$ est l'antécédent de 0.

> **Gagnez des points !**
> Cherchez $x$ tel que $f(x)$ soit égale à chacun des nombres proposés.

• Déterminons l'antécédent de $-1$, on résout l'équation $f(x) = -1$.

$-3x + 5 = -1$

$-3x = -1 - 5$

$-3x = -6$

$x = \dfrac{-6}{-3} = 2$. Le nombre 2 est l'antécédent de $-1$.

• Pour chercher l'antécédent de 15, on résout l'équation $-3x + 5 = 15$.

$-3x + 5 = 15$

$-3x = 15 - 5$

$-3x = 10$

$x = \frac{10}{-3}$. Le nombre $-\frac{10}{3}$ est l'antécédent de 15.

**Méthode**

Il s'agit à chaque fois d'une équation du 1er degré. Isolez les « $x$ » à gauche.

**14** • $f$ est une fonction affine, donc a une expression de la forme $f(x) = ax + b$. Il s'agit de trouver $a$ et $b$.

• On commence par calculer $a$ en écrivant la proportionnalité des accroissements :

$f(-4) - f(6) = a((-4) - 6)$

$2 - (-1) = a(-4 - 6)$

$3 = a \times (-10)$

$a = \frac{3}{-10} = -0,3.$

**Rappel**

$f(x_2) - f(x_1) = a(x_2 - x_1)$
avec $x_2 = -4$ et $x_1 = 6$,
$f(x_2) = 2$ et $f(x_1) = -1$.

• On sait maintenant que $f(x) = -0,3x + b$.
De plus, $f(-4) = 2$.
Donc $-0,3 \times (-4) + b = 2$
$1,2 + b = 2$
$b = 2 - 1,2 = 0,8.$

**Remarque**

Vous auriez aussi bien pu utiliser $f(6) = -1$.

• On conclut $f(x) = -0,3x + 0,8$.

**15** **1.** On calcule le coefficient de proportionnalité $a$ cherché en utilisant l'égalité : $f(x_2) - f(x_1) = a(x_2 - x_1)$.

• Les $x$ augmentent de 3 : $(x_2 - x_1) = 3$ ;

• Les $f(x)$ diminuent de 12 : $f(x_2) - f(x_1) = -12$.

On en déduit : $-12 = a \times 3$.

D'où $a = -\frac{12}{3}$, soit $a = -4$.

**2. a.** Si les $x$ augmentent de 1, les $f(x)$ diminuent de 4.

**b.** Si les $x$ augmentent de 2, les $f(x)$ augmentent de $2 \times (-4) = -8$.
Autrement dit, si les $x$ augmentent de 2, les $f(x)$ diminuent de 8.

**16** Étudions l'accroissement entre les $x$ et les $f(x)$.

• Pour passer de la 1re colonne à la 2e :
– les $x$ passent de $-3$ à $-2$ : ils augmentent de 1 ;
– les $f(x)$ passent de $-5$ à $-3$ : ils augmentent de $-3-(-5)=2$.
Le coefficient de proportionnalité correspondant est $\frac{2}{1}=2$.

**Piège à éviter**
Pour une fonction affine, il n'y a pas proportionnalité entre les $x$ et les $f(x)$, mais entre leurs accroissements.

• Pour passer de la 2e colonne à la 3e :
– les $x$ passent de $-2$ à 0 : ils augmentent de $0-(-2)=2$ ;
– les $f(x)$ passent de $-3$ à 1 : ils augmentent de $1-(-3)=4$.
Le coefficient de proportionnalité correspondant est $\frac{4}{2}=2$.

**Autre méthode**
Avec les deux premières colonnes, déterminez l'expression de $f(x)$.
Puis vérifiez les valeurs avec la 3e colonne.

• En conclusion, l'accroissement des $f(x)$ est proportionnel à l'accroissement des $x$ avec un coefficient de 2. Ce tableau de valeurs est bien celui d'une fonction affine.

**17** **1.** La facture pour 30 m$^3$ consommés est de :
prix de l'abonnement + prix d'un m$^3$ d'eau × nombre de m$^3$ consommés $= 27{,}40 + 2{,}353 \times 30 = 97{,}99$ €.

**2.** Le montant de la facture pour $x$ m$^3$ consommés est de : $f(x) = 27{,}40 + 2{,}353 \times x$.

**Remarque**
C'est le même raisonnement qu'à la question 1, sauf que le volume d'eau consommé est $x$.

**3. a.** Delphine devra régler pour 90 m$^3$ d'eau consommés : $f(90) = 27{,}40 + 2{,}353 \times 90 = 239{,}17$ €.

**b.** On cherche le nombre $x$ tel que $f(x) = 309{,}76$ €.
On est amené à résoudre l'équation $27{,}40 + 2{,}353x = 309{,}76$ :
$2{,}353x = 309{,}76 - 27{,}40$
$2{,}353x = 282{,}36$
$x = \frac{282{,}36}{2{,}353} = 120$
Gilles a consommé 120 m$^3$ d'eau.

**Remarque**
On cherche l'antécédent de 309,76 par $f$.

**18**

**1.** On lit $f(-1) = 7$ et $f(2) = 1$.

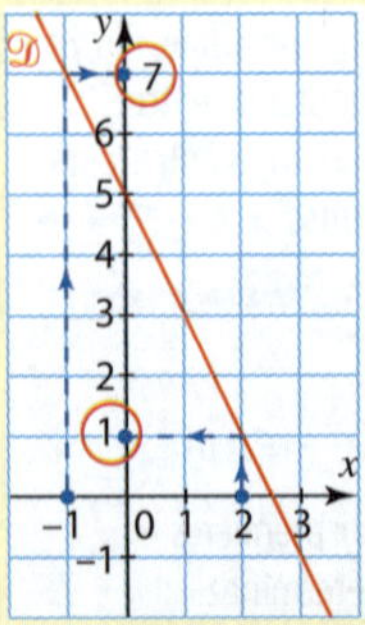

**2.** L'antécédent de $-1$ par $f$ est 3.
L'antécédent de 5 par $f$ est 0.

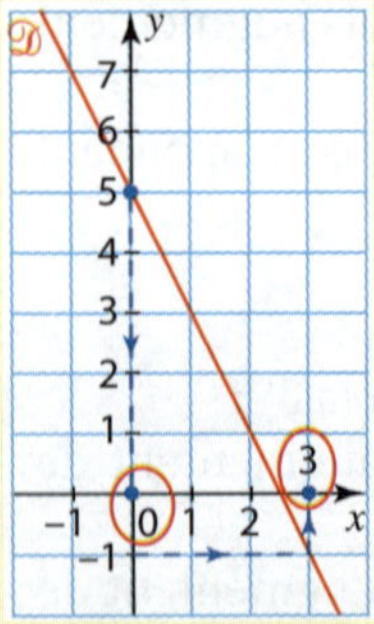

> **Rappel**
> Placez-vous sur l'axe des ordonnées en $-1$. Déplacez-vous horizontalement jusqu'à la droite et lisez l'antécédent en remontant verticalement vers l'axe des abscisses.

**3.** $f(x)$ a une expression de la forme $f(x) = ax + b$.

• $b$ s'obtient avec $f(0)$.
On lit $f(0) = 5$. D'où $b = 5$.

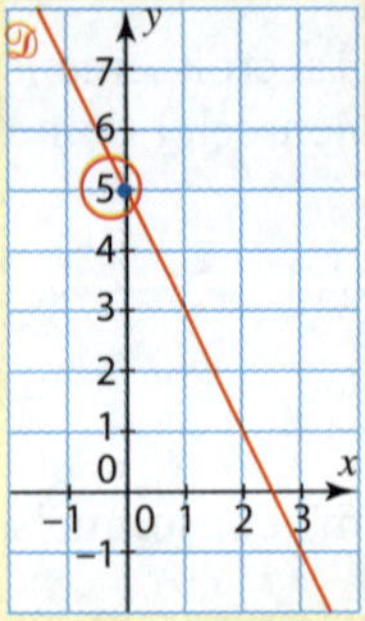

• Pour lire $a$, on utilise la proportionnalité des accroissements, $a = -2$.

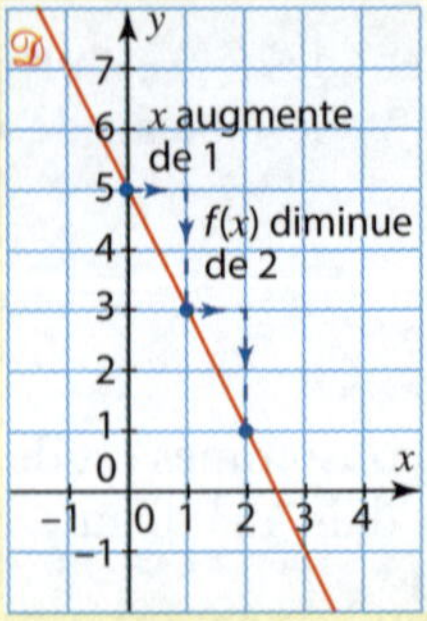


> **L'astuce du prof**
> Choisissez deux points à coordonnées entières.
> $a = \dfrac{\text{déplacement vertical}}{\text{déplacement horizontal}}$.

On en conclut : $f(x) = -2x + 5$.

**19** **1.** $f(x) = \dfrac{(RT + AP) \times \text{hauteur}}{2}$

$$= \frac{(x + x + 3) \times 4}{2} = \frac{(2x + 3) \times 4}{2} = 4x + 6$$

> **Rappel**
> L'aire d'un trapèze est :
> $$\frac{\left(\begin{array}{c}\text{grande base}\\+\\\text{petite base}\end{array}\right) \times \text{hauteur}}{2}$$

**2.** $f(x) = 2 \times (RE + EC)$

$$= 2 \times (2x + x + 1) = 2 \times (3x + 1) = 6x + 2$$

**3.** Les droites $(AB)$ et $(AC)$ sont sécantes en $A$.
$D$ et $E$ sont respectivement sur $(AB)$ et $(AC)$.
Les droites $(DE)$ et $(BC)$ sont parallèles.
D'après le théorème de Thalès : $\dfrac{AD}{AB} = \dfrac{AE}{AC}$.

> **Gagnez des points !**
> On reconnaît une figure-clé.

De $\frac{5}{5+x} = \frac{8}{AC}$, il vient $AC = \frac{8 \times (5+x)}{5}$ soit $f(x) = \frac{40+8x}{5} = 8 + \frac{8}{5}x$.

## Vers le Brevet

**20** **1.** La distance de réaction est proportionnelle à la vitesse, car la représentation graphique est une droite qui passe par l'origine du repère.

**Pensez-y !**
Puisqu'il s'agit d'une situation de proportionnalité, la fonction représentée est une fonction linéaire.

**2. a.** La distance de réaction pour une vitesse de 40 km/h est 10 m (voir traces graphiques).

**b.** La vitesse pour une distance de réaction de 5 m est 20 km/h.

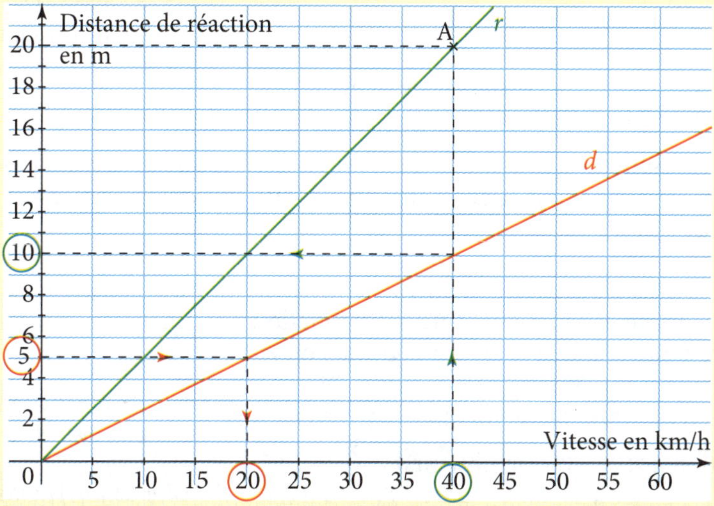


**c.** La fonction $d$ est une fonction linéaire. Son expression est donc de la forme $d(v) = a \times v$ où $a$ est un nombre à déterminer.

Puisque la vitesse est de 40 km/h pour une distance de réaction de 10 m, on en déduit l'égalité $d(40) = 10$.

Or $d(40) = a \times 40$, on obtient $a \times 40 = 10$ soit $a = \frac{10}{40} = 0,25$.

Ainsi, $d(v) = 0,25v$.

**Méthode**
Pour déterminer l'expression de la fonction linéaire, il suffit de connaître un nombre et son image. Ici, l'image de 40 est 10.

**3. a.** Puisque $r(v) = 0{,}5v = 2 \times 0{,}25v = 2 \times d(v)$, on en déduit que la distance parcourue pendant le temps de réaction par un conducteur alcoolisé est deux fois plus grande que la distance parcourue pendant le temps de réaction par un conducteur non alcoolisé.

> **Pensez-y !**
> La distance parcourue pendant le temps de réaction est proportionnelle à la vitesse mais aussi au temps.

**b.** On obtient la distance de réaction pour une vitesse de 40 km/h en calculant $r(40)$.
$r(40) = 0{,}5 \times 40 = 20$
La distance de réaction est de 20 m.

**c.** Pour obtenir cette vitesse, on cherche $v$ de façon que $r(v) = 12$ soit $0{,}5v = 12$.

En divisant par 0,5 de chaque côté, on obtient $v = \dfrac{12}{0{,}5} = 24$.

La vitesse pour une distance de réaction de 12 m est de 24 km/h.

> **Pensez-y !**
> Cette distance parcourue pendant le temps de réaction pour un conducteur alcoolisé est bien le double de celle obtenue dans la question **2.**

**d.** La représentation graphique de la fonction $r$ est une droite qui passe par l'origine et par le point $A$ de coordonnées (40 ; 20) obtenu grâce à la question **3.b.**

**21** La droite ($OA$) représente une fonction linéaire $f$. Sachant que $A$ est sur la droite, on en déduit que $f(2) = 35$.
On cherche donc la valeur de $a$ en résolvant l'équation $a \times 2 = 35$. On obtient $a = \dfrac{35}{2} = 17{,}5$.
Par conséquent, la fonction $f$ qui est représentée par la droite ($OA$) est définie par $f(x) = 17{,}5x$.
Le point $B$ est sur la droite si l'image de son abscisse (5) vaut 88.
Or $f(5) = 17{,}5 \times 5 = 87{,}5 \neq 88$. Finalement, $B$ n'est pas sur la droite.

> **Pensez-y !**
> Même si le point $B$ semble être sur la droite ($OA$), cela ne suffit pas.
> Voir sur un graphique n'est pas une preuve !

**22** **1.** $f(x) = 1{,}8x + 32$ est de la forme $ax + b$ avec $a = 1{,}8$ et $b = 32$.
Donc $f$ est une fonction affine.

**2. a.** L'eau gèle à 0 °C, soit, en °F, à $f(0) = 1{,}8 \times 0 + 32 = 32$ °F.

**b.** La température du corps humain en °F est :
$f(37) = 1{,}8 \times 37 + 32 = 98{,}6$ °F.

**3.** 134,06 est la température en °F.
La température $x$ correspondante en °C vérifie $f(x) = 134{,}06$.
On résout l'équation $1{,}8x + 32 = 134{,}06$.
$1{,}8x = 134{,}06 - 32$
$1{,}8x = 102{,}06$
$x = \dfrac{102{,}06}{1{,}8} = 56{,}7$
La température la plus chaude enregistrée est de 56,7 °C.

**23** **1.** Pour $x = 0$ : $2x + 3 = 2 \times 0 + 3 = 0 + 3 = 3$.
Pour $x = 0$ : $5x + 1 = 5 \times 0 + 1 = 0 + 1 = 1$.
Grâce aux résultats de la colonne D, on identifie :
$f(x) = 2x + 3$ et $g(x) = 5x + 1$.

**Méthode**
Calculez l'image d'un nombre (simple !) par les deux fonctions et comparez avec les images données dans le tableur.

**2.** • La droite $d_1$ passe par le point de coordonnées (0 ; 3). Cela signifie que l'image de 0 par la fonction associée est 3.
La droite $d_1$ représente la fonction $f(x) = 2x + 3$.

• La droite $d_2$ passe par le point de coordonnées (0 ; 1). Cela signifie que l'image de 0 par la fonction associée est 1.
La droite $d_2$ représente la fonction $g(x) = 5x + 1$.

**Méthode**
Utilisez l'image d'un nombre (simple !) par les deux fonctions et comparez avec les points de $d_1$ et $d_2$.

**3. a.** La solution de l'équation $f(x) = g(x)$ est l'abscisse du point d'intersection de $d_1$ et $d_2$, soit environ 0,7 (voir pointillés rouges).

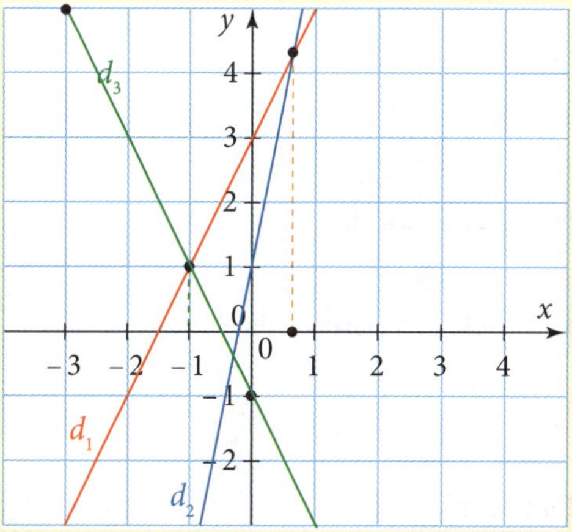


**L'astuce du prof**
Laissez des pointillés pour justifier vos lectures graphiques.

**b.** Il s'agit de résoudre l'équation $f(x) = g(x)$ :
$2x + 3 = 5x + 1$

$2x - 5x = 1 - 3$

$-3x = -2$

$x = \dfrac{-2}{-3} = \dfrac{2}{3}$

L'équation $f(x) = g(x)$ a pour solution le nombre $\dfrac{2}{3}$.

**Remarque**

La valeur (exacte) obtenue par le calcul confirme le résultat lu graphiquement (valeur approchée).

**4.** $h$ est une fonction affine (car de la forme $ax + b$). Sa représentation graphique est donc une droite $d_3$. Pour tracer une droite, on a besoin des coordonnées de deux points de $d_3$.

Pour $x = -3$, $h(x) = -2 \times (-3) - 1 = 6 - 1 = 5$.

Pour $x = 0$, $h(x) = -2 \times 0 - 1 = 0 - 1 = -1$.

La droite $d_3$ représentant $h$ passe donc par les points de coordonnées $(-3 ; 5)$ et $(0 ; -1)$.

**5. a.** Résoudre graphiquement l'équation $2x + 3 = -2x - 1$, c'est lire l'abscisse du point d'intersection des droites associées $d_1$ et $d_3$, soit $-1$ (voir pointillés verts).

**b.** Résolvons par le calcul $2x + 3 = -2x - 1$ :

$2x + 2x = -1 - 3$

$4x = -4$

$x = \dfrac{-4}{4} = -1$

**Gagnez des points !**

Isolez les $x$ à gauche et les « non-$x$ » à droite.

**24** **1.** Pour 12 km parcourus, la course revient à :

- avec Laurent : $5 + 0{,}70 \times 12 = 5 + 8{,}40 = 13{,}40$ € ;
- avec Frédéric : $2 + 0{,}90 \times 12 = 2 + 10{,}80 = 12{,}80$ €.

Le tarif le plus avantageux est proposé par Frédéric.

**2.** Chaque course coûte :
prise en charge + prix d'1 km × nombre de km parcourus.

- $L(x) = 5 + 0{,}70 \times x = 5 + 0{,}7x$
- $F(x) = 2 + 0{,}90 \times x = 2 + 0{,}9x$

**3.** Représentation graphique des deux tarifs

- $L(x) = 5 + 0{,}7x$ est de la forme $ax + b$
avec $a = 0{,}7$ et $b = 5$.

Ainsi, la représentation graphique de la fonction $L$ est une droite $\mathcal{D}_L$.
On cherche deux points de $\mathcal{D}_L$.

$L(0) = 5 + 0{,}7 \times 0 = 5 + 0 = 5$. De plus, $L(12) = 13{,}40$.

$\mathcal{D}_L$ passe par les deux points de coordonnées $(0 ; 5)$ et $(12 ; 13{,}40)$.

**Gagnez des points !**
Pour placer les points des deux droites, servez-vous des images déjà calculées.

• $F(x) = 2 + 0{,}9x$ est de la forme $ax + b$ avec $a = 0{,}9$ et $b = 2$.

La représentation graphique de $F$ est une droite $\mathcal{D}_F$. On cherche deux points de $\mathcal{D}_F$.

$F(0) = 2 + 0{,}9 \times 0 = 2 + 0 = 2$

De plus, $F(12) = 12{,}80$.

$\mathcal{D}_F$ passe par les deux points de coordonnées $(0 ; 2)$ et $(12 ; 12{,}80)$.

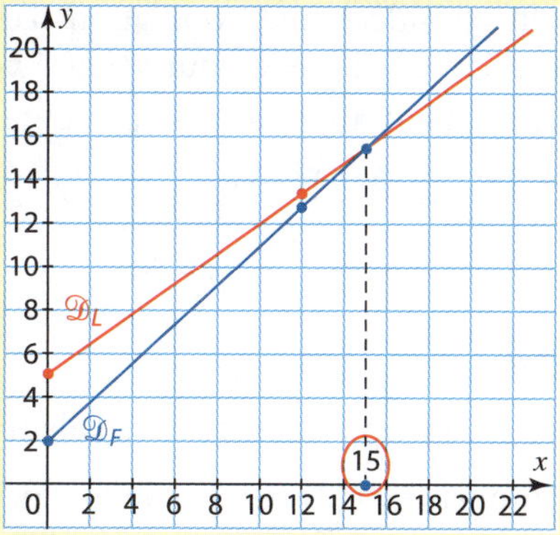


**4.** Le tarif le plus avantageux est le tarif le moins cher (le plus bas).
De 0 à 15 km, le tarif le plus avantageux est celui proposé par Frédéric. Au-delà de 15 km, c'est Laurent qui propose le tarif le plus intéressant.

# CHAPITRE 8 Statistiques

## Définitions et représentations graphiques

On considère une population d'effectif total $N$ sur laquelle on étudie un caractère qui prend pour valeurs $x_1, x_2, \ldots, x_p$ d'effectifs respectifs $n_1, n_2, .. n_p$. Autrement dit, la série se présente sous la forme :

$\underbrace{x_1 ; x_1 ; x_1}_{n_1 \text{ termes } x_1}, \underbrace{x_2 ; x_2}_{n_2 \text{ termes } x_2} ; x_3 \ldots . \underbrace{; x_p ; x_p}_{n_p \text{ termes } x_p}$ ou

| Valeur de $x$ | $x_1$ | $x_2$ | $x_3$ | | $x_p$ |
|---|---|---|---|---|---|
| Effectif | $n_1$ | $n_2$ | $n_3$ | | $n_p$ |

avec $n_1 + n_2 + \ldots + n_p = N$.

### 1 Fréquence

La fréquence, notée $f_i$, de la valeur $x_i$ est définie par $f_i = \dfrac{n_i}{N}$. C'est un nombre compris entre 0 et 1, souvent exprimé en %.

### 2 Indicateurs de position : moyenne et médiane

- La **moyenne** notée $\overline{x}$ d'une série vaut $\overline{x} = \dfrac{n_1x_1 + n_2x_2 + \ldots + n_px_p}{N}$.
- Pour une série statistique dans laquelle les valeurs sont rangées dans l'ordre croissant, la **médiane**, notée Me, est la valeur qui partage cette série en deux « sous-séries » de même effectif. Il y a autant de valeurs supérieures ou égales à Me que de valeurs inférieures ou égales.

### 3 Indicateur de dispersion : l'étendue

L'**étendue** d'une série statistique est la différence entre la plus grande valeur et la plus petite valeur de la série.

### 4 Représentations graphiques

**Le diagramme circulaire**

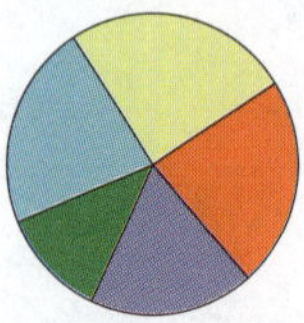

Sont proportionnels à l'effectif : les angles au centre, les aires des parts

**Le diagramme en bâtons**

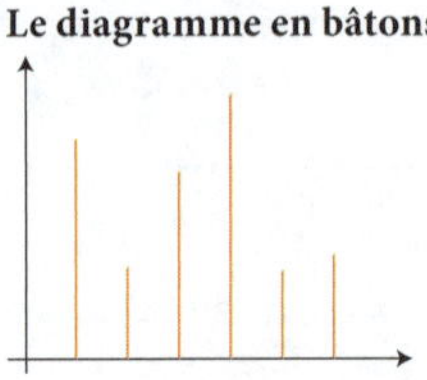

la hauteur des bâtons

**L'histogramme**

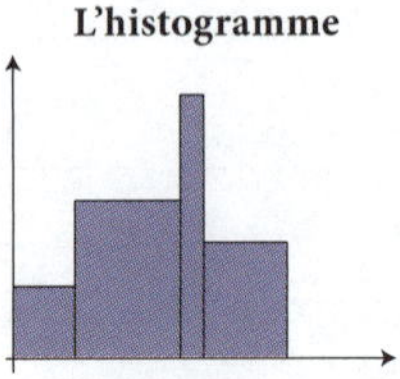

l'aire des rectangles

EXERCICE RÉSOLU

## Comprendre et exploiter les indicateurs statistiques

**ÉNONCÉ**

Geoffroy, professeur de mathématiques, a donné le même devoir sur les statistiques dans ses deux classes de Troisième.

**1.** Complétez son tableau de résultats concernant la classe de 3e A grâce aux informations suivantes.

| | Moyenne | Médiane | Étendue |
|---|---|---|---|
| 3e A | | | |
| 3e B | 9 | 10,5 | 7 |

Les notes vont de 5 à 19 sur 20.
Il y a autant de notes au-dessus de 9 que de notes en dessous.
Les 30 élèves de la classe totalisent 285 points à ce devoir.

**2.** Établissez une comparaison des deux classes, reprenant chaque indicateur et utilisant le mot homogène.

**3.** Geoffroy ne se souvient plus si sa classe de 3e B compte 30 ou 31 élèves. Sachant qu'à ce devoir, il n'a attribué que des notes entières, pouvez-vous l'aider ?

**Rappel**
L'étendue se calcule comme : « la plus grande valeur » – « la plus petite valeur ».

**CORRIGÉ**

**1.** • L'étendue vaut 19 – 5 = 14.

• La médiane sépare la classe en deux groupes de même effectif : elle vaut donc 9 d'après ce que dit l'énoncé.

• La moyenne de la classe vaut : $\frac{285}{30} = 9{,}5$.

**Rappel**
$\text{Moyenne} = \frac{\text{total des points}}{\text{effectif total}}$.

**2.** Les deux moyennes sont sensiblement identiques (9 et 9,5).
La médiane vaut 9 en 3e A et 10,5 en 3e B. De plus, l'étendue est beaucoup plus importante en 3e A (14 pts) qu'en 3e B (7 pts).
Les notes sont davantage regroupées autour de la moyenne en 3e B.
En conclusion, la 3e B est une classe plus homogène que la 3e A.

**3.** Quand le nombre de termes d'une série est pair, Me est la demi-somme des deux termes centraux. Quand le nombre de termes est impair, Me est égale à une valeur de la série. Aussi 10,5 n'étant pas l'une des notes (car Geoffroy n'a attribué que des notes entières), on conclut que la 3e B a un effectif pair de 30 élèves.

# Calculer la médiane d'une série statistique

## ÉNONCÉ

On considère deux séries statistiques $S_1$ et $S_2$.

$S_1 : 3 \quad 5 \quad 7 \quad 1 \quad 8 \quad 14 \quad 2 \quad 1$

$S_2$ :

| Nombre | 2 | 5 | 8 | 11 | 12 |
|---|---|---|---|---|---|
| Effectif | 1 | 2 | 3 | 1 | 2 |

Déterminez la médiane de $S_1$ et de $S_2$.

## MÉTHODE

**1.** On ordonne les termes de la série dans le sens croissant. Dans le cas d'un tableau, on écrit les termes autant de fois qu'ils apparaissent.

**2.** On compte le nombre $n$ de termes de la série.

**3.** • Si $n$ est pair : la médiane prend pour valeur la demi-somme des deux « termes centraux ».
• Si $n$ est impair : la médiane est égale au « terme central ».

## CORRIGÉ

| Solution | Commentaires |
|---|---|
| • $S_1 : 1 \quad 1 \quad 2 \quad 3 \quad 5 \quad 7 \quad 8 \quad 14$<br>• $S_2 : 2 \quad 5 \quad 5 \quad 8 \quad 8 \quad 8 \quad 11 \quad 12 \quad 12$ | **1.** On réécrit tous les termes, du plus petit au plus grand. Dans le cas d'un tableau, on fait apparaître chaque valeur autant de fois que son effectif l'indique. |
| • $S_1$ compte 8 termes (nombre pair).<br>• $S_2$ compte 9 termes (l'effectif total est $1 + 2 + 3 + 1 + 2 = 9$ : nombre impair). | **2.** • Pour $S_1$, on compte les termes.<br>• Pour $S_2$, le nombre de termes est égal à l'effectif total. |
| • **Pour $S_1$ :** Me est la demi-somme des deux termes « du milieu », soit des 4^e^ et 5^e^ termes. Me $= \dfrac{3+5}{2} = 4$.<br>$\underbrace{1 \quad 1 \quad 2 \quad (3)}_{\text{4 termes}} \quad \underbrace{(5) \quad 7 \quad 8 \quad 14}_{\text{4 termes}}$ → Me<br>• **Pour $S_2$ :** Me est égale au terme « central », soit le 5^e^ terme. Me = 8.<br>$\underbrace{2 \quad 5 \quad 5 \quad 8}_{\text{4 termes}} \quad (8) \quad \underbrace{8 \quad 11 \quad 12 \quad 12}_{\text{4 termes}}$ → Me | **3.** • Quand la série compte un nombre pair $n$ de termes, Me est la moyenne des $\left(\dfrac{n}{2}\right)^{e}$ et $\left(\dfrac{n}{2}+1\right)^{e}$ termes.<br>• Quand la série compte un nombre impair $n$ de termes, Me est le $\left(\dfrac{n+1}{2}\right)^{e}$ terme. |

# Calculer la moyenne d'une série statistique

## ÉNONCÉ

On considère trois séries statistiques $S_1$, $S_2$ et $S_3$.

$S_1$ : 3 9 11 12 12 15

$S_2$ :

| Valeur | 4 | 6 | 7 | 8 | 10 |
|---|---|---|---|---|---|
| Effectif | 2 | 7 | 4 | 3 | 2 |

$S_3$ :

| Valeur | 4 | 6 |
|---|---|---|
| Fréquence | 0,3 | 0,7 |

Calculer les moyennes des séries $S_1$, $S_2$ et $S_3$. On donnera des valeurs approchées au dixième près.

## MÉTHODE

**1.** Pour $S_1$, on calcule la moyenne en divisant la somme des valeurs par le nombre de valeurs.

**2.** Pour $S_2$, on calcule les sommes des produits Valeur × effectif puis on divise ce résultat par la somme des effectifs.

**3.** Pour $S_3$ on calcule la moyenne en effectuant la somme des produits Valeur × fréquence.

## CORRIGÉ

| Solution | Commentaires |
|---|---|
| **1.** La moyenne $\overline{x_1}$ de la série $S_1$ est donnée par : $\overline{x_1} = \frac{3+9+11+12+12+15}{6}$ $\simeq 10{,}3$ | Écrivez cette moyenne sous la forme d'une fraction. Il y a 6 valeurs au total. Le dénominateur de la fraction est donc 6. La moyenne est arrondie au dixième (un chiffre après la virgule). |
| **2.** La moyenne $\overline{x_2}$ de la série $S_2$ est donnée par : $\overline{x_2} = \frac{4\times2+6\times7+7\times4+8\times3+10\times2}{2+7+4+3+2}$ $\simeq 6{,}8$ | Le nombre 4 apparaît 2 fois, 6 apparaît 7 fois, etc. Il y a un total de 2 + 7 + 4 + 3 + 2 = 18 valeurs. |
| **3.** La moyenne $\overline{x_3}$ de la série $S_3$ est donnée par : $\overline{x_3} = 0,3\times4+0,7\times6 = 5,4$ | Dans cette série il y a 30 % de 4 et 70 % de 6. Le résultat est une valeur exacte. |

## QCM

### 1 Cochez la (ou les) réponse(s) correcte(s).

Une série $S$ compte 7 termes positifs distincts ordonnés dans le sens croissant : $x_1, x_2, x_3, x_4, x_5, x_6, x_7$.

**1.** La moyenne des termes de $S$ est :

**a.** ☐ $x_4$ **b.** ☐ $x_1 + x_2 + x_3 + x_4 + x_5 + x_6 + x_7$

**c.** ☐ $\dfrac{x_1 + x_2 + x_3 + x_4 + x_5 + x_6 + x_7}{7}$

**2.** La médiane est égale à :

**a.** ☐ $x_3$ **b.** ☐ $x_4$ **c.** ☐ $x_5$

**3.** $x_7 - x_1$ correspond à :

**a.** ☐ la moyenne **b.** ☐ l'étendue **c.** ☐ rien de particulier

**4.** La fréquence d'apparition de la valeur $x_2$ est :

**a.** ☐ $\dfrac{1}{7}$ **b.** ☐ $\dfrac{2}{7}$ **c.** ☐ 2

**5.** On remplace $x_7$ par $10 \times x_7$. Quel indicateur change alors de valeur ?

**a.** ☐ la médiane **b.** ☐ la moyenne **c.** ☐ l' étendue

### 2 Répondez par vrai ou faux.

| Affirmations | Réponse |
|---|---|
| On considère une série statistique $S$ ordonnée dans le sens croissant. | |
| **1.** La médiane Me prend pour valeur un terme de la série. | ☐ V ☐ F |
| **2.** L'étendue est un nombre positif. | ☐ V ☐ F |
| **3.** Exactement 50 % des valeurs de $S$ sont inférieures ou égales à la médiane. | ☐ V ☐ F |
| Pour une série ordonnée (de façon croissante) de 14 termes distincts : | |
| **4.** La médiane Me est le 7e terme. | ☐ V ☐ F |
| **5.** $\overline{x} < Me$. | ☐ V ☐ F |
| **6.** Chaque terme de la série apparaît avec une fréquence de 0,071 environ. | ☐ V ☐ F |

# Exercices d'entraînement

## 3 Calcul mental

*Cet exercice est fait pour être traité sans la calculatrice.*

On considère la série S : 10 20 30 40 50.

**1.** Combien vaut :

**a.** son étendue e ? **b.** sa médiane Me ? **c.** sa moyenne $\overline{x}$ ?

**2.** Quelle est la fréquence d'apparition du nombre 10 ?

**3.** Quelle est la proportion en % des valeurs supérieures ou égales à Me ?

## 4 Pour bien commencer

On donne les deux séries de nombres suivantes.

$S_1$ : 5 8 10 11 11 15 17 18 28 30 38

$S_2$ : 1 5 7 7 9 10 14 17 20 21 22 23 25 33 34 36

Calculez la médiane, l'étendue et la moyenne.

## 5 Bon tireur ?

Robin s'entraîne au tir à l'arc. Il note ses scores dans un tableau.

| Points | 0 | 5 | 10 | 20 | 50 |
|---|---|---|---|---|---|
| Nombre de tirs | 1 | 4 | 5 | 7 | 4 |

**1.** Calculez le score moyen de Robin (arrondi au dixième près).

**2.** Justifiez que le score médian de Robin est 20.

**3.** Quel pourcentage de scores est supérieur ou égal au score médian ? Donnez le résultat arrondi à l'unité.

## 6 Amis Rouennais, à vos parapluies !

Voici la hauteur mensuelle (en mm) de pluie tombée dans la ville de Rouen pour l'année 2009.

| J | F | M | A | M | J | J | A | S | O | N | D |
|---|---|---|---|---|---|---|---|---|---|---|---|
| 70 | 52 | 45 | 73 | 44 | 81 | 82 | 13 | 20 | 82 | 130 | 101 |

**1.** Calculez l'étendue de la série des précipitations.

**2.** Estimez la hauteur moyenne mensuelle des précipitations.

**3.** Déterminez la médiane de la série. Interprétez le résultat.

**4.** On a compté 124 jours de pluie. Nicolas assure qu'il pleut à Rouen plus d'un jour sur trois. A-t-il raison ?

## Vers le Brevet

### 7 Même les profs d'EPS font des maths !

Lors de sa première séance d'endurance, Marc relève la durée (en minutes) qu'est capable de courir chaque élève d'un groupe :

24 12 31 31 57 14 25 45 40 40 29 32 50 20 48 38 32 53

Pour cette série de temps, calculez :

**1.** la moyenne **2.** l'étendue **3.** la médiane

**4.** Quel pourcentage d'élèves court une durée supérieure ou égale à la moyenne ? à la médiane ?
Donnez le résultat arrondi à l'unité.

### 8 Statistiques et tableur

Clément, professeur de mathématiques, a rentré les notes de son devoir de statistiques sur une feuille de calcul.

| | A | B | C | D | E | F | G | H | I | J | K | L | M | N |
|---|---|---|---|---|---|---|---|---|---|---|---|---|---|---|
| 1 | Note | 5 | 7 | 8 | 9 | 10 | 11 | 12 | 13 | 14 | 17 | 18 | 20 | Total |
| 2 | Effectif | 2 | 1 | 3 | 4 | 2 | 4 | 3 | 1 | 3 | 1 | 2 | 1 | 27 |
| 3 | Fréquence | 0,074 | 0,037 | 0,111 | 0,148 | 0,074 | 0,148 | 0,111 | 0,037 | 0,111 | 0,037 | 0,074 | 0,037 | |

**1. a.** Quelle formule Clément a-t-il entrée dans la cellule N2 pour obtenir l'effectif de la classe ?

**b.** Clément saisit dans la cellule B3 la formule `=B2/N2`. Il obtient un message d'erreur quand il la tire dans la cellule C3. Pourquoi ? Corrigez l'erreur.

**c.** Complétez en justifiant la valeur manquante en N3.

**d.** Quelle formule peut-on entrer en B4 et étirer vers la droite pour obtenir les fréquences cumulées croissantes ? (Deux formules conviennent.)

(A) `=SOMME(B3:B3)` (C) `=SOMME(B3:M3)`

(B) `=SOMME($B3:B3)` (D) `=SOMME($B2:B2)/27`

**2.** Calculez l'étendue de cette série statistique.

**3.** Déterminez la médiane de la série de notes. Interprétez le résultat obtenu.

**4.** Quel est le pourcentage d'élèves ayant une note supérieure ou égale à la médiane? Donnez le résultat arrondi à l'unité.

**5.** Calculez la moyenne arrondie au dixième obtenue à ce devoir.

## 9 Les résultats du brevet blanc

Voici les résultats du DNB blanc de deux classes de 3^e^ d'un collège du Cantal.
Pour la 3^e^ A, on a relevé les notes :
11 ; 6 ; 10 ; 10 ; 13 ; 7 ; 11 ; 8 ; 7 ; 11 ; 18 ; 18 ; 12 ; 15 ; 15 ; 12 ; 8 ; 7.
Pour la 3^e^ B, on a relevé les notes :
7 ; 8 ; 9 ; 12 ; 18 ; 16 ; 7 ; 13 ; 19 ; 8 ; 13 ; 13 ; 8 ; 13 ; 8 ; 9 ; 7.

**1.** Calculez la moyenne de chaque classe, arrondie au dixième. Que constatez-vous ?

**2.** Calculez les médianes.

**3.** En justifiant votre réponse, déterminez quelle classe a le mieux assimilé ses cours.

**4.** Deux des graphiques ci-dessous représentent la répartition des notes des 3^e^ A et 3^e^ B. Attribuez à chaque classe le graphique qui lui correspond.

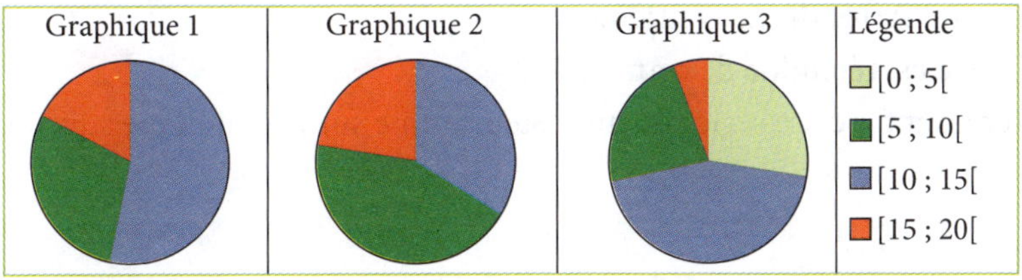


## 10 Jeu de fléchettes

On a relevé sur une feuille de calcul les points obtenus par Maxens et Théo lors de sept parties de fléchettes. Le résultat de Théo lors de la partie n° 6 a été égaré.

| | A | B | C | D | E | F | G | H | I |
|---|---|---|---|---|---|---|---|---|---|
| 1 | Partie n° | 1 | 2 | 3 | 4 | 5 | 6 | 7 | Moyenne |
| 2 | Maxens | 40 | 35 | 85 | 67 | 28 | 74 | 28 | |
| 3 | Théo | 12 | 62 | 7 | 100 | 81 | | 30 | 51 |

**1.** Calculez le nombre moyen de points obtenus par Maxens.

**2.** Théo a obtenu en moyenne 51 points par partie, résultat qui figure dans la cellule I3.

**a.** Calculez le score réalisé par Théo à la 6^e^ partie.

**b.** Quelle formule a-t-on entrée en I3 ?

**3.** Déterminez la médiane de la série de points obtenus par Maxens, puis par Théo.

**4.** Sébastien se joint aux deux amis et rapporte ses résultats pour huit parties : moyenne = 53 ; étendue = 48 ; médiane = 60.

**a.** Sachant que le score le plus bas de Sébastien est 49 points, quel est son meilleur score ?

**b.** Le meilleur joueur est celui qui a la plus grande part de scores supérieurs ou égaux à 60 points. Sachant que Sébastien a réalisé huit scores distincts, qui est le vainqueur ?

### 11 Un graphique de taille

On a relevé les tailles en cm des élèves d'une classe de collège ; on a recensé les résultats dans le tableau suivant :

| Taille | [155; 160[ | [160; 165[ | [165; 170[ | [170; 175[ |
|---|---|---|---|---|
| Effectif | 3 | 8 | 10 | 8 |

**1.** Déterminer la fréquence des élèves qui ont une taille comprise entre 165 et 170 cm. Arrondir au centième.

**2.** Quelle est l'étendue de cette série ?

**3.** Représenter cette série par un histogramme sur le graphique suivant :

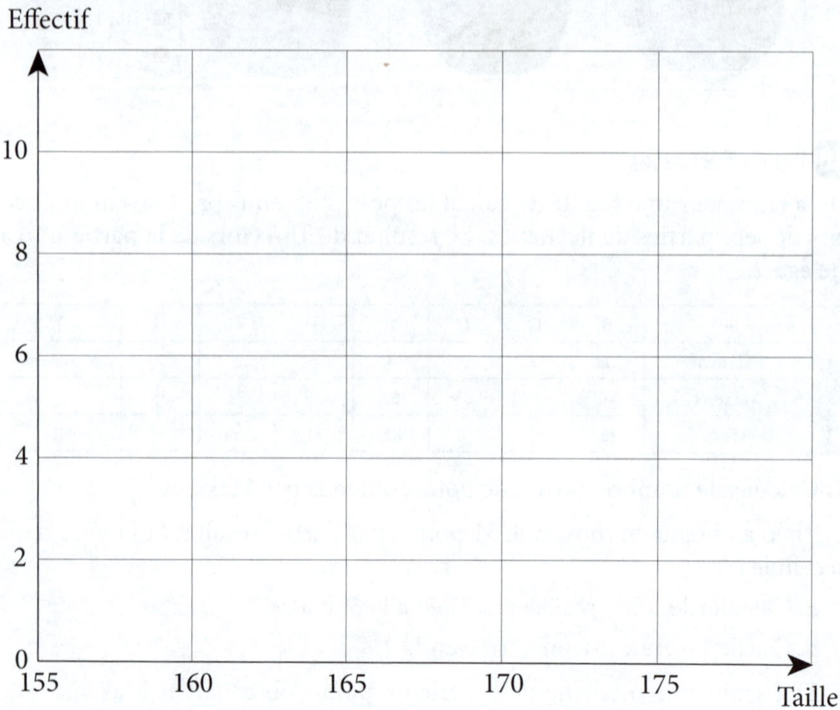

## 12 Deux valeurs à déterminer

Malika se chronomètre entre son domicile et son travail sur plusieurs jours travaillés. Voici les résultats qu'elle obtient rangés dans l'ordre croissant :

| Temps (en minutes) | 25 | 28 | 30 | 32 | $a$ |
|---|---|---|---|---|---|
| Nombre de jours | 2 | 3 | 1 | 2 | $b$ |

Déterminez les valeurs de $a$ et de $b$ sachant que l'étendue est 10 et que la médiane est 30.

## 13 Un devoir bien moyen

On donne la répartition des notes sur 10 à un devoir de mathématiques dans une classe de troisième :

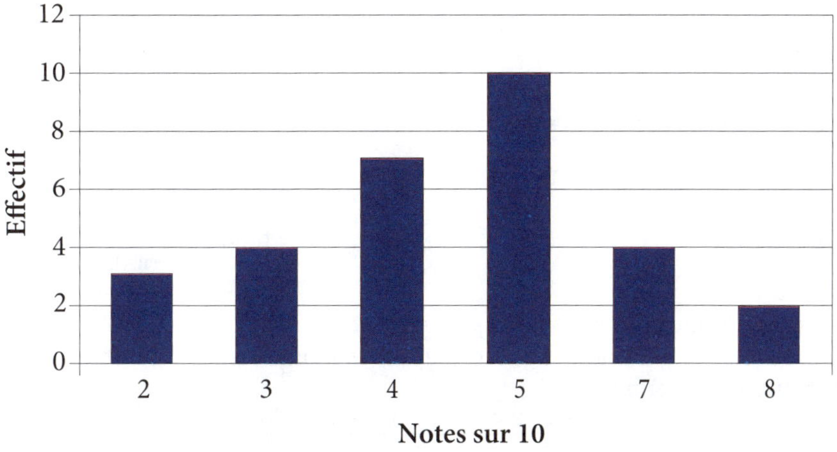


**1.** Donnez l'étendue de cette série statistique.

**2.** Calculez la fréquence des notes supérieures ou égales à 5. Arrondissez au millième.

**3.** Expliquez pourquoi la médiane de cette série est 5.

**4. a.** Calculez la moyenne arrondie au dixième de ce devoir dans cette classe.

**b.** Le professeur n'étant pas satisfait de cette moyenne, décide de rajouter un point à tous les élèves de la classe. Quelle sera alors la nouvelle moyenne ?

## QCM

**1** **1.** La moyenne des 7 termes de $S$ est :

$$\frac{x_1 + x_2 + x_3 + x_4 + x_5 + x_6 + x_7}{7}$$

**Réponse : c.** $\frac{x_1 + x_2 + x_3 + x_4 + x_5 + x_6 + x_7}{7}$.

> **Rappel**
> La moyenne d'une série de $n$ termes vaut : $\frac{\text{somme des } n \text{ termes}}{n}$

**2.** Dans une série de 7 termes, le 4e partage la série en deux « sous-séries » de même effectif. C'est la définition de la médiane.

$$\underbrace{x_1 \quad x_2 \quad x_3}_{3 \text{ termes}} \quad \underset{\uparrow}{\textcircled{x_4}} \quad \underbrace{x_5 \quad x_6 \quad x_7}_{3 \text{ termes}}$$

**Réponse : b.** $x_4$.

> **L'astuce du prof**
> Faites des schémas comme ici pour vous aider.

**3.** $x_7 - x_1$ est la différence entre les deux valeurs extrêmes de la série. C'est la définition de l'étendue.

**Réponse : b.** l'étendue.

**4.** Le nombre $x_2$ apparaît une fois dans une liste de 7 nombres. Sa fréquence d'apparition est $\frac{1}{7}$.

**Réponse : a.** $\frac{1}{7}$.

> **Rappel**
> Fréquence = $\frac{\text{effectif}}{\text{effectif total}}$.

**5.** La série S devient : $x_1$, $x_2$, $x_3$, $x_4$, $x_5$, $x_6$, $10x_7$.
La médiane reste inchangée et est toujours le terme « central », soit $x_4$.
La nouvelle moyenne vaut :

$$\frac{x_1 + x_2 + x_3 + x_4 + x_5 + x_6 + 10x_7}{7}$$

La nouvelle étendue vaut : $10x_7 - x_1$.

**Réponses : b.** la moyenne et **c.** l'étendue.

**2** **1. Faux.** Quand la série présente un nombre pair de termes, la médiane prend pour valeur la demi-somme des « deux termes centraux », ce qui ne correspond pas forcément à une valeur de la série.

**2. Vrai.** L'étendue est la différence entre la plus grande valeur de la série et la plus petite. C'est donc un nombre toujours positif.

**3. Faux.** Par définition, c'est « au moins 50 % » (et pas exactement 50 %) des valeurs de $S$ qui sont inférieures ou égales à Me.

**4. Faux.** Pour une série ordonnée de 14 termes (nombre pair), la médiane est égale à la demi-somme des 7ᵉ et 8ᵉ termes.

> **Piège à éviter**
> Chaque mot a son importance dans une affirmation de Vrai-Faux !

$$\underbrace{x_1\ x_2\ x_3\ x_4\ x_5\ x_6\ x_7}_{7\text{ termes}}\ \underbrace{x_8\ x_9\ x_{10}\ x_{11}\ x_{12}\ x_{13}\ x_{14}}_{7\text{ termes}}$$

Me (entre $x_7$ et $x_8$)

**5. Faux.** Tous les cas sont possibles (voir ci-après dans les différents exercices).

On peut avoir $\overline{x} < \text{Me}$ ; $\overline{x} > \text{Me}$ ou $\overline{x} = \text{Me}$.

> **Remarque**
> Moyenne et médiane ne sont pas liées.

**6. Vrai.** Dans cette série de 14 termes, chaque terme apparaît une fois (car les termes sont distincts) avec une fréquence correspondante de $\frac{1}{14} \approx 0{,}071$.

## Exercices d'entraînement

**3** **1. a.** L'étendue est $e = 50 - 10 = 40$.

**b.** La médiane d'une série comptant 5 termes est son terme central, soit le 3ᵉ terme de la série. D'où Me = 30.

**c.** La moyenne $\overline{x}$ vaut $\frac{10 + 20 + 30 + 40 + 50}{5} = \frac{150}{3} = 30$.

**2.** Le nombre 10 apparaît 1 fois parmi les 5 nombres.

Sa fréquence d'apparition vaut $f = \frac{1}{5} = 0{,}2$.

**3.** Il y a 3 valeurs supérieures ou égales à 30 (30-40-50) sur un total de 5, ce qui représente $\frac{3}{5} = 0{,}6 = 60\ \%$ des notes.

> **L'astuce du prof**
> $0{,}6 = \frac{60}{100} = 60\ \%$

**4** • $S_1$ est une série ordonnée de 11 termes (nombre impair).
Sa médiane est le terme « du milieu », le 6ᵉ terme, soit Me = 15.

$$S_1 :\ \underbrace{5\ 8\ 10\ 11\ 11}_{5\text{ termes}}\ \ 15\ \ \underbrace{17\ 18\ 28\ 30\ 38}_{5\text{ termes}}$$

Me (= 15)

L'étendue de la série vaut 38 − 5 = 33.

Moyenne $\overline{x_1} = \dfrac{5 + 8 + 10 + 11 + 11 + 15 + 17 + 18 + 28 + 30 + 38}{11} = \dfrac{191}{11}$

$\overline{x_1} \approx 17{,}36$

• $S_2$ est une série ordonnée de 16 termes (nombre pair).

$S_2$ : 1 5 7 7 9 10 14 (17) (20) 21 22 23 25 33 34 36

8 termes — Me — 8 termes

Sa médiane est la demi-somme des deux termes « du milieu », les 8^e^ et 9^e^ termes.

Me $= \dfrac{17 + 20}{2} = 18{,}5$

La série prend ses valeurs entre 1 et 36. Son étendue vaut 36 − 1 = 35.

Moyenne $\overline{x_2} = \dfrac{1+5+7+7+9+10+14+17+20+21+22+23+25+33+34+36}{16} = \dfrac{284}{16}$

$\overline{x_2} \approx 17{,}75$

**5** **1.** Robin a totalisé :

$1 \times 0 + 4 \times 5 + 5 \times 10 + 7 \times 20 + 4 \times 50 = 410$ points.

Il a tiré 1 + 4 + 5 + 7 + 4 = 21 flèches.

Son score moyen est : $\dfrac{410}{21} \approx 19{,}5$ points.

**Rappel**

Avec un tableau :

| Valeurs | $x_1$ | $x_2$ | $x_3$ | … |
|---|---|---|---|---|
| Effectifs | $n_1$ | $n_2$ | $n_3$ | … |

La moyenne est : $\dfrac{n_1x_1 + n_2x_2 + n_3x_3 + \ldots}{n_1 + n_2 + n_3 + \ldots}$

**2.** Robin a tiré 21 flèches, obtenant 21 scores (nombre impair).

La médiane est le terme « du milieu » : le 11^e^ terme.

Me = 20.

On cumule les effectifs jusqu'à atteindre ou dépasser 11.

1 + 4 + 5 = 10 (< 11) et 1 + 4 + 5 + 7 = 17 (> 11).

Le 11^e^ terme vaut 20 (il est dans la colonne 20).

**Remarque**

Vous pouviez aussi écrire les 21 scores : 0 5 5 5 10 … 50 et lire la valeur du 11^e^ terme.

**3.** Sur 21 tirs, il y a 7 + 4 = 11 scores de 20 points et plus.

Le pourcentage correspondant est : $\dfrac{11}{21} \approx 0{,}52$, soit 52 %.

**6** **1.** Au cours de l'année 2009, il a plu entre 13 mm et 130 mm.
L'étendue est 130 – 13 = 117 mm.

**2.** La hauteur moyenne mensuelle des précipitations est :

$$\frac{70 + 52 + 45 + 73 + 44 + 81 + 82 + 13 + 20 + 82 + 130 + 101}{12} \approx 66 \text{ mm.}$$

**3.** • On commence par ordonner la série des 12 valeurs (nombre pair de termes) :

13 20 44 45 52 (70) (73) 81 82 82 101 130

6 termes — Me — 6 termes

> **Remarque**
> Le tableau correspond à une série non ordonnée de 12 nombres.

La médiane est la demi-somme des 6$^e$ et 7$^e$ termes : $Me = \frac{70 + 73}{2} = 71{,}5$.

• En 2009, il a plu plus de 71,5 mm au moins la moitié de l'année.

**4.** L'année 2009 a compté 365 jours dont 124 jours de pluie.

Cela fait une proportion de $\frac{124}{365} \approx 0{,}339$, soit 33,9 %.

• Et $\frac{1}{3} \approx 0{,}333$ soit 33,3 %.

Nicolas a raison : il pleut plus d'un jour sur trois à Rouen (mais de peu !).

> **Remarque**
> Pour comparer les proportions, écrivez-les toutes les deux en %.

## Vers le Brevet

**7** On commence par ordonner les termes de la série :

12 14 20 24 25 29 31 31 32 32 38 40 40 45 48 50 53 57

**1.** Le temps moyen d'endurance est :

$$\frac{12 + 14 + 20 + 24 + 25 + 29 + 31 + 31 + 32 + 32 + 38 + 40 + 40 + 45 + 48 + 50 + 53 + 57}{18}$$

= 34,5 min (soit 34 min et 30 s).

**2.** Les temps de parcours vont de 12 à 57 minutes.
L'étendue est de 57 – 12 = 45 minutes.

**3.** La série compte un nombre pair de termes (18). La médiane est alors la demi-somme des deux termes « du milieu », soit des 9$^e$ et 10$^e$ termes. On calcule $Me = \frac{32 + 32}{2} = 32$.

12 14 20 24 25 29 31 31 (32) (32) 38 40 40 45 48 50 53 57

9 termes — Me — 9 termes

**4.** • 8 élèves sur 18 courent une durée supérieure ou égale à 34,5 min (la moyenne) :

$\frac{8}{18} \approx 0{,}44$ soit 44 %.

• 10 élèves sur 18 courent une durée supérieure ou égale à 32 min (la médiane) :

$\frac{10}{18} \approx 0{,}56$ soit 56 %.

**Remarque**

On retrouve la définition de la médiane : « au moins » 50 % de l'effectif court plus que 32 minutes (ici 56 %).

**8** **1. a.** La cellule N2 contient l'effectif total de la classe, c'est-à-dire la somme des termes des valeurs contenues dans les cellules B2 à M2. Clément a entré la formule : =SOMME(B2:M2)

Ou bien =B2+C2+D2+E2+F2+G2+H2+I2+J2+K2+L2+M2)

**b.** • La fréquence se calcule comme $\frac{\text{effectif}}{\text{effectif total}}$.

En saisissant dans la cellule B3 la formule =B2/N2, on obtient bien 0,074 qui est la valeur du quotient : 2 ÷ 27.

↑ B2 ↑ N2

**L'astuce du prof**

Décomposez le calcul puis repérez les cellules correspondantes.

En tirant cette formule dans la cellule C3, celle-ci devient =C2/O2. Or, aucune donnée n'est dans la cellule O2. Le quotient ne peut donc pas s'effectuer et un message d'erreur apparaît.

B3 ▾ fx =B2/N2

| | A | B | C | D | E | F | G | H | I | J | K | L | M | N | O |
|---|---|---|---|---|---|---|---|---|---|---|---|---|---|---|---|
| 1 | Note | 5 | 7 | 8 | 9 | 10 | 11 | 12 | 13 | 14 | 17 | 18 | 20 | Total | |
| 2 | Effectif | 2 | 1 | 3 | 4 | 2 | 4 | 3 | 1 | 3 | 1 | 2 | 1 | 27 | |
| 3 | Fréquence | 0,074 | ###### | ###### | ###### | ###### | ###### | ###### | ###### | ###### | ###### | ###### | ###### | | |

• Pour obtenir les fréquences d'apparition des notes :

– en C3, on doit avoir =C2/N2 ;

– en D3, on doit avoir =D2/N2 ;

– en E3, on doit avoir =E2/N2…

**Gagnez des points !**

Le symbole $ placé devant la lettre de colonne permet de fixer celle-ci.

On obtient ces formules par recopie de la cellule B3 en « bloquant » la colonne N. Pour cela, on ajoute le symbole $.

Ainsi en B3, Clément doit saisir la formule =B2/$N2.

**c.** En N3 apparaît le total des fréquences, soit 1.

**d.** En B4, on a entré : =SOMME($B3:B3) ou

=SOMME($B2:B2)/27

Soit les réponses **(B)** et **(D)**.

**2.** Les notes s'étalent entre 5 et 20. L'étendue est 20 – 5 = 15.

**3.** Cette classe compte 27 élèves.

Les notes sont :

$$\underbrace{5\ 5\ 7\ 8\ 8\ 8\ 9\ 9\ 9\ 9\ 10\ 10\ 11}_{13\text{ notes}}\ \underset{\text{Me}}{\boxed{11}}\ \underbrace{11\ 11\ 12\ 12\ 12\ 13\ 14\ 14\ 14\ 17\ 18\ 18\ 20}_{13\text{ notes}}$$

La médiane est donc le terme central de cette série de 27 notes. C'est le 14e terme. Me = 11.

Au moins 50 % des élèves ont une note supérieure ou égale à 11. Ou au moins 50 % des élève ont une note égale ou inférieure à 11.

**4.** Ont une note $\geqslant 11$ :

4 + 3 + 1 + 3 + 1 + 2 + 1 = 15 élèves.

Ils représentent $\frac{15}{27} \approx 0{,}56$ soit 56 % de la classe.

**5.** La moyenne $\overline{x}$ vaut :

$$\overline{x} = \frac{2\times5+1\times7+3\times8+4\times9+2\times10+4\times11+3\times12+1\times13+3\times14+1\times17+2\times18+1\times20}{27}$$

$\overline{x} = \frac{305}{27}$ d'où $\overline{x} \approx 11{,}3$.

**Rappel**
La somme des fréquences des valeurs vaut toujours 1.

**Remarque**
Vous pouviez aussi trouver Me en cumulant les effectifs jusqu'à dépasser la moitié de 27 (13,5). C'est dans la colonne 11.

**Remarque**
Il y a un peu plus de 50 % des valeurs $\geqslant$ Me.

**9** **1.** • La moyenne $m_A$ des 18 élèves de 3e A est :

$$m_A = \frac{11+6+10+10+13+7+11+8+7+11+18+18+12+15+15+12+8+7}{18} = \frac{199}{18}.$$

$m_A \approx 11{,}1$ (moyenne arrondie au dixième)

• La moyenne $m_B$ des 17 élèves de 3e B est :

$$m_B = \frac{7+8+9+12+18+16+7+13+19+8+13+13+8+13+8+9+7}{17} = \frac{188}{17}.$$

$m_B \approx 11{,}1$ (moyenne arrondie au dixième)

• On constate que les deux classes ont la même moyenne.

**2.** • Déterminons la note médiane de la 3e A.

On ordonne la liste des 18 notes dans le sens croissant :

$$\underbrace{6\ 7\ 7\ 7\ 8\ 8\ 10\ 10\ 11}_{9\text{ notes}}\ \underbrace{11\ 11\ 12\ 12\ 13\ 15\ 15\ 18\ 18}_{9\text{ notes}}$$

$$Me_A = \frac{11 + 11}{2} = 11$$

La note médiane en 3^e^ A est 11.

• De même, on détermine la note médiane en 3^e^ B, après avoir ordonné les 17 notes de la plus petite à la plus grande :

$$\underbrace{7\ 7\ 7\ 8\ 8\ 8\ 8\ 9}_{8\ \text{notes}}\ \textcircled{9}\ \underbrace{12\ 13\ 13\ 13\ 13\ 16\ 18\ 19}_{8\ \text{notes}}$$

$$Me_B = 9$$

La note médiane en 3^e^ B est 9.

**L'astuce du prof**

Écrire la liste des notes, autant de fois que chacune apparaît, afin de trouver la médiane plus facilement.

**3.** En 3^e^ A, la note médiane est 11. Cela signifie qu'au moins la moitié des élèves a obtenu une note supérieure ou égale à 11.

En 3^e^ B, la note médiane étant de 9, la moitié au moins des élèves a obtenu 9 ou plus.

On peut donc en conclure que la classe de 3^e^ A a mieux assimilé le cours que la classe de 3^e^ B.

**Remarque**

La médiane est plus représentative du niveau de la classe que la moyenne.

**4.** • Parmi les élèves des deux classes étudiées, aucune note n'est inférieure à 5. Ainsi, le graphique 3 (dont la partie grise représente les notes comprises entre 0 et 5) ne représente pas l'une de ces deux classes.

• En 3^e^ A, 6 élèves sur 18, soit $\frac{6}{18} = \frac{1}{3}$ des élèves, ont une note comprise dans [5 ; 10[, ce que l'on retrouve sur le graphique 2.

En 3^e^ B, 9 élèves sur 18, soit $\frac{9}{18} = \frac{1}{2}$ (la moitié) des élèves, ont une note comprise dans [5 ; 10[, ce que l'on retrouve sur le graphique 1.

**Autre méthode**

On pouvait aussi conclure en étudiant la proportion d'élèves ayant entre 10 et 15.

• En conclusion, le graphique 1 représente la 3^e^ B et le graphique 2 représente la 3^e^ A.

**10** **1.** Le score moyen de Maxens est :
(40 + 35 + 85 + 67 + 28 + 74 + 28) ÷ 7 = 51 points.

**2. a.** Théo a réalisé un score moyen de 51 points, sur 7 parties.
Il totalise ainsi 51 × 7 = 357 points.
Son score à la partie n° 6 est :
357 – (12 + 62 + 7 + 100 + 81 + 30) = 65 points.

**b.** La cellule I3 contient le score moyen de Théo, soit la somme de ses scores (contenus dans les cellules B3 à H3) divisée par le nombre de scores (soit 7). On a entré en I3 : =SOMME(B3:H3)÷7

**3. • Calcul du score médian de Maxens**
Ses 7 scores sont :

$$\underbrace{28 - 28 - 35}_{\text{3 termes}} - \textcircled{40} - \underbrace{67 - 74 - 85}_{\text{3 termes}}$$

La médiane Me est le terme « du milieu », donc le 4$^{e}$ terme. D'où Me = 40.
Le score médian de Maxens est 40 points.

> **Piège à éviter**
> Commencez par ordonner les termes de la série dans le sens croissant.

**• Calcul du score médian de Théo**
Ses 7 scores sont :

$$7 - 12 - 30 - \textcircled{62} - 65 - 81 - 100$$

De même que ci-dessus, le score médian est le terme central, soit 62 points.

**4. a. •** Le score $S$ le plus élevé est tel que : $S - 49 = 48$, soit $S = 48 + 49 = 97$ points.

> **Rappel**
> Utilisez la définition de l'étendue : $e = V_{max} - V_{min}$.

**b. •** Maxens a 3 scores sur 7 dépassant 60 points.
$\frac{3}{7} \simeq 0{,}43$ soit environ 43 %.

• Théo a 4 scores sur 7 dépassant 60 points.
$\frac{4}{7} \simeq 0{,}57$ soit environ 57 %.

• Dans une série ordonnée de huit termes, la médiane Me est la demi-somme des deux termes « du milieu ». Les huit termes étant distincts, Me = 60 n'est pas une valeur de la série. Ainsi, 50 % exactement des scores de Sébastien sont supérieurs où égaux à 60 points.

• En conclusion, le vainqueur est Théo.

**11** **1.** Les élèves mesurant entre 165 et 170 cm sont au nombre de 10, sur un total de 3 + 8 + 10 + 8 = 29.

La fréquence correspondante vaut :
$\frac{10}{29} \simeq 0{,}34$.

> **Rappel**
> La fréquence est un nombre compris entre 0 et 1, exprimé ici sous sa forme fractionnaire $\left(\frac{10}{29}\right)$. 0,34 est une valeur approchée.

**2.** La plus grande valeur de la série est 175 ; la plus petite est 155.
L'étendue $e$ vaut : 175 – 155 = 20.

**3.**

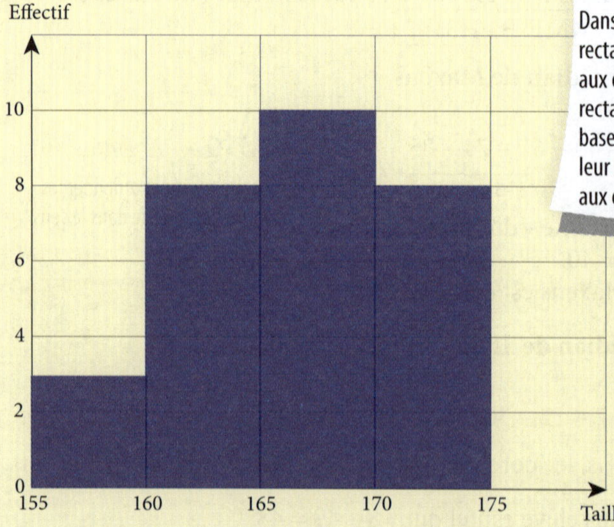


> **Rappel**
> Dans un histogramme, l'aire des rectangles est proportionnelle aux effectifs. Quand les rectangles sont tous de même base comme ici (de largeur 5), leur hauteur est proportionnelle aux effectifs.

**12** • L'étendue $e$ de la série statistique vaut 10.
La plus grande valeur de la série est $a$ ; la plus petite est 10.
D'où $e = a - 25 = 10$.
On en déduit : $a = 10 + 25$
$a = 35$

> **Rappel**
> Étendue = $V_{max} - V_{min}$.

• La médiane Me de la série est 30.
L'effectif de la série est $2 + 3 + 1 + 2 + b = 8 + b$.

25 25 28 28 28 (30) 32 32 35 …
5 termes — Me — b fois

> **L'astuce du prof**
> Écrivez chaque terme de la série autant de fois que son effectif, puis comptez…

Il y a autant de valeurs en dessous de la médiane qu'au dessus.
Ainsi la valeur 35 doit apparaître 3 fois pour que Me = 30.
D'où $b = 3$.

**13** **1.** La valeur la plus grande de la série est 8 ; la plus petite est 2.
On en déduit l'étendue : $e = 8 - 2 = 6$.

**2.** Les notes supérieures ou égales à 5 se répartissent ainsi : 10 « 5/10 », 4 « 7/10 » et 2 « 8/10 ». On dénombre ainsi 10 + 4 + 2 = 16 notes supérieures ou égales à 5 sur un total de 3 + 4 + 7 + 10 + 4 + 2 = 30.

La fréquence $f$ des notes supérieures ou égales à 5 vaut alors :

$$f = \frac{16}{30} = \frac{8}{15}$$

$f \simeq 0{,}533$ (valeur arrondie au millième).

> **Gagnez des points**
> Une valeur arrondie au millième est donnée trois chiffres après la virgule.

**3.** La série compte 30 notes (nombre pair). Sa médiane est donc la demi-somme des deux termes du milieu, soit de la 15$^e$ et 16$^e$ note.

La liste de notes s'écrit :

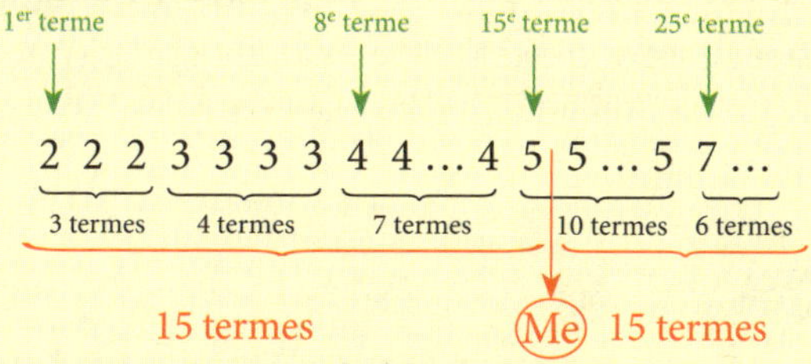


La 15$^e$ note et la 16$^e$ note valent 5. Ainsi Me = 5.

**4. a.** La moyenne $m$ de cette série de 30 notes se calcule comme :

$$m = \frac{3 \times 2 + 4 \times 3 + 7 \times 4 + 10 \times 5 + 4 \times 7 + 2 \times 8}{30}$$

$$m = \frac{140}{30}$$

$$m \simeq 4{,}7$$

La moyenne obtenue au devoir par la classe est d'environ 4,7/10.

> **Rappel**
> Moyenne = $\dfrac{\text{somme des notes} \times \text{effectif}}{\text{nombre de notes}}$

**b.** La nouvelle moyenne $m'$ modifiée par le professeur est de :

$m' = m + 1 = 4{,}7 + 1 = 5{,}7$.

En ajoutant 1 point à tous les élèves de la classe, le professeur obtient 5,7/10 pour nouvelle moyenne.

> **Pensez-y**
> Si chaque note augmente d'un point, la moyenne augmente elle aussi d'un point. Ce raisonnement est aussi valable pour une multiplication.

CHAPITRE 9

# Probabilités

## 1 Généralités

### 1 Vocabulaire

- Une **expérience aléatoire** est une expérience dont on connaît à l'avance l'ensemble des résultats possibles (encore appelés **issues possibles**).
- Un **événement** est constitué par une ou plusieurs issues de l'expérience.

**Exemple :** Lancer un dé est une expérience aléatoire. Il y a 6 issues possibles.
Obtenir un résultat pair est un événement réalisé par 3 issues : 2, 4 et 6.

### 2 Probabilité

- Lorsqu'on répète un grand nombre de fois la même expérience aléatoire, la fréquence devient proche d'un nombre appelé **probabilité de l'événement**.
- La probabilité d'un événement est la somme des probabilités des issues qui le composent.
- Une probabilité est un nombre compris entre 0 et 1.
- La somme des probabilités des issues d'une expérience est égale à 1.
- Quand toutes les issues ont la même probabilité d'être réalisées, on dit qu'il s'agit d'une **situation d'équiprobabilité**.
- Quand les issues sont équiprobables, pour calculer la probabilité d'un événement A, on utilise la formule : $\dfrac{\text{Nombre d'issues qui réalisent A}}{\text{Nombre total d'issues}}$.

**Exemple :** Dans l'expérience aléatoire précédente, la probabilité d'une issue est $\dfrac{1}{6}$.
L'événement A « obtenir un résultat pair » est réalisé par 3 issues : 2, 4 et 6.

Ainsi, $p(\text{A}) = \underbrace{\dfrac{1}{6}}_{\text{Obtenir 2}} + \underbrace{\dfrac{1}{6}}_{\text{Obtenir 4}} + \underbrace{\dfrac{1}{6}}_{\text{Obtenir 6}} = \dfrac{3}{6} = \dfrac{1}{2}$

ou bien $p(\text{A}) = \dfrac{\text{Nombre d'issues qui réalisent A}}{\text{Nombre total d'issues}} = \dfrac{3}{6} = \dfrac{1}{2}$.

## 3 Événements particuliers

- Un événement est dit **impossible** si sa probabilité est nulle (il ne se produit jamais).
- Un événement est dit **certain** si sa probabilité vaut 1 (il se produit obligatoirement).
- Deux événements sont **incompatibles** s'ils ne peuvent pas se produire en même temps.
- L'**événement contraire** de A est l'événement qui se réalise lorsque A ne se réalise pas. On le note (non A). On a la relation $p(\text{A}) + p(\text{non A}) = 1$.

### EXERCICE RÉSOLU

### Comprendre une situation

**ÉNONCÉ**

Devant le tableau du professeur de mathématiques, se trouvent 6 craies : une rouge, deux vertes et trois blanches.

**1.** Le professeur prend au hasard une craie et regarde sa couleur.

**a.** Précisez l'expérience aléatoire associée à cette situation.

**b.** Indiquez un résultat possible. Combien y en a-t-il au total ?

**c.** Quel est le résultat le plus probable ?

**2.** Il prend au hasard deux craies (parmi les six). On s'intéresse à l'événement E : « obtenir deux craies de la même couleur ».
Indiquez un résultat favorable puis un résultat non favorable à cet événement.

**CORRIGÉ**

**1. a.** L'expérience aléatoire consiste à choisir une craie parmi les six. Cette expérience a plusieurs issues possibles connues et on ne peut pas prévoir à l'avance la couleur de la craie.

> **Méthode**
> Pour décrire une expérience aléatoire, on nomme l'action indiquée dans le texte.

**b.** Un résultat possible est : « obtenir une craie verte. » Il y a trois résultats possibles, car il y a trois couleurs de craie : rouge, verte et blanche.

> **Remarque**
> On dit que les résultats ne sont pas équiprobables : ils n'ont pas tous la même probabilité.

**c.** Il y a plus de craies blanches (3) que de craies rouges (1) ou vertes (2). Le résultat le plus probable est donc d'obtenir une craie blanche.

**2.** Un résultat favorable à cette situation est par exemple : « obtenir deux craies blanches ».
Un résultat non favorable à cet événement est par exemple : « obtenir une craie rouge et une craie blanche ».

# Calculer des probabilités

## ÉNONCÉ

Voici une urne contenant des boules numérotées 1, 2 ou 3. On choisit au hasard une boule de cette urne. Chaque boule a la même chance d'être choisie.

**1.** Indiquez les issues de cette expérience aléatoire.

**2.** Complétez le tableau ci-contre :

| Issues | 1 | 2 | 3 |
|---|---|---|---|
| Probabilités | | | |

**3.** Calculez la probabilité $p(A)$ de l'événement $A$ : « obtenir un nombre supérieur ou égal à 2 ».

## MÉTHODE

Dans une situation d'équiprobabilité (comme c'est le cas ici), on calcule les probabilités en utilisant la formule : $\dfrac{\text{Nombre d'issues favorables}}{\text{Nombre total d'issues}}$

La somme des probabilités inscrites sur la deuxième ligne du tableau doit valoir 1. On utilise le tableau pour calculer la probabilité en sachant que la probabilité d'un événement est égale la somme des probabilités qui le composent.

## CORRIGÉ

<table>
<tr><th>Solution</th><th>Commentaires</th></tr>
<tr><td>1. Il y a trois issues : 1 ; 2 et 3.</td><td>Les issues sont les résultats possibles d'une expérience aléatoire.</td></tr>
<tr><td>2. • La probabilité d'obtenir :<br>– une boule ① est : $\frac{1}{2}$ ;<br>– une boule ② est : $\frac{2}{12} = \frac{1}{6}$ ;<br>– une boule ③ est : $\frac{4}{12} = \frac{1}{3}$.<br><table><tr><th>Issues</th><th>1</th><th>2</th><th>3</th></tr><tr><td>Probabilités</td><td>$\frac{1}{2}$</td><td>$\frac{1}{6}$</td><td>$\frac{1}{3}$</td></tr></table></td><td>Il y a 6 boules ① sur un total de 12 boules. On a donc 6 chances sur 12 d'obtenir une boule ①.<br>La probabilité de tirer une boule ① est $\frac{6}{12}$ soit $\frac{1}{2}$.<br>On raisonne de la même façon pour les boules ② et ③.</td></tr>
<tr><td>• On a $\frac{1}{2} + \frac{1}{3} + \frac{1}{6} = 1$.</td><td>Cette étape permet de contrôler les résultats.</td></tr>
<tr><td>3. L'événement A est constitué des deux issues : obtenir le ② et le ③. D'où :<br>$p(\mathrm{A}) = \frac{1}{6} + \frac{1}{3} = \frac{2}{12} + \frac{4}{12} = \frac{6}{12} = \frac{1}{2}$.</td><td>On calcule $p(\mathrm{A})$ en additionnant les probabilités de chacune des issues obtenir une boule ② et obtenir une boule ③..</td></tr>
</table>

# Faire le lien entre fréquence et probabilité

## ÉNONCÉ

On prend au hasard une famille parmi les familles ayant deux enfants. On suppose que la probabilité d'avoir une fille est égale à celle d'avoir un garçon. Quelle est la probabilité pour une famille d'avoir une fille et un garçon ?
Pour établir une solution, on propose une expérience aléatoire à l'aide de deux pièces permettant de simuler la naissance de deux enfants.
On réalise une expérience 4 fois, puis 50 fois et 1 000 fois. On note F pour « fille » et G pour « garçon ».

**1.** $n = 4$ : on obtient FF, FG, GF, GG.

**2.** $n = 50$

| Issue | FF | FG | GF | GG |
|---|---|---|---|---|
| Effectif | 14 | 11 | 10 | 15 |

**3.** $n = 1\,000$.

| Issue | FF | FG | GF | GG |
|---|---|---|---|---|
| Effectif | 239 | 251 | 263 | 247 |

Dans chaque cas, calculer la fréquence $f$ d'avoir une fille et un garçon puis commenter le résultat obtenu.

## MÉTHODE

Au fur et à mesure que l'on augmente le nombre de simulations, on observe que les fréquences d'apparition d'un événement tendent à se stabiliser vers une valeur. Cette valeur correspond à la probabilité de cet événement.

## CORRIGÉ

| Solution | Commentaires |
|---|---|
| **1.** $f = \frac{1}{4} = 0{,}25$.<br>Le nombre de simulations est bien trop faible pour en tirer des conclusions. | Parmi les 4 lancers, il y a une seule fois « FG », donc la fréquence de l'événement « avoir une fille et un garçon » est $\frac{1}{4}$. |
| **2.** La fréquence de l'événement « avoir une fille et un garçon » est $\frac{21}{50} = 0{,}42$.<br>Avec 50 autres expériences, la réponse pourrait être différente. | Il s'agit de la fluctuation d'échantillonnage. |
| **3.** La fréquence de l'événement « avoir une fille et un garçon » est $\frac{514}{1\,000} = 0{,}514$.<br>Il semblerait que la fréquence de l'événement « avoir une fille et un garçon » se rapproche de 0,5 lorsque le nombre de simulations augmente. | Il faut tenir compte de l'ordre des naissances. Il y a quatre cas possibles : la famille a deux filles, deux garçons, une fille puis un garçon ou un garçon puis une fille. La probabilité cherchée est donc 2/4 = 0,5. |

## QCM

### 1 Cochez la (ou les) réponse(s) correcte(s).

**1.** Une probabilité est un nombre qui peut s'écrire sous forme :

**a.** ☐ décimale **b.** ☐ de fraction **c.** ☐ de pourcentage

**2.** Une probabilité peut être égale à : **a.** ☐ $\frac{17}{20}$ **b.** ☐ $\frac{6}{5}$ **c.** ☐ $-\frac{1}{4}$

**3.** Si $p(\text{A}) = 0$, alors cet événement est :

**a.** ☐ incertain **b.** ☐ impossible **c.** ☐ contraire

**4.** Quand deux événements A et B sont contraires :

**a.** ☐ $p(\text{A}) + p(\text{B}) = 1$ **b.** ☐ $p(\text{A}) = 1 - p(\text{B})$ **c.** ☐ $p(\text{A}) + p(\text{B}) = 0$

**5.** On lance un dé à six faces numérotées de 1 à 6. On regarde le nombre inscrit sur la face supérieure. Une issue de cette expérience est :

**a.** ☐ obtenir le chiffre 3 **b.** ☐ obtenir Pile **c.** ☐ obtenir un nombre pair

### 2 Répondez par vrai ou faux.

| Affirmations | Réponse |
|---|---|
| **1.** Quand on fait la somme de toutes les probabilités des issues d'une expérience, on obtient toujours 1. | ☐ V ☐ F |
| **2.** Si $p(\text{A}) = 0,75$, alors $p(\text{non A}) = \frac{1}{4}$. | ☐ V ☐ F |
| **3.** Dans une expérience aléatoire à deux issues, si l'une a pour probabilité 0,26, alors l'autre a pour probabilité 0,74. | ☐ V ☐ F |
| **4.** Dans une expérience aléatoire à deux issues, si l'une a pour probabilité 3,5 %, alors l'autre a pour probabilité 0,65. | ☐ V ☐ F |
| **5.** Une classe de 30 élèves compte 18 filles. Un élève est interrogé au hasard. La probabilité que ce soit un garçon est 0,4. | ☐ V ☐ F |
| **6.** Soit $p$ la probabilité de choisir une boule blanche dans une urne. Si on double les boules blanches, alors la probabilité double. | ☐ V ☐ F |

## Exercices d'entraînement

### 3 Calcul mental

Complétez comme dans l'exemple : $\frac{1}{2} = 0{,}5 = 50\,\%$.

- $\frac{1}{4}$ = ..... = .....
- $\frac{1}{3} \simeq$ ..... $\simeq$ .....
- ..... = ..... = 5 %
- $\frac{3}{4}$ = ..... = .....
- ..... = 0,1 = .....
- ..... = ..... = 30 %

### 4 Des boules dans une urne

Une urne contient 5 boules indiscernables au toucher :
– 1 boule verte vaut 1 point ;
– 2 boules bleues valent chacune 2 points ;
– 2 boules rouges valent chacune 3 points.

On tire au hasard une boule dans l'urne.
Calculez la probabilité des événements :

**1.** $A$ : « obtenir une boule bleue »

**2.** $B$ : « obtenir 1 point »

**3.** $C$ : « obtenir au moins 2 points ».

### 5 Répartition d'une classe

Une classe de 3e est constituée de 30 élèves.
Certains sont externes, les autres sont demi-pensionnaires.
Le tableau ci-dessous donne la composition de la classe.

| | Garçons | Filles | Total |
|---|---|---|---|
| Externes | … | 6 | … |
| Demi-pensionnaires | 10 | 12 | … |
| Total | … | … | 30 |

**1.** Complétez le tableau.

**2.** On choisit au hasard un élève de cette classe.

**a.** Quelle est la probabilité pour que cet élève soit un garçon ?

**b.** Quelle est la probabilité pour que cet élève soit externe ?

**c.** Si l'élève choisi est demi-pensionnaire, quelle est la probabilité que ce soit un garçon ?

## 6 Avec un tableau

Une expérience aléatoire comporte 5 issues. Le tableau suivant donne les probabilités correspondantes pour chacune des issues :

| Issue | 1 | 2 | 3 | 4 | 5 |
|---|---|---|---|---|---|
| Probabilité | 0,18 | $p$ | 0,02 | 0,25 | 0,36 |

**1.** Est-il vrai que l'on a deux fois plus de chances d'obtenir l'issue 5 que l'issue 1 ?

**2.** Calculez la valeur de $p$.

**3.** Quelle est la probabilité d'obtenir un résultat supérieur ou égal à 3 ?

**4.** A-t-on plus de chances d'obtenir un résultat pair ou impair ?

## 7 Une pièce très particulière

Une pièce de monnaie est telle que la probabilité d'obtenir Pile est trois fois plus grande que celle d'obtenir Face.
Quelle est la probabilité d'apparition de chacune des faces ?

## 8 En musique

Sur le lecteur MP3 d'Héléna, il y a trois groupes de musique différents : Radiohead, Ghinzu et Deus. Les morceaux de Radiohead représentent $\frac{2}{5}$ des enregistrements, ceux de Ghinzu 27 %, et le reste est composé des chansons de Deus. On lance la lecture aléatoire qui choisit un morceau au hasard. Quel groupe a-t-on le plus de chances d'écouter en premier ?

## 9 Avec des lettres

Dans une urne, on a dix boules indiscernables au toucher portant les lettres du mot PROBABILITÉ :

(P) (R) (O) (B) (A) (B) (I) (L) (I) (T) (E)

On tire au hasard une boule dans cette urne et on regarde la lettre inscrite sur la boule.

**1.** Quelles sont les issues de cette expérience aléatoire ?

**2.** Quelles sont les probabilités des événements $A_1$, $A_2$, $A_3$ et $A_4$ définis par :

**a.** $A_1$ : « La lettre tirée est un P ».

**b.** $A_2$ : événement contraire de $A_1$.

**c.** $A_3$ : « La lettre tirée est un I ».

**d.** $A_4$ : « On obtient une lettre du mot M A T H S ».

**3.** Louise affirme qu'elle a plus de chances d'obtenir une voyelle qu'une consonne à l'issue d'un tirage. A-t-elle raison ? Justifiez votre réponse.

## Vers le Brevet

### 10 Avec une roue

Un jeu consiste à faire tourner la roue ci-contre. On lit le numéro en face de la flèche.

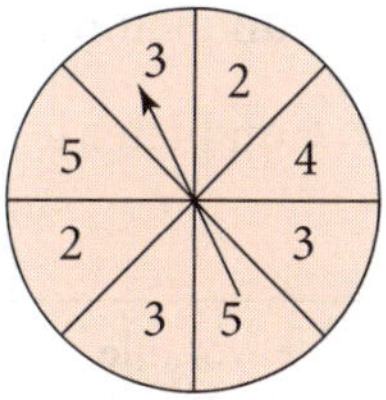


**1.** Quelle est la probabilité d'obtenir le chiffre 2 ?

**2.** Quelle est la probabilité d'obtenir un chiffre inférieur ou égal à 3 ?

**3.** On gagne 10 € si la roue s'arrête sur un chiffre pair ; on perd 10 € sinon.
A-t-on intérêt à jouer à ce jeu ?

### 11 C'est la fête

Pour gagner un lot dans une fête foraine, il faut d'abord tirer une boule rouge dans une urne, puis obtenir un nombre premier en tournant une roue.

**1.** L'urne contient 6 boules vertes, 5 boules blanches et des boules rouges. Le responsable annonce « 50 % de chances de tirer une boule rouge ».

**a.** Combien y a-t-il de boules rouges dans l'urne ?

**b.** Quelle est la probabilité de tirer une boule blanche ?

**2.** On fait maintenant tourner la roue séparée en 8 secteurs numérotés comme indiqué ci-après.

**a.** Citer les nombres premiers inscrits sur cette roue.

**b.** Quelle est la probabilité d'obtenir un nombre premier ?

**3.** Louise décide de participer au jeu. Quelle est la probabilité qu'elle gagne un lot ?

## 12 D'accord ou pas d'accord

Une entreprise envisage de mettre en place un service de transport en commun.

Elle a effectué, pour cela, une enquête sur le mode de transport habituel de ses salariés.

L'entreprise emploie 400 personnes, dont 74,5 % sont favorables au projet. Parmi ces 400 personnes, 65 % viennent en voiture. 80 % des personnes qui viennent en voiture sont favorables au projet.

Parmi les 400 personnes de l'entreprise, 18 % viennent en bus. Le sixième des personnes qui viennent en bus n'est pas favorable au projet.

Aucun piéton n'est favorable au projet et le quart des cyclistes non plus.

**1.** Compléter le tableau suivant :

| | Voiture | Bus | Vélo | Pied | Total |
|---|---|---|---|---|---|
| Favorable | | | | | |
| Non favorable | | | | | |
| Total | | | | | 400 |

**2.** On prend une personne au hasard parmi les 400.

**a.** Calculer la probabilité que la personne soit venue en voiture.

**b.** Calculer la probabilité que la personne soit favorable au projet.

**c.** Calculer la probabilité que la personne soit venue en voiture et soit favorable au projet.

**3.** On choisit une personne au hasard parmi ceux qui sont favorables au projet. Quelle est la probabilité pour que cette personne soit venue en bus ?

## QCM

**1** **1.** Une probabilité est un nombre compris entre 0 et 1. Elle peut s'écrire sous forme décimale, de fraction ou de pourcentage.
**Réponses : a.** décimale **b.** de fraction et **c.** de pourcentage.

> **Remarque**
> Par exemple, $p = 0{,}1$ (décimale) $= \frac{1}{10}$ (fraction), $= 10\,\%$ (pourcentage).

**2.** Une probabilité est un nombre compris entre 0 et 1. On repère parmi les fractions proposées celles qui sont comprises entre 0 et 1.
- $0 < \frac{17}{20} < 1$, donc $\frac{17}{20}$ peut être une probabilité.
- $\frac{6}{5} > 1$, donc $\frac{6}{5}$ ne peut pas être une probabilité.
- $-\frac{1}{4} < 0$, donc $-\frac{1}{4}$ ne peut pas être une probabilité.

**Réponse : a.** $\frac{17}{20}$.

> **Gagnez des points !**
> On reconnaît qu'une fraction est un nombre inférieur à 1 si le numérateur est plus petit que le dénominateur.

**3.** Si $p(A) = 0$, on dit que A est un événement impossible.
**Réponse : b.** impossible.

> **Remarque**
> Par exemple, quand on lance un dé à 6 faces numérotées de 1 à 6, la probabilité d'obtenir 7 est nulle.

**4.** Quand deux événements A et B sont contraires (B = non A), on a : $p(A) + p(B) = 1$.
Cette égalité peut aussi s'écrire :
$p(A) = 1 - p(B)$.

**Réponses : a.** $p(A) + p(B) = 1$ et **b.** $p(A) = 1 - p(B)$.

> **Gagnez des points !**
> Si A et B sont contraires, alors B = non (A).

**5.** • Obtenir le chiffre 3 est bien un résultat possible donc une issue de l'expérience.
- Obtenir Pile ne peut pas être une issue (il n'y a pas de face notée Pile).
- Obtenir un nombre pair n'est pas une issue mais un événement composé de 3 issues : 2, 4 et 6.

**Réponse : a.** obtenir le chiffre 3.

> **Gagnez des points !**
> Un événement peut être composé d'une ou de plusieurs issues.

**2** **1. Vrai.** C'est une règle fondamentale. Quand on fait la somme des probabilités de toutes les issues, on doit obtenir 1.

**2. Vrai.** On sait que $p(\text{A}) + p(\text{non A}) = 1$. Sachant que $p(\text{A}) = 0{,}75$, on en déduit :
$p(\text{non A}) = 1 - 0{,}75 = 0{,}25 = \frac{1}{4}$.

**3. Vrai.** La somme des probabilités des issues vaut 1. Si l'une vaut 0,26, alors l'autre vaut $1 - 0{,}26 = 0{,}74$.

**4. Faux.** La somme des probabilités des issues vaut 1. Si l'une vaut 3,5 %, alors l'autre vaut :

$1 - 3{,}5\,\% = 1 - 0{,}035 = 0{,}965$.

> **Rappel**
> $3{,}5\,\% = \frac{3{,}5}{100} = 0{,}035$.

**5. Vrai.** Dans la classe, il y a 30 élèves dont 18 filles, soit $30 - 18 = 12$ garçons. Le professeur interroge un élève au hasard, il a donc 12 chances sur 30 de choisir un garçon. La probabilité est donc $\frac{12}{30} = 0{,}4$.

**6. Faux.** Prenons un contre-exemple. Dans une urne, il y a 2 boules blanches et 2 boules noires. La probabilité de choisir une boule blanche est $\frac{2}{4} = 0{,}5$.

On a donc une chance sur deux d'obtenir une boule blanche. Si on double le nombre de boules blanches, il y en a 4 et toujours 2 boules noires. L'urne est donc composée de 4 boules blanches et 2 boules noires, soit 6 boules au total. La probabilité d'obtenir une boule blanche est alors de $\frac{4}{6} = \frac{2}{3}$. On a deux chances sur 3 d'obtenir une boule blanche et $\frac{2}{3} \approx 0{,}67$ n'est pas le double de 0,5.

## Exercices d'entraînement

**3**
- $\frac{1}{4} = 0{,}25 = 25\,\%$
- $\frac{1}{3} \simeq 0{,}33 \simeq 33\,\%$
- $\frac{5}{100} = \frac{1}{20} = 0{,}05 = 5\,\%$
- $\frac{3}{4} = 0{,}75 = 75\,\%$
- $\frac{1}{10} = 0{,}1 = 10\,\%$
- $\frac{3}{10} = 0{,}3 = 30\,\%$

**4** **1.** Il y a 2 boules bleues dans l'urne. On en déduit que la probabilité de l'événement A est :

$$p(\text{A}) = \frac{2}{5} = 0{,}4$$

**2.** Il y a 1 boule valant 1 point dans l'urne. On en déduit que la probabilité de l'événement B est :

$$p(\text{B}) = \frac{1}{5} = 0{,}2$$

> **Rappel**
> Pour calculer la probabilité d'un événement A, utilisez la formule :
> $p(\text{A}) = \frac{\text{Nb. d'issues qui réalisent A}}{\text{Nb. total d'issues}}$

**3.** Il y a 4 boules valant au moins 2 points dans l'urne (les deux boules bleues et les deux boules rouges). On en déduit que la probabilité de l'événement C est :

$$p(\mathrm{C}) = \frac{4}{5} = 0{,}8$$

**5** **1.**

| | Garçons | Filles | Total |
|---|---|---|---|
| Externes | 2 | 6 | 8 |
| Demi-pensionnaires | 10 | 12 | 22 |
| Total | 12 | 18 | 30 |

**2. a.** Il y a 12 garçons dans la classe, donc la probabilité de choisir un garçon est : $\frac{12}{30} = \frac{2}{5} = 0{,}4$.

**b.** Il y a 8 élèves externes dans la classe, donc la probabilité de choisir un élève externe est : $\frac{8}{30} = \frac{4}{15} \simeq 0{,}27$.

**c.** Parmi les élèves demi-pensionnaires, il y a 10 garçons. On en déduit que la probabilité que cet élève soit un garçon est : $\frac{10}{22} = \frac{5}{11} \simeq 0{,}45$.

**Pensez-y !**

Dans cette question, on sait que l'élève choisi est demi-pensionnaire. Le nombre d'issues possibles est donc 22.

**6** **1.** La probabilité d'obtenir le 1 est 0,18 et celle d'obtenir le 5 est 0,36. Or $0{,}18 \times 2 = 0{,}36$. On en déduit que l'on a deux fois plus de chances d'obtenir le 5 que le 1.

**2.** La somme des probabilités des issues de l'expérience vaut 1. On peut donc écrire : $0{,}18 + p + 0{,}02 + 0{,}25 + 0{,}36 = 1$.
On en déduit que :
$p = 1 - 0{,}18 - 0{,}02 - 0{,}25 - 0{,}36 = 0{,}19$.

**Gagnez des points !**

Obtenir un résultat supérieur ou égal à trois signifie obtenir 3, 4 ou 5.

**3.** La probabilité d'obtenir un résultat supérieur ou égal à 3 est $0{,}02 + 0{,}25 + 0{,}36 = 0{,}63$.

**4.** • Les résultats pairs sont 2 et 4. La probabilité d'obtenir un résultat pair est donc :
$0{,}19 + 0{,}25 = 0{,}44$.

• Les résultats impairs sont 1, 3 et 5. La probabilité d'obtenir un résultat impair est :
$0{,}18 + 0{,}02 + 0{,}36 = 0{,}56$.

• $0{,}44 < 0{,}56$, donc la probabilité d'obtenir un résultat pair est inférieure à la probabilité d'obtenir un résultat impair.

**L'astuce du prof**

Quand la probabilité d'obtenir un résultat pair est 0,44, la probabilité d'obtenir un résultat impair est $1 - 0{,}44 = 0{,}56$ car on ne peut obtenir qu'un résultat pair ou un résultat impair.
Les événements sont contraires.

**7** Soit $x$ la probabilité d'obtenir Face. La probabilité d'obtenir Pile est donc $3x$. On en déduit que $x + 3x = 1$ soit $4x = 1$.

Par conséquent, $x = \frac{1}{4} = 0{,}25$.

La probabilité d'obtenir Face est 0,25 et celle d'obtenir Pile est $0{,}25 \times 3 = 0{,}75$.

**Conseil**

Traduisez le problème à l'aide d'une équation.

**8** • La probabilité que la lecture aléatoire choisisse un morceau de Radiohead est $\frac{2}{5} = 0{,}4$.

• La probabilité que la lecture aléatoire choisisse un morceau de Ghinzu est $\frac{27}{100} = 0{,}27$.

**Méthode**

Cherchez les probabilités dans le même « format », par exemple sous forme décimale.

• $p(\text{Radiohead}) + p(\text{Ghinzu}) + p(\text{Deus}) = 1$ car il n'y a que 3 issues possibles. La probabilité que la lecture aléatoire choisisse un morceau de Deus est $1 - 0{,}4 - 0{,}27 = 0{,}33$.
On a $0{,}27 < 0{,}33 < 0{,}4$. On en déduit que la probabilité la plus importante est celle d'écouter un morceau du groupe Radiohead.

**9** **1.** Il y a 9 issues : P, R, O , B, A, I, L, T, E.

**2. a.** Il y a un seul P dans le mot PROBABILITE, donc la probabilité de tirer un P est :

$p(A_1) = \frac{1}{11}$.

**Pensez-y !**

Puisque certaines lettres apparaissent plusieurs fois, on dit que ces issues ne sont pas équiprobables.

**b.** L'événement $A_2$ est l'événement contraire de l'événement $A_1$, donc $p(A_2) = 1 - p(A_1) = 1 - \frac{1}{11} = \frac{10}{11}$.

**c.** Il y a deux I dans le mot PROBABILITE, donc la probabilité de tirer un I est : $p(A_3) = \frac{2}{11}$.

**d.** Le T et le A peuvent être obtenus avec le mot PROBABILITE (ils n'apparaissent qu'une seule fois dans le mot PROBABILITE), donc $p(A_4) = \frac{2}{11}$.

**3.** La probabilité d'obtenir une voyelle est :

$$\frac{\text{Nombre de fois où apparaît une voyelle dans PROBABILITE}}{\text{Nombre de lettres du mot PROBABILITE}} = \frac{5}{11}.$$

On en déduit que la probabilité d'obtenir une consonne est :

$1 - \dfrac{5}{11} = \dfrac{6}{11}$.

Par conséquent, Louise a plus de chances d'obtenir une consonne qu'une voyelle.

> **Remarque**
> Vous pouviez calculer cette probabilité comme dans la question précédente en comptant le nombre de consonnes dans le mot PROBABILITE.

## Vers le Brevet

**10** **1.** La roue est composée de 8 secteurs identiques. Deux portent le numéro 2.

La probabilité d'obtenir le chiffre 2 est $\dfrac{2}{8} = \dfrac{1}{4} = 0{,}25$.

On a donc 1 chance sur 4 d'obtenir le chiffre 2.

**2.** • La probabilité d'obtenir le chiffre 2 est 0,25, d'après la question **1.**

• La probabilité d'obtenir le chiffre 3 est $\dfrac{3}{8} = 0{,}375$

car il y a 3 secteurs qui portent le numéro 3.

La probabilité d'obtenir un chiffre inférieur ou égal à 3 est donc $0{,}25 + 0{,}375 = 0{,}625$.

> **Remarque**
> Obtenir un chiffre inférieur ou égal à 3, c'est obtenir 2 ou 3.

**3.** • La probabilité de gagner 10 € quand on joue à ce jeu est égale à la probabilité que la roue s'arrête sur un chiffre pair.
Il y a 2 chiffres pairs sur la roue : 2 et 4.

La probabilité d'obtenir le chiffre 2 est 0,25 (d'après la question **1.**).

La probabilité d'obtenir le chiffre 4 est $\dfrac{1}{8} = 0{,}125$.
On en déduit que la probabilité d'obtenir un chiffre pair est $0{,}25 + 0{,}125 = 0{,}375$.

• La probabilité de perdre 10 € est égale à la probabilité que la roue s'arrête sur un chiffre impair.
Il y a 2 chiffres impairs sur la roue : 3 et 5.
La probabilité d'obtenir le 3 est 0,375 (d'après la question **2.**).
La probabilité d'obtenir le 5 est $\dfrac{2}{8} = 0{,}25$.
Ainsi, la probabilité d'obtenir un chiffre impair est $0{,}375 + 0{,}25 = 0{,}625$.
Finalement, la probabilité de gagner est plus faible que celle de perdre : on n'a donc pas intérêt à jouer à ce jeu.

> **L'astuce du prof**
> Les événements : « obtenir un chiffre pair (P) » et « obtenir un chiffre impair (I) » sont contraires.
> Donc $p(\text{I}) = 1 - p(\text{P}) = 1 - 0{,}375 = 0{,}625$.

**11** **1. a.** Le responsable annonce « 50 % de chances de tirer une boule rouge » : cela signifie donc qu'il y a autant de boules rouges que de boules d'autres couleurs.
Il y a 6 + 5 = 11 boules vertes et blanches.
On en déduit qu'il y a 11 boules rouges dans l'urne.
**b.** La probabilité $p$ de tirer une boule blanche est :

$$p = \frac{\text{nombre de boules blanches}}{\text{nombre de boules}} = \frac{5}{6+5+11} = \frac{5}{22}.$$

**2. a.** Parmi les nombres proposés, les nombres premiers sont 3, 5, 11, 23 et 29.
**b.** Sur les 8 secteurs, 5 d'entre eux sont numérotés avec un nombre premier.
La probabilité d'obtenir un nombre premier est donc $\frac{5}{8} = 0{,}625$.

**Rappel**
Un nombre est dit premier quand il admet exactement (et seulement) deux diviseurs : 1 et lui-même.

**3.** La probabilité P de gagner un lot est :
P = probabilité (boule rouge et nombre premier)
P = $p$ (boule rouge) × $p$ (nombre premier)
$P = \frac{1}{2} \times \frac{5}{8}$
$P = \frac{5}{16} = 0{,}3125.$

**Gagnez des points**
La probabilité de tirer une boule rouge est d'après la question **1.a.** 50 % = $\frac{1}{2}$.

**12** **1.**

| | Voiture | Bus | Vélo | Pied | Total |
|---|---|---|---|---|---|
| **Favorable** | $\frac{80}{100} \times 260$ = **208** | 72 – 12 = **60** | 298 – 208 – 60 = **30** | **0** | $\frac{74{,}5}{100} \times 400$ = **298** |
| **Non favorable** | 260 – 208 = **52** | $\frac{1}{6} \times 72$ = **12** | ¼ des cyclistes soit **10** (puisque ¾ ↔ 30) | 102 – 52 – 12 – 10 = **28** | 400 – 298 = **102** |
| **Total** | $\frac{65}{100} \times 400$ = **260** | $\frac{18}{100} \times 400$ = **72** | 30 + 10 = **40** | 0 + 28 = **28** | 400 |

**2. a.** 260 personnes se déplacent en voiture sur un total de 400.

La probabilité pour une personne de se rendre au travail en voiture est :

$\frac{260}{400} = \frac{13}{20} = 0{,}65.$

> **Remarque**
> $\frac{13}{20}$ est l'écriture fractionnaire du résultat. 0,65 est l'écriture décimale.

**b.** 298 personnes sont favorables au projet de service de transport en commun sur un total de 400.

La probabilité pour une personne d'être favorable au projet est :

$\frac{298}{400} = \frac{149}{200} = 0{,}745.$

**c.** 208 personnes viennent au travail en voiture et sont favorables au projet.

La probabilité correspondante est : $\frac{208}{400} = \frac{13}{25} = 0{,}52.$

**3.** Parmi les 298 personnes favorables au projet, 60 viennent en bus.
La probabilité pour une personne de venir en bus sachant qu'elle est favorable au projet est :

$\frac{60}{298} = \frac{30}{149} \approx 0{,}201.$

> **Piège à éviter**
> Le résultat sous forme de fraction réduite est $\frac{30}{149}$.
> 0,201 n'est qu'une valeur approchée, pas exacte.

CHAPITRE

# 10 Transformations. Triangles. Quadrilatères

## 1 Transformations du plan

### 1 La symétrie axiale

Le symétrique d'un point $A$ par rapport à une droite $d$ est le point $A'$ tel que $d$ soit la médiatrice du segment $[AA']$.

Sur la figure ci-contre, le triangle $ABC$ a pour image le triangle $A'B'C'$ dans la symétrie d'axe $d$.

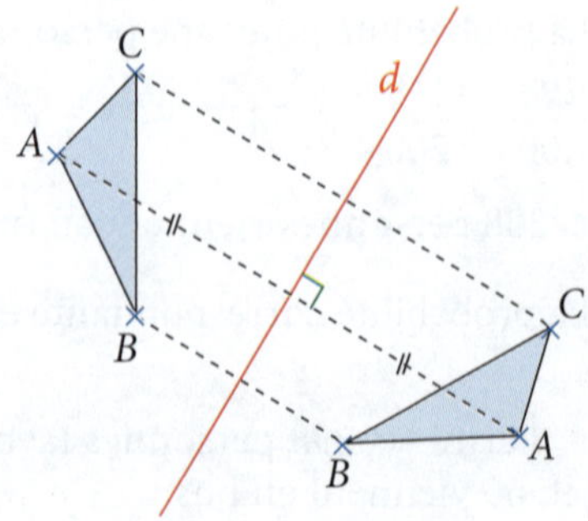


### 2 La symétrie centrale

Le symétrique d'un point $A$ par rapport à un point $O$ est le point $A'$ tel que $O$ soit le milieu du segment $[AA']$.

Sur la figure ci-contre, le triangle $ABC$ a pour image le triangle $A'B'C'$ dans la symétrie de centre $O$.

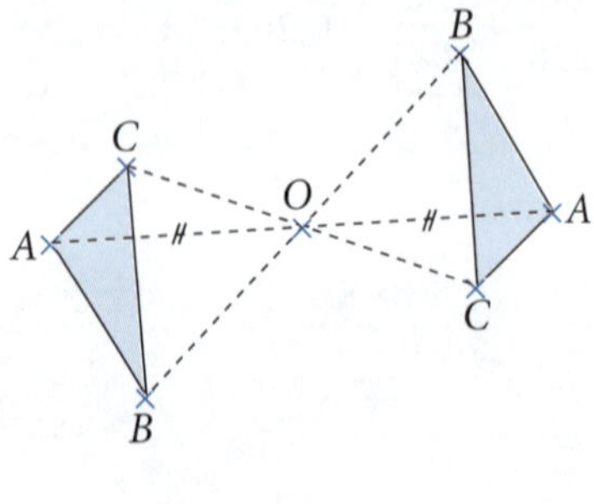


### 3 La translation

L'image d'un point $A$ par une translation est un point $A'$ que l'on déplace d'une certaine distance.

Sur la figure ci-contre, le triangle $ABC$ a pour image le triangle $A'B'C'$ dans la translation qui transforme $A$ en $A'$.

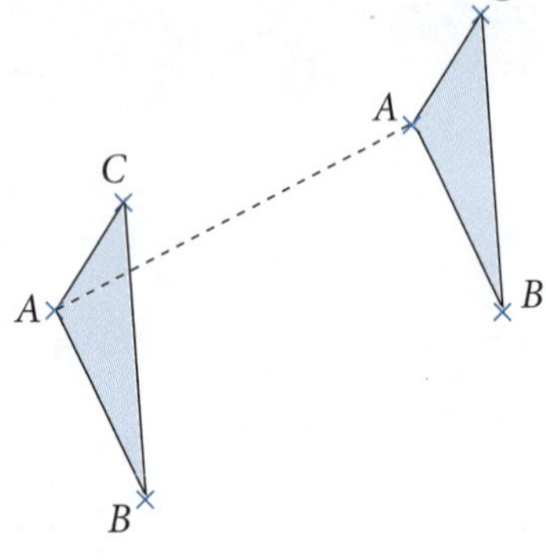

### 4 La rotation

L'image d'un point $A$ par la rotation de centre $O$ et d'angle $\alpha$ est le point $A'$ tel que :

- $OA = OA'$.
- $\widehat{AOA'} = \alpha$. Le sens de la rotation est le sens inverse des aiguilles d'une montre.

Sur la figure ci-contre, le triangle $ABC$ a pour image le triangle $A'B'C'$ dans la rotation de centre $O$ et d'angle $\alpha = 60°$.

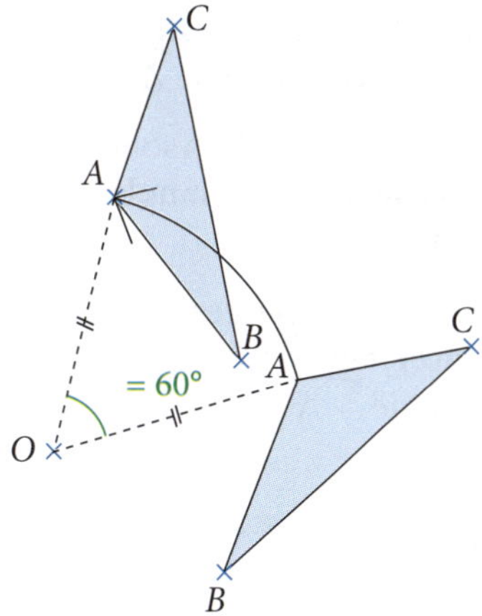


## 2 Triangles

### 1 Droites remarquables dans un triangle

- Une **médiane** est une droite qui passe par un sommet et par le milieu du côté opposé à ce sommet. Les trois médianes sont concourantes en un point $G$ appelé **centre de gravité** du triangle. La droite rouge ci-dessous est la médiane issue de $B$.

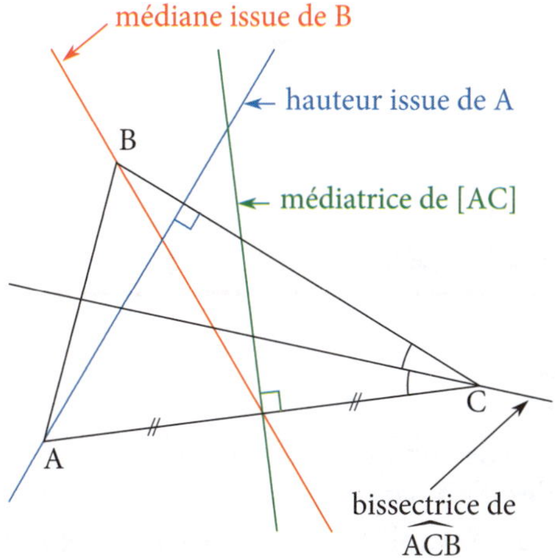

• Une **hauteur** est une droite qui passe par un sommet et qui est perpendiculaire au côté opposé à ce sommet. Les hauteurs sont concourantes en un point $H$ appelé **orthocentre** du triangle. La droite bleue (figure ci-avant) est la hauteur issue de $A$.

• Les **médiatrices** sont concourantes en un point qui est **le centre du cercle circonscrit** au triangle. La droite verte (figure ci-avant) est la médiatrice du côté $[AC]$.

• Les **bissectrices** sont concourantes en un point qui est **le centre du cercle inscrit** dans le triangle. La droite noire (figure ci-avant) est la bissectrice de l'angle $\widehat{ACB}$.

## 2 Triangles égaux

• **Définition :** si deux triangles ont leurs trois côtés respectivement de même longueur, alors on dit qu'ils sont égaux. Deux triangles égaux sont superposables.

• **Théorèmes**

Si deux triangles ont un angle de même mesure compris entre deux côtés de même longueur, alors ils sont égaux.

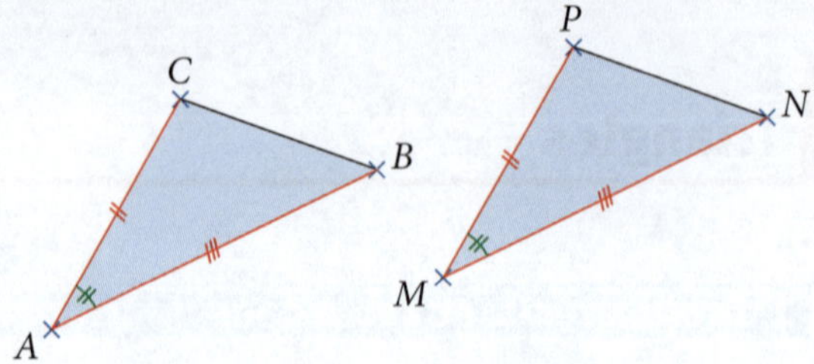


Si deux triangles ont un côté de même longueur adjacent à deux angles de même mesure, alors ils sont égaux.

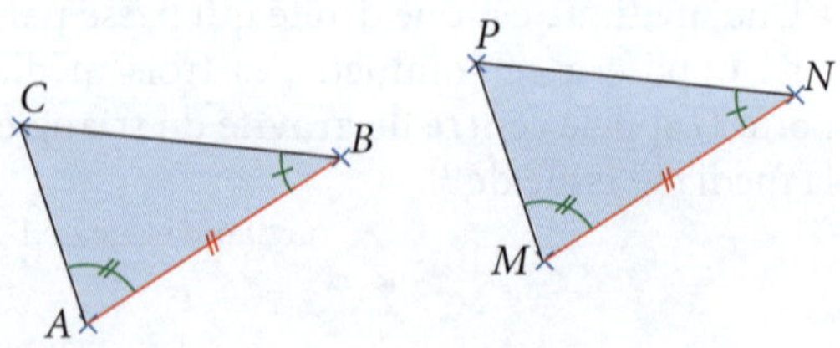


# 3 Parallélogrammes

## 1 Définition et propriétés

Un parallélogramme est un quadrilatère dont les côtés opposés sont parallèles. Les diagonales d'un parallélogramme se coupent en leur milieu.

Les côtés opposés d'un parallélogramme sont de même longueur.

Les angles opposés sont de même mesure.

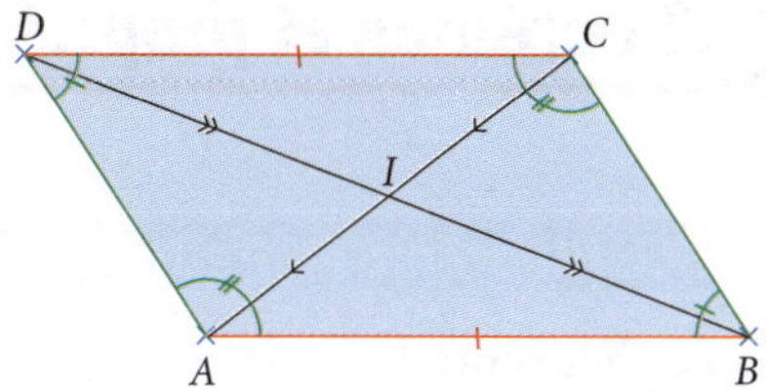


## 2 Les parallélogrammes particuliers

- **Le rectangle**

Un parallélogramme qui a un angle droit est un rectangle (il a donc 4 angles droits).
Un parallélogramme qui a ses diagonales de même longueur est un rectangle.

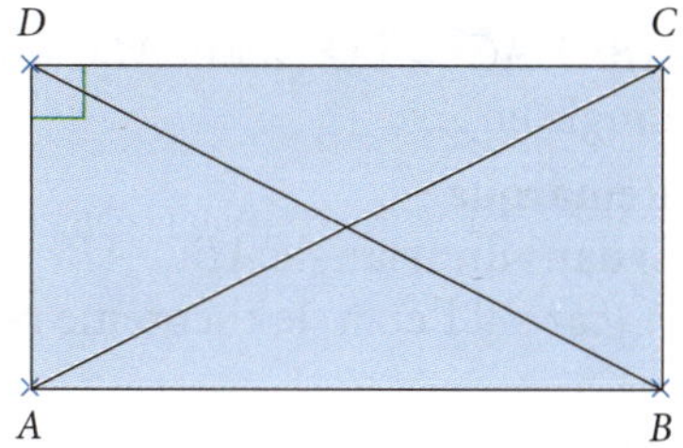


- **Le losange**

Un parallélogramme qui a ses diagonales perpendiculaires est un losange.
Un parallélogramme qui a deux côtés consécutifs de même longueur est un losange (il a donc 4 côtés de même longueur).

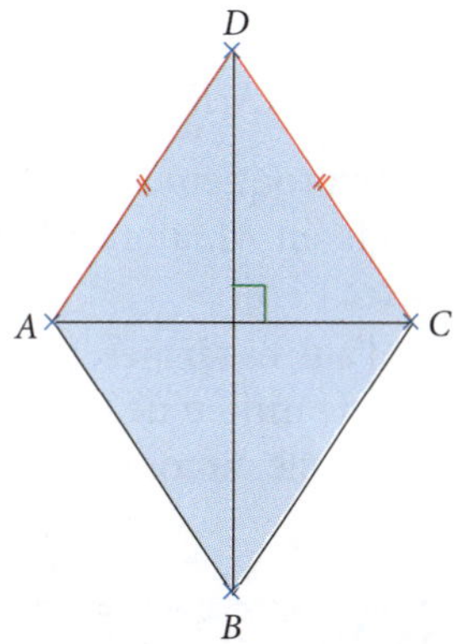


- **Le carré**

Le carré cumule les propriétés du rectangle et du losange. Autrement dit, pour justifier qu'un parallélogramme est un carré, il suffit de montrer que c'est un rectangle et un losange.

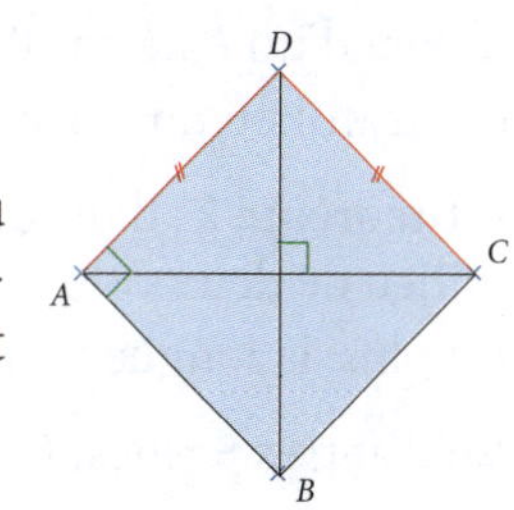

# 4 Théorèmes et propriétés de base

## 1 Le théorème de Pythagore et sa réciproque

- **Le théorème**

Si $ABC$ est un triangle rectangle en $A$ alors : $AB^2 + AC^2 = BC^2$.

- **La réciproque**

Si dans un triangle $ABC$, $AB^2 + AC^2 = BC^2$, alors $ABC$ est rectangle en $A$.

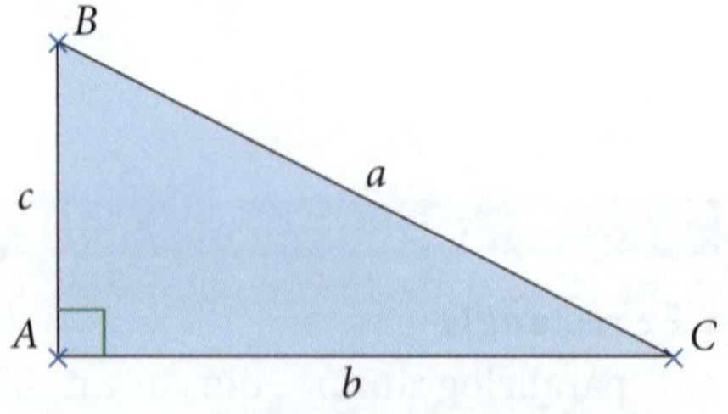


$b^2 + c^2 = a^2$

**Remarque :**

Si dans un triangle $ABC$, $AB^2 + AC^2 \neq BC^2$, alors $ABC$ n'est pas rectangle en $A$ (car s'il l'était, le théorème de Pythagore assurerait l'égalité).

## 2 Cercle et triangle rectangle

- Soit $\mathscr{C}$ un cercle de diamètre $[AB]$. Si $M$ est un point de ce cercle, alors le triangle $AMB$ est rectangle en $M$.

- Réciproquement, si $AMB$ est un triangle rectangle en $M$, alors $M$ est sur le cercle de diamètre $[AB]$.

En d'autres termes, si un triangle est rectangle, alors le milieu de l'hypoténuse est le centre de son cercle circonscrit.

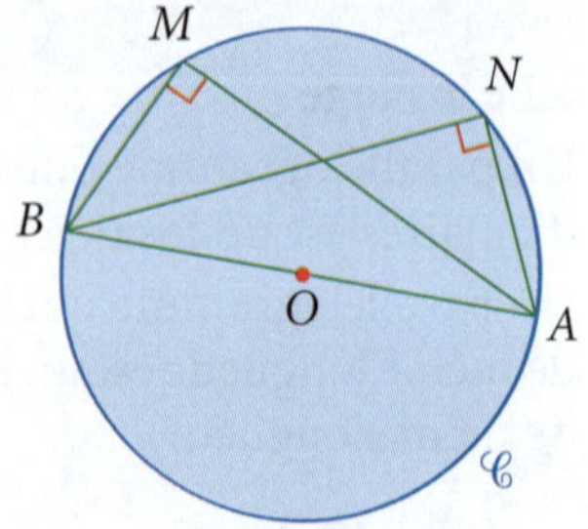


## 3 Triangles et milieux

- **Théorème 1 :** dans un triangle, la droite qui passe par le milieu d'un côté parallèlement à un deuxième côté passe par le milieu du troisième côté.

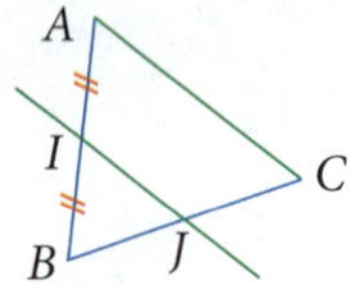


- **Théorème 2 :** dans un triangle, la droite qui passe par le milieu de deux côtés est parallèle au troisième côté.

De plus, la longueur $IJ$ est la moitié de la longueur $AC$.

En d'autres termes, $IJ = \frac{1}{2}AC$.

Ici, la droite $(IJ)$ est parallèle à $(AC)$.

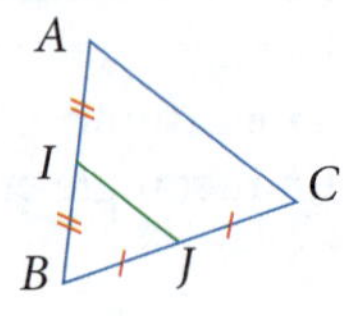

## EXERCICES RÉSOLUS

### Résoudre un problème de triangles

**ÉNONCÉ**

En étudiant la figure ci-contre, Jeanne affirme que les longueurs $NP$ et $AC$ sont égales. Montrez que Jeanne a raison.

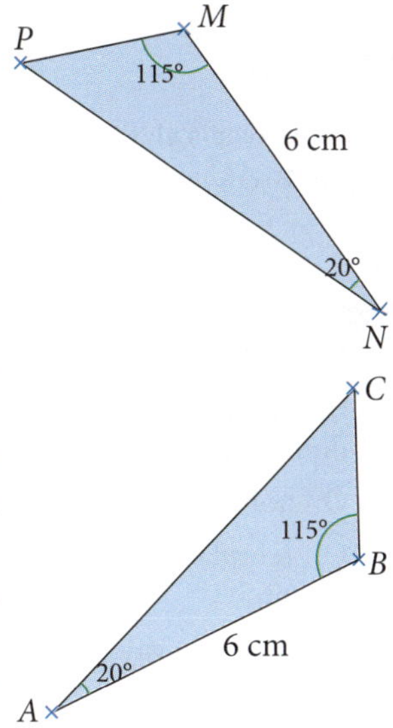


**CORRIGÉ**

Les triangles $ABC$ et $MNP$ sont égaux. En effet, $\widehat{ABC} = \widehat{NMP} = 115°$ et $\widehat{BAC} = \widehat{MNP} = 20°$. De plus, $AB = MN$. Si deux triangles ont un côté de même longueur adjacent à deux angles de même mesure, alors ils sont égaux. Par conséquent, $ABC$ et $MNP$ sont deux triangles égaux.
Les côtés des deux triangles égaux ont les mêmes mesures. Finalement, $NP = AC$.

### Triangles égaux et triangles rectangles

**ÉNONCÉ**

$ABC$ est un triangle rectangle en $B$ avec $AB = 4$ et $BC = 3$. $MNP$ est un triangle rectangle avec $NP = 3$ et $MP = 5$. Ema affirme que ces deux triangles sont égaux. Montrez qu'Ema a raison.

**CORRIGÉ**

Pour savoir si les triangles $ABC$ et $MNP$ sont égaux, on calcule la longueur $MN$ dans le triangle rectangle $MNP$.

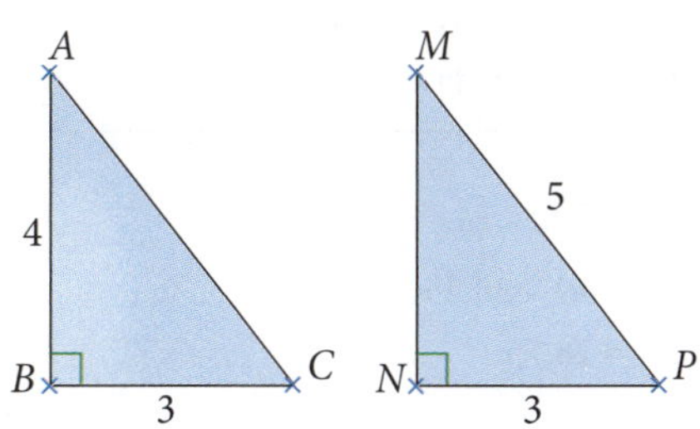


D'après le théorème de Pythagore :
$MN^2 + NP^2 = MP^2$
$MN^2 + 3^2 = 5^2$
$MN^2 = 25 - 9$
$MN = \sqrt{16}$
$MN = 4.$
On en déduit que les triangles $ABC$ et $MNP$ ont un angle de même mesure (l'angle droit) compris entre deux côtés de même longueur ($BC = NP$ et $MN = AB$). Ils sont donc égaux : Ema a raison.

# Calculer une longueur dans un triangle rectangle

## ÉNONCÉ

Calculez une valeur arrondie au dixième de la longueur *AC*.

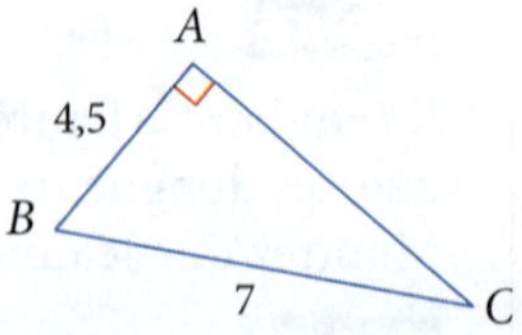


## MÉTHODE

**1.** On reconnaît un triangle rectangle dans lequel deux mesures sur trois sont données.

**2.** On nomme le triangle et on applique le théorème de Pythagore.

**3.** On remplace les valeurs que l'on connaît, puis on isole la longueur que l'on cherche.

**4.** On donne la valeur exacte de la longueur cherchée, puis la valeur approchée demandée.

## CORRIGÉ

| Solution | Commentaires |
|---|---|
| *ABC* est bien un triangle rectangle dans lequel on connaît deux longueurs sur trois. | **1.** Le théorème de Pythagore ne s'applique que dans un triangle rectangle ! |
| Dans le triangle *ABC* rectangle en *A*, d'après le théorème de Pythagore, on écrit : $AB^2 + AC^2 = BC^2$. | **2.** On nomme le triangle et on indique quel théorème on va utiliser. |
| $4{,}5^2 + AC^2 = 7^2$<br>$AC^2 = 49 - 20{,}25$<br>$AC^2 = 28{,}75$ | **3.** On repère l'hypoténuse du triangle rectangle (c'est le plus grand côté, celui qui fait face à l'angle droit) et on écrit que la somme des carrés des côtés de l'angle droit est égale au carré de l'hypoténuse. |
| $AC = \sqrt{28{,}75}$ (valeur exacte)<br>$AC \approx 5{,}4$ (valeur approchée) | **4.** On donne la valeur exacte de *AC* (ici $\sqrt{28{,}75}$), puis une valeur approchée au dixième à l'aide de la calculatrice (1 chiffre après la virgule). |

# Démontrer qu'un triangle est ou n'est pas rectangle

## ÉNONCÉ

Le triangle *MNP* est-il rectangle ?

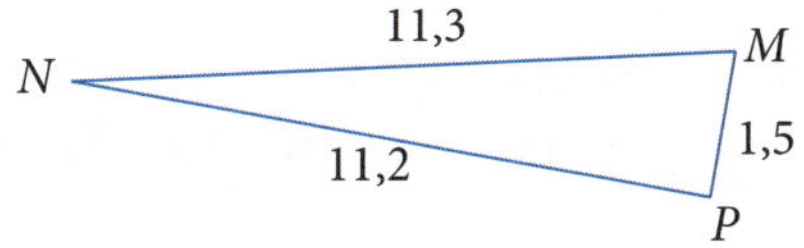


## MÉTHODE

**1.** On repère le plus grand côté du triangle.

**2.** On effectue deux calculs séparés :
- le carré du plus grand côté ;
- la somme des carrés des deux autres côtés.

**3.** Si les résultats sont égaux, alors la réciproque du théorème de Pythagore permet de conclure que le triangle est rectangle. Sinon, l'égalité du théorème de Pythagore n'est pas vérifiée, et le triangle n'est pas rectangle.

## CORRIGÉ

| Solution | Commentaires |
|---|---|
| Dans le triangle *MNP*, [*MN*] est le plus grand côté. | **1.** Si le triangle était rectangle, [*MN*] serait l'hypoténuse et l'angle droit serait en *P*. |
| On calcule : <br>• $MN^2 = 11,3^2 = 127,69$ ; <br>• $NP^2 + MP^2 = 11,2^2 + 1,5^2 = 127,69$. | **2.** Les deux calculs doivent être effectués séparément. |
| On a donc : <br>$NP^2 + MP^2 = MN^2$. <br>On en déduit, d'après la réciproque du théorème de Pythagore, que le triangle *MNP* est rectangle en *P*. | **3.** On n'oublie pas d'indiquer le théorème qui permet de conclure : ici, la réciproque du théorème de Pythagore. |

## QCM

### 1 Cochez la (ou les) réponse(s) correcte(s).

Sur cette figure, $O$ est le centre du cercle.

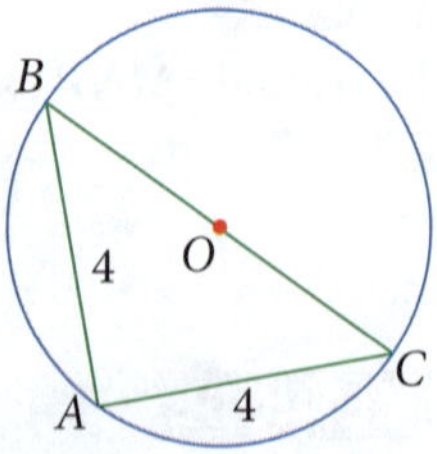


**1.** Le triangle $ABC$ est :

**a.** ☐ rectangle **b.** ☐ isocèle **c.** ☐ équilatéral

**2.** Le rayon du cercle circonscrit au triangle $ABC$ est :

**a.** ☐ environ 2,8 **b.** ☐ 4 **c.** ☐ environ 5,7

**3.** Pour le triangle $ABC$, la droite $(OA)$ est :

**a.** ☐ une médiane **b.** ☐ une hauteur **c.** ☐ une médiatrice

**4.** Un losange est :

**a.** ☐ un parallélogramme

**b.** ☐ un parallélogramme avec un angle droit

**c.** ☐ un parallélogramme avec deux côtés consécutifs de même longueur

**5.** Sur la figure ci-contre :

**a.** ☐ $ABCD$ est un losange

**b.** ☐ $AB = 5$

**c.** ☐ l'aire de $ABCD$ est 24

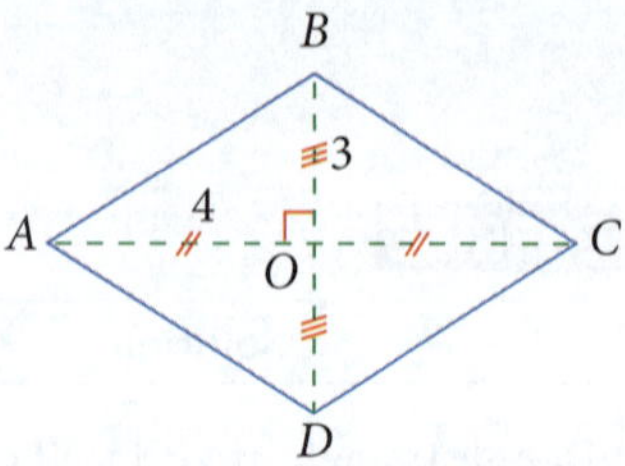


### 2 Répondez par vrai ou faux.

| Affirmations | Réponse |
|---|---|
| **1.** On peut construire un carré $ABCD$ tel que $AB = 4$ et $BD = 6$. | ☐ V ☐ F |
| **2.** Un triangle dont les côtés mesurent 3 ; 5 et $\sqrt{8}$ est un triangle rectangle. | ☐ V ☐ F |
| **3.** L'égalité du théorème de Pythagore traduit une égalité de longueurs. | ☐ V ☐ F |
| On augmente le côté $a$ d'un carré de 1 cm. | |
| **4.** Son périmètre augmente de 4 cm. | ☐ V ☐ F |
| **5.** Son aire augmente de $(2a + 1)$ cm$^2$. | ☐ V ☐ F |

# Exercices d'entraînement

## 3 Avec les triangles rectangles

Dans chacun des cas suivants, montrez que le triangle $ABC$ est rectangle.

**1.**

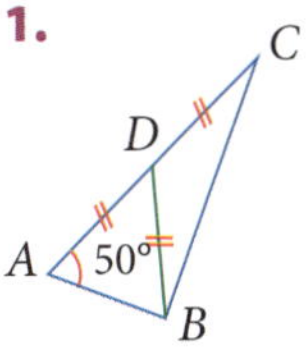


**2.**

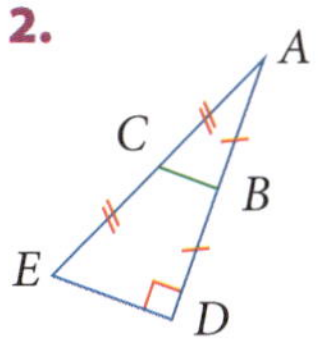


**3.**

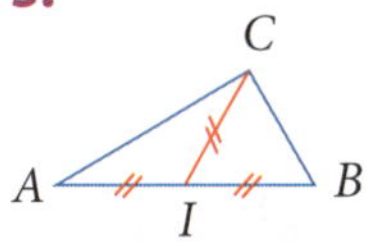


## 4 Encore un triangle rectangle ?

Le triangle ci-contre est-il rectangle ? Justifiez.

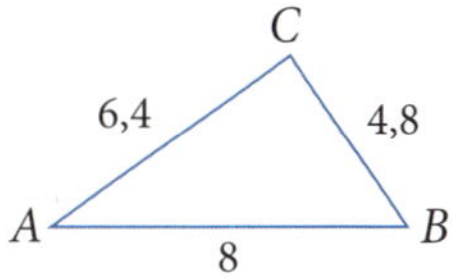


## 5 Exercice de construction

*Les mesures de longueur sont données en centimètres. Prévoyez de la place autour du tracé du triangle* ABC.

**1.** Tracez le triangle $ABC$ tel que $BC = 4$ ; $AB = 3$ ; $AC = 2$ (on appellera cette figure $F_1$).

**2.** Construisez l'image de $F_1$ par la symétrie d'axe $(AB)$ (on l'appellera $F_2$).

**3.** Construisez l'image de $F_1$ par la symétrie de centre $B$ (on l'appellera $F_3$).

**4.** Construisez l'image de $F_1$ par la translation qui transforme $B$ en $C$ (on l'appellera $F_4$).

**5.** Construisez l'image de $F_1$ par la rotation de centre $B$ et d'angle 90° dans le sens contraire des aiguilles d'une montre (on l'appellera $F_5$).

## 6 Autour de l'hexagone

On considère l'hexagone ABCDEF de centre $O$ représenté ci-dessous. On sait que $OA = 4$ cm.

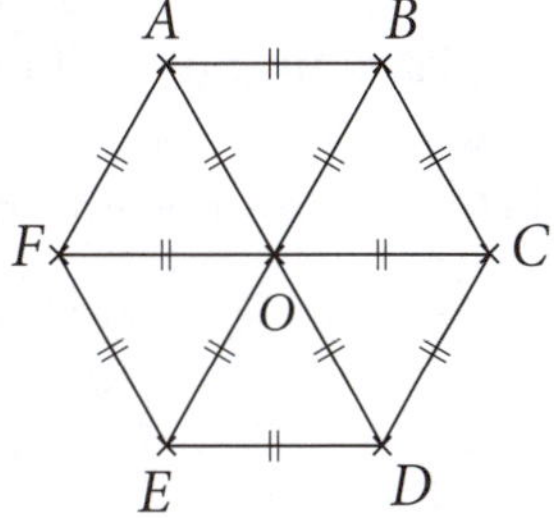


**1.** Calculez le périmètre de l'hexagone ABCDEF.

**2.** Donnez les mesures des angles $\widehat{BOC}$ et $\widehat{BCD}$

**3. a.** Quelle est la nature du quadrilatère $OABC$ ? Justifiez.

**b.** Quelle est l'image du triangle $OED$ dans la translation qui transforme $E$ en $O$ ?

**c.** Quelle est l'image du triangle $OCD$ par la rotation de centre $O$, d'angle 60° dans le sens des aiguilles d'une montre ?

**d.** Quelle est l'image du triangle $OED$ dans la symétrie d'axe $(FC)$ ?

**4.** Justifiez que la médiatrice du segment $[OC]$ passe par les points $B$ et $D$.

## Vers le Brevet

### 7 Rectangle ou non ?

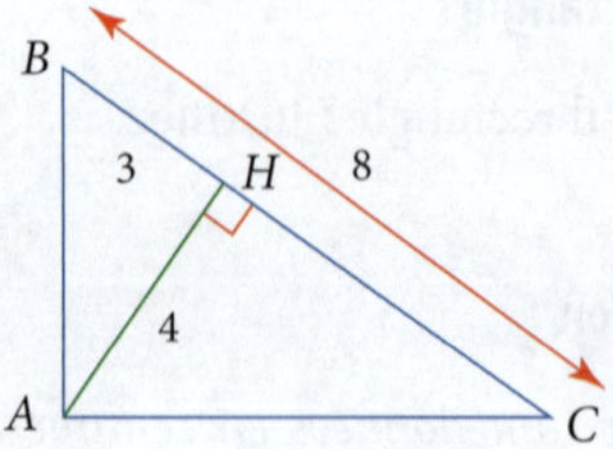


**1.** Calculez $AB$, puis $AC$.

**2.** Le triangle $ABC$ est-il rectangle ?

### 8 Où est le point $M$ ?

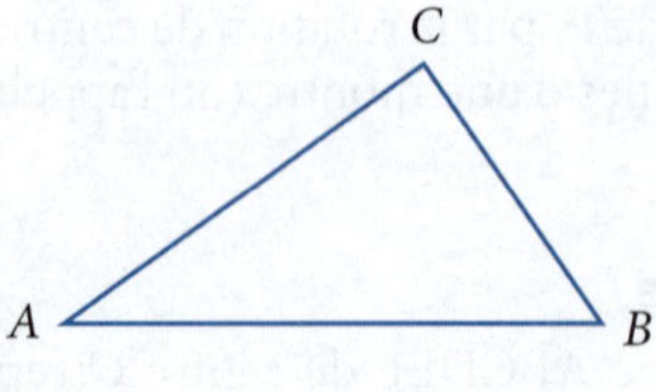


**1.** Placez un point $M$ de sorte que les triangles $ACM$ et $BCM$ soient rectangles en $M$.

**2.** Montrez que $M$ est un point de $[AB]$.

# QCM

**1** **1.** • Le triangle $ABC$ est isocèle en $A$, car $AB = AC$.

• $[BC]$ est un diamètre du cercle et $A$ est un point de ce cercle. On en déduit que le triangle $ABC$ est rectangle en $A$.

**Réponses : a.** rectangle et **b.** isocèle.

**2.** Le triangle $ABC$ étant rectangle en $A$, on peut appliquer le théorème de Pythagore :

$$AB^2 + AC^2 = BC^2$$
$$4^2 + 4^2 = BC^2$$
$$BC^2 = 16 + 16$$
$$BC^2 = 32$$
$$BC = \sqrt{32}$$

> **Rappel**
> Le cercle circonscrit est le cercle qui passe par les trois sommets du triangle. Son rayon est donné ici par la longueur $[OA]$.

On en déduit que le rayon est égal à $OA = BC \div 2 = \sqrt{32} \div 2 \approx 2{,}8$.

**Réponse : a.** environ 2,8.

**3.** • La droite $(OA)$ passe par $A$ et par le milieu de $[BC]$, on en déduit que c'est une médiane.

• Le triangle $ABC$ est isocèle en $A$ et $O$ est le milieu de $[BC]$, donc $(OA) \perp (BC)$. On en déduit que $(OA)$ est une hauteur.

• $(OA)$ passe par le milieu de $[BC]$ et est perpendiculaire à $(BC)$, on en déduit que $(OA)$ est une médiatrice.

**Réponses : a.** une médiane, **b.** une hauteur et **c.** une médiatrice.

**4.** • Un losange est un parallélogramme.

• Dans un losange, les côtés ne sont pas forcément perpendiculaires.

• Un losange est un parallélogramme avec deux côtés consécutifs de même longueur.

**Réponses : a.** un parallélogramme et **c.** un parallélogramme avec deux côtés consécutifs de même longueur.

> **Rappel**
> • Un losange possède toutes les propriétés du parallélogramme.
> • Si deux côtés consécutifs dans un parallélogramme sont de même longueur, alors ses quatre côtés sont de même longueur.

**5.** • D'après la figure, le quadrilatère *ABCD* a ses diagonales qui se coupent en leur milieu. C'est donc un parallélogramme. De plus, ses diagonales sont perpendiculaires, c'est donc un losange.

> **Rappel**
> Un parallélogramme dont les diagonales sont perpendiculaires est un losange.

• Dans le triangle *AOB* rectangle en *O*, d'après le théorème de Pythagore :

$$OA^2 + OB^2 = AB^2$$
$$4^2 + 3^2 = AB^2$$
$$AB^2 = 16 + 9$$
$$AB^2 = 25$$
$$AB = \sqrt{25}$$
$$AB = 5$$

> **Gagnez des points !**
> Quand vous utilisez le théorème de Pythagore, citez-le et nommez le triangle dans lequel vous l'utilisez.

• Le losange est constitué de 4 triangles rectangles de même aire : $\frac{4 \times 3}{2} = 6$. On en déduit que son aire est $4 \times 6 = 24$.

**Réponses : a.** *ABCD* est un losange, **b.** $AB = 5$ et **c.** l'aire de *ABCD* est 24.

**2** **1. Faux.** Si un tel carré existait, on aurait un carré *ABCD* comme celui représenté ci-contre :

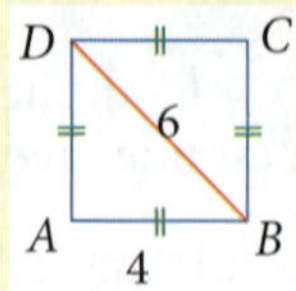


Le triangle *ABD* serait rectangle et isocèle en *A* avec $AB = AD = 4$ et $BD = 6$.

Or :

• $BD^2 = 6^2 = 36$.

• $AB^2 + AD^2 = 4^2 + 4^2 = 16 + 16 = 32$.

On a alors $BD^2 \neq AB^2 + AD^2$. Le théorème de Pythagore n'est pas vérifié, donc le triangle n'est pas rectangle. On en déduit qu'un tel carré n'existe pas !

> **Rappel**
> La propriété utilisée ici est la contraposée du théorème de Pythagore.

**2. Faux.** 5 étant la plus grande longueur, si le triangle est rectangle, c'est la longueur de l'hypoténuse.

Or :

• $5^2 = 25$.

• $3^2 + (\sqrt{8})^2 = 9 + 8 = 17$.

Et $3^2 + (\sqrt{8})^2 \neq 5^2$.

D'après la contraposée du théorème de Pythagore, le triangle n'est pas rectangle.

**3. Faux.** Dans l'égalité de Pythagore, les longueurs sont élevées au carré, donc cette égalité traduit une égalité d'aires.

**4. Vrai.** Le périmètre d'un carré de côté $a$ est $4a$.
Le périmètre d'un carré de côté $a + 1$ est
$4(a + 1) = 4a + 4$.
Le périmètre augmente donc bien de 4 cm.

**Rappel**
On peut utiliser l'égalité remarquable $(a + b)^2 = a^2 + 2ab + b^2$.

**5. Vrai.** L'aire d'un carré de côté $a$ est $a^2$.
L'aire d'un carré de côté $a + 1$ est
$(a + 1)^2 = (a + 1)(a + 1) = a^2 + a + a + 1 = a^2 + 2a + 1$.
L'aire augmente donc bien de $(2a + 1)$ cm².

## Exercices d'entraînement

**3** **1. Méthode :** calculons les angles du triangle $ABC$.

**Gagnez des points !**
Pour montrer que le triangle ABC est rectangle, montrez que $\widehat{ABC} = 90°$.

- On se place dans le triangle $ADB$ isocèle en $D$.
Les angles à la base sont égaux, donc $\widehat{A} = \widehat{B} = 50°$.
De plus, la somme des angles dans un triangle vaut 180°, donc $\widehat{A} + \widehat{B} + \widehat{D} = 180°$.
Par conséquent, $50 + 50 + \widehat{D} = 180°$, soit $\widehat{D} = 80°$.
- L'angle $\widehat{ADC}$ est plat. On en déduit que $\widehat{CDB} = 180 - 80 = 100°$.
- On se place dans le triangle $BDC$ isocèle en $D$.
$\widehat{D} = 100°$ et les angles à la base sont égaux, donc $\widehat{B} = \dfrac{180 - 100}{2} = 40°$.
- Dans le triangle $ABC$, $\widehat{B} = 50 + 40 = 90°$. Donc le triangle $BAC$ est rectangle en $B$.

**2. Méthode :** montrons que $(BC)$ est perpendiculaire à $(AB)$.

- Dans le triangle $ADE$, $B$ est le milieu de $[AD]$ et $C$ est le milieu de $[AE]$.
D'après le théorème des milieux, si une droite passe par les milieux de deux côtés, elle est parallèle au troisième côté. Donc $(BC) \mathbin{/\!/} (DE)$.
- On a $(BC) \mathbin{/\!/} (DE)$ et $(DE) \perp (AD)$.
Si deux droites sont parallèles, toute perpendiculaire à l'une est perpendiculaire à l'autre. Donc $(BC) \perp (AD)$, d'où $(BC) \perp (AB)$. Le triangle $ABC$ est rectangle en $B$.

**3.** On a, d'après la figure, $IA = IB = IC$. On en déduit que les points $A$, $C$ et $B$ sont sur un même cercle de centre $I$.
$[AB]$ est un diamètre de ce cercle et $C$ un point du cercle.
On en déduit que le triangle $ABC$ est un triangle rectangle en $C$.

**Rappel**

Si dans un triangle, la médiane issue d'un sommet a pour longueur la moitié du côté opposé, alors le triangle est rectangle.

**4** On connaît les trois longueurs du triangle $ABC$.
$[AB]$ est le plus grand côté, donc on écrit :

- $AB^2 = 8^2 = 64$ ;
- $CA^2 + CB^2 = 6{,}4^2 + 4{,}8^2 = 64$.

On en déduit que $CA^2 + CB^2 = AB^2$. D'après la réciproque du théorème de Pythagore, le triangle $ABC$ est rectangle en $C$.

**5**

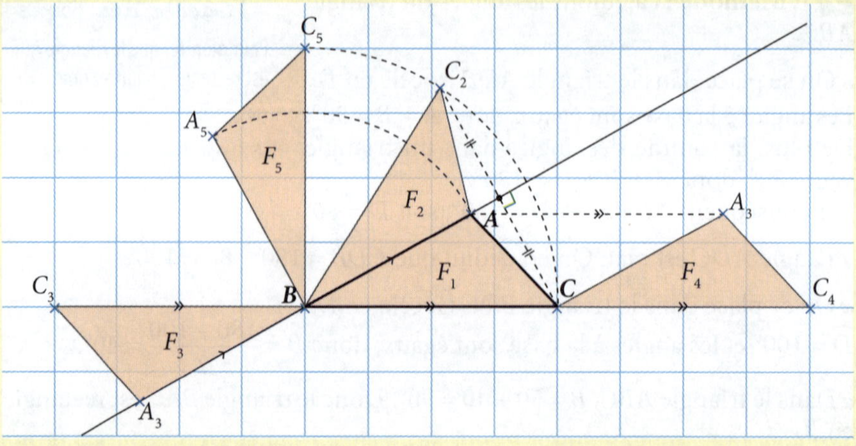


**Explications :**

- *Construction du triangle ABC* : on trace le segment $[BC]$, puis à l'aide d'un compas, on place le point $A$.

- *Construction de la figure* $F_2$ : on trace l'axe de symétrie $(AB)$. Les points $A$ et $B$ se situent sur cet axe, leurs images sont donc les points $A$ et $B$. On construit l'image du point $C$ ($C_2$) de façon que $(AB)$ soit la médiatrice de $[CC_2]$.

- *Construction de la figure $F_3$* : l'image du point $B$ est le point $B$ puisque c'est le centre de la symétrie. On construit l'image du point $C$ ($C_3$) et celle du point $A$ ($A_3$) de façon que $B$ soit le milieu de $[CC_3]$ et de $[AA_3]$.

> **Remarque**
> Les triangles obtenus sont des triangles égaux.

- *Construction de la figure $F_4$* : le point $B$ a pour image le point $C$. On construit les images des points $A$ ($A_4$) et $C$ ($C_4$) de façon que :

$(AA_4) \mathbin{//} (BC)$ et $AA_4 = BC$

$(CC_4) \mathbin{//} (BC)$ et $CC_4 = BC$.

- *Construction de la figure $F_5$* : l'image du point $B$ est le point $B$ puisque c'est le centre de la rotation. On construit les images des points $A$ ($A_5$) et $C$ ($C_5$) de façon que :

$\widehat{CBC_5} = 90°$ et $BC = BC_5$.

$\widehat{ABA_5} = 90°$ et $BA = BA_5$.

**6** **1.** Le périmètre P de l'hexagone régulier $ABCDEF$ est constitué de 6 longueurs identiques.

P = $6 \times AB$

Le triangle $AOB$ est équilatéral :

$OA = AB = 4$ cm.

P = $6 \times 4$

P = 24 cm.

> **Rappel**
> Les trois côtés d'un triangle équilatéral sont de même longueur.

**2.** • Le triangle $BOC$ est équilatéral, ainsi $\widehat{BOC} = 60°$.

• $\widehat{BCD} = \widehat{BCO} + \widehat{OCD}$

$\widehat{BCO}$ et $\widehat{OCD}$ sont deux angles des triangles équilatéraux $OBC$ et $COD$.

$\widehat{BCD} = 60 + 60$

$\widehat{BCD} = 120°$.

> **Rappel**
> Les trois angles d'un triangle équilatéral ont la même mesure : 60°.

**3. a.** Le quadrilatère $OABC$ a ses quatre côtés de même longueur : c'est un losange.

**b.** Par la translation qui transforme $E$ en $O$ : l'image de $E$ est $O$, de $O$ est $B$, de $D$ est $C$.
Par cette translation, l'image du triangle $EOD$ est le triangle $OBC$.

> **Méthode**
> Déterminez l'image de chaque sommet du triangle *EOD*, vous obtiendrez le triangle image.

**c.** Par la rotation de centre $O$ d'angle 60° dans le sens des aiguilles d'une montre : l'image de $O$ est $O$, l'image de $C$ est $D$, l'image de $D$ est $E$.
Par cette rotation, l'image du triangle $OCD$ est le triangle $ODE$.

**Remarque**
L'image du centre de la rotation $O$ est lui-même. On dit que le point $O$ est invariant.

**d.** Par la symétrie d'axe $(FC)$ : l'image de $O$ est $O$, de $E$ est $A$, de $D$ est $B$.
Par cette symétrie axiale, l'image du triangle $OED$ est le triangle $OAB$.

**Pensez-y**
Par une symétrie axiale, l'image d'un point situé sur l'axe de symétrie reste lui-même.

**4.** Par construction, $BO = BC$ : le point $B$ est situé à la même distance de $O$ que de $C$. $B$ appartient à la médiatrice du segment $[OC]$.
De même, $DO = DC$ : le point $D$ est sur la médiatrice de $[OC]$.
Les points $B$ et $D$ appartiennent tous deux à la médiatrice du segment $[OD]$. Autrement dit la médiatrice du segment $[OC]$ passe par les points $B$ et $D$.

**Rappel**
La médiatrice du segment $[OC]$ est l'ensemble des points situés à égale distance de $O$ et de $C$.

## Vers le Brevet

**7** **1.** • Dans le triangle $ABH$ rectangle en $H$, d'après le théorème de Pythagore, on écrit :
$BH^2 + AH^2 = AB^2$
$3^2 + 4^2 = AB^2$
$AB^2 = 9 + 16$
$AB^2 = 25$
$AB = \sqrt{25} = 5$

**Gagnez des points !**
Dans un triangle rectangle, quand on connaît deux longueurs, on peut utiliser le théorème de Pythagore.

• Dans le triangle $AHC$ rectangle en $H$, d'après le théorème de Pythagore, on a :
$AH^2 + HC^2 = AC^2$
$4^2 + 5^2 = AC^2$ car $HC = 8 - 3 = 5$
$AC^2 = 16 + 25$
$AC^2 = 41$
$AC = \sqrt{41}$

**Piège à éviter**
Il ne faut surtout pas utiliser le théorème de Pythagore dans le triangle $ABC$ pour calculer $AC$, car on ne sait pas s'il est rectangle. C'est justement ce qui est demandé dans la question suivante.

**2.** Dans le triangle $ABC$, $[BC]$ est le plus grand côté, car $5 < \sqrt{41} < 8$, on calcule alors :

- $BC^2 = 8^2 = 64$ ;
- $AB^2 + AC^2 = 5^2 + (\sqrt{41})^2 = 25 + 41 = 66 \neq 64$.

On en déduit que le triangle n'est pas rectangle (d'après la contraposée du théorème de Pythagore).

**8** **1.** • Pour que le triangle *ACM* soit rectangle en *M*, il doit se trouver sur le cercle de diamètre [*AC*].

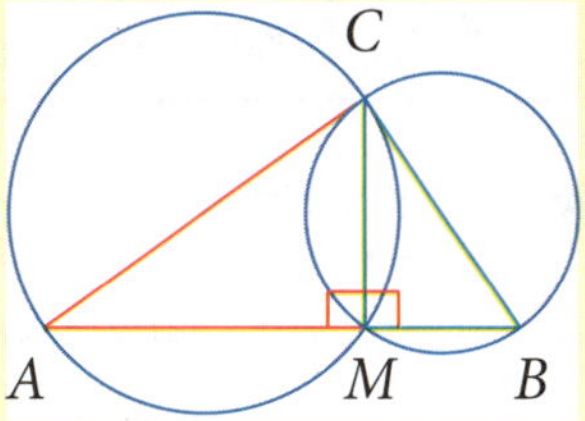


• Pour que le triangle *BCM* soit rectangle en *M*, il doit se trouver sur le cercle de diamètre [*BC*].

• Le point *M* doit donc se trouver à la fois sur le cercle de diamètre [*AC*] et sur le cercle de diamètre [*BC*]. D'après la figure, le point *M* se trouve sur le segment [*AB*].

**2.** Si deux droites sont perpendiculaires à une même droite, alors elles sont parallèles.
La droite (*CM*) est perpendiculaire à (*AM*) et (*BM*), donc (*AM*) et (*BM*) sont parallèles. Comme elles ont un point en commun, on en déduit qu'elles sont confondues et par suite, les points *A*, *M* et *B* sont alignés.

**Gagnez des points !**
Vous pouviez montrer que l'angle $\widehat{AMB} = 180°$.
En effet, $\widehat{AMB} = \widehat{AMC} + \widehat{CMB}$
$= 90 + 90 = 180°$.

# CHAPITRE 11 Trigonométrie

## Définitions et propriétés

### 1 Vocabulaire

• Soit $ABC$ un triangle rectangle en $B$.

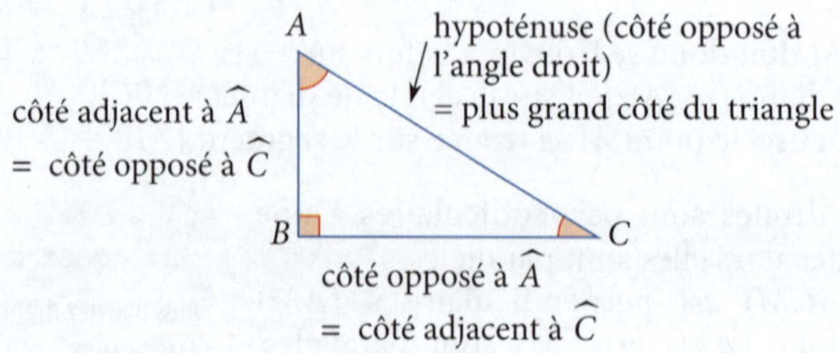


### 2 Formules de trigonométrie

Dans un triangle rectangle ABC où $x$ est l'un des deux angles aigus, on a :

• $\cos x = \dfrac{\text{côté adjacent à } x}{\text{hypoténuse}}$

• $\sin x = \dfrac{\text{côté opposé à } x}{\text{hypoténuse}}$

• $\tan x = \dfrac{\text{côté opposé à } x}{\text{côté adjacent à } x}$

**Remarques :**

• Le cosinus, le sinus et la tangente d'un angle aigu sont des rapports de longueurs. C'est pourquoi ce sont des nombres positifs.

• L'hypoténuse étant le plus grand côté du triangle, le cosinus et le sinus d'un angle aigu sont des nombres inférieurs à 1.

### 3 Autres relations trigonométriques

• Dans le cas de deux angles complémentaires (dont la somme vaut 90°), le cosinus de l'un est égal au sinus de l'autre.

• Pour toute valeur de $x$, on peut écrire : $(\cos x)^2 + (\sin x)^2 = 1$.

• $x$ étant un angle aigu : $\tan x = \dfrac{\sin x}{\cos x}$.

EXERCICE RÉSOLU

## Manipuler les formules de trigonométrie

**ÉNONCÉ**

Soit $ABC$ un triangle rectangle en $A$.
(*La figure n'est pas tracée en taille réelle.*)

**1. a.** Calculez $\cos \widehat{C}$, $\sin \widehat{C}$.
**b.** Déduisez-en la valeur exacte de $\tan \widehat{C}$.

**2. a.** Calculez $\sin \widehat{B}$.
**b.** Quel résultat retrouvez-vous ? Justifiez.

**3.** Calculez $\tan \widehat{B}$.

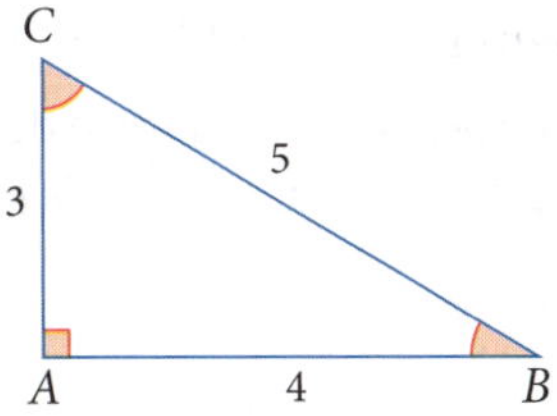


**CORRIGÉ**

Le triangle $ABC$ étant rectangle (en $A$), on peut lui appliquer les relations de trigonométrie.

**1. a.** $\cos \widehat{C} = \dfrac{\text{côté adjacent à } \widehat{C}}{\text{hypoténuse}} = \dfrac{AC}{BC} = \dfrac{3}{5} = 0{,}6$

$\sin \widehat{C} = \dfrac{\text{côté opposé à } \widehat{C}}{\text{hypoténuse}} = \dfrac{AB}{BC} = \dfrac{4}{5} = 0{,}8$

**b.** On utilise la relation $\tan \widehat{C} = \dfrac{\sin \widehat{C}}{\cos \widehat{C}}$, soit $\tan \widehat{C} = \dfrac{\frac{4}{5}}{\frac{3}{5}} = \dfrac{4}{5} \div \dfrac{3}{5} = \dfrac{4}{\cancel{5}} \times \dfrac{\cancel{5}}{3} = \dfrac{4}{3}$.

**2. a.** $\sin \widehat{B} = \dfrac{\text{côté opposé à } \widehat{B}}{\text{hypoténuse}} = \dfrac{AC}{BC} = \dfrac{3}{5} = 0{,}6$

**b.** On retrouve le résultat de la question **1. a.** : $\sin \widehat{B} = \cos \widehat{C}$.

**L'astuce du prof**
- Le côté adjaCent à $\widehat{C}$ contient la lettre $C$ !
- L'hypoténuse fait face à l'angle droit.
- Le côté opposé à $\widehat{C}$ lui fait face.

- Dans le triangle $ABC$ rectangle en $A$, on a :
$\widehat{A} + \widehat{B} + \widehat{C} = 180°$.
Comme $\widehat{A} = 90°$, $\widehat{B} + \widehat{C} = 180° - 90° = 90°$.
$\widehat{B}$ et $\widehat{C}$ sont donc deux angles complémentaires.
Le sinus de l'un est alors égal au cosinus de l'autre :
$\sin \widehat{B} = \cos \widehat{C}$.

**Rappel**
La somme des angles d'un triangle vaut 180°.

**Rappel**
On aurait de même : $\sin \widehat{C} = \cos \widehat{B}$.

**3.** $\tan \widehat{B} = \dfrac{\text{côté opposé à } \widehat{B}}{\text{côté adjacent à } \widehat{B}} = \dfrac{3}{4} = 0{,}75$

# Dans un triangle rectangle, calculer la mesure d'un angle connaissant deux longueurs

## ÉNONCÉ

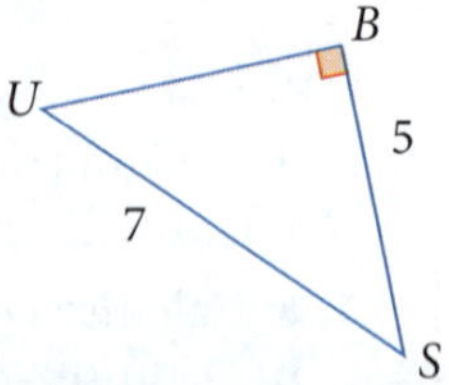


Dans le triangle *BUS* rectangle en *B*, calculez une valeur approchée de la mesure de $\widehat{U}$ au dixième près.
(*La figure n'est pas tracée en taille réelle.*)

## MÉTHODE

1. On repère l'angle que l'on note α dont on cherche une mesure. Ensuite, on identifie la nature des deux côtés connus (hypoténuse, côté adjacent ou opposé).
2. On choisit, parmi les formules du cosinus, du sinus et de la tangente de α, celle qui utilise les deux côtés identifiés.
3. On remplace dans la relation choisie les données par leurs valeurs.
4. En utilisant la fonction inverse ($\cos^{-1}$, $\sin^{-1}$ ou $\tan^{-1}$) de la calculatrice, on déduit une valeur approchée (parfois exacte) de l'angle α.

## CORRIGÉ

| Solution | Commentaires |
|---|---|
| Dans le triangle *BUS* rectangle en *B*, on cherche à déterminer la mesure de $\widehat{U}$. On connaît les longueurs de l'hypoténuse [*US*] et du côté opposé à $\widehat{U}$, [*BS*], valeurs que l'on lit sur la figure. | **1.** On cite le triangle rectangle utilisé puis on identifie les deux longueurs connues par rapport à l'angle dont on cherche une mesure. |
| La formule mettant en relation hypoténuse et côté opposé est : $\sin\widehat{U} = \dfrac{\text{côté opposé à } \widehat{U}}{\text{hypoténuse}}$. | **2.** Parmi les formules de trigonométrie, on cherche celle qui met en lien le côté opposé et l'hypoténuse : c'est le sinus. |
| $\sin\widehat{U} = \dfrac{BS}{US} = \dfrac{5}{7}$ | **3.** On calcule la valeur du sinus en remplaçant les deux longueurs par leurs valeurs. On doit toujours, pour un sinus, trouver un résultat compris entre 0 et 1 ! |
| On conclut $\widehat{U} = \sin^{-1}\left(\dfrac{5}{7}\right)$. À la calculatrice, on obtient $\widehat{U} \approx 45{,}6°$. | **4.** La calculatrice étant bien en mode degrés, on détermine une valeur approchée de l'angle en respectant l'approximation demandée. |

# Dans un triangle rectangle, calculer une longueur connaissant un angle et une longueur

## ÉNONCÉ

Dans le triangle $TAC$ rectangle en $T$, calculez la longueur $TC$ au centième près.
(*La figure n'est pas tracée en taille réelle.*)

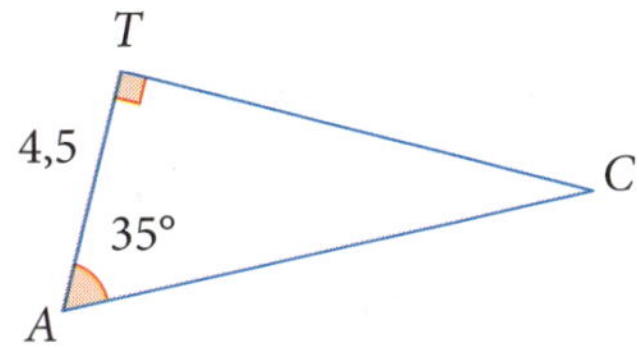


## MÉTHODE

**1.** On identifie l'angle connu que l'on note α et la nature du côté dont la longueur est donnée. Puis on repère le côté à déterminer.

**2.** On choisit, parmi les formules du cosinus, du sinus et de la tangente de α, celle qui met en relation les deux côtés identifiés.

**3.** On remplace, dans la relation choisie, les données par leurs valeurs.

**4.** On calcule la longueur cherchée à l'aide d'un produit en croix.

## CORRIGÉ

| Solution | Commentaires |
|---|---|
| Dans le triangle $TAC$ rectangle en $T$, on connaît la mesure de $\widehat{A}$ et de son côté adjacent [A$T$] que l'on lit sur la figure. On cherche à déterminer la longueur de [TC], côté opposé à $\widehat{A}$. | **1.** On identifie la mesure de l'angle connu, la longueur donnée, puis la longueur à déterminer. |
| La formule mettant en relation côté adjacent et côté opposé est : $\tan \widehat{A} = \dfrac{\text{côté opposé à } \widehat{A}}{\text{côté adjacent à } \widehat{A}}$. | **2.** Parmi les formules de trigonométrie, on cherche celle qui met en lien le côté opposé et le côté adjacent : c'est la tangente. |
| $\tan \widehat{A} = \dfrac{TC}{AT}$, soit $\tan 35° = \dfrac{TC}{4{,}5}$. | **3.** On écrit la formule utilisée en remplaçant les valeurs connues : un angle et une longueur. |
| Par produit en croix, on écrit : $TC = 4{,}5 \times \tan 35°$, soit $TC \approx 3{,}15$. | **4.** La calculatrice étant bien en mode degrés, on détermine la longueur cherchée en respectant l'approximation demandée. |

# QCM

## 1 Cochez la (ou les) réponse(s) correcte(s).

Soit les triangles $ABC$ et $BHC$ ci-contre.

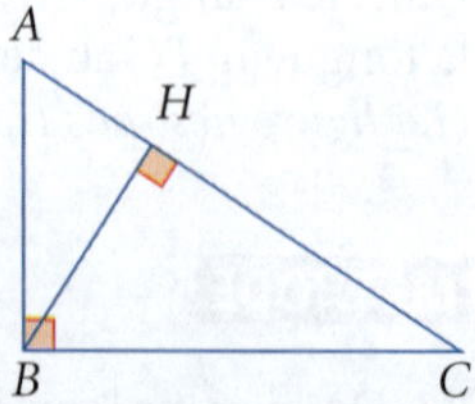


**1.** Ce côté est une hypoténuse :

**a.** ☐ $[AB]$ **b.** ☐ $[BC]$ **c.** ☐ $[AC]$

**2.** $\sin \widehat{A}$ est égal à :

**a.** ☐ $\dfrac{BH}{AB}$ **b.** ☐ $\dfrac{BC}{AC}$ **c.** ☐ $\dfrac{BC}{AB}$

**3.** $\tan \widehat{C}$ est égal à :

**a.** ☐ $\dfrac{BC}{AC}$ **b.** ☐ $\dfrac{AB}{AC}$ **c.** ☐ $\dfrac{AB}{BC}$

**4.** $\dfrac{AB}{AC}$ est égal à : **a.** ☐ $\cos \widehat{A}$ **b.** ☐ $\sin \widehat{A}$ **c.** ☐ $\sin \widehat{C}$

**5.** $\tan \widehat{A}$ est égal à : **a.** ☐ $\tan \widehat{C}$ **b.** ☐ $\dfrac{1}{\tan \widehat{C}}$ **c.** ☐ $-\tan \widehat{C}$

**6.** $AH$ est égal à : **a.** ☐ $AB \times \cos \widehat{A}$ **b.** ☐ $\dfrac{AB}{\cos \widehat{A}}$ **c.** ☐ $\dfrac{\cos \widehat{A}}{AB}$

## 2 Répondez par vrai ou faux.

| Affirmations | Réponse |
|---|---|
| **1.** $\cos 20° = \sin 60°$ | ☐ V ☐ F |
| **2.** Pour tout $x$ compris entre 0 et 90°, $\tan x = \dfrac{\cos x}{\sin x}$ | ☐ V ☐ F |
| **3.** Pour tout $x$, $\cos x + \sin x = 1$. | ☐ V ☐ F |
| Dans un triangle $ABC$ rectangle isocèle en $A$ : | |
| **4.** $\sin \widehat{B} = \cos \widehat{B}$ | ☐ V ☐ F |
| **5.** $\sin \widehat{C} \approx 0{,}707$ | ☐ V ☐ F |
| **6.** $\tan \widehat{C} = 1$ | ☐ V ☐ F |

# Exercices d'entraînement

## 3 Savoir identifier les côtés d'un triangle

| | côté opposé à | côté adjacent à | côté opposé à | côté adjacent à | hypoténuse |
|---|---|---|---|---|---|
| Triangle $T_1$ 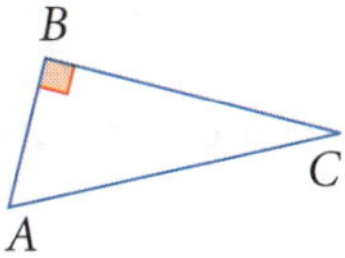  | $\widehat{A}$ : | $\widehat{A}$ : | $\widehat{C}$ : | $\widehat{C}$ : | |
| Triangle $T_2$ 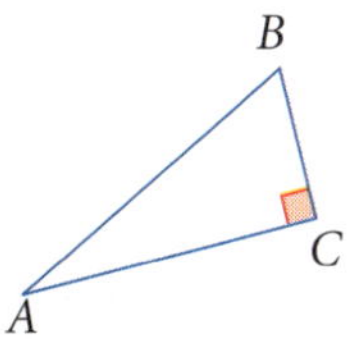  | $\widehat{A}$ : | $\widehat{A}$ : | $\widehat{B}$ : | $\widehat{B}$ : | |
| Triangle $T_3$ 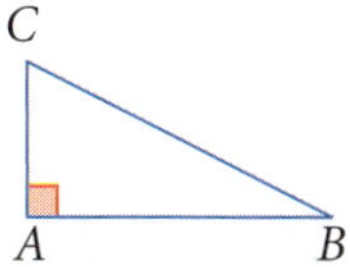  | $\widehat{C}$ : | $\widehat{C}$ : | $\widehat{B}$ : | $\widehat{B}$ : | |

## 4 Calculs de longueurs

*Les longueurs seront calculées à 0,1 près.*

**1.** Dans le triangle *FIL*, calculez *FL* et *IF*.

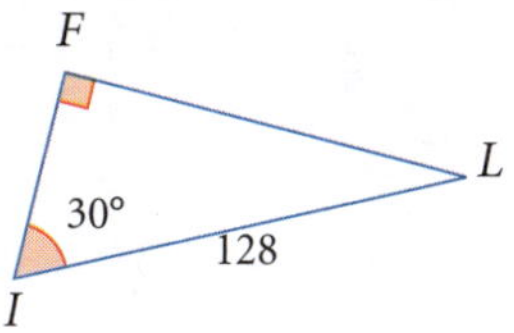


**2.** Dans le triangle *CAP*, calculez *PC* et *AP*.

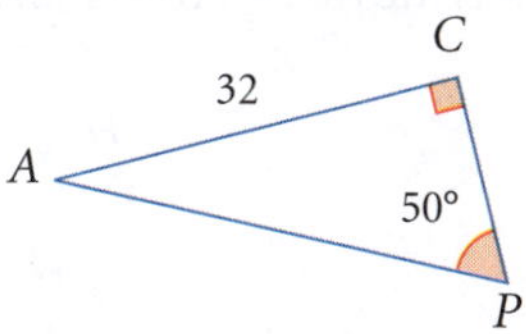

## 5 À vos calculatrices !

**1.** Calculez une valeur approchée à $10^{-2}$ près de :

- $\cos 43°$
- $\sin 68°$
- $\tan 80°$

**2.** Déterminez une valeur approchée au degré près de l'angle $\alpha$ tel que :

- $\cos \alpha = \dfrac{3}{7}$
- $\sin \alpha = 0{,}7$
- $\tan \alpha = 4$

## 6 Angles sous toutes leurs formes

Calculez une mesure (au degré près) de l'angle aigu représenté dans les triangles *MOT*, *PIE* et *SAC*.

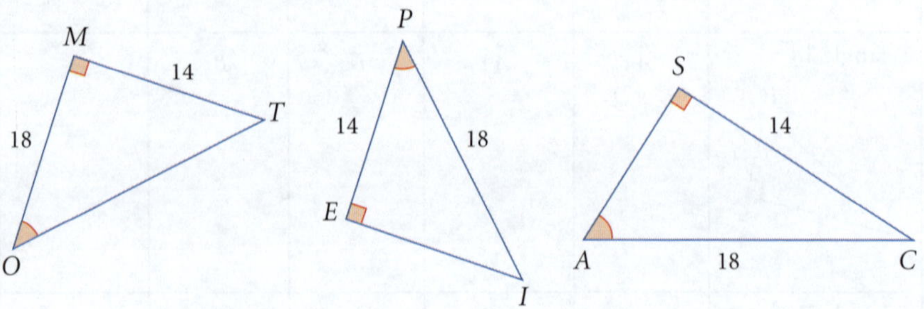


## 7 Calcul de périmètre

Soit $\mathscr{C}$ le cercle dont le diamètre $[AC]$ mesure 10 cm.

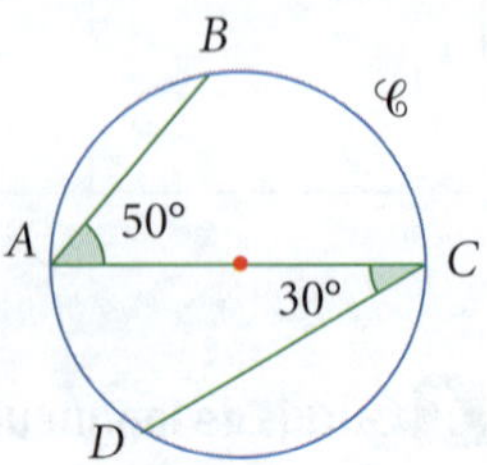


**1.** Justifiez que les triangles *ABC* et *ACD* sont rectangles.

**2.** Calculez le périmètre $\mathscr{P}$ du quadrilatère *ABCD* (les longueurs seront arrondies à 0,1 près).

## 8 Prendre de la hauteur

Sur la figure ci-dessous, $AB = 5{,}2$ et $BH = 3{,}1$.

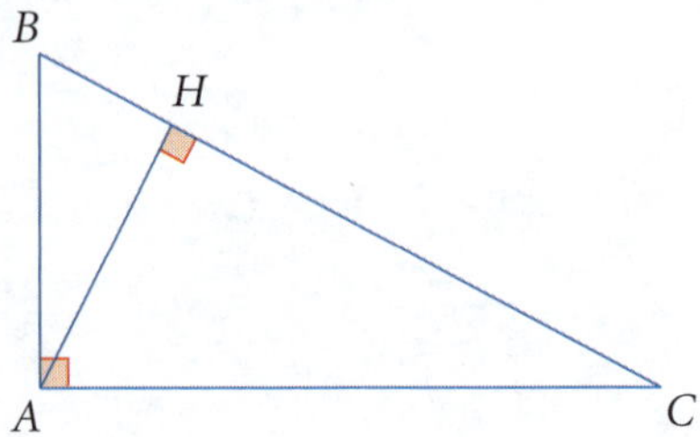

**1.** Calculer $AH$. Donner la valeur exacte puis la valeur approchée arrondie à 0,1 près.

**2.** Sachant que $BH$ est le quart de $HC$, calculer $BC$.

**3.** Donner au degré près, une valeur approchée de l'angle $\widehat{ACB}$.

## Vers le Brevet

### 9 Bricolage et trigonométrie

Jacques construit un garage selon le croquis proposé.
On donne : $AB = 4{,}5$ m, $DE = 1{,}70$ m et $BH = 8$ m.

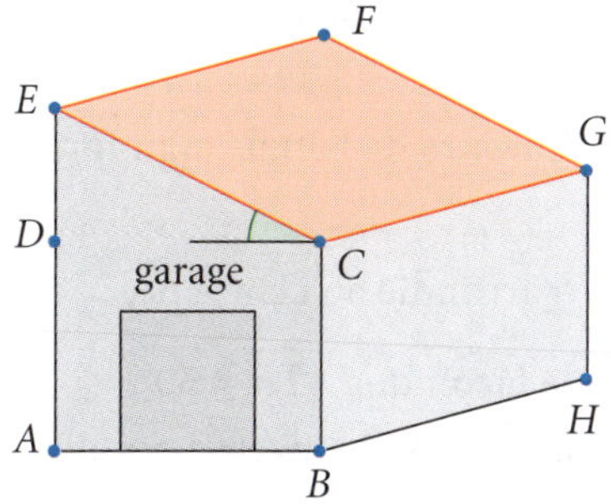


**1.** Jacques, soucieux de son environnement, souhaite installer sur le toit de son garage des panneaux solaires. Pour que ceux-ci s'intègrent harmonieusement dans sa construction, l'inclinaison de la toiture doit être située entre 20° et 50°. Jacques sera-t-il satisfait ?

**2.** Quelle surface de panneaux solaires Jacques peut-il espérer installer ?

### 10 Des mathématiques pures

*Les longueurs seront calculées au millimètre près.*

**1.** Montrez que $BC \approx 3{,}1$ cm.

**2.** Calculez $AB$ et $BD$.

**3. a.** Quelle est la valeur de $\tan \widehat{CDB}$ (à $10^{-3}$ près) ?

**b.** Déduisez-en la valeur arrondie au degré de $\widehat{CDB}$.

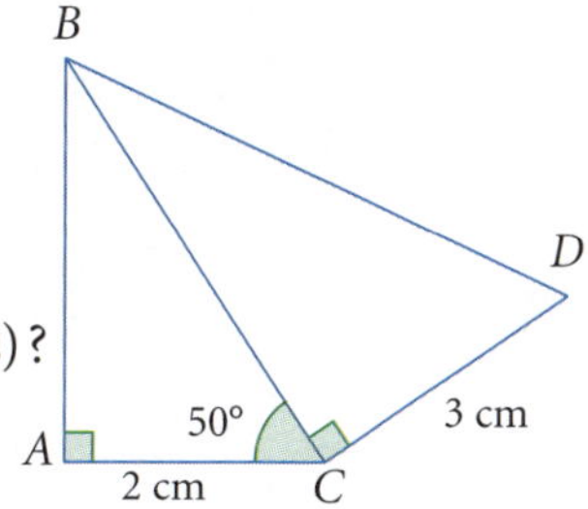

## 11 On monte à l'échelle

Une échelle est adossée à un mur (voir figure).

La situation est modélisée par le triangle rectangle $RST$.

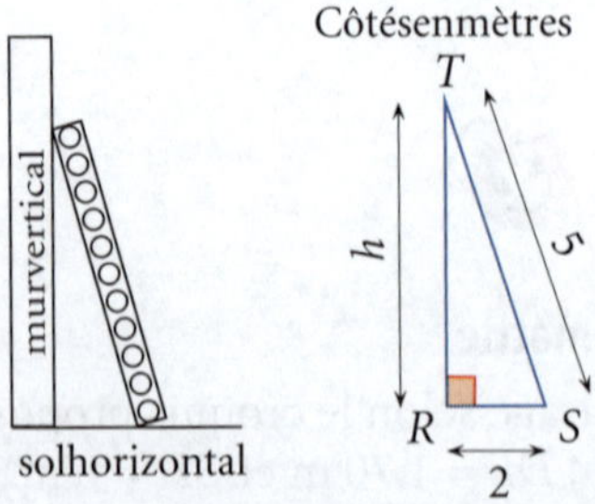


Proportionsnonrespectées

**1.** Calculez, en degré, la mesure de l'angle aigu formé par l'échelle et le sol. Arrondissez à l'unité.

**2.** Calculez la longueur $h$ arrondie au centième.

**3.** On déplace l'échelle de façon que $\widehat{STR} = 30°$.
À quelle distance du point $R$ va se trouver le point $S$ ?

## QCM

**1** **1.** • Dans le triangle $ABH$ rectangle en $H$, $[AB]$ est l'hypoténuse.

• Dans le triangle $BHC$ rectangle en $H$, $[BC]$ est l'hypoténuse.

• Dans le triangle $ABC$ rectangle en $B$, $[AC]$ est l'hypoténuse.

**Réponses :** **a.** $[AB]$, **b.** $[BC]$ et **c.** $[AC]$.

> **Remarque**
> Les côtés n'ont pas le même « rôle » selon le triangle dans lequel on se place.

**2.** • Dans le triangle $ABH$ rectangle en $H$ :

$$\sin \widehat{A} = \frac{\text{côté opposé à } \widehat{A}}{\text{hypoténuse}} = \frac{BH}{AB}.$$

• Dans le triangle $ABC$ rectangle en $B$ :

$$\sin \widehat{A} = \frac{\text{côté opposé à } \widehat{A}}{\text{hypoténuse}} = \frac{BC}{AC}.$$

**Réponses :** **b.** $\frac{BH}{AB}$ et **c.** $\frac{BC}{AC}$.

> **Gagnez des points !**
> Précisez bien dans quel triangle rectangle vous travaillez, surtout quand il y en a plusieurs.

**3.** • Dans le triangle $ABC$ rectangle en $B$ :

$$\tan \widehat{C} = \frac{\text{côté opposé à } \widehat{C}}{\text{côté adjacent à } \widehat{C}} = \frac{AB}{BC}.$$

**Réponse :** **c.** $\frac{AB}{BC}$.

**4.** Dans le triangle $ABC$ rectangle en $B$, $[AC]$ est l'hypoténuse.

• Relativement à l'angle $\widehat{A}$, $[AB]$ est le côté adjacent.

$\frac{AB}{AC} = \frac{\text{côté adjacent à } \widehat{A}}{\text{hypoténuse}}$. C'est la définition de $\cos \widehat{A}$.

• Relativement à l'angle $\widehat{C}$, $[AB]$ est le côté opposé.

$\frac{AB}{AC} = \frac{\text{côté opposé à } \widehat{C}}{\text{hypoténuse}}$. C'est la définition de $\sin \widehat{C}$.

> **Remarque**
> Les côtés adjacent et opposé sont différents selon l'angle avec lequel on travaille.

**Réponses :** **a.** $\cos \widehat{A}$ et **c.** $\sin \widehat{C}$.

**5.** Dans le triangle $ABC$ rectangle en $B$ :

- $\tan \widehat{A} = \dfrac{\text{côté opposé à } \widehat{A}}{\text{côté adjacent à } \widehat{A}} = \dfrac{BC}{AB}$ ;
- $\tan \widehat{C} = \dfrac{\text{côté opposé à } \widehat{C}}{\text{côté adjacent à } \widehat{C}} = \dfrac{AB}{BC}$.

$\dfrac{BC}{AB}$ et $\dfrac{AB}{BC}$ sont deux fractions inverses. Soit $\tan \widehat{A} = \dfrac{1}{\tan \widehat{C}}$.

**Réponse : b.** $\dfrac{1}{\tan \widehat{C}}$.

> **Rappel**
> $\dfrac{a}{b}$ et $\dfrac{b}{a}$ sont deux nombres inverses, comme $c$ et $\dfrac{1}{c}$.

> **L'astuce du prof**
> Lorsque vous travaillez avec des quotients, pensez à utiliser le produit en croix.

**6.** Dans le triangle $ABH$ rectangle en $H$ :

$\cos \widehat{A} = \dfrac{\text{côté adjacent à } \widehat{A}}{\text{hypoténuse}} = \dfrac{AH}{AB}$.

Avec le produit en croix, il vient : $AH = AB \times \cos \widehat{A}$.

**Réponse : a.** $AB \times \cos \widehat{A}$.

> **Rappel**
> Deux angles sont complémentaires quand leur somme vaut 90°.

**2** **1. Faux.** $20° + 60° = 80° \neq 90°$. Pour que le sinus d'un angle soit égal au cosinus de l'autre, les deux angles doivent être complémentaires.

**2. Faux.** $\tan x = \dfrac{\sin x}{\cos x}$.

**3. Faux.** C'est $(\cos x)^2 + (\sin x)^2 = 1$.

> **L'astuce du prof**
> Il est indispensable de faire une figure… même si elle n'est pas demandée.

**4. Vrai.** Dans le triangle $ABC$ rectangle en $\widehat{A}$ :

- $\sin \widehat{B} = \dfrac{\text{côté opposé à } \widehat{B}}{\text{hypoténuse}} = \dfrac{AC}{BC}$ ;
- $\cos \widehat{B} = \dfrac{\text{côté adjacent à } \widehat{B}}{\text{hypoténuse}} = \dfrac{AB}{BC}$.

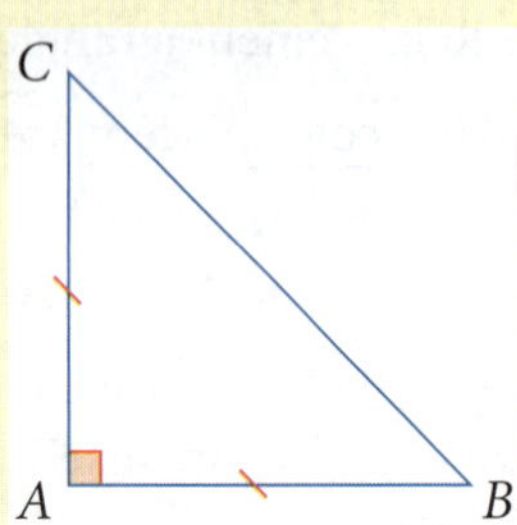


Le triangle ABC étant isocèle en $A$ : $AC = AB$.

Par conséquent $\dfrac{AC}{BC} = \dfrac{AB}{BC}$. D'où $\sin \widehat{B} = \cos \widehat{B}$.

**5. Vrai.** Dans un triangle, la somme des angles vaut 180°, donc $\widehat{A} + \widehat{B} + \widehat{C} = 180°$.

Le triangle $ABC$ est rectangle en $A$ : $\widehat{A} = 90°$.
Le triangle $ABC$ est isocèle en $A$ : $\widehat{B} = \widehat{C}$.
On obtient : $90 + 2\widehat{C} = 180$.
$2\widehat{C} = 180 - 90 = 90$

$\widehat{C} = \dfrac{90}{2}$. Soit $\widehat{C} = 45°$.

À la calculatrice, $\sin \widehat{C} = \sin 45° \approx 0{,}707$.

**Piège à éviter**

Vérifiez que votre calculatrice est en mode degrés.

**6. Vrai.** Dans le triangle $ABC$ rectangle en $A$ :

$$\tan \widehat{C} = \frac{\text{côté opposé à } \widehat{C}}{\text{côté adjacent à } \widehat{C}} = \frac{AB}{AC}.$$

Le triangle $ABC$ étant isocèle en $A$ : $AB = AC$. D'où $\tan \widehat{C} = 1$.

## Exercices d'entraînement

**3**

| | Côté opposé à | Côté adjacent à | Côté opposé à | Côté adjacent à | Hypoténuse |
|---|---|---|---|---|---|
| Triangle $T_1$ | $\widehat{A}$ : $[BC]$ | $\widehat{A}$ : $[AB]$ | $\widehat{A}$ : $[AB]$ | $\widehat{A}$ : $[CB]$ | $[AC]$ |
| Triangle $T_2$ | $\widehat{A}$ : $[BC]$ | $\widehat{A}$ : $[AC]$ | $\widehat{A}$ : $[AC]$ | $\widehat{A}$ : $[BC]$ | $[AB]$ |
| Triangle $T_3$ | $\widehat{A}$ : $[AB]$ | $\widehat{A}$ : $[CA]$ | $\widehat{A}$ : $[AC]$ | $\widehat{A}$ : $[BA]$ | $[CB]$ |

**L'astuce du prof**

• Le côté opposé à $\widehat{A}$ s'écrit avec les deux autres lettres ($B$ et $C$).
• Le côté opposé à $\widehat{C}$ s'écrit avec les deux autres lettres ($A$ et $B$), etc.

**Remarque**

• Le côté adjacent à $\widehat{B}$ s'écrit avec un $B$.
• Le côté adjacent à $\widehat{C}$ s'écrit avec un $C$, etc.

**L'astuce du prof**

L'hypoténuse est le côté opposé à l'angle droit. Elle ne dépend pas de l'angle où on se place, contrairement aux côtés opposé et adjacent.

**4** **1.** Dans le triangle $FIL$ rectangle en $F$, on connaît les mesures de $\widehat{I}$ et de l'hypoténuse $[IL]$, valeurs que l'on lit sur la figure.

• **Calcul de $FL$**

$[FL]$ est le côté opposé à $\widehat{I}$.
Le quotient mettant en lien côté opposé et hypoténuse est le sinus.

$$\sin \widehat{I} = \frac{\text{côté opposé à } \widehat{I}}{\text{hypoténuse}} = \frac{FL}{IL}$$

$\sin 30° = \dfrac{FL}{128}$

Avec le produit en croix, on obtient : $FL = 128 \times \sin 30°$
$FL = 64$.

• **Calcul de *IF***

$[IF]$ est le côté adjacent à $\widehat{I}$.

Le quotient mettant en lien côté adjacent et hypoténuse est le cosinus.

$$\cos \widehat{I} = \frac{\text{côté adjacent à } \widehat{I}}{\text{hypoténuse}} = \frac{IF}{IL}$$

$$\cos 30° = \frac{IF}{128}$$

Avec le produit en croix, on obtient :
$IF = 128 \times \cos 30°$.
$IF \approx 110{,}9$

**2.** Dans le triangle $CAP$ rectangle en $C$, on connaît les mesures de $\widehat{P}$ et de son côté opposé $[AC]$ indiquées sur la figure.

• **Calcul de *PC***

$[PC]$ est le côté adjacent à $\widehat{P}$.
Le quotient mettant en lien côté opposé et côté adjacent est la tangente.

$$\tan \widehat{P} = \frac{\text{côté opposé à } \widehat{P}}{\text{côté adjacent à } \widehat{P}} = \frac{AC}{PC}$$

$$\tan 50° = \frac{32}{PC}$$

Par produit, on obtient : $PC \times \tan 50° = 32$.

$$PC = \frac{32}{\tan 50°}$$

$PC \approx 26{,}9$

• **Calcul de *AP***

$[AP]$ est l'hypoténuse.
Le quotient mettant en lien côté opposé et hypoténuse est le sinus.

**L'astuce du prof**

Faites le bilan des données pour choisir si vous utilisez cos, sin ou tan.

**Remarque**

Quand on connaît deux longueurs sur trois dans un triangle rectangle, on peut aussi calculer la longueur manquante avec le théorème de Pythagore.

**L'astuce du prof**

Pour apprendre ses formules de trigonométrie, on peut retenir le « mot » : SOH CAH TOA

$S = \dfrac{O}{H}$ pour

**S**inus = $\dfrac{\text{côté } \mathbf{O}\text{pposé}}{\mathbf{H}\text{ypoténuse}}$

$C = \dfrac{A}{H}$ pour

**C**osinus = $\dfrac{\text{côté } \mathbf{A}\text{djacent}}{\mathbf{H}\text{ypoténuse}}$

$T = \dfrac{O}{A}$ pour

**T**angente = $\dfrac{\text{côté } \mathbf{O}\text{pposé}}{\text{côté } \mathbf{A}\text{djacent}}$

$\sin \widehat{P} = \dfrac{\text{côté opposé à } \widehat{P}}{\text{hypoténuse}} = \dfrac{AC}{AP}$

$\sin 50° = \dfrac{32}{AP}$

Par produit, on obtient : $AP \times \sin 50° = 32$

$AP = \dfrac{32}{\sin 50°}$

$AP \approx 41{,}8$

**5** **1.** À la calculatrice, on obtient :

- $\cos 43° \approx 0{,}73$
- $\sin 68° \approx 0{,}93$
- $\tan 80° \approx 5{,}67$

**Piège à éviter**
Vérifiez que votre calculatrice est en mode degrés.

**2.** • $\cos \alpha = \dfrac{3}{7}$

$\alpha = \cos^{-1}\left(\dfrac{3}{7}\right)$

$\alpha \approx 65°$

**Méthode**
On trouve $\alpha = 64{,}6...$
On arrondit à 65.

• $\sin \alpha = 0{,}7$

$\alpha = \sin^{-1}(0{,}7)$

$\alpha \approx 44°$

**Méthode**
On trouve $\alpha = 44{,}4...$
On arrondit à 44 !

• $\tan \alpha = 4$

$\alpha = \tan^{-1}(4)$

$\alpha \approx 76°$

**6** • Dans le triangle *MOT* rectangle en *M*, on connaît les mesures du côté opposé [*MT*] et du côté adjacent [*OM*] à l'angle $\widehat{O}$.
Aussi, on utilise la tangente.

$\tan \widehat{O} = \dfrac{\text{côté opposé à } \widehat{O}}{\text{côté adjacent à } \widehat{O}} = \dfrac{MT}{OM} = \dfrac{14}{18} = \dfrac{\cancel{2} \times 7}{\cancel{2} \times 9} = \dfrac{7}{9}$

On en déduit : $\widehat{O} = \tan^{-1}\left(\dfrac{7}{9}\right)$.

$\widehat{O} \approx 38°$

• Dans le triangle $PIE$ rectangle en $E$, on connaît les longueurs de l'hypoténuse, $[PI]$, et du côté adjacent à $\widehat{P}$, $[PE]$.
Aussi on utilise le cosinus.

$$\cos \widehat{P} = \frac{\text{côté adjacent à } \widehat{P}}{\text{hypoténuse}} = \frac{PE}{PI} = \frac{14}{18} = \frac{7}{9}$$

On en déduit : $\widehat{P} = \cos^{-1}\left(\frac{7}{9}\right)$.
$\widehat{P} \approx 39°$

• Dans le triangle $SAC$ rectangle en $S$, on connaît les longueurs de l'hypoténuse, $[AC]$, et du côté opposé à l'angle $\widehat{A}$, $[SC]$.
Aussi, on utilise le sinus.

$$\sin \widehat{A} = \frac{\text{côté opposé à } \widehat{A}}{\text{hypoténuse}} = \frac{SC}{AC} = \frac{14}{18} = \frac{7}{9}$$

On en déduit : $\widehat{A} = \sin^{-1}\left(\frac{7}{9}\right)$.
$\widehat{A} \approx 51°$

**7** **1.** • Le triangle $ABC$ a pour côté le diamètre $[AC]$ du cercle $\mathscr{C}$. De plus, $B$ est sur $\mathscr{C}$. On en déduit que le triangle $ABC$ est rectangle en $C$.

• De même pour le triangle $ACD$ qui a pour côté le diamètre $[AC]$ de $\mathscr{C}$ avec $D$ sur $\mathscr{C}$ : le triangle $ACD$ est rectangle en $D$.

**Rappel**
Un triangle inscrit dans un demi-cercle avec pour côté un diamètre est rectangle.

**2.** Le périmètre $\mathscr{P}$ du quadrilatère $ABCD$ est :
$\mathscr{P} = AB + BC + CD + DA$.

**Rappel**
Le périmètre d'un quadrilatère est la somme des longueurs de ses côtés.

• Dans le triangle $ABC$ rectangle en $B$, on connaît les mesures de l'hypoténuse $[AC]$ et de l'angle $\widehat{A}$.

– On calcule la longueur du côté adjacent à $\widehat{A}$, $[AB]$, en utilisant le cosinus.

$$\cos \widehat{A} = \frac{\text{côté adjacent à } \widehat{A}}{\text{hypoténuse}} = \frac{AB}{AC}$$

$$\cos 50° = \frac{AB}{10}$$

Par produit, on obtient : $AB = 10 \times \cos 50°$,
$AB \approx 6{,}4$ cm.

**Rappel**
On peut faire de la trigonométrie dans les triangles *ABC* et *ACD* parce qu'ils sont rectangles.

– On calcule la longueur de $[BC]$ (côté opposé à $\widehat{A}$) en utilisant le sinus.

$$\sin \widehat{A} = \frac{\text{côté opposé à } \widehat{A}}{\text{hypoténuse}} = \frac{BC}{AC}$$

$$\sin 50° = \frac{BC}{10}$$

Par produit, on obtient : $BC = 10 \times \sin 50°$
$BC \approx 7{,}7$ cm

• Dans le triangle $ACD$ rectangle en $D$, on connaît les mesures de l'hypoténuse $[AC]$ et de l'angle $\widehat{C}$.

– On calcule $CD$ (côté adjacent à $\widehat{C}$) avec :

$$\cos \widehat{C} = \frac{\text{côté adjacent à } \widehat{C}}{\text{hypoténuse}} = \frac{CD}{AC}.$$

$$\cos 30° = \frac{CD}{10}$$

Par produit, on obtient : $CD = 10 \times \cos 30°$.
$CD \approx 8{,}7$ cm.

> **Rappel**
> Le lien entre le côté adjacent d'un angle et l'hypoténuse est le cosinus de cet angle.

– On calcule la longueur de $[AD]$ (côté opposé à $\widehat{C}$) en utilisant le sinus.

$$\sin \widehat{C} = \frac{\text{côté opposé à } \widehat{C}}{\text{hypoténuse}} = \frac{AD}{AC}$$

$$\sin 30° = \frac{AD}{10}$$

Par produit, on obtient : $AD = 10 \times \sin 30°$,
soit $AD = 5$ cm.

• Finalement $\mathcal{P} \approx 6{,}4 + 7{,}7 + 8{,}7 + 5$.
Soit $\mathcal{P} \approx 27{,}8$ cm.

**8** **1.** Dans le triangle $ABH$ rectangle en $H$, appliquons le théorème de Pythagore :

$AB^2 = BH^2 + AH^2$

$5{,}2^2 = 3{,}1^2 + AH^2$

$27{,}04 = 9{,}61 + AH^2$

$AH^2 = 27{,}04 - 9{,}61$

$AH^2 = 17{,}43$

> **Gagnez des points !**
> Il y a plusieurs triangles rectangles sur la figure. Aussi il faut préciser dans lequel vous travaillez pour appliquer le théorème de Pythagore.

Comme $AH > 0$, on déduit $AH = \sqrt{17{,}43}$
$AH \approx 4{,}2$ (valeur arrondie à 0,1 près).

**2.** • $BH$ est le quart de $HC$.
La relation $BH = \dfrac{1}{4} \times HC$ s'écrit aussi $HC = 4 \times BH$.
$HC = 4 \times 3{,}1$
$HC = 12{,}4$

• Les points $B$, $H$ et $C$ étant alignés :
$BC = BH + HC$
$BC = 3{,}1 + 12{,}4$
$BC = 15{,}5$

**3.** Dans le triangle $ABC$ rectangle en $A$ :

$$\sin \widehat{ACB} = \frac{\text{côté opposé à } \widehat{ACB}}{\text{hypothénuse}} = \frac{AB}{BC} = \frac{5{,}2}{15{,}5}$$

$\sin \widehat{ACB} \approx 0{,}335$.

À l'aide de la calculatrice, on déduit :

$\widehat{ACB} = \sin^{-1}(0{,}335)$

$\widehat{ACB} \approx 20°$ (angle arrondi au degré près).

**Pensez-y !**

Il y a deux nombres dont le carré vaut 17,43 :
$\sqrt{17{,}43}$ (nombre positif) et $-\sqrt{17{,}43}$ (nombre négatif).
Comme $AH$ est une distance, c'est un nombre positif, c'est donc la solution positive.

**Méthode**

Dans un triangle rectangle, le quotient mettant en lien le côté opposé et l'hypoténuse est le sinus de l'angle qu'ils ont en commun.

## Vers le Brevet

**9** **1.** • Dans le triangle $EDC$ rectangle en $D$ :

$$\sin \alpha = \frac{\text{côté opposé à } \alpha}{\text{côté adjacent à } \alpha} = \frac{ED}{DC} = \frac{1{,}7}{4{,}5}.$$

D'où $\alpha = \tan^{-1}\left(\dfrac{1{,}7}{4{,}5}\right)$.

Soit $\alpha \approx 20{,}7°$.
Comme $20° \leqslant \alpha \leqslant 50°$, on conclut qu'une installation harmonieuse de panneaux solaires est envisageable sur la toiture du garage de Jacques.

**Gagnez des points !**

On connaît la longueur de [$ED$] (côté opposé à $\alpha$) et de [$DC$] (côté adjacent à $\alpha$). C'est la tangente qui met en relation ces deux longueurs.

**Gagnez des points !**

N'oubliez pas de répondre à la question posée !

**2.** La toiture du garage est rectangulaire de longueur $BH = CG = 8$ m et de largeur $EC$.

• On calcule $EC$ en travaillant dans le triangle $EDC$ rectangle en $D$.
On connaît $\alpha$ et son côté adjacent, le côté $[DC]$. Cherchant l'hypoténuse $[EC]$, on écrit :

$$\cos\alpha = \frac{\text{côté adjacent à }\alpha}{\text{hypoténuse}} = \frac{DC}{EC}.$$

$$\cos 20{,}7° = \frac{4{,}5}{EC}$$

**Remarque**
$DC$ est connu, car $DC = AB$.

Par produit : $EC \times \cos 20{,}7° = 4{,}5$.

Soit $EC = \dfrac{4{,}5}{\cos 20{,}7°}$.

On obtient : $EC \approx 4{,}81$.

La surface de la toiture utilisable par Jacques pour installer les panneaux solaires est : $CG \times EC$ soit environ $8 \times 4{,}81 = 38{,}48$ m$^2$.

**10** **1.** • Dans le triangle $ABC$ rectangle en $A$, on connaît la mesure de $\widehat{C}$ et la longueur de son côté adjacent $[AC]$. On veut calculer la longueur de l'hypoténuse $[BC]$.
On utilise :

$$\cos\widehat{C} = \frac{\text{côté adjacent à }\widehat{C}}{\text{hypoténuse}} = \frac{AC}{BC}.$$

Soit $\cos 50° = \dfrac{2}{BC}$.

Par produit en croix, on obtient : $BC \times \cos 50° = 2$.

Soit $BC = \dfrac{2}{\cos 50°}$

$BC \approx 3{,}1$ cm

**2.** Dans le triangle $ABC$ rectangle en $A$, on connaît la mesure de $\widehat{C}$ et la longueur de son côté adjacent $[AC]$. On veut calculer la longueur de $[AB]$, côté opposé à $\widehat{C}$.

On écrit $\tan\widehat{C} = \dfrac{\text{côté opposé à }\widehat{C}}{\text{côté adjacent à }\widehat{C}} = \dfrac{AB}{AC}.$

$$\tan 50° = \frac{AB}{2}$$

Par produit, on en déduit : $AB = 2 \times \tan 50°$.
Soit $AB \approx 2,4$ cm.

• Dans le triangle *BCD* rectangle en *C*, d'après le théorème de Pythagore :
$BD^2 = BC^2 + CD^2$
$BD^2 = 3,1^2 + 3^2$
$BD^2 = 18,61$
D'où $BD = \sqrt{18,61}$, soit $BD \approx 4,3$ cm.

**Remarque**

Dans le triangle *BCD*, on connaît deux longueurs sur trois (et aucun angle !), aussi on utilise le théorème de Pythagore.

**3. a.** Dans le triangle *BCD* rectangle en *C* :

$$\tan \widehat{CDB} = \frac{\text{côté opposé à } \widehat{CDB}}{\text{côté adjacent à } \widehat{CDB}} = \frac{BC}{CD} = \frac{3,1}{3}.$$

$\tan \widehat{CDB} \approx 1,033$

**b.** On en déduit $\widehat{CDB} = \tan^{-1}(1,033)$.
Soit $\widehat{CDB} \approx 46°$.

**11** **1.** On souhaite déterminer l'angle aigu formé par l'échelle et le sol, c'est-à-dire l'angle $\widehat{S}$ dans le triangle *RST*.

Dans le triangle *RST* rectangle en *R* :

$$\cos \widehat{RST} = \frac{\text{côté adjacent à } \widehat{RST}}{\text{hypothénuse}} = \frac{RS}{ST} = \frac{2}{5} = 0,4.$$

À l'aide de la calculatrice, on déduit :
$\widehat{RST} = \cos^{-1}(0,4)$
$\widehat{RST} \approx 66°$ (angle arrondi au degré près).

**Méthode**

Dans un triangle rectangle, le quotient mettant en lien le côté adjacent et l'hypoténuse est le cosinus de l'angle en commun à ces deux côtés.

**2.** Dans le triangle *RST* rectangle en *R*, d'après le théorème de Pythagore :
$ST^2 = RT^2 + RS^2$
$5^2 = 2^2 + h^2$
$h^2 = 5^2 - 2^2 = 25 - 4 = 21.$
Comme $h > 0$, $h = \sqrt{21}$
$h \approx 4,58$ (longueur arrondie au centième).

**Remarque**

On peut aussi calculer *h* en utilisant la trigonométrie :
$\sin \widehat{RST} = \sin(66°)$
$= \frac{RT}{ST} = \frac{h}{5}$
D'où $h = 5 \times \sin(66°)$.

**3.** Dans le triangle *RST* rectangle en *R*, utilisons la trigonométrie sachant que $\widehat{STR} = 30°$ et $ST = 5$ m.

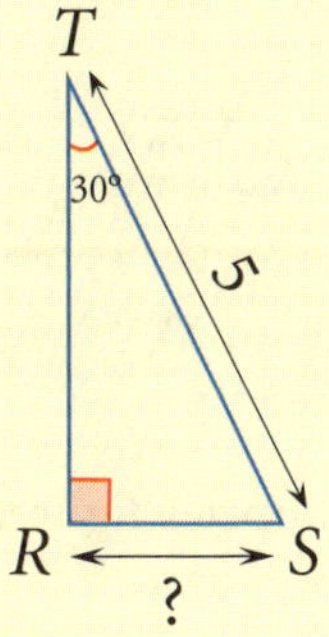


**Gagnez des points**

On ne peut faire de la trigonométrie que dans un triangle rectangle. Aussi il est indispensable de préciser le triangle.

$$\sin \widehat{STR} = \frac{\text{côté opposé à } \widehat{STR}}{\text{hypothénuse}}$$

$$\sin \widehat{STR} = \frac{RS}{ST}$$

$$\sin(30°) = \frac{RS}{5}$$

$RS = 5 \times \sin(30°)$

$RS = 2{,}5$

Le point *R* se trouvera à 2,5 m du point *S*.

**L'astuce du prof**

Si $a = \frac{b}{c}$ (comme $3 = \frac{6}{2}$), alors $b = a \times c$ (comme $6 = 3 \times 2$).

# Chapitre 12 Théorème de Thalès. Agrandissement/Réduction. Homothétie

## 1 Théorème de Thalès

### 1 Énoncé du théorème

Dans les deux schémas ci-dessous, encore appelés figures clefs de Thalès, on peut énoncer le théorème suivant :

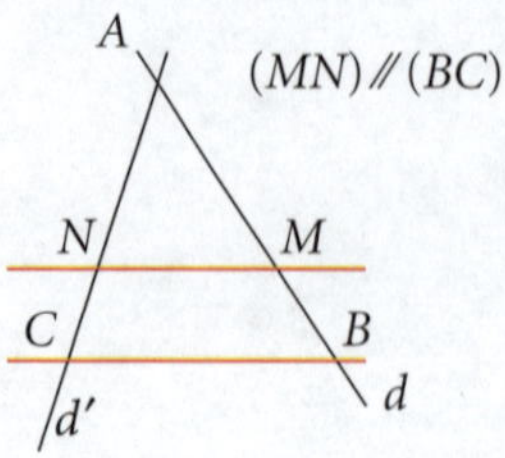


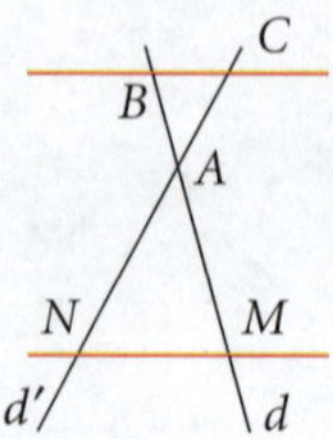


- $d$ et $d'$ sont deux droites sécantes en $A$,
- $B$ et $M$ sont deux points de $d$,
- $C$ et $N$ sont deux points de $d'$,
- $(MN) /\!/ (BC)$, alors :

$$\frac{AM}{AB} = \frac{AN}{AC} = \frac{MN}{BC}$$

### 2 Réciproque du théorème

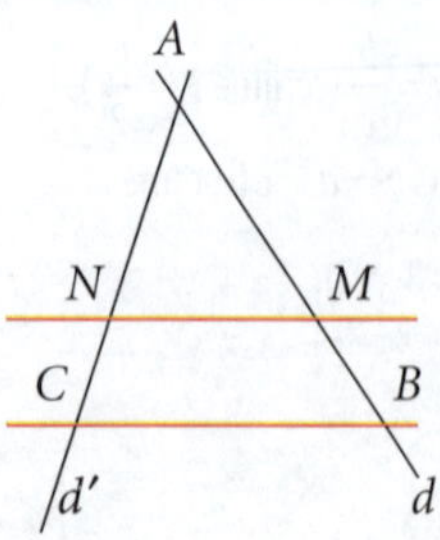


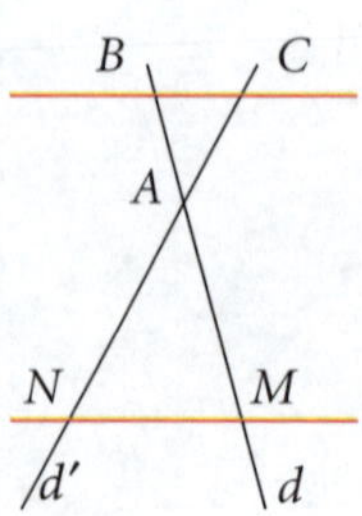


Avec ces deux figures, la réciproque du théorème de Thalès permet de montrer que les droites $(MN)$ et $(BC)$ sont parallèles.

Ainsi,
- $d$ et $d'$ sont deux droites sécantes en $A$,
- $B$ et $M$ sont deux points de $d$,
- $C$ et $N$ sont deux points de $d'$,
- Les points $A$, $B$ et $M$ d'une part et $A$, $C$ et $N$ d'autre part sont alignés dans le même ordre.
- Si $\frac{AM}{AB} = \frac{AN}{AC}$, alors les droites $(BC)$ et $(MN)$ sont parallèles.

## EXERCICE RÉSOLU

### Effectuer des constructions

**ÉNONCÉ**

Voici une droite graduée :

Placez sur cette droite graduée (sans mesurer) le point $M$ d'abscisse $\frac{7}{3}$.

**CORRIGÉ**

On commence par tracer une droite $d$ passant par $O$. On place sur celle-ci des points régulièrement espacés à partir du point $O$. Pour cela, on utilise un compas (on prend une ouverture pas trop grande…).

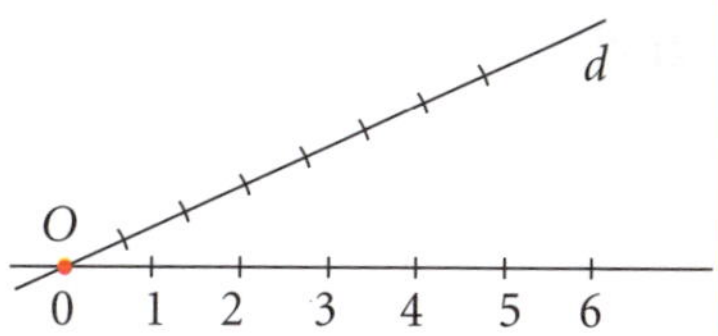


Puis on place sur la droite $d$ les points $B$ et $N$ tels que $OB = 3$ et $ON = 7$.

On trace le segment $[AB]$.

> **Méthode**
> On obtient ainsi 7 graduations sur la droite $d$.

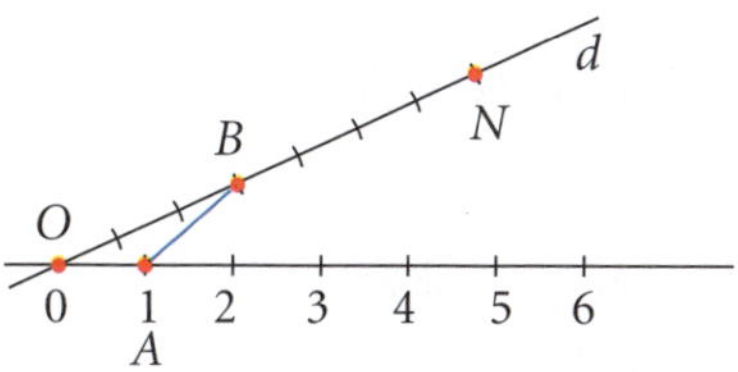


> **Méthode**
> À 3 graduations sur la droite $d$ correspond 1 graduation sur la droite graduée. Cela permet d'obtenir les « $\frac{1}{3}$ ».

On trace ensuite la parallèle à $(AB)$ passant par $N$. Elle coupe la droite graduée en $M$, de façon que $OM = \frac{7}{3}$.

En effet, les droites $(AB)$ et $(MN)$ étant parallèles, d'après le théorème de Thalès, on a :

$\frac{ON}{OB} = \frac{OM}{OA}$, soit $\frac{7}{3} = \frac{OM}{1}$.

On en déduit, par produit en croix, que $OM = \frac{7}{3}$.

C'est bien ce que l'on voulait !

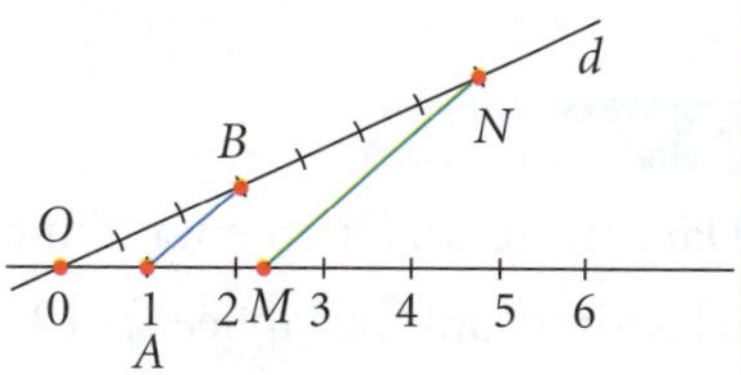

# 2 Agrandissement/Réduction

## 1 Définitions

Lors de l'agrandissement ou de la réduction, de rapport $k > 0$, d'une figure (ou d'un solide), les longueurs sont multipliées par $k$.

- $k > 1$ dans le cas d'un agrandissement ; $k$ est appelé coefficient d'agrandissement.
- $0 < k < 1$ dans le cas d'une réduction ; $k$ est appelé coefficient de réduction.

**Exemple :**

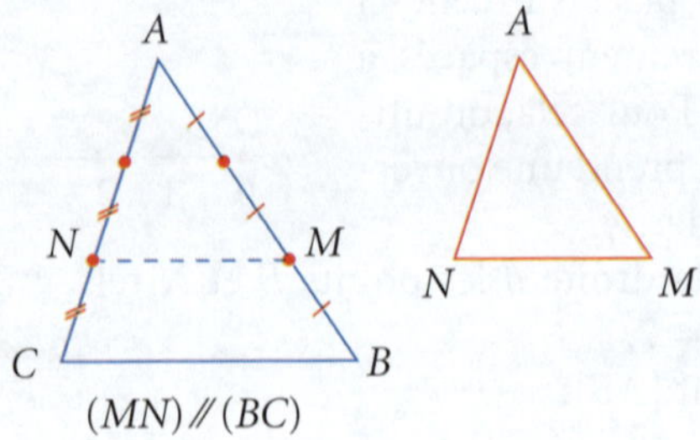


• Le triangle $AMN$ est une réduction du triangle $ABC$ : ils ont les mêmes angles et les longueurs ont été multipliées par $k = \frac{AM}{AB} = \frac{2}{3} < 1$.

On obtient les longueurs du triangle $AMN$ en multipliant celles du triangle $ABC$ par $k = \frac{2}{3}$.

• De la même façon, le triangle $ABC$ est un agrandissement du triangle $AMN$.

Le coefficient d'agrandissement est alors $k' = \frac{AB}{AM} = \frac{3}{2} = 1{,}5 > 1$.

On obtient les longueurs du triangle $ABC$ en multipliant celles du triangle $AMN$ par $k' = 1{,}5$.

## 2 Propriétés

Dans un agrandissement ou une réduction de rapport $k$ :

- les aires sont multipliées par $k^2$ ;
- les volumes sont multipliés par $k^3$.

**Exemple :**

Dans l'exemple précédent, l'aire du triangle $ABC$ s'obtient à partir de celle du triangle $AMN$ par :

$$\text{Aire}(ABC) = 1{,}5^2 \times \text{Aire}(AMN)$$

## EXERCICES RÉSOLUS

### Utiliser un agrandissement dans le plan

**ÉNONCÉ**

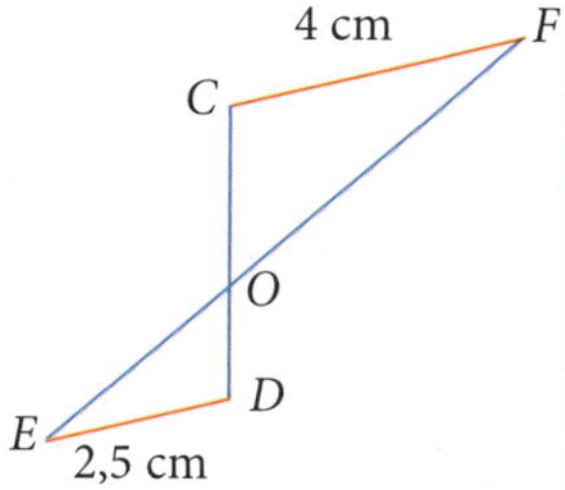


Sur la figure ci-contre, les droites $(DE)$ et $(CF)$ sont parallèles, le triangle $OCF$ est donc un agrandissement du triangle $OED$.

**1.** Calculez le coefficient d'agrandissement.

**2.** L'aire du triangle $OED$ est 2 cm². Quelle est celle du triangle $OCF$ ?

**CORRIGÉ**

**1.** Le coefficient d'agrandissement se calcule comme

$$\frac{CF}{ED} = \frac{4}{2,5} = 1,6$$

**Méthode**
Le coefficient d'agrandissement est $\frac{OF}{OE}$ ou $\frac{OC}{OD}$ ou $\frac{CF}{ED}$.

**2.** Si $k$ est le coefficient d'agrandissement, les aires sont multipliées par $k^2$. On en déduit : Aire$(OCF) = 1,6^2 \times$ Aire$(OED) = 2,56 \times 2 = 5,12$ cm².

### Utiliser une réduction dans l'espace

**ÉNONCÉ**

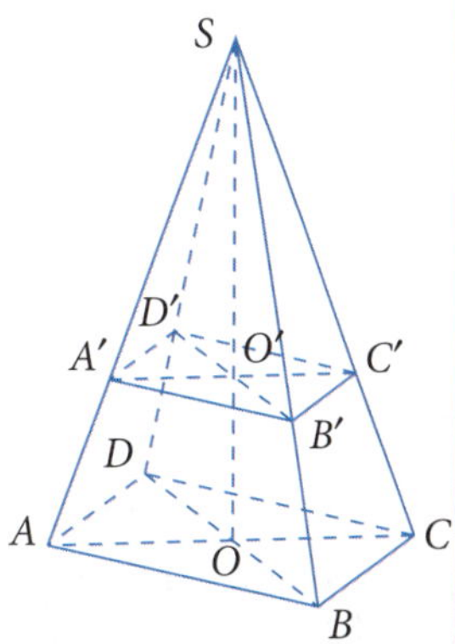


$SABCD$ est une pyramide dont la base $ABCD$ est un rectangle. On coupe cette pyramide par un plan $A'B'C'D'$ parallèle à sa base passant par le point $O'$. On donne les dimensions : $SO = 6$ cm et $SO' = 4$ cm.

La pyramide $SA'B'C'D'$ est une réduction de la pyramide $SABCD$.

**1.** Calculez le coefficient de réduction.

**2.** Le volume de la pyramide $SABCD$ est 54 cm³. Calculez celui de la pyramide $SA'B'C'D'$.

**CORRIGÉ**

**1.** Le coefficient de réduction est : $\frac{\text{longueur réduite}}{\text{longueur initiale}} = \frac{SO'}{SO} = \frac{4}{6} = \frac{2}{3}$.

**2.** Si $k$ est le coefficient de réduction, les volumes sont multipliés par $k^3$.

On en déduit : Volume$(SA'B'C'D') = \left(\frac{2}{3}\right)^3 \times$ Volume$(SABCD)$

$$= \frac{8}{27} \times 54 = \frac{8 \times \cancel{27} \times 2}{\cancel{27}} = 16 \text{ cm}^3.$$

# 3 Triangles semblables et homothéties

## 1 Triangles semblables

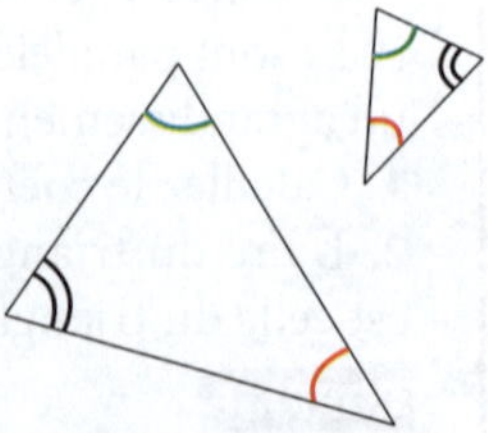

- Deux triangles sont semblables ou de même forme si les angles de l'un sont égaux aux angles de l'autre.
- Deux triangles sont semblables si et seulement s'ils ont leurs côtés deux à deux proportionnels, autrement dit, si l'un est l'agrandissement/réduction de l'autre.

## 2 Homothéties

- On appelle homothétie de centre $O$ et de rapport $k$ la transformation du plan notée $h(O\,;k)$ qui à tout point $M$ du plan associe le point $M'$ tel que :

– si $k > 0$ : $M'$ est du même côté que $M$ par rapport à $O$ et $OM' = kOM$.

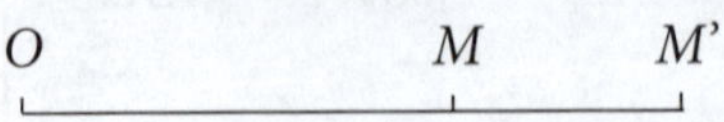


L'homothétie de centre $O$ et de rapport 1,5 transforme $M$ en $M'$.

$M' \in [OM)$ et $OM' = 1{,}5\ OM$.

– si $k < 0$ : $M'$ est de l'autre côté de $M$ par rapport à $O$ et $OM' = (-k)OM$.

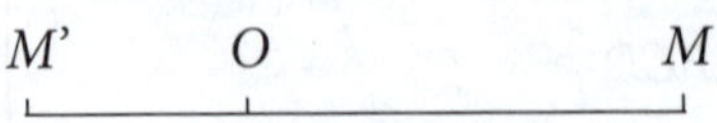


L'homothétie de centre $O$ et de rapport $-0{,}5$ transforme $M$ en $M'$.

$M' \in [MO)$ et $OM' = 0{,}5\ OM$.

## 3 Liens avec les configurations de Thalès

- Les triangles $ABC$ et $ADE$ sont semblables.
- Le triangle $ADE$ est une réduction du triangle $ABC$ de rapport $k$ (si $k > 0$) ou $-k$ (si $k < 0$).
- Le triangle $ADE$ est l'image du triangle $ABC$ par l'homothétie de centre $A$ et de rapport $k$.

**Configuration n° 1**

$k = \dfrac{AD}{AB} = \dfrac{2}{3}$ $(k > 0)$

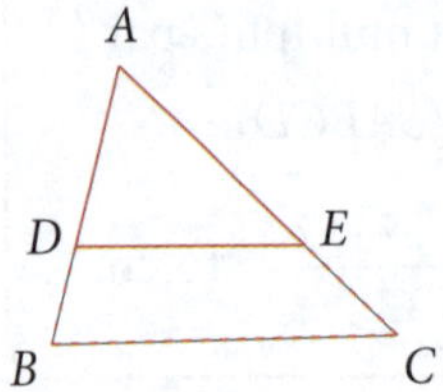


**Configuration n° 2**

$k = -\dfrac{AD}{AB} = \dfrac{2}{3}$ $(k < 0)$

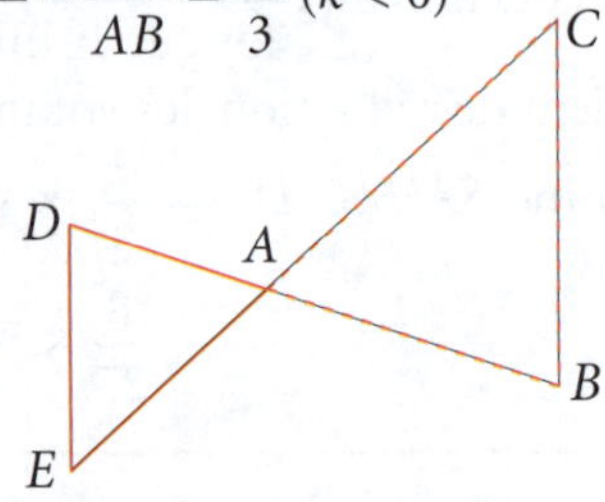


**Remarque**

- Quand $k > 1$ (ou $k < -1$), on parle d'agrandissement.
- Quand $-1 < k < 1$, on parle de réduction.

## EXERCICES RÉSOLUS

### Reconnaître des triangles semblables à partir des longueurs de leurs côtés

**ÉNONCÉ**

Montrez que les triangles *SOL* et *AIR* sont semblables. Précisez le coefficient d'agrandissement permettant d'obtenir *SOL* à partir de *AIR*.

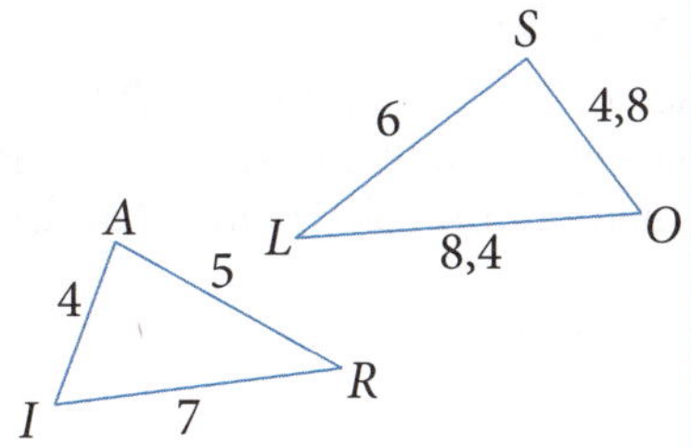


**CORRIGÉ**

Deux triangles semblables ont leurs côtés deux à deux proportionnels.

| Triangle *SOL* | $OL = 8{,}4$ | $SL = 6$ | $SO = 4{,}8$ |
|---|---|---|---|
| **Triangle *AIR*** | $IR = 7$ | $AR = 5$ | $AI = 4$ |

**L'astuce du prof**
Dans un tableau, on met en correspondance les côtés de chaque triangle par ordre décroissant de longueurs par exemple.

Le coefficient d'agrandissement/réduction est le quotient des côtés correspondants des deux triangles.

$\dfrac{8{,}4}{7} = 1{,}2$ $\qquad \dfrac{6}{5} = 1{,}2$ $\qquad \dfrac{4{,}8}{4} = 1{,}2$

Les côtés de ces deux triangles sont proportionnels avec 1,2 comme coefficient : *SOL* est un agrandissement de *AIR* de coefficient 1,2.

### Déterminer le rapport d'une homothétie

**ÉNONCÉ**

Déterminez le rapport de l'homothétie de centre *O* qui transforme :

**1.** *M* en $M_1$ (on le note $k_1$) **2.** *M* en $M_2$ (on le note $k_2$)

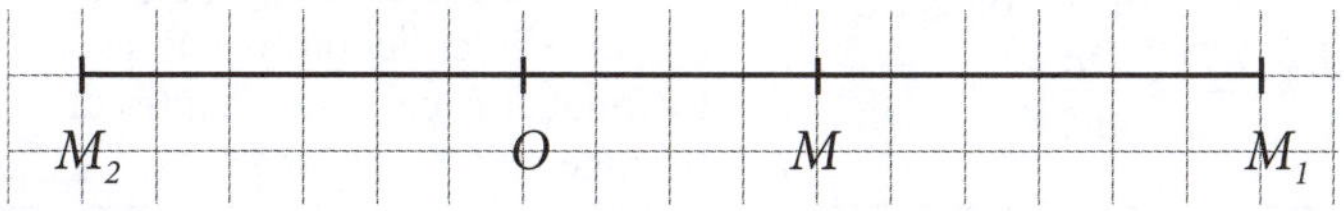


**CORRIGÉ**

**1.** $M_1$ est du même côté que *M* par rapport à *O*. Donc $k_1 > 0$.

$OM = 4$ et $OM_1 = 10$. Il vient : $\dfrac{OM_1}{OM} = \dfrac{10}{4} = 2{,}5$. D'où $k_1 = 2{,}5$.

**2.** $M_2$ est de l'autre côté de *O* par rapport à *M*. Donc $k_2 < 0$.

$OM = 4$ et $OM_2 = 6$. Soit $\dfrac{OM_2}{OM} = \dfrac{6}{4} = 1{,}5$. D'où $k_2 = -1{,}5$.

# Calculer une longueur avec le théorème de Thalès

## ÉNONCÉ

Sur la figure ci-contre, $(BC) /\!/ (DE)$.
Calculez la valeur exacte de $y$, puis donnez-en une valeur approchée arrondie au dixième.

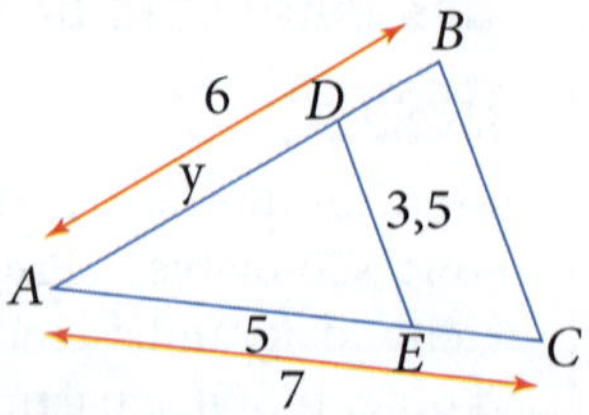


## MÉTHODE

**1.** On repère une configuration de Thalès (deux droites sécantes et deux droites parallèles).

**2.** On cite le théorème, puis on écrit l'égalité des trois quotients.

**3.** On remplace dans ces quotients les valeurs connues.

**4.** En utilisant une égalité entre deux quotients, on calcule (à l'aide d'un produit en croix) la longueur cherchée.

## CORRIGÉ

| Solution | Commentaires |
|---|---|
| Les droites $(AB)$ et $(AC)$ sont sécantes en $A$. De plus, $(DE)$ et $(BC)$ sont parallèles. | **1.** On dit aussi que les triangles $ABC$ et $ADE$ sont en configuration de Thalès. |
| D'après le théorème de Thalès, on écrit : $\frac{AE}{AC} = \frac{AD}{AB} = \frac{DE}{BC}$ | **2.** Dans ces quotients, les numérateurs sont les longueurs du triangle $ADE$ (le petit) et les dénominateurs sont les longueurs correspondantes du triangle $ABC$ (le grand). |
| $\boxed{\frac{5}{7} = \frac{y}{6}} = \frac{DE}{BC}$ | **3.** On encadre les quotients qui permettent de calculer $y$. |
| $\frac{5}{7} = \frac{y}{6}$ soit $7 \times y = 5 \times 6$<br>$y = \frac{30}{7}$ (valeur exacte)<br>$y \approx 4{,}3$ (valeur approchée arrondie au dixième) | **4.** On utilise un produit en croix. On se ramène à une équation de la forme $ay = b$ qui a pour solution $y = \frac{b}{a}$. |

# Étudier le parallélisme de deux droites

## ÉNONCÉ

Les droites ($CE$) et ($BD$) sont-elles parallèles ? Justifiez.

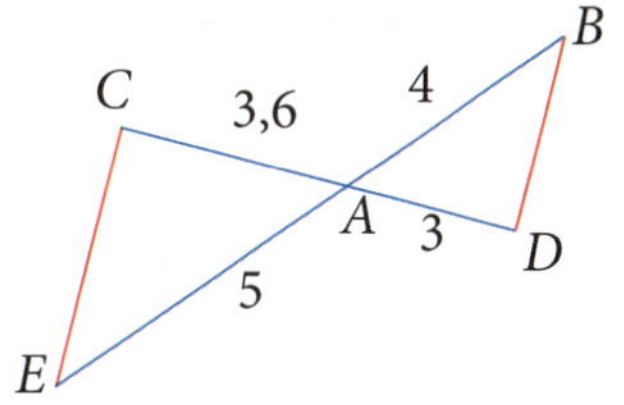


## MÉTHODE

**1.** On repère deux droites sécantes en un point.

**2.** On indique les points alignés sur ces deux droites en précisant l'ordre.

**3.** On calcule les quotients en les écrivant soit sous forme décimale exacte, soit sous forme de fractions irréductibles.

**4.** On compare les deux quotients :
- s'ils sont égaux, les droites sont parallèles, d'après la réciproque du théorème de Thalès ;
- s'ils ne sont pas égaux, les droites ne sont pas parallèles.

## CORRIGÉ

| Solution | Commentaires |
|---|---|
| Les droites ($CD$) et ($BE$) sont sécantes en $A$. | **1.** Il faut bien écrire les hypothèses. |
| Les points $C$, $A$, $D$ d'une part et $E$, $A$, $B$ d'autre part sont alignés dans le même ordre. | **2.** L'ordre des points sur les droites est important. |
| • $\frac{AC}{AD} = \frac{3,6}{3} = 1,2$ • $\frac{AE}{AB} = \frac{5}{4} = 1,25$ | **3.** On écrit les quotients sous forme décimale lorsque le résultat est exact. Autrement, on écrit les quotients sous forme de fractions irréductibles. |
| Mais $1,2 \neq 1,25$. Si les droites avaient été parallèles, les quotients auraient été égaux d'après le théorème de Thalès. Or, ici, ils ne le sont pas. On en déduit que les droites ($BD$) et ($CE$) ne sont pas parallèles. | **4.** Il s'agit de la contraposée du théorème de Thalès qui permet de conclure que les droites ne sont pas parallèles. |

## QCM

### 1 Cochez la (ou les) réponse(s) correcte(s).

*Toutes les questions portent sur cette figure.*

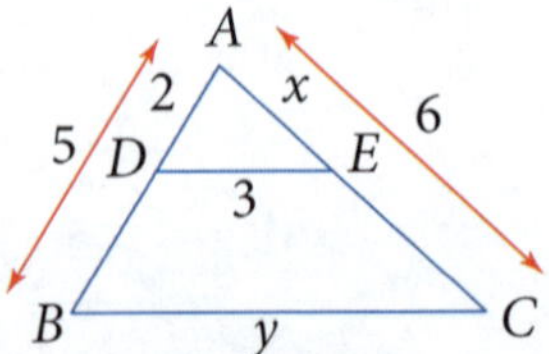

$(DE) // (BC)$

**1. a.** ☐ $EC = 6 + x$ **b.** ☐ $BD = 3$

**c.** ☐ On peut utiliser le théorème de Thalès.

**2.** On peut écrire, en utilisant le théorème de Thalès :

**a.** ☐ $\frac{BD}{BA} = \frac{CE}{CA}$ **b.** ☐ $\frac{AD}{AB} = \frac{AE}{AC}$ **c.** ☐ $\frac{AC}{AE} = \frac{BC}{DE}$

**3.** On peut dire que :

**a.** ☐ les longueurs du triangle $ADE$ sont proportionnelles à celles du triangle $ABC$.

**b.** ☐ le tableau suivant est un tableau de proportionnalité :

| 2 | $x$ | 3 |
|---|---|---|
| 5 | 6 | $y$ |

**c.** ☐ les longueurs du triangle $ABC$ sont deux fois et demie plus grandes que celles du triangle $ADE$.

**4. a.** ☐ $y = 7{,}5$ **b.** ☐ $x = 2{,}4$ **c.** ☐ $xy = 18$

### 2 Répondez par vrai ou faux.

| Affirmations | Réponse |
|---|---|
| Sur cette figure, les droites $(AC)$ et $(EF)$ sont parallèles. 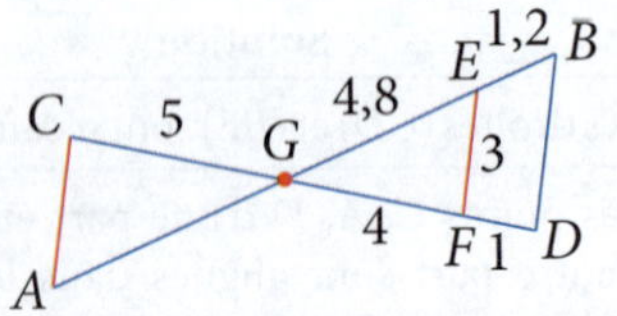  | |
| **1.** Le théorème de Thalès appliqué aux triangles $GAC$ et $GEF$ permet d'écrire : $\frac{CG}{CF} = \frac{AG}{AE}$. | ☐ V ☐ F |
| **2.** $GA = 6$ | ☐ V ☐ F |
| **3.** $CA = 2{,}4$ | ☐ V ☐ F |
| **4.** Les droites $(EF)$ et $(BD)$ sont parallèles. | ☐ V ☐ F |
| **5.** $BD = 2{,}4$ | ☐ V ☐ F |
| **6.** Le triangle $GAC$ est un agrandissement du triangle $GEF$. | ☐ V ☐ F |

# Exercices d'entraînement

## 3 Ce que l'on pourra rencontrer avec Thalès

Résolvez les équations suivantes (on donnera les solutions sous forme exacte) :

- $\frac{x}{4} = \frac{5}{8}$
- $\frac{3}{5} = \frac{2}{x}$
- $\frac{x+1}{2} = \frac{3}{4}$
- $\frac{3}{2+x} = \frac{3}{10}$

## 4 On continue avec des fractions

Dans chaque cas, étudiez si les fractions sont égales (on écrira chacune des fractions sous la forme d'un quotient irréductible) :

- $\frac{4{,}8}{3{,}6}$ et $\frac{1{,}2}{0{,}9}$
- $\frac{3}{3{,}6}$ et $\frac{14}{16{,}8}$
- $\frac{0{,}3}{0{,}72}$ et $\frac{1}{2{,}4}$

## 5 Le classique...

Dans chacun des cas suivants, calculez la valeur exacte de $x$.

**1.**

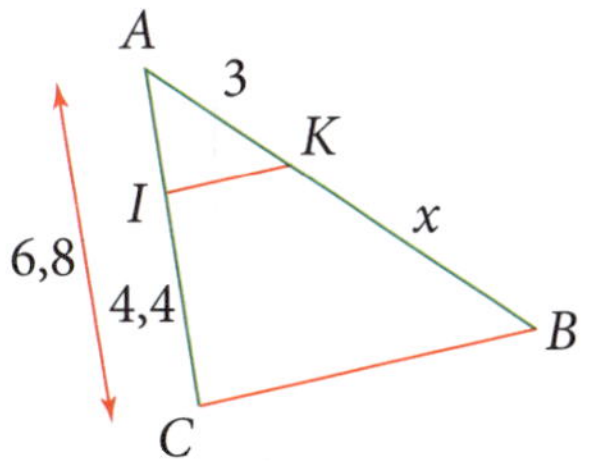


Les droites $(IK)$ et $(BC)$ sont parallèles.

**2.**

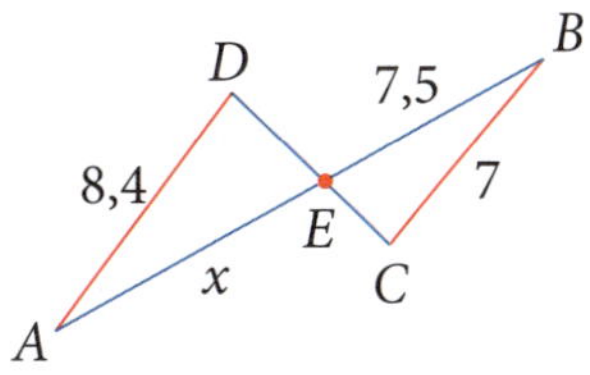


Les droites $(AD)$ et $(BC)$ sont parallèles.

## 6 Encore un classique...

**1.**

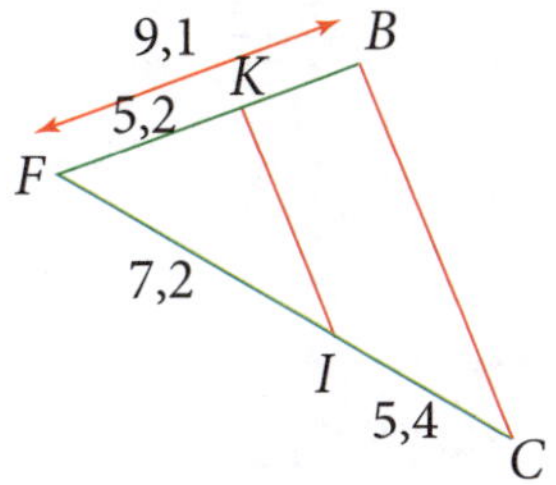


Les droites (IK) et (BC) sont-elles parallèles ?

**2.**

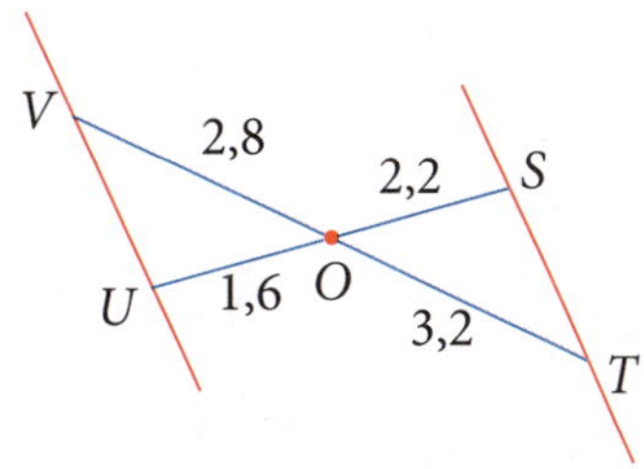


Les droites (ST) et (UV) sont-elles parallèles ?

## 7 La même chose de différentes façons

Dans chaque cas, justifiez que les droites $d$ et $d'$ sont parallèles, puis calculez $AB$.

**1.**

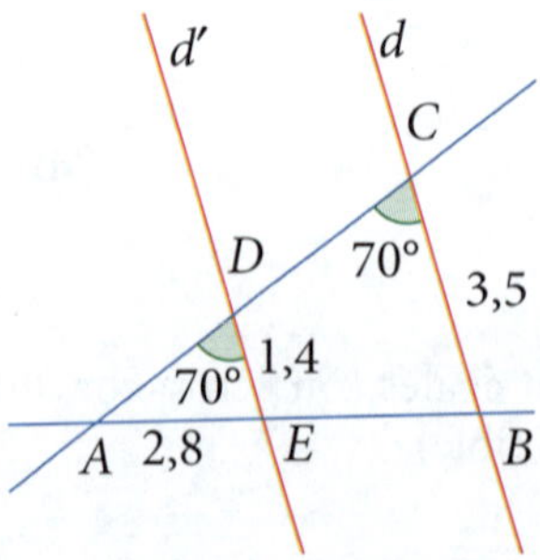


**2.**

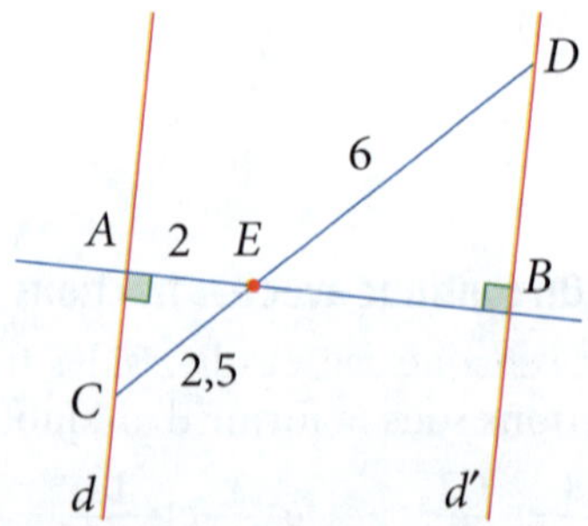


**3.**

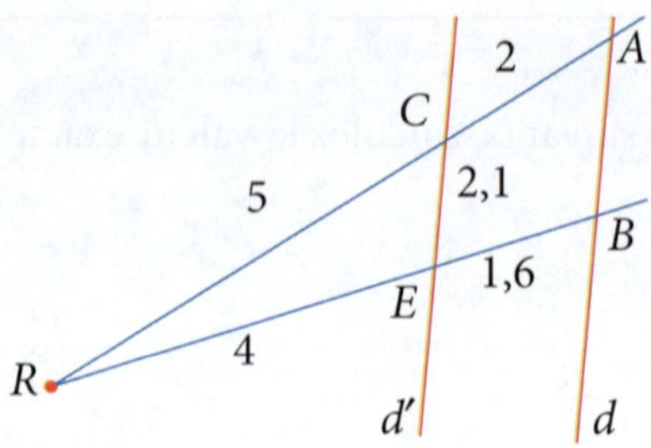


## 8 Agrandissement/réduction ou non ?

Pour chacun des cas suivants, précisez si le triangle $DEF$ est obtenu à partir d'un agrandissement ou d'une réduction du triangle $ABC$. Si oui, précisez le coefficient.

**1.**

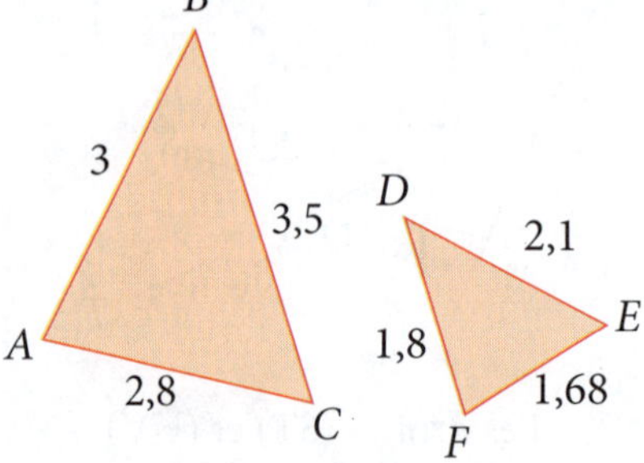


**2.**

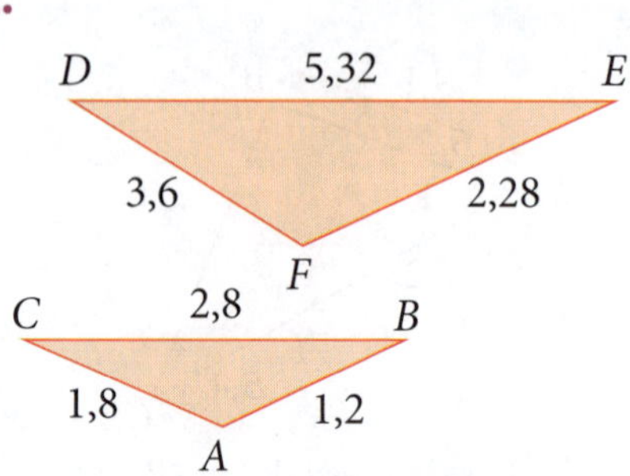

## 9 Homothéties et constructions

Construisez l'image du point $M$ par l'homothétie de centre $O$ et de rapport :

**1.** 2 **2.** $-1{,}5$ **3.** $\frac{1}{3}$ **4.** $-\frac{1}{2}$

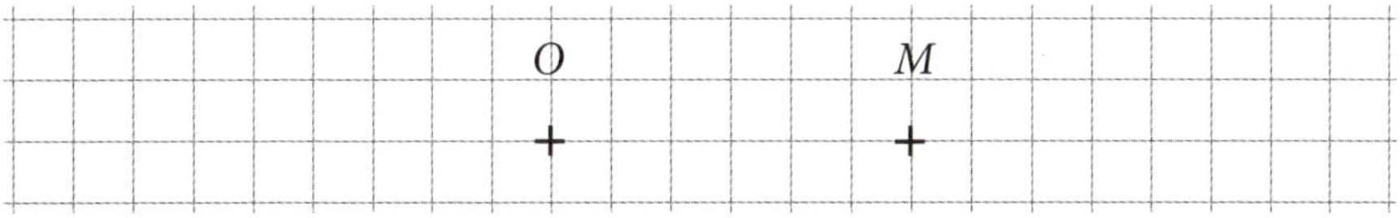


## 10 Rapports d'homothéties

Déterminez le rapport $k$ de l'homothétie de centre $A$ qui transforme $B$ en :

**1.** $C$ **2.** $D$ **3.** $E$ **4.** $F$

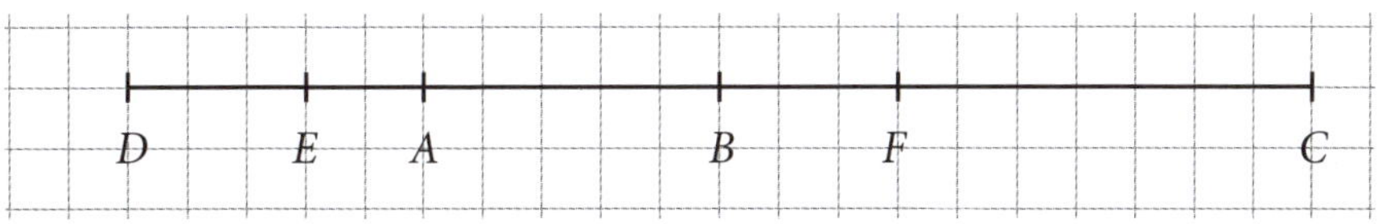


## 11 De même forme ou pas ?

On considère trois triangles $T_1$, $T_2$ et $T_3$ dont les longueurs des côtés sont :

$T_1$ : 9 - 4 - 6 $T_2$ : 8,4 - 5,6 - 12,6 $T_3$ : 2,5 - 3,75 - 5,5

**1.** $T_1$ et $T_2$ sont-ils de même forme ? **2.** $T_1$ et $T_3$ sont-ils de même forme ?
Si oui, précisez le coefficient d'agrandissement/réduction.

## 12 Semblables par différentes méthodes

Démontrez dans chacun des cas suivants que les triangles proposés sont semblables.

**1.** $ABC$ et $BCD$ **2.** $DEF$ et $DGH$ **3.** $IJK$ et $LMN$

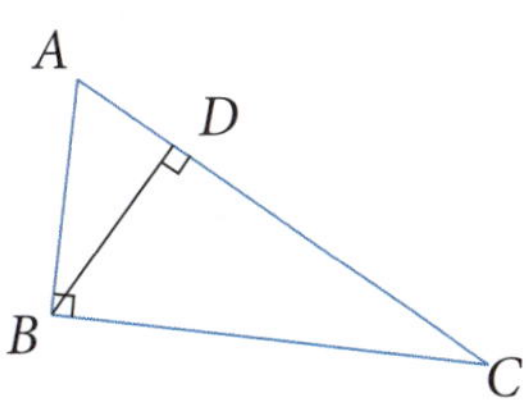


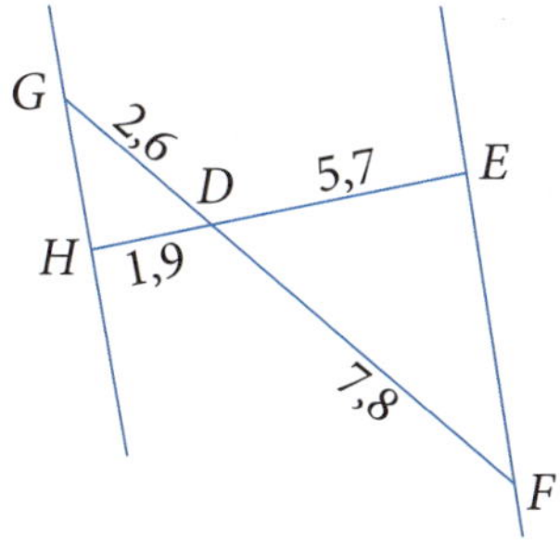


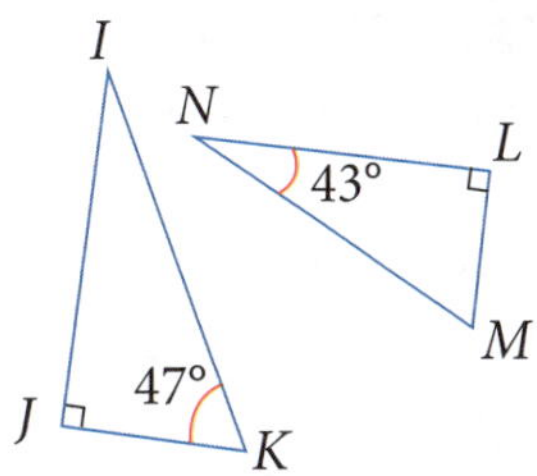

## Vers le Brevet

### 13 Dans une configuration classique

Sur la figure ci-dessous, on a :

- $AC = 6$ cm,
- $AE = 7{,}5$ cm,
- $DC = 5$ cm,
- $AB = 7$ cm,
- $BF = 1$ cm.
- Les droites $(DC)$ et $(BE)$ sont parallèles.

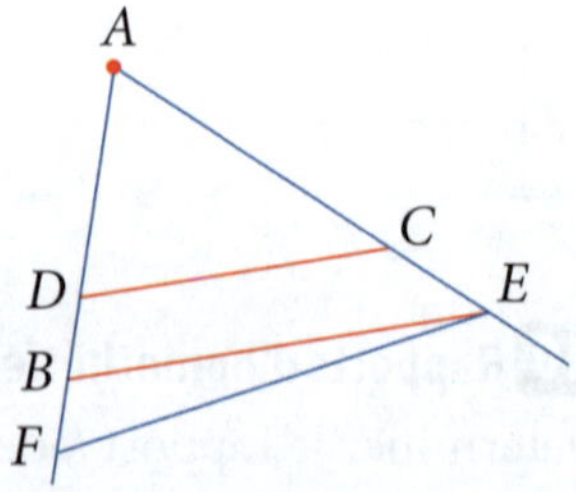


**1.** Calculez $AD$. Déduisez-en $BD$.

**2.** Les droites $(EF)$ et $(BC)$ sont-elles parallèles ?

### 14 Avec des triangles rectangles

On considère la figure ci-contre.

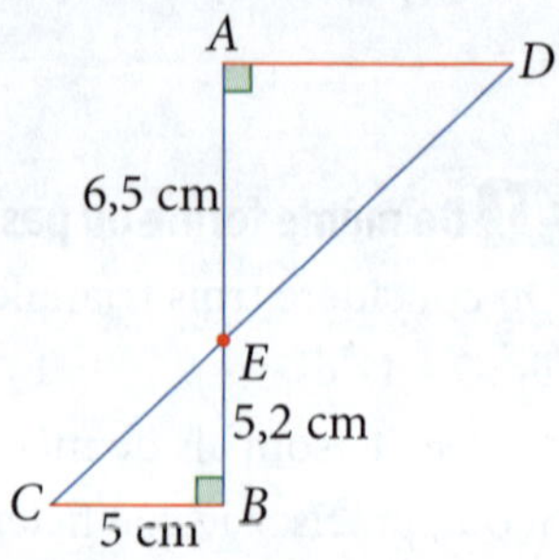


**1.** Justifiez que les droites $(AD)$ et $(BC)$ sont parallèles.

**2.** Calculez $AD$.

**3.** Calculez l'aire du triangle $EBC$.

**4. a.** Le triangle $EDA$ est un agrandissement du triangle $EBC$. Quel est le coefficient d'agrandissement ?

**b.** À l'aide de ce coefficient, calculez l'aire du triangle $EAD$.

**c.** Calculez $\dfrac{AE \times AD}{2}$. Que vérifie-t-on ainsi ?

### 15 Le tout en un

Sur la figure ci-contre, on a :

- $EC = 3{,}6$
- $AC = 2{,}6$
- $DC = 2{,}25$
- $BC = 4{,}16$
- $\widehat{ACD} = 90°$

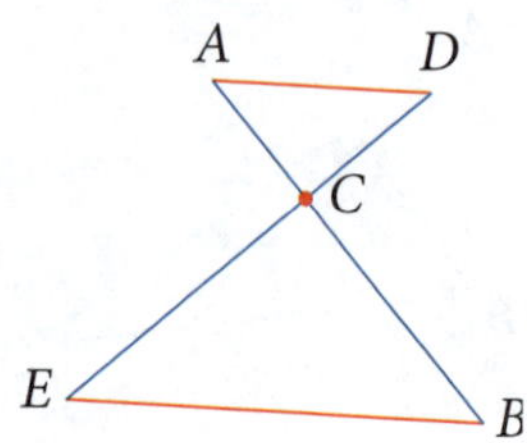

**1.** Calculez une valeur approchée de la longueur $EB$ au dixième près.

**2.** Montrez que les droites $(AD)$ et $(EB)$ sont parallèles.

**3.** Caractérisez (en donnant son centre et son rapport) l'homothétie $h$ qui transforme le triangle $ACD$ en $BCE$.

**4.** Complétez par un quotient les égalités suivantes :
• $AD = .... EB$ • Aire($ACD$) = .... Aire($ECB$)

## 16 Un petit cône ou un grand cône

Sur la figure ci-contre (qui n'est pas à l'échelle), est représenté un cône de révolution tel que $AP = 10$ cm.
Un plan parallèle à la base coupe ce cône tel que $AN = 8$ cm.

$r$ est le rayon du petit cône et $R$ celui du grand cône.

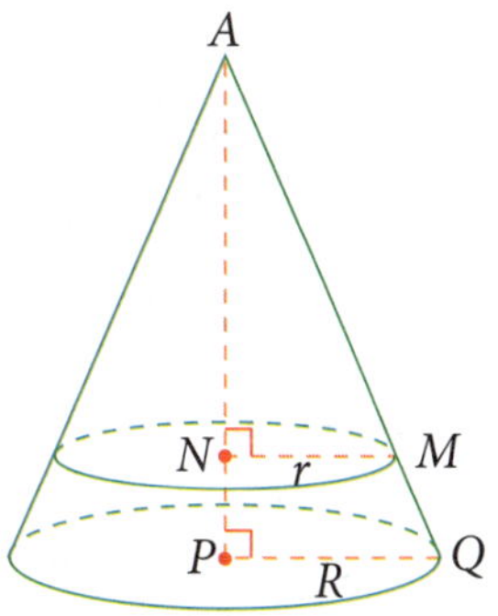


**1. a.** Quel est le coefficient de réduction qui permet de passer du grand cône au petit cône ?

**b.** Complétez la phrase :

Dans une réduction de rapport $k$, les longueurs sont multipliées par … et les volumes par …

**2.** Le rayon du disque de base du grand cône est $R = 4{,}2$ cm.

**a.** Calculez la valeur exacte du volume du grand cône.

**b.** Déduisez-en la valeur exacte du volume du petit cône.

## QCM

**1** **1.** • On a $EC = AC - AE = 6 - x \neq 6 + x$.
$BD = AB - AD = 5 - 2 = 3$.

• Les droites $(AB)$ et $(AC)$ sont sécantes en $A$. De plus, $(DE) \mathbin{//} (BC)$. On en déduit que l'on peut utiliser le théorème de Thalès.

> **Gagnez des points !**
> Un triangle avec des droites parallèles est une figure clef.

**Réponses : b.** $BD = 3$ et **c.** On peut utiliser le théorème de Thalès.

**2.** Les droites $(AB)$ et $(AC)$ sont sécantes en $A$. De plus, $(DE) \mathbin{//} (BC)$. On en déduit d'après le théorème de Thalès que :
$\frac{AD}{AB} = \frac{AE}{AC} = \frac{DE}{BC}$ ou $\frac{AB}{AD} = \frac{AC}{AE} = \frac{BC}{DE}$

**Réponses : b.** $\frac{AD}{AB} = \frac{AE}{AC}$ et **c.** $\frac{AC}{AE} = \frac{BC}{DE}$.

> **L'astuce du prof**
> Dans la première égalité de quotients, les longueurs du petit triangle sont au numérateur. Dans la seconde, elles sont au dénominateur.

**3.** • Il s'agit d'une configuration de Thalès. Le triangle $ABC$ est un agrandissement du triangle $ADE$. On en déduit que les longueurs du triangle $ADE$ sont proportionnelles à celles du triangle $ABC$.

• Dans le tableau, les longueurs du triangle $ADE$ sont sur la première ligne et celles correspondantes du triangle $ABC$ sur la seconde. C'est donc un tableau de proportionnalité.

• D'après la première colonne du tableau de proportionnalité, on passe de la première ligne à la seconde en multipliant par 2,5 (en effet, $2 \times 2{,}5 = 5$). On en déduit que les longueurs du triangle $ABC$ sont deux fois et demie plus grandes que celles du triangle $ADE$.

**Réponses : a.** Les longueurs du triangle $ADE$ sont proportionnelles à celles du triangle $ABC$.

**b.** Le tableau est un tableau de proportionnalité.

**c.** Les longueurs du triangle $ABC$ sont deux fois et demie plus grandes que celles du triangle $ADE$.

**4.** D'après le théorème de Thalès : $\frac{AD}{AB} = \frac{AE}{AC} = \frac{DE}{BC}$ soit $\frac{2}{5} = \frac{x}{6} = \frac{3}{y}$.

• En utilisant l'égalité $\frac{2}{5} = \frac{3}{y}$, il vient $2 \times y = 3 \times 5$, soit $y = \frac{15}{2} = 7{,}5$.

• En utilisant l'égalité $\frac{2}{5} = \frac{x}{6}$, il vient $5 \times x = 2 \times 6$, soit $x = \frac{12}{5} = 2{,}4$.

• On a $xy = 7{,}5 \times 2{,}4 = 18$.

**Réponses : a.** $y = 7{,}5$, **b.** $x = 2{,}4$ et **c.** $xy = 18$.

**2** **1. Faux.** Les droites $(CF)$ et $(AE)$ sont sécantes en $G$.
De plus, $(AC) // (EF)$. D'après le théorème de Thalès :
$\frac{GC}{GF} = \frac{GA}{GE} = \frac{CA}{EF}$.

**L'astuce du prof**

Pour écrire les quotients, commencez toujours par le sommet commun au deux triangles (ici $G$).

**2. Vrai.** On a $\frac{GC}{GF} = \frac{GA}{GE} = \frac{CA}{EF}$ soit $\boxed{\frac{5}{4} = \frac{GA}{4{,}8}} = \frac{CA}{3}$.

En utilisant l'égalité encadrée, on obtient :

$GA \times 4 = 5 \times 4{,}8$, soit $GA = \frac{5 \times 4{,}8}{4} = 6$.

**3. Faux.** On utilise les quotient encadrés dans l'égalité : $\boxed{\frac{5}{4}} = \frac{GA}{4{,}8} = \boxed{\frac{CA}{3}}$.

On obtient : $4 \times CA = 3 \times 5$, soit $CA = \frac{3 \times 5}{4} = 3{,}75$.

**4. Vrai.** Les points $G$, $E$, $B$ d'une part et les points $G$, $F$, $D$ d'autre part sont alignés dans le même ordre.

De plus, $\frac{GE}{GB} = \frac{4{,}8}{4{,}8 + 1{,}2} = \frac{4{,}8}{6} = 0{,}8$.

Et $\frac{GF}{GD} = \frac{4}{4 + 1} = \frac{4}{5} = 0{,}8$.

On a donc $\frac{GE}{GB} = \frac{GF}{GD}$. D'après la réciproque du théorème de Thalès, les droites $(EF)$ et $(BD)$ sont parallèles.

**Remarque**

Les quotients ici donnent des valeurs exactes. C'est pourquoi on peut les écrire sous forme décimale.

**5. Faux.** Les droites $(GB)$ et $(GD)$ sont sécantes en $G$. De plus, les droites $(EF)$ et $(BD)$ sont parallèles d'après la question précédente. D'après le théorème de Thalès :

$\frac{GE}{GB} = \frac{GF}{GD} = \frac{EF}{BD}$, soit $\frac{4{,}8}{4{,}8 + 1{,}2} = \boxed{\frac{4}{4 + 1} = \frac{3}{BD}}$.

En utilisant l'égalité encadrée, on obtient :

$BD \times 4 = 3 \times 5$, soit $BD = \frac{3 \times 5}{4} = 3{,}75$.

**6. Vrai.** Les droites $(AC)$ et $(EF)$ sont parallèles (ces deux triangles sont donc en configuration de Thalès). Le triangle $GAC$ est donc un agrandissement du triangle $GEF$.

## Exercices d'entraînement

**3** Pour résoudre ce type d'équations (égalité de deux quotients), on utilise le produit en croix.

- $\frac{x}{4} = \frac{5}{8}$

$x \times 8 = 5 \times 4$

$x = \frac{5 \times 4}{8}$

$x = \frac{5 \times \cancel{4}}{\cancel{4} \times 2} = \frac{5}{2} = 2{,}5$

La solution de cette équation est 2,5.

- $\frac{3}{5} = \frac{2}{x}$

$x \times 3 = 5 \times 2$

$x = \frac{5 \times 2}{3}$

$x = \frac{10}{3}$

La solution de cette équation est $\frac{10}{3}$.

- $\frac{x+1}{2} = \frac{3}{4}$

$(x + 1) \times 4 = 2 \times 3$

$4x + 4 = 6$

$4x = 6 - 4$

$x = \frac{2}{4}$.

$x = \frac{1}{2}$

La solution de cette équation est 0,5.

- $\frac{3}{2+x} = \frac{3}{10}$

$(2 + x) \times 3 = 3 \times 10$

$6 + 3x = 30$

$3x = 30 - 6$

$x = \frac{24}{3}$

$x = 8$

La solution de cette équation est 8.

**Rappel**

Si $\frac{a}{b} = \frac{c}{d}$, alors $a \times d = b \times c$.

**Remarque**

2,5 est une valeur exacte. C'est pourquoi on peut écrire $\frac{5}{2}$ sous forme décimale.

**Remarque**

$\frac{10}{3}$ est une valeur exacte. La valeur décimale 3,33 n'est qu'une valeur approchée. Les solutions d'une équation sont toujours données sous forme exacte.

**Piège à éviter**

Dans ces équations, n'oubliez pas les parenthèses quand vous faites les produits en croix !

**4** • $\frac{4{,}8}{3{,}6}=\frac{4{,}8\times 10}{3{,}6\times 10}=\frac{48}{36}=\frac{\cancel{6}\times 8}{\cancel{6}\times 6}=\frac{\cancel{2}\times 4}{\cancel{2}\times 3}=\frac{4}{3}$

• $\frac{1{,}2}{0{,}9}=\frac{1{,}2\times 10}{0{,}9\times 10}=\frac{12}{9}=\frac{4\times\cancel{3}}{3\times\cancel{3}}=\frac{4}{3}$

On en déduit que $\frac{4{,}8}{3{,}6}=\frac{1{,}2}{0{,}9}$.

**Piège à éviter**

On ne compare pas des valeurs approchées. Il faut écrire les fractions sous forme irréductible (avec des nombres entiers).

• $\frac{3}{3{,}6}=\frac{3\times 10}{3{,}6\times 10}=\frac{30}{36}=\frac{\cancel{6}\times 5}{\cancel{6}\times 6}=\frac{5}{6}$

• $\frac{14}{16{,}8}=\frac{14\times 10}{16{,}8\times 10}=\frac{140}{168}=\frac{\cancel{4}\times 35}{\cancel{4}\times 42}$

$=\frac{\cancel{7}\times 5}{\cancel{7}\times 6}=\frac{5}{6}$.

On en déduit que $\frac{3}{3{,}6}=\frac{14}{16{,}8}$.

• $\frac{0{,}3}{0{,}72}=\frac{0{,}3\times 100}{0{,}72\times 100}=\frac{30}{72}=\frac{\cancel{6}\times 5}{\cancel{6}\times 12}$

$=\frac{5}{12}$

• $\frac{1}{2{,}4}=\frac{1\times 10}{2{,}4\times 10}=\frac{10}{24}=\frac{\cancel{2}\times 5}{\cancel{2}\times 12}$

$=\frac{5}{12}$

On en déduit que $\frac{0{,}3}{0{,}72}=\frac{1}{2{,}4}$.

**5** **1.** Les droites $(AC)$ et $(AB)$ sont sécantes en $A$. De plus, les droites $(IK)$ et $(BC)$ sont parallèles. D'après le théorème de Thalès, on écrit :

$\frac{AI}{AC}=\frac{AK}{AB}=\frac{IK}{BC}$

**Remarque**

Pour la longueur $AI$, utilisez l'égalité $AI = AC - IC$.

soit $\boxed{\dfrac{6{,}8-4{,}4}{6{,}8}=\dfrac{3}{3+x}}=\dfrac{IK}{BC}$

En utilisant l'égalité encadrée :

$$\frac{6{,}8-4{,}4}{6{,}8}=\frac{3}{3+x}$$
$$\frac{2{,}4}{6{,}8}=\frac{3}{3+x}$$
$$2{,}4\times(3+x)=3\times6{,}8$$
$$7{,}2+2{,}4x=20{,}4$$
$$2{,}4x=20{,}4-7{,}2$$
$$x=\frac{13{,}2}{2{,}4}$$
$$x=5{,}5$$

**Remarque**

À la place d'écrire $3+x$ dans le quotient, vous pouvez laisser *AB*.
Après avoir calculé *AB*, déduisez *x* grâce à l'égalité $AB=3+x$.

**2.** Les droites (*DC*) et (*AB*) sont sécantes en *E*. De plus, les droites (*AD*) et (*BC*) sont parallèles.
D'après le théorème de Thalès, on a :
$\dfrac{ED}{EC}=\dfrac{EA}{EB}=\dfrac{AD}{BC}$, soit $\dfrac{ED}{EC}=\boxed{\dfrac{x}{7{,}5}=\dfrac{8{,}4}{7}}$

En utilisant l'égalité encadrée :

$$\frac{x}{7{,}5}=\frac{8{,}4}{7}$$
$$7\times x=7{,}5\times8{,}4$$
$$x=\frac{7{,}5\times8{,}4}{7}$$
$$x=9$$

**Gagnez des points !**

C'est à chaque fois la même technique : les produits en croix.

**6** **1.** Les droites (*FB*) et (*FC*) sont sécantes en *F*. Les points *F*, *K*, *B* d'une part et *F*, *I*, *C* d'autre part sont alignés dans le même ordre.

- $\dfrac{FK}{FB}=\dfrac{5{,}2}{9{,}1}=\dfrac{52}{91}=\dfrac{\cancel{13}\times4}{\cancel{13}\times7}=\dfrac{4}{7}$

- $\dfrac{FI}{FC}=\dfrac{7{,}2}{7{,}2+5{,}4}=\dfrac{7{,}2}{12{,}6}=\dfrac{72}{126}=\dfrac{\cancel{18}\times4}{\cancel{18}\times7}=\dfrac{4}{7}$

**L'astuce du prof**

Pour simplifier des fractions, utilisez une calculatrice. Elle fait ça très bien !

On a donc $\dfrac{FK}{FB}=\dfrac{FI}{FC}$.

D'après la réciproque du théorème de Thalès, les droites (*IK*) et (*BC*) sont parallèles.

**2.** Les droites ($SU$) et ($VT$) sont sécantes en $O$. Les points $V$, $O$, $T$ d'une part et $U$, $O$, $S$ d'autre part sont alignés dans le même ordre.

- $\dfrac{OV}{OT} = \dfrac{2{,}8}{3{,}2} = \dfrac{28}{32} = \dfrac{\cancel{4} \times 7}{\cancel{4} \times 8} = \dfrac{7}{8}$

- $\dfrac{OU}{OS} = \dfrac{1{,}6}{2{,}2} = \dfrac{16}{22} = \dfrac{\cancel{2} \times 8}{\cancel{2} \times 11} = \dfrac{8}{11}$

**Gagnez des points !**

On ne compare que des valeurs exactes.

On a donc $\dfrac{OV}{OT} \neq \dfrac{OU}{OS}$.

Les droites ($UV$) et ($ST$) ne sont pas parallèles (il s'agit de la contraposée du théorème de Thalès).

**7** **1.** La droite ($AC$) est sécante avec les droites $d$ et $d'$. Les angles $\widehat{ADE}$ et $\widehat{ACB}$ sont dans des positions d'angles correspondants. Ils ont même mesure (70°). On en déduit que les droites $d$ et $d'$ sont parallèles.

- Les droites ($AB$) et ($AC$) sont sécantes en $A$. De plus, les droites ($CB$) et ($DE$) sont parallèles.

D'après le théorème de Thalès,

$$\frac{AE}{AB} = \frac{AD}{AC} = \frac{DE}{CB} \text{ soit } \boxed{\frac{2{,}8}{AB}} = \frac{AD}{AC} = \boxed{\frac{1{,}4}{3{,}5}}$$

En utilisant les quotients encadrés, on obtient :

$$\frac{2{,}8}{AB} = \frac{1{,}4}{3{,}5}$$

$$1{,}4 \times AB = 2{,}8 \times 3{,}5$$

$$AB = \frac{2{,}8 \times 3{,}5}{1{,}4}$$

$$AB = 7$$

**2.** On a $d \perp (AB)$ et $d' \perp (AB)$. Si deux droites sont perpendiculaires à la même droite, alors elles sont parallèles. On en déduit que $d$ et $d'$ sont parallèles.

- Les droites ($AB$) et ($CD$) sont sécantes en $E$. De plus, ($AC$) // ($BD$).

D'après le théorème de Thalès, on écrit :

$$\frac{EC}{ED} = \frac{EA}{EB} = \frac{AC}{BD} \text{ soit } \boxed{\frac{2{,}5}{6} = \frac{2}{EB}} = \frac{AC}{BD}$$

En utilisant l'égalité encadrée, on obtient :

$$\frac{2,5}{6} = \frac{2}{EB}$$

$$2,5 \times EB = 2 \times 6$$

$$EB = \frac{2 \times 6}{2,5} = 4,8$$

On en déduit que $AB = AE + EB = 2 + 4,8 = 6,8$.

**Remarque**

Calculez *EB* pour ensuite en déduire *AB*.

**3.** • Les droites (*RA*) et (*RB*) sont sécantes en *R*. Les points *R*, *C*, *A* d'une part et *R*, *E*, *B* d'autre part sont alignés dans le même ordre. De plus,

$$\frac{RC}{RA} = \frac{5}{5+2} = \frac{5}{7} \text{ et } \frac{RE}{RB} = \frac{4}{4+1,6} = \frac{4}{56} = \frac{40}{5,6} = \frac{\cancel{8} \times 5}{\cancel{8} \times 7} = \frac{5}{7}.$$

On a donc $\frac{RC}{RA} = \frac{RE}{RB}$.

D'après la réciproque du théorème de Thalès, les droites *d* et *d'* sont parallèles.

• Les droites (*RA*) et (*RB*) sont sécantes en *R*. De plus, (*EC*) // (*AB*).

D'après le théorème de Thalès, on a :

$$\frac{RC}{RA} = \frac{RE}{RB} = \frac{EC}{AB} \text{ soit } \frac{5}{7} = \boxed{\frac{4}{5,6} = \frac{2,1}{AB}}$$

En utilisant l'égalité encadrée :

$$\frac{4}{5,6} = \frac{2,1}{AB}$$

$$4 \times AB = 5,6 \times 2,1$$

$$AB = \frac{5,6 \times 2,1}{4} = 2,94$$

**Remarque**

Vous pouviez également utiliser l'égalité :

$$\frac{5}{7} = \frac{2,1}{AB}$$

**8** **1.** Le triangle *DEF* est un agrandissement ou une réduction du triangle *ABC* lorsque les mesures des côtés du triangle *DEF* sont proportionnelles à celles du triangle *ABC*.

On vérifie si le tableau suivant est un tableau de proportionnalité :

| Triangle *ABC* | 3,5 | 3 | 2,8 |
|---|---|---|---|
| Triangle *DEF* | 2,1 | 1,8 | 1,68 |

• $\frac{2,1}{3,5} = 0,6$ • $\frac{1,8}{3} = 0,6$ • $\frac{1,68}{2,8} = 0,6$

**Gagnez des points !**

Dans le tableau, écrivez les unes en dessous des autres les longueurs correspondantes des côtés des deux triangles : le plus grand côté en premier, le plus petit côté en dernier.

On en déduit que ce tableau est bien un tableau de proportionnalité. Le triangle *DEF* est donc une réduction du triangle *ABC*. Le coefficient de réduction est 0,6.

> **Gagnez des points !**
> Les divisions « tombent justes ». Vous pouvez donc écrire les valeurs décimales et les comparer.

**2.** On procède de la même façon :

| Triangle *ABC* | 2,8 | 1,8 | 1,2 |
|---|---|---|---|
| Triangle *DEF* | 5,32 | 3,6 | 2,28 |

• $\dfrac{5{,}32}{2{,}8} = 1{,}9$ • $\dfrac{3{,}6}{1{,}8} = 2$ • $\dfrac{2{,}28}{1{,}2} = 1{,}9$

Les quotients ne sont pas égaux. On en déduit que le triangle *DEF* n'est pas un agrandissement (ou une réduction) du triangle *ABC*.

**9** Notons $k$ le rapport de l'homothétie proposé.

**1.** Comme $k > 0$, $M'$ est du même côté que $M$ par rapport à $O$. De plus, $OM' = 2 \times OM$.

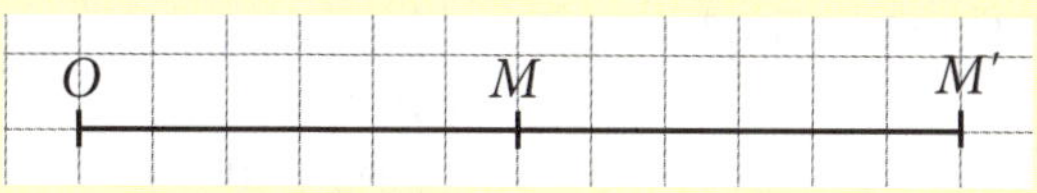


> **Méthode**
> Commencez par trouver de quel côté du point *O* se situe *M′*. Ensuite, reportez la longueur cherchée.

**2.** $k$ est négatif, donc sur ce croquis, $M'$ est « à gauche de $O$ ». $OM' = 1{,}5 \times OM$

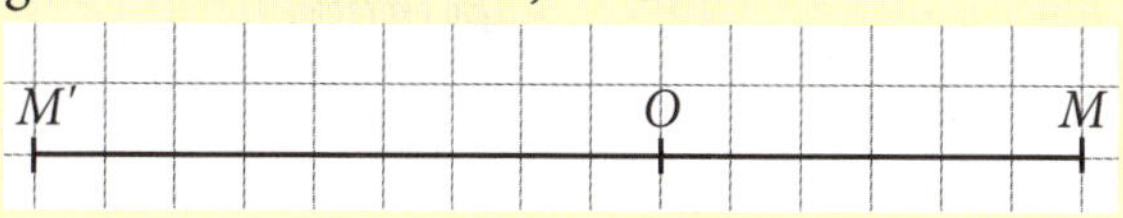


> **L'astuce du prof**
> Utilisez le quadrillage pour placer le point *M′*.
> $OM = 6$ (petits carreaux).
> Donc $OM' = 6 \times 1{,}5 = 9$.

**3.** $k$ est négatif, donc $M'$ est de l'autre côté de $O$ par rapport à $M$.

$OM' = \dfrac{1}{2} OM$. La longueur $OM'$ est la moitié de celle de $OM$.

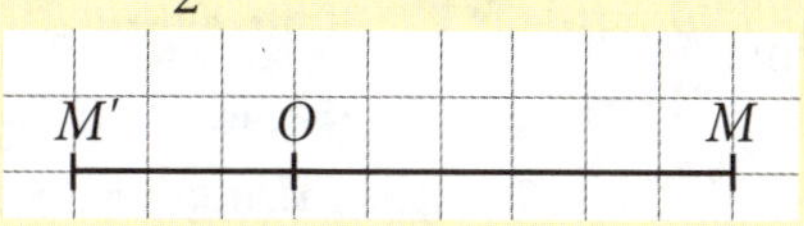


**4.** $k$ est positif, donc $M'$ est « à droite » de $O$.

$OM' = \dfrac{1}{3} OM$. Partant de $O$, le point $M'$ se situe au tiers du segment $[OM]$.

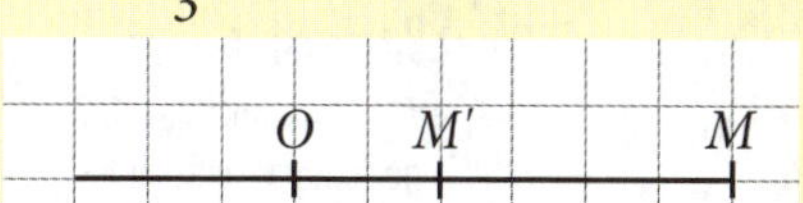

**10** **1.** $C$ est du même côté que $B$ par rapport à $A$, donc $k > 0$.
De plus, $AB = 5$ et $AC = 15$. Soit $AC = 3 \times AB$.
En conclusion, $k = 3$.

**2.** $D$ est de l'autre côté de $B$ par rapport à $A$, donc $k < 0$.
De plus, $AB = 5$ et $AD = 5$. Soit $AD = AB$.
En conclusion, $k = -1$.

**3.** $E$ est de l'autre côté de $B$ par rapport à $A$, donc $k < 0$.
De plus, $AB = 5$ et $AE = 2$. Soit $k = \frac{AE}{AB} = \frac{2}{5}$.
En conclusion, $k = -\frac{2}{5}$.

**4.** $F$ est du même côté que $B$ par rapport à $A$, donc $k > 0$.
De plus, $AB = 5$ et $AF = 8$. Soit $k = \frac{AF}{AB} = \frac{8}{5}$.
En conclusion, $k = \frac{8}{5}$.

> **L'astuce du prof**
> Utilisez le quadrillage pour le calcul des longueurs.

> **Gagnez des points !**
> Une homothétie de centre $A$ et de rapport $-1$ est une symétrie centrale de centre $A$.

**11** **1.** Étudions si $T_1$ et $T_2$ sont deux triangles de même forme.

| $T_1$ | 9 | 6 | 4 |
|---|---|---|---|
| $T_2$ | 12,6 | 8,4 | 5,6 |

On calcule pour cela les quotients des côtés associés :
$\frac{12,6}{9} = 1,4 \qquad \frac{8,4}{6} = 1,4 \qquad \frac{5,6}{4} = 1,4$
Les trois quotients étant égaux, on conclut que les triangles $T_1$ et $T_2$ sont de même forme.
De plus, $T_2$ est un agrandissement de $T_1$ avec pour coefficient d'agrandissement 1,4.

**2.** Étudions si $T_1$ et $T_3$ sont de même forme.

| $T_1$ | 9 | 6 | 4 |
|---|---|---|---|
| $T_3$ | 5,5 | 3,75 | 2,5 |

Les quotients des longueurs des côtés associés sont :
$\frac{5,5}{9} \approx 0,611 \qquad \frac{3,75}{6} = 0,625 \quad \frac{2,5}{4} = 0,625$
Les trois quotients ne sont pas égaux : les triangles $T_1$ et $T_3$ ne sont pas de même forme.

> **L'astuce du prof**
> Dans un tableau, mettez en correspondance les côtés de chaque triangle, par ordre décroissant de longueurs par exemple.

> **Gagnez des points !**
> $T_1$ est une réduction de $T_2$ de coefficient $\frac{1}{k}$ $\left(\text{ici } \frac{1}{1,4}\right)$.

> **Remarque**
> Vous pouvez aussi calculer les quotients inverses : $\frac{9}{5,5}$ ; $\frac{6}{3,75}$ …

> **Remarque**
> $T_1$ et $T_2$ sont semblables. $T_1$ et $T_3$ ne sont pas semblables. Donc $T_2$ et $T_3$ ne sont pas semblables non plus.

**12** **1.** On se place dans les triangles $ABC$ et $BCD$.

• Le triangle $ABC$ est rectangle en $B$, donc $\widehat{ABC} = 90°$.
Le triangle $BCD$ est rectangle en $D$, donc $\widehat{BDC} = 90°$.
$\widehat{ABC} = \widehat{BDC}$.

• Les triangles $ABC$ et $BCD$ ont en commun l'angle $\widehat{C}$.
Ainsi, $\widehat{ACB} = \widehat{DCB}$.

• Or la somme des angles d'un triangle vaut 180°.
Ainsi, dans le triangle $ABC$ : $\widehat{BAC} = 180 - \widehat{ABC} - \widehat{ACB}$.
De même, dans le triangle $BCD$ :
$\widehat{DBC} = 180 - \widehat{BDC} - \widehat{DCB}$.
De par les égalités $\widehat{ABC} = \widehat{BDC}$ et $\widehat{ACB} = \widehat{DCB}$, on conclut : $\widehat{BAC} = \widehat{DBC}$.

• En conclusion, les triangles $ABC$ et $BCD$ ont leurs angles deux à deux égaux : ils sont donc semblables.

> **L'astuce du prof**
> Comme la somme des angles d'un triangle vaut 180°, si deux triangles ont deux angles de même mesure, ils sont semblables.

> **Remarque**
> Deux triangles rectangles ayant en commun un angle aigu sont semblables.

**2.** Les triangles $DEF$ et $DGH$ sont en configuration de Thalès.

$$\frac{DG}{DF} = \frac{2,6}{7,8} = \frac{26}{78} = \frac{1}{3}$$

$$\frac{DH}{DE} = \frac{1,9}{5,7} = \frac{19}{57} = \frac{1}{3}$$

D'après la réciproque du théorème de Thalès, les droites $(GH)$ et $(EF)$ sont parallèles.
Le triangle $DGH$ est une réduction du triangle $DEF$ de rapport $\frac{1}{3}$.
Les triangles $DEF$ et $DGH$ sont bien semblables.

> **Remarque**
> Le triangle $DGH$ est l'image du triangle $DFE$ par l'homothétie de centre $D$ et de rapport $-\frac{1}{3}$.

**3.** • Les triangles $IJK$ et $LMN$ ont chacun un angle droit : $\widehat{J} = \widehat{L} = 90°$.

• Dans le triangle $IJK$ : $\widehat{K} = 47°$.
On en déduit : $\widehat{I} = 180 - 90 - 47 = 43°$.

• Dans le triangle $LMN$ : $\widehat{N} = 43°$.
On en déduit : $\widehat{M} = 180 - 90 - 43 = 47°$.

• En conclusion, les triangles $IJK$ et $LMN$ ont leurs angles deux à deux égaux : ils sont semblables.

> **Rappel**
> La somme des angles d'un triangle vaut 180°.

## Vers le Brevet

**13** **1.** • Les droites $(AB)$ et $(AE)$ sont sécantes en $A$. De plus, $(DC) // (BE)$. D'après le théorème de Thalès, on a :

$$\frac{AD}{AB}=\frac{AC}{AE}=\frac{DC}{BE} \text{ soit } \boxed{\frac{AD}{7}=\frac{6}{7,5}}=\frac{5}{BE}$$

En utilisant l'égalité encadrée, on obtient :

$$7,5 \times AD = 6 \times 7$$

$$AD = \frac{6\times 7}{7,5} = 5,6$$

• $BD = AB - AD = 7 - 5,6 = 1,4$

> **Gagnez des points !**
> Indiquez sur la figure les longueurs données dans l'énoncé.

**2.** Les droites $(AF)$ et $(AE)$ sont sécantes en $A$. Les points $A$, $B$, $F$ d'une part et $A$, $C$, $E$ d'autre part sont alignés dans le même ordre.

• $\frac{AB}{AF}=\frac{7}{7+1}=0,875$ • $\frac{AC}{AE}=\frac{6}{7,5}=0,8$

Les quotients ne sont pas égaux. On en déduit que les droites $(EF)$ et $(BC)$ ne sont pas parallèles.

> **Remarque**
> Si les droites avaient été parallèles, les quotients auraient été égaux (d'après le théorème de Thalès).

**14** **1.** Les droites $(AD)$ et $(BC)$ sont perpendiculaires à la même droite $(AB)$, elles sont donc parallèles.

**2.** Les droites $(AB)$ et $(CD)$ sont sécantes en $E$. De plus, $(AD) // (BC)$. D'après le théorème de Thalès, on a :

$$\frac{EC}{ED}=\frac{EB}{EA}=\frac{BC}{AD} \text{ soit } \frac{EC}{ED}=\boxed{\frac{5,2}{6,5}=\frac{5}{AD}}$$

De l'égalité encadrée, on déduit par produit en croix :

$$5,2 \times AD = 5 \times 6,5$$

$$AD = \frac{5\times 6,5}{5,2} = 6,25$$

**3.** Le triangle $EBC$ est rectangle. Son aire est donnée par : $\frac{EB\times BC}{2}=\frac{5,2\times 5}{2}=13 \text{ cm}^2$.

**4. a.** Le coefficient d'agrandissement est donné par :

$\frac{EA}{EB}=\frac{6,5}{5,2}=1,25.$

> **Rappel**
> Le coefficient d'agrandissement est donné par :
> $\frac{\text{longueur agrandie}}{\text{longueur initiale}}$

**b.** Dans un agrandissement de coefficient $k$, les aires sont multipliées par $k^2$. On en déduit : Aire$(ADE) = 1,25^2 \times$ Aire$(EBC) = 1,5625 \times 13 = 20,3125 \text{ cm}^2$

**c.** $\frac{AE\times AD}{2}=\frac{6,25\times 6,5}{2}=20,3125$. On retrouve ainsi l'aire du triangle $ADE$ en utilisant la formule du calcul de l'aire d'un triangle.

**15** **1.** Les angles $\widehat{ACD}$ et $\widehat{ECB}$ sont opposés par le sommet. Ils sont donc égaux. Le triangle $CEB$ est donc rectangle en $C$.

• Dans le triangle $EBC$ rectangle en $C$, d'après le théorème de Pythagore : $EC^2 + CB^2 = EB^2$

$3{,}6^2 + 4{,}16^2 = EB^2$

$EB^2 = 30{,}265\,6$

$EB = \sqrt{30{,}265\,6}$

soit $EB \approx 5{,}5$ (valeur arrondie au dixième près)

> **Rappel**
> Un triangle avec un angle de 90° est un triangle rectangle.

> **Méthode**
> Quand on connaît deux longueurs dans un triangle rectangle, pour trouver la troisième, on peut utiliser le théorème de Pythagore.

**2.** Les droites $(AB)$ et $(ED)$ sont sécantes en $C$.
Les points $A$, $C$, $B$ d'une part et $D$, $C$, $E$ d'autre part sont alignés dans le même ordre.

• $\dfrac{CA}{CB} = \dfrac{2{,}6}{4{,}6} = 0{,}625$ • $\dfrac{CD}{CE} = \dfrac{2{,}25}{3{,}6} = 0{,}625$

On a donc $\dfrac{CA}{CB} = \dfrac{CD}{CE}$. D'après la réciproque du théorème de Thalès, les droites $(AD)$ et $(EB)$ sont parallèles.

**3.** L'homothétie $h$ qui transforme le triangle $ECB$ en $ACD$ est l'homothétie de centre $C$ et de rapport – 0,625.

> **L'astuce du prof**
> Le rapport de l'homothétie est négatif dans une configuration de Thalès « en papillon ».

**4.** Les droites $(AD)$ et $(EB)$ sont parallèles. Il s'agit donc d'une configuration de Thalès. Le coefficient de réduction est 0,625.

$0{,}625 = \dfrac{2{,}25}{3{,}6} = \dfrac{225}{360} = \dfrac{\cancel{5} \times 45}{\cancel{5} \times 72} = \dfrac{45}{72} = \dfrac{\cancel{9} \times 5}{\cancel{9} \times 8} = \dfrac{5}{8}$. D'où $AD = \dfrac{5}{8}EB$.

• Dans une réduction, si les longueurs sont multipliées par $k$, les aires sont multipliées par $k^2$, d'où : Aire $(ACD) = \left(\dfrac{5}{8}\right)^2$ Aire $(ECB) = \dfrac{25}{64}$ Aire$(ECB)$.

**16** **1. a.** Le coefficient de réduction est donné par : $\dfrac{AN}{AP} = \dfrac{8}{10} = 0{,}8$.

**b.** Dans une réduction de rapport $k$, les longueurs sont multipliées par $k^2$ et les volumes par $k^3$.

**2. a.** Le volume d'un cône est donné par la formule $\dfrac{1}{3} \times \mathcal{B} \times h$, dans laquelle $\mathcal{B}$ désigne l'aire de la base et $h$ la hauteur du cône.

• La base du cône est un disque d'aire $\pi \times R^2 = \pi \times 4{,}2^2 = 17{,}64\pi$ cm².

• $h = AP = 10$ cm.

• Le volume du grand cône est $\dfrac{1}{3} \times 17{,}64\pi \times 10 = 58{,}8\pi$ cm³ (valeur exacte).

**b.** Le volume du petit cône est donc $0{,}8^3 \times 58{,}8\pi = 30{,}1056\pi$ cm³.

# CHAPITRE 13 Représenter l'espace

## 1 Sections planes

### 1 Section d'un parallélépipède rectangle

La section d'un parallélépipède par un plan parallèle à une de ses faces est un rectangle de même dimension que la face.

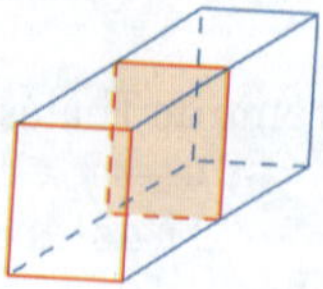

La section d'un parallélépipède par un plan parallèle à une de ses arêtes est un rectangle dont l'un des côtés a la longueur de l'arête.

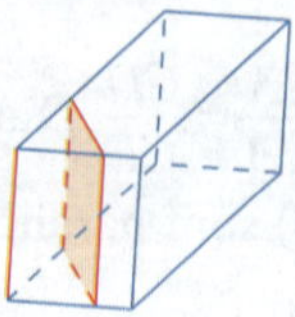

### 2 Section d'un cylindre de révolution

La section d'un cylindre par un plan parallèle à sa base (et donc perpendiculaire à son axe) est un cercle de même rayon que le cercle de base.

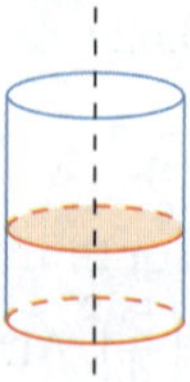

La section d'un cylindre par un plan parallèle à son axe est un rectangle dont l'un des côtés a pour longueur la hauteur du cylindre.

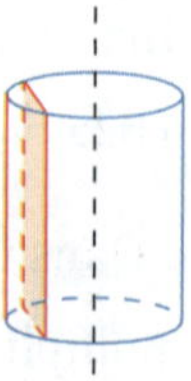

### 3 Section d'un cône de révolution et d'une pyramide

La section d'un cône par un plan parallèle à sa base (et donc perpendiculaire à son axe) est un cercle. Ce cercle est une réduction de celui de la base.

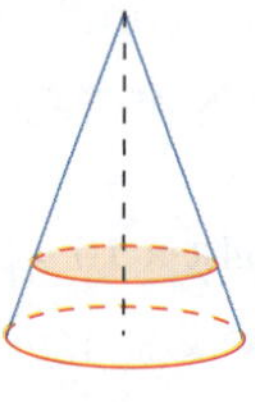

La section d'une pyramide par un plan parallèle à sa base est un polygone de même forme que le polygone de base (c'en est une réduction).

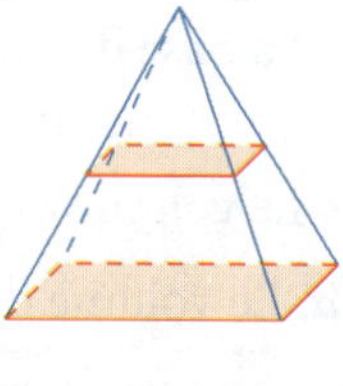

EXERCICE RÉSOLU

## Section d'un cône

**ÉNONCÉ**

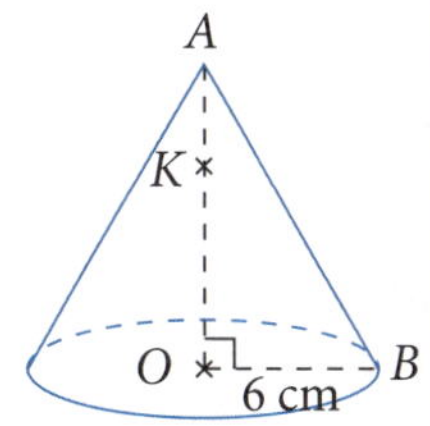


La figure ci-contre représente un cône de révolution de sommet $A$. On sait que :

- $OA = 9$ cm ;
- $AK = 3$ cm.

On coupe le cône par un plan parallèle à sa base passant par $K$.

**1.** Donnez la nature de la section de ce plan avec le cône. Représentez cette section sur le graphique.

**2.** Calculez l'aire de la section du cône par ce plan de deux façons différentes.

**CORRIGÉ**

**1.** La section d'un cône par un plan parallèle à sa base est un cercle.

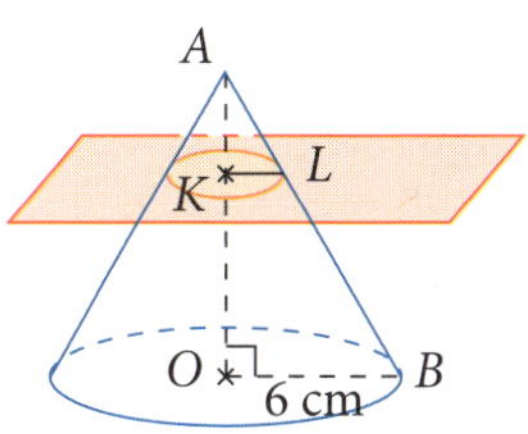


> **Conseil**
> Dans une figure en perspective, un cercle n'est pas représenté par un cercle, mais par un cercle « écrasé ». Il s'agit en fait d'une ellipse.

**2.** La section est donc un cercle qui est une réduction du cercle de base.

Le coefficient de réduction est $k = \dfrac{AK}{AO} = \dfrac{1}{3}$.

**Première méthode : en utilisant le coefficient de réduction**

Dans une réduction de rapport $k$, si les longueurs sont multipliées par $k$, les aires sont multipliées par $k^2$.

> **Remarque**
> Il s'agit d'un résultat de cours, à énoncer dès qu'on l'utilise.

- L'aire de la base est $\pi \times OB^2 = \pi \times 6^2 = 36\pi$ cm$^2$.
- L'aire de la section est donc : $\left(\dfrac{1}{3}\right)^2 \times 36\pi = \dfrac{1}{9} \times 36\pi = \dfrac{\cancel{9} \times 4\pi}{\cancel{9}} = 4\pi$ cm$^2$.

**Deuxième méthode : en utilisant le rayon de la section**

- Le rayon de la section est $\dfrac{1}{3} \times 6 = 2$ cm.
- L'aire de la section est donc $\pi \times 2^2 = 4\pi$ cm$^2$.

> **Rappel**
> L'aire d'un disque de rayon $r$ est $\pi \times r^2$.

## 2 Sphère

### 1 Définition

Une sphère de centre $O$ et de rayon $R$ est l'ensemble de tous les points de l'espace qui sont situés à la même distance $R$ du point $O$.
On a $R = OE = OG = OF$.

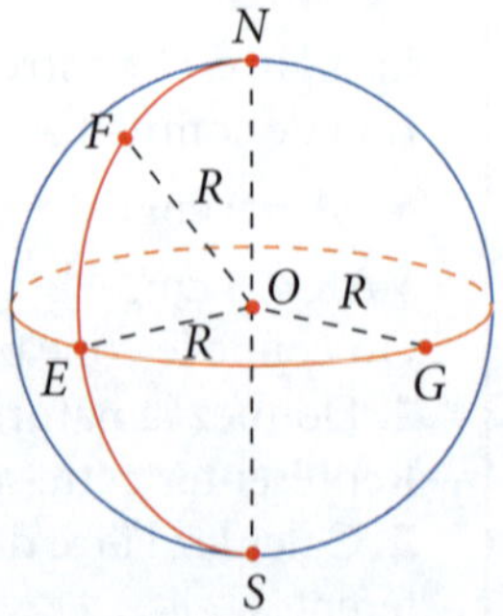


### 2 Section d'une sphère par un plan

- Si $OH < R$ : la section de la sphère par le plan perpendiculaire à $(OH)$ passant par $H$ est un cercle.
- Si $OH = R$ : le plan et la sphère sont tangents. Ils n'ont qu'un point en commun ($H$).
- Si $OH > R$ : le plan et la sphère n'ont aucun point commun.

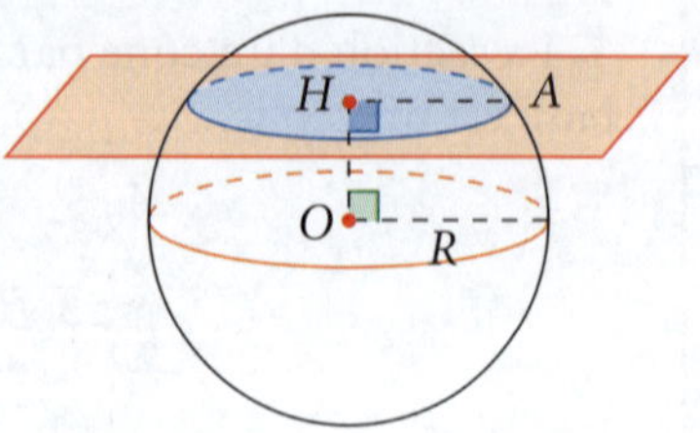


### 3 Repérage sur la sphère

- L'équateur est le grand cercle situé dans le plan perpendiculaire à l'axe $(NS)$ qui passe par le centre $O$ de la sphère.
- Un méridien est un demi-grand cercle.
- Un parallèle est l'intersection de la sphère terrestre avec un plan parallèle au plan de l'équateur.
- La latitude du point $M$ est la mesure en degrés de l'angle $\widehat{MOL}$ suivie de l'indication Nord ou Sud.

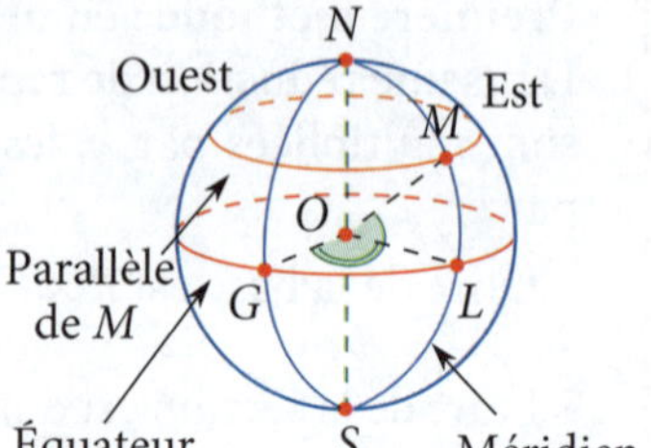


- La longitude du point $M$ est la mesure en degrés de l'angle $\widehat{GOL}$ suivie de l'indication Est ou Ouest.

## EXERCICE RÉSOLU

### Coordonnées géographiques

**ÉNONCÉ**

La Terre est assimilée à une sphère de 6 370 km de rayon. On repère une ville par sa latitude et sa longitude. Ces deux mesures sont les coordonnées géographiques de la ville $A$.

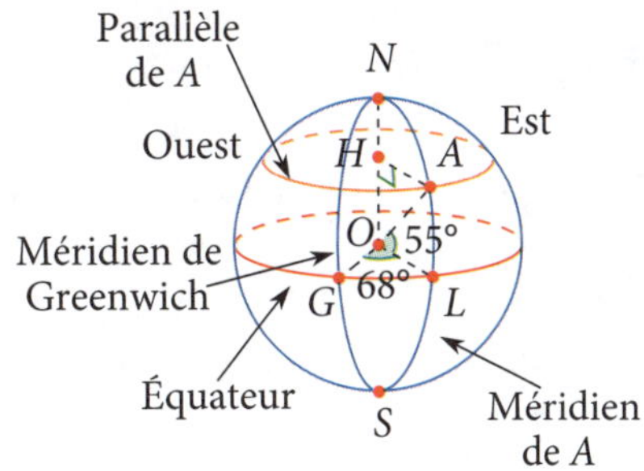


**1.** Donnez les coordonnées géographiques de la ville $A$.

**2.** La longueur d'un arc de cercle est donnée par la formule : $\ell = \dfrac{2\pi \times r \times \alpha}{360}$. Calculez la longueur de l'arc $\overset{\frown}{LA}$ (au km près).

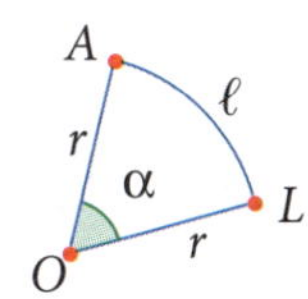


**3.** Calculez la longueur $OH$.

**CORRIGÉ**

**1.** • La longitude est donnée par la mesure de l'angle $\widehat{GOL} = 68°$. De plus, l'angle est mesuré côté Est par rapport au méridien de Greenwich.

• La latitude est donnée par la mesure de l'angle $\widehat{LOA} = 55°$. De plus, le point $A$ se trouve dans l'hémisphère Nord.
Les coordonnées géographiques du point $A$ sont donc (68E ; 55N).

> **Rappel**
> Le méridien de Greenwich est le méridien d'origine pour la longitude.

> **Rappel**
> La mesure d'un arc est proportionnelle à la mesure de l'angle. On utilise un tableau de proportionnalité.

| Longueur de l'arc | $2\pi r$ | $\ell$ |
|---|---|---|
| Angle | 360 | $\alpha$ |

**2.** En utilisant la formule, on obtient :

$$\ell = \frac{2\pi \times 6\,370 \times 55}{360} \approx 6\,115 \text{ km}$$

**3.** On a $\widehat{AOH} = 90 - 55 = 45°$. De plus, $OA = 6\,370$ km.
Dans le triangle $AOH$ rectangle en $H$ :

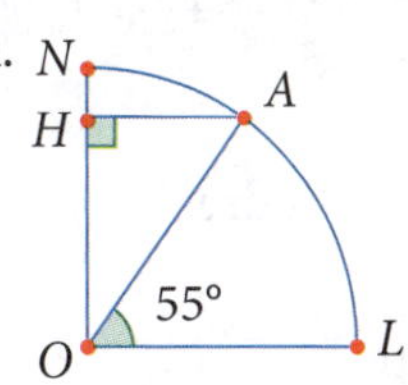


$$\cos \widehat{AOH} = \frac{\text{côté adjacent à } \widehat{AOH}}{\text{hypoténuse}} = \frac{OH}{OA}.$$

$$\cos 45° = \frac{OH}{6\,370}$$

On en déduit : $OH = 6\,370 \times \cos(45°) \approx 4\,504$ km.

# 3 Aires et volumes

## 1 Les aires

- Triangle

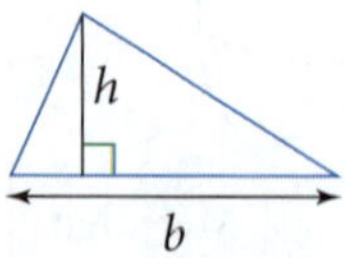


$$\mathcal{A} = \frac{b \times h}{2}$$

- Disque

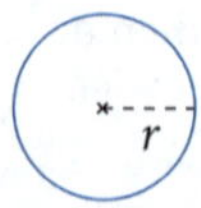


$$\mathcal{A} = \pi r^2$$

- Parallélogramme

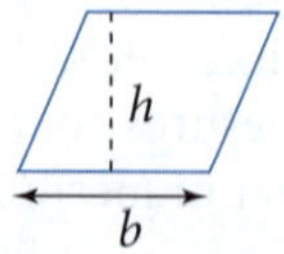


$$\mathcal{A} = b \times h$$

- Trapèze

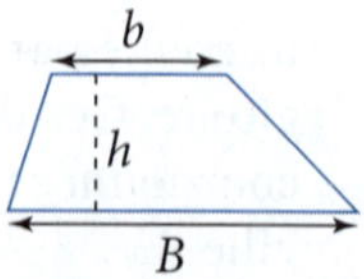


$$\mathcal{A} = \frac{(b + B) \times h}{2}$$

## 2 Les volumes

- Cube

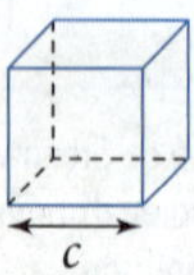


$$\mathcal{V} = c^3$$

- Parallélépipède rectangle (ou pavé droit)

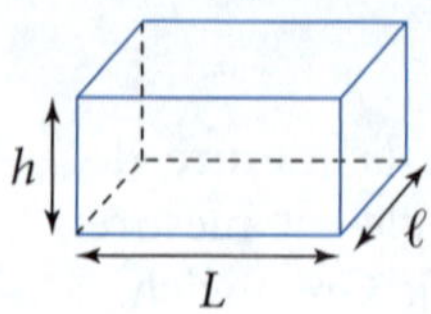


$$\mathcal{V} = \ell \times L \times h$$

- Prisme droit

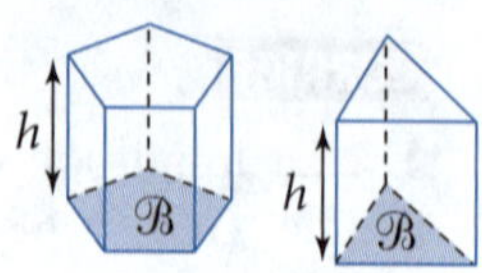


$$\mathcal{V} = \text{surface de } \mathcal{B} \times h$$

- Pyramide

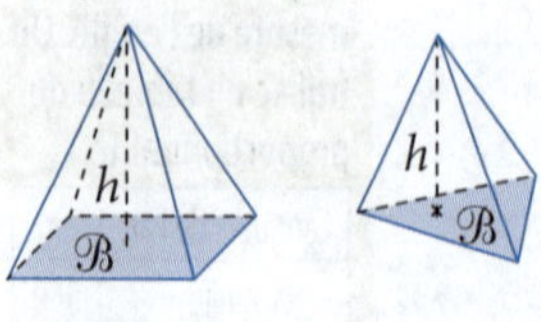


$$\mathcal{V} = \frac{1}{3} \text{ surface de } \mathcal{B} \times h$$

- Cône (de révolution)

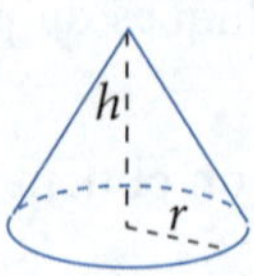


$$\mathcal{V} = \frac{1}{3} \times \pi r^2 \times h$$

- Cylindre

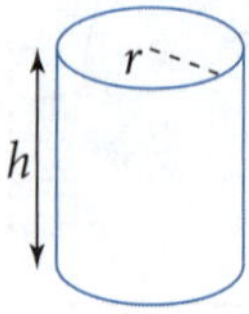


$$\mathcal{V} = \pi r^2 h$$

- Boule

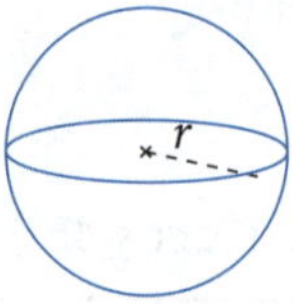


$$\mathcal{V} = \frac{4}{3} \pi r^3$$

$$\mathcal{S} = 4\pi r^2$$

## EXERCICE RÉSOLU

### Calculer des volumes dans une pyramide

**ÉNONCÉ**

La pyramide $SABCD$ ci-contre représente un flacon de parfum avec son bouchon $SA'B'C'D'$.
La base est rectangulaire de dimensions :

$$AB = 9 \text{ cm et } BC = 6 \text{ cm}.$$

La hauteur $[SO]$ mesure 15 cm

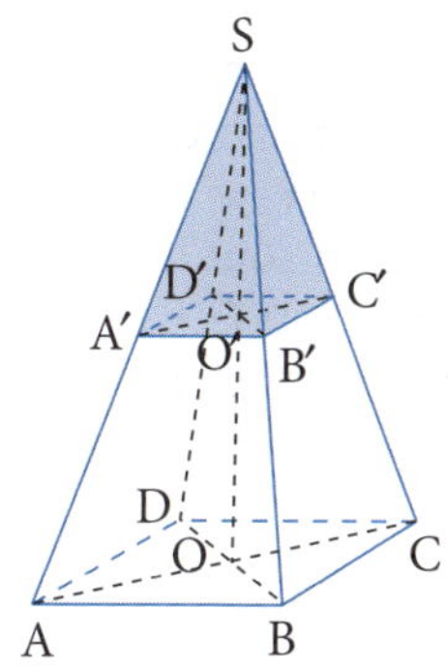


**1.** Calculez le volume de la pyramide $SABCD$.

**2.** Sachant que $SO' = 5$ cm, calculez le volume du bouchon.

**3.** Déduisez-en la contenance en mL du flacon de parfum.

**CORRIGÉ**

**1.** $SABCD$ est une pyramide de volume $\mathcal{V}$ dont la base est un rectangle :

$$\mathcal{V} = \frac{1}{3} \times \text{surface de la base} \times \text{hauteur}$$

$$\mathcal{V} = \frac{1}{3} \times (AB \times BC) \times SO = \frac{1}{3} \times 9 \times 6 \times 15 = 270 \text{ cm}^3$$

> **Rappel**
> La base est un rectangle d'aire longueur × largeur.

**2.** Le bouchon $SA'B'C'D'$ est la réduction de la pyramide $SABCD$ de coefficient : $\frac{SO'}{SO} = \frac{5}{15} = \frac{1}{3}$.
Dans une réduction de coefficient $k$, les volumes sont multipliés par $k^3$.
On en déduit que le volume $\mathcal{V}'$ du bouchon est :

$$\mathcal{V}' = \left(\frac{1}{3}\right)^3 \times 270 = 10 \text{ cm}^3$$

> **Remarque**
> On pouvait aussi recalculer les dimensions du bouchon et utiliser alors la formule du volume d'une pyramide.

**3.** En conclusion, le flacon peut contenir un volume de parfum $\mathcal{V}''$ tel que :

$$\mathcal{V}'' = \mathcal{V} - \mathcal{V}' = 270 - 10 = 260 \text{ cm}^3$$

Comme 1 cm$^3$ = 1 mL, on conclut que le flacon a une contenance de 260 mL.

> **Rappel**
> $1 \text{ dm}^3 = 1\,000 \text{ cm}^3$
> $= 1 \text{ L} = 1\,000 \text{ mL}$.

## Se repérer dans un parallélépipède rectangle

### ÉNONCÉ

Un point *M* est repéré par trois nombres appelés coordonnées de *M* : son abscisse (*x*), son ordonnée (*y*) et son altitude ou sa côte (*z*). On écrit *M* (*x* ; *y* ; *z*).
Quelles sont les trois coordonnées des points *D*, *F*, *G* et *H* ?
Placer les points *M* et *N* dont les coordonnées sont : (3 ; 7 ; 1) et (3 ; 5 ; 4).

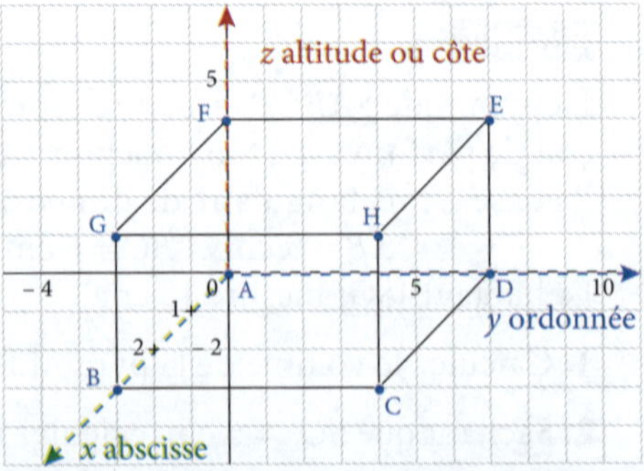


### MÉTHODE

**1.** On lit sur l'axe des abscisses, la première coordonnée, sur l'axe des ordonnées, la deuxième et sur l'axe des côtes, la troisième. On écrit alors les coordonnées de point dans l'ordre (abscisse ; ordonnée ; côte).

**2.** Pour placer un point, on commence par placer un point de même abscisse et ordonnée que le point qu'on veut placer, puis on finit par la côte.

### CORRIGÉ

| Solution | Commentaires |
|---|---|
| • *D* a pour coordonnées (0 ; 7 ; 0).<br>• *F* a pour coordonnées (0 ; 0 ; 3).<br>• *G* a pour coordonnées (3 ; 0 ; 4).<br>• *H* a pour coordonnées (3 ; 7 ; 4). | **1.** • *D* se situe sur l'axe des ordonnées. Donc son abscisse et son altitude sont nulles.<br>• *F* se situe sur l'axe des côtes : son abscisse et son ordonnée sont nulles.<br>• *G* a la même abscisse que *B* et même côte que *F*. Son ordonnée est nulle (comme tous les points de la face *AFGB*).<br>• *H* a pour abscisse celle de C et donc de *B*, pour ordonnée celle de C et donc de *D* et pour altitude, celle de *G* donc de *F*, soit 4. |
| 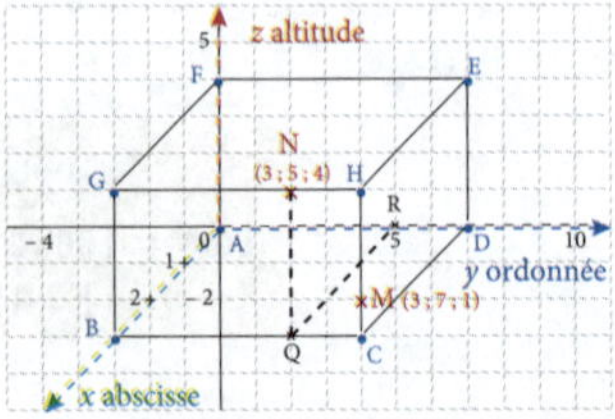 | **2.** • *M* a même abscisse et ordonnée que *C*. Son altitude est 1, il est donc à une unité de côte de *C*.<br>• Pour placer *N*, on commence par placer *Q* de coordonnées (5 ; 3 ; 0). L'altitude de *N* étant 4, *N* est à 4 unités d'altitude de *Q*. *N* est donc un point de la face *EFGH* (dont tous les points ont une altitude de 4). |

# Calculer le rayon d'un « parallèle »

## ÉNONCÉ

On coupe une sphère de centre $O$ et de rayon 5 cm par un plan $P$ perpendiculaire à $(OH)$. Sachant que la distance de $O$ à $H$ est $OH = 3$ cm, calculez le rayon de cette section.

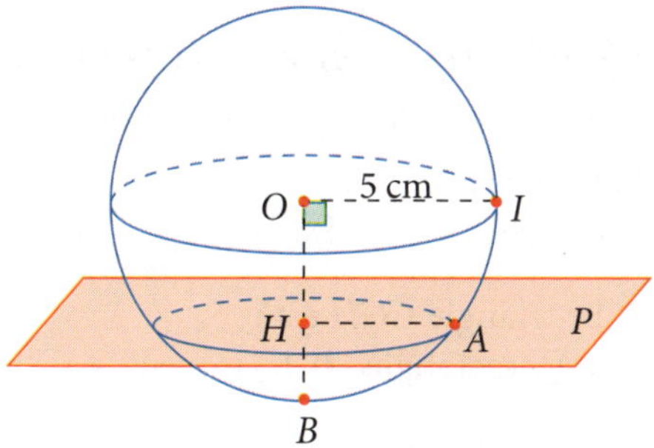


## MÉTHODE

1. On identifie la nature de la section.
2. On se place dans un plan judicieusement choisi dans lequel on pourra calculer la longueur demandée.
3. On utilise les théorèmes et propriétés qui permettent de calculer la longueur.

## CORRIGÉ

| Solution | Commentaires |
| --- | --- |
| La section d'une sphère par un plan perpendiculaire à $(OH)$ est un cercle. | **1.** La section n'est pas représentée sur la figure par un cercle du fait de la perspective. |
| 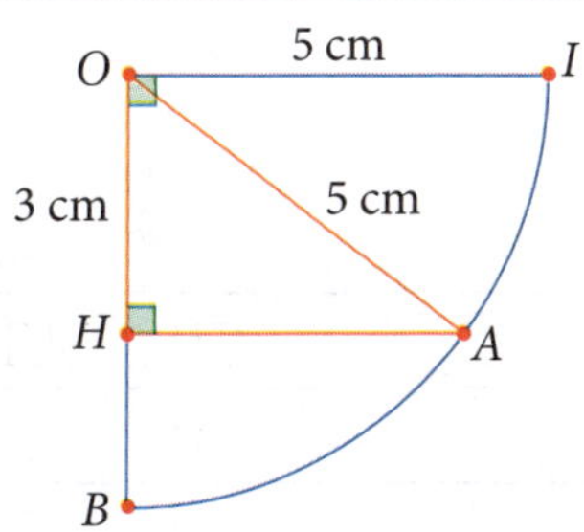 | **2.** On se place dans le plan $(OHA)$.<br>On indique sur la figure les longueurs que l'on connaît. $[OA]$ est un rayon de la sphère, donc il mesure 5 cm et $OH = 3$ cm d'après l'énoncé. |
| Dans le triangle $OAH$ rectangle en $H$, d'après le théorème de Pythagore,<br>on a : $HO^2 + HA^2 = OA^2$<br>$3^2 + HA^2 = 5^2$<br>Soit $HA^2 = 25 - 9$. D'où $HA = \sqrt{16} = 4$.<br>Le rayon de la section est 4 cm. | **3.** Le rayon du cercle cherché est donné par la longueur $AH$. |

## QCM

### 1 Cochez la (ou les) réponse(s) correcte(s).

*Toutes les questions portent sur le cube ABCDEFGH d'arête 3 cm.*

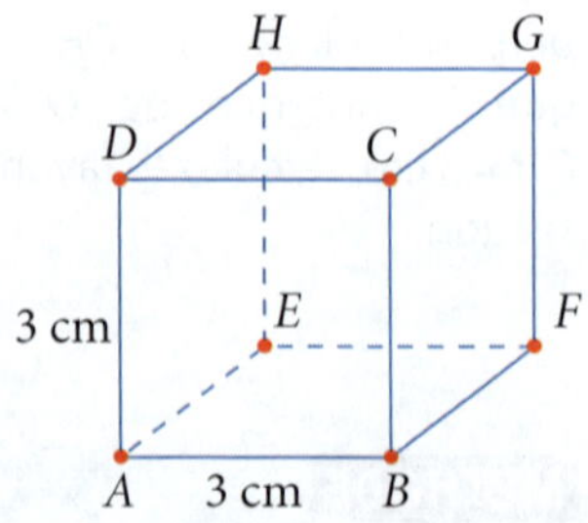


**1.** $\widehat{HCF}$ est égal à :
**a.** ☐ 60° **b.** ☐ 90° **c.** ☐ 45°

**2.** Le triangle *CGH* est :
**a.** ☐ rectangle **b.** ☐ isocèle **c.** ☐ équilatéral

**3.** Le triangle *CEG* est :
**a.** ☐ rectangle **b.** ☐ isocèle **c.** ☐ équilatéral

**4.** CH est égal à :
**a.** ☐ $\sqrt{18}$ cm **b.** ☐ 3 cm **c.** ☐ 9 cm

**5.** On coupe le cube par un plan passant par les points *C*, *H* et *E*. La section est :
**a.** ☐ un carré **b.** ☐ un rectangle **c.** ☐ un triangle

### 2 Répondez par vrai ou faux.

| Affirmations | Réponse |
|---|---|
| On considère la pyramide ci-contre.<br>On sait que $SO = 5$ cm et *ABCD* est un rectangle tel que $BC = 3$ cm. On coupe la pyramide par un plan parallèle à sa base tel que $SO' = 3$ cm.<br>La section est le quadrilatère $A'B'C'D'$. | 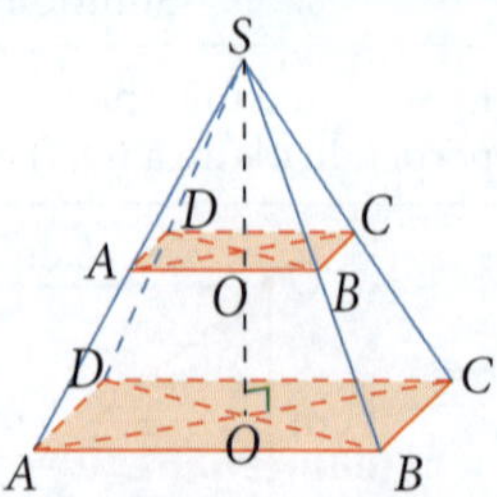 |
| **1.** La hauteur de la pyramide est [*SA*]. | ☐ V ☐ F |
| **2.** $A'B'C'D'$ est un rectangle. | ☐ V ☐ F |
| **3.** $B'C' = 2$ cm | ☐ V ☐ F |
| **4.** $\dfrac{SB'}{SB} = 0{,}6$ | ☐ V ☐ F |
| **5.** Aire $(ABCD) = \dfrac{25}{9} \times$ Aire$(A'B'C'D')$ | ☐ V ☐ F |
| **6.** Volume $(A'B'C'D') = 0{,}36 \times$ Volume $(ABCD)$ | ☐ V ☐ F |

# Exercices d'entraînement

## 3 Dans un pavé pour commencer

On considère un pavé droit $ABCDEFGH$. $I$ est le milieu de $[CG]$.

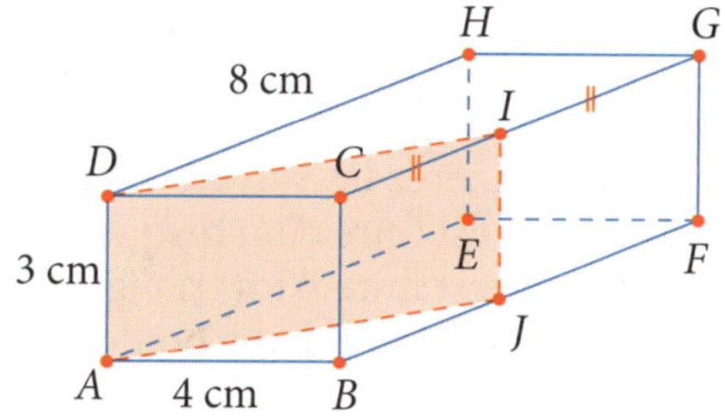


**1.** Quelle est la nature du quadrilatère $ADIJ$ ? Sans aucun calcul, représentez ce quadrilatère en vraie grandeur.

**2.** Justifiez que $\widehat{DIC} = 45°$, puis calculez une valeur approchée de $DI$ arrondie au dixième.

**3.** Un élève affirme que les points $G$, $E$ et $A$ sont alignés. A-t-il raison ? Justifiez.

## 4 On continue avec un cylindre

On considère un cylindre de révolution de rayon 3 cm et de hauteur $6\sqrt{5}$ cm.

On coupe ce cylindre par un plan parallèle à l'axe $(OO')$ de façon que $OH = 2$ cm.

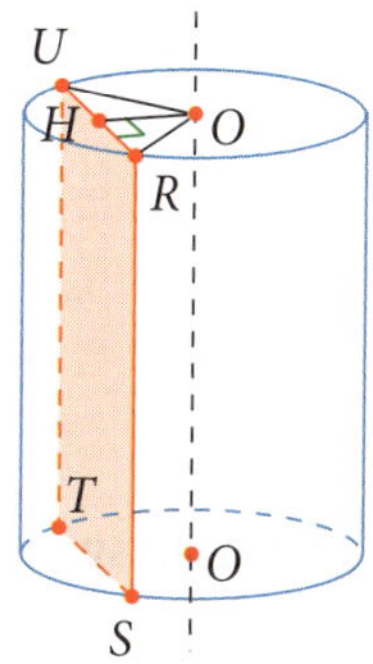


**1. a.** Quelle est la nature de la section ?

**b.** Quelle est la nature du triangle $OUR$ ? Représentez ce triangle en vraie grandeur.

**2. a.** Montrez que $UR = 2\sqrt{5}$ cm.

**b.** Montrez que l'aire de la section $RSTU$ est un nombre entier.

## 5 Et maintenant : un cône !

On considère un cône de révolution de rayon 4 cm et de hauteur $SO = 8$ cm.

On coupe ce cône par un plan parallèle à sa base de façon que $SO' = 3$ cm.

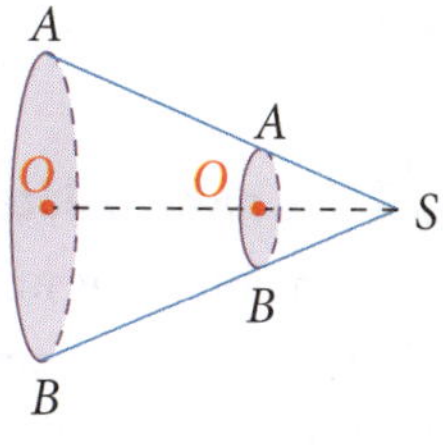


**1. a.** Quelle est la nature de la section ?

**b.** Calculez le rayon de la section.

**2.** Déterminez la valeur exacte de l'aire de la base du cône, puis déduisez-en celle de l'aire de la section.

**3.** Calculez la mesure de l'angle $\widehat{ASB}$. Donnez une valeur approchée au degré près.

## 6 Calcul mental

*Cet exercice est fait pour être traité sans la calculatrice.*

**1.** Convertissez les quantités suivantes dans les unités demandées :

2 000 L =…….. $m^3$ 8 000 m = …….. km

4 $m^2$ = …….. $cm^2$ 4 200 kg = …….. t

**2.** Vous donnerez les valeurs exactes.

**a.** Quelle est l'aire d'un disque de rayon 5 ?

**b.** Quelle est l'aire d'un triangle de base 8 et de hauteur 5 ?

**c.** Quelle est l'aire d'une boule de rayon 2 ?

**d.** Quel est le volume d'une boule de rayon 3 ?

**e.** Quel est le volume d'un cube de côté 2 ?

**f.** Quel est le volume d'un cône de hauteur 3 et de rayon 5 ?

## 7 Calculs sur sphères et boules

Complétez par des valeurs exactes les données manquantes relatives à une sphère de rayon *r*.

| Rayon *r* | 12 m | | 2 dm |
|---|---|---|---|
| Aire $\mathscr{A}$ | | 1,44 π $cm^2$ | |
| Volume $\mathscr{V}$ | | | |

## 8 Calculs sur une citerne

Une citerne à gaz est formée d'un cylindre et d'une demi-sphère à chaque extrémité.

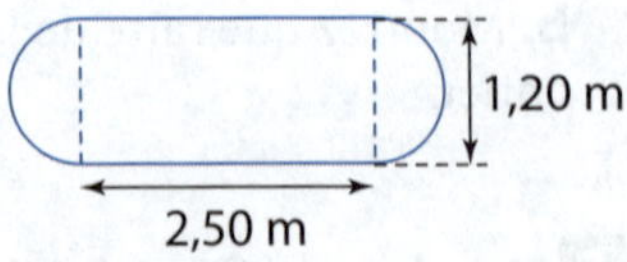


Calculez les valeurs exactes puis approchées (à 0,1 près) de la surface et du volume de la citerne.

## 9 Une niche-palace !

Fabien construit une niche pour son chien.

Cette niche est un prisme droit, avec une façade en forme de trapèze rectangle *EFGH*.

On a : $AB = 3$ m, $AF = 2$ m, $BC = 2$ m, $BG = 1{,}50$ m.

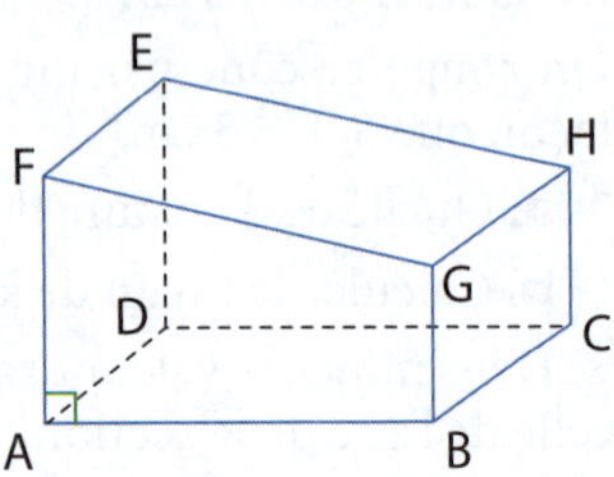

**1.** Quel est le volume de la niche ?

**2.** Pour peindre les quatre façades de la niche, Fabien aura-t-il assez d'un pot de peinture proposé pour 18 $m^2$ ?

### 10 C'est l'histoire d'une bille dans un verre

Dans un verre cylindrique de 14 cm de haut et de 3 cm de rayon, on verse 10 cm d'eau. Puis on met une bille de 3 cm de diamètre dans le verre.

**1.** Quel est le volume exact de la bille ?

**2.** De quelle hauteur en cm s'élève le niveau d'eau ?

## Vers le Brevet

### 11 Un autre solide pour changer

La figure ci-contre représente un cube en perspective dans lequel on a découpé le solide coloré dont les bases sont les triangles $DCG$ et $AFB$.

**1. a.** Quelle est la nature du solide coloré ?

**b.** Donnez le nombre de faces, sommets et arêtes.

**c.** Quel est le volume de ce solide ?

**2.** Tracez un patron du solide coloré en vraie grandeur.

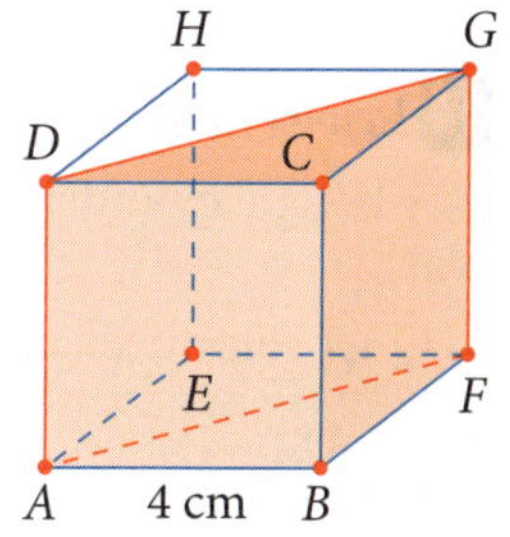


### 12 Avec la planète Terre

Le dessin ci-contre représente la Terre assimilée à une sphère de rayon $R = 6\,370$ km. Le point $M$ désigne une ville située sur le même méridien que la ville $A$. La latitude nord de la ville $M$ est donnée par l'angle $\alpha = \widehat{MOA}$. On sait que $OH = 4\,255$ km.

**1. a.** Calculez (au degré près) la mesure de l'angle $\widehat{MOH}$.

**b.** Déduisez-en la latitude nord de la ville située en $M$.

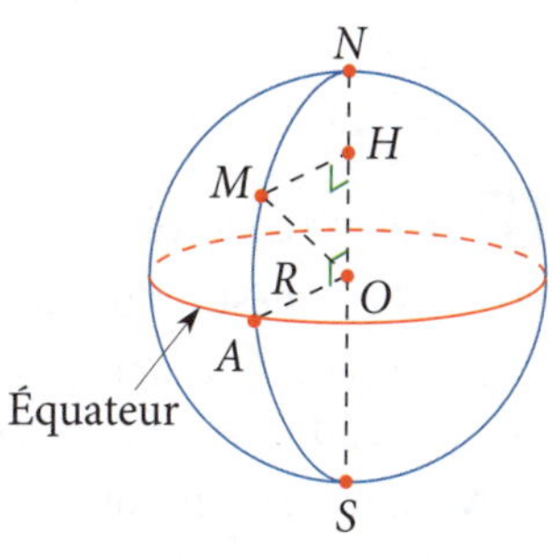

**2.** La distance entre les villes $A$ et $M$ est donnée par la longueur de l'arc $\overset{\frown}{AM}$.

Soit le tableau

| Longueur de l'arc | $2\pi R$ | $\ell$ |
|---|---|---|
| Angle (en degrés) | 360 | $\alpha$ |

.

C'est un tableau de proportionnalité, déterminez au kilomètre près la distance séparant ces deux villes.

## 13 Dans un cube

*ABCDEFGH* est un cube d'arête 3 cm.

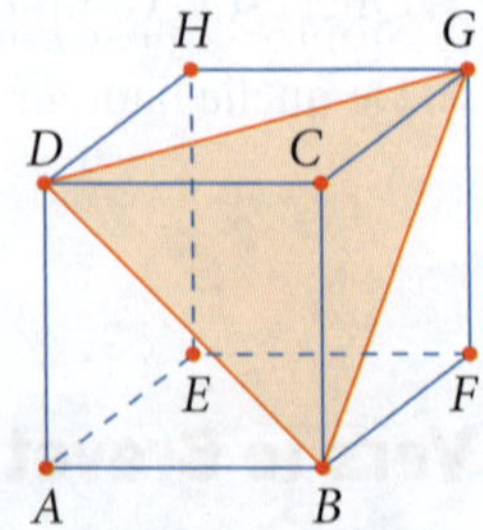


**1.** Quelle est la nature du triangle *DGB* ? Justifiez.

**2. a.** Quelle est la nature du solide *DBCG* ?

**b.** Donnez le nombre de faces, sommets et arêtes.

**c.** Tracez en vraie grandeur un patron du solide *DBCG*.

**3.** Un élève affirme que le volume du solide *DBCG* représente le tiers du volume du cube. A-t-il raison ? Justifiez.

## 14 Joyeux Noël

Une bougie cylindrique haute de 20 cm et de 3 cm de rayon est vendue pour Noël.

**1.** Quel volume de cire au $cm^3$ près est utilisé pour la fabrication de la bougie ?

**2.** Pour expédier une bougie, des boîtes en forme de pavé sont prévues, de façon que la bougie entre exactement dans la boîte (comme dans la vue ci-contre). Quel est le volume d'une telle boîte ?

*Vue de dessus*

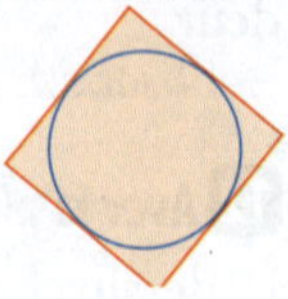

**3.** Quel pourcentage de la boîte (arrondi à l'unité) occupe la bougie ?

## 15 Découpe de pavé

*ABCDEFGH* est un parallélépipède rectangle.

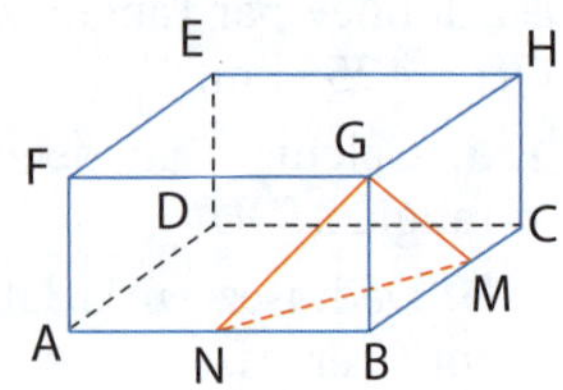


On donne les dimensions : $AB = 20$, $BC = 12$, $BG = 7{,}2$, $BM = 7$, $BN = 10$.

**1. a.** Calculez l'aire du triangle *BNM*.

**b.** Déduisez-en que la pyramide $\mathcal{P}$ de sommet *G* et de base le triangle *BNM* a pour volume

84 cm$^3$.

**2.** On considère le solide $\mathcal{S}$ obtenu en sectionnant la pyramide $\mathcal{P}$ du pavé. Quel est le volume de $\mathcal{S}$ ?

### 16 Une petite soif ?

Un verre a la forme d'un cône de révolution de sommet $S$, de hauteur $[OS]$ et de rayon $[OA]$.

**1.** Montrez que le volume exact du verre est $64\pi$.

**2.** Les verres étant pleins aux trois-quarts, combien de verres sont remplis avec une bouteille d'un litre ?

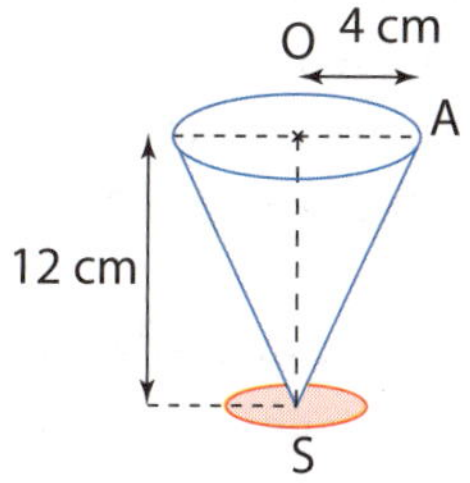


### 17 Pelote de ficelle

Elisabeth possède une pelote de ficelle dont la forme est un cylindre de rayon 0,5 mm et de hauteur $h$.

**1.** Montrez que le volume de cette ficelle cylindrique est égal à :
$0{,}0025 \times \pi \times h$ cm$^3$.

**2.** En enroulant cette ficelle, Elisabeth obtient une pelote ayant la forme d'une boule de rayon 30 cm. On suppose que la ficelle est enroulée de manière qu'il n'y a aucun vide dans la pelote.

Montrez que le volume de cette boule est égal à : $36\,000 \times \pi$ cm$^3$.

**3.** Vérifiez que la hauteur $h$ du cylindre (la longueur de la ficelle) est égale à 144 km.

**4.** Elisabeth prétend que si les 294 autres élèves de son collège possédaient chacun la même pelote, on pourrait faire le tour de l'équateur terrestre en déroulant toutes ces pelotes et en les reliant bout à bout. A-t-elle raison ? Justifiez.

*Le rayon de la Terre est environ égal à 6 400 km.*

## QCM

**1** **1.** • $[CH]$ est la diagonale du carré $DCGH$.

• $[CF]$ est la diagonale du carré $GCBF$.

• $[FH]$ est la diagonale du carré $HEFG$.

Le triangle $HCF$ a donc ses 3 côtés de même longueur : il est équilatéral. Chacun de ses angles mesure 60°.

**Réponse : a.** 60°.

> **Remarque**
> Les faces d'un cube sont des carrés.

> **Rappel**
> Un triangle équilatéral a trois angles mesurant 60°.

**2.** • Le quadrilatère $CDHG$ est un carré. Donc $\widehat{CGH} = 90°$.

Le triangle $CGH$ est rectangle.

• $CG = HG$. Donc le triangle $CGH$ est aussi isocèle.

**Réponses : a.** rectangle et **b.** isocèle.

**3.** • Les longueurs $CG$, $GE$ et $CE$ ne sont pas égales (arête d'une face, diagonale d'une face et diagonale du cube). Donc le triangle n'est ni isocèle, ni équilatéral.

• Les droites $(CG)$ et $(GE)$ sont perpendiculaires, donc le triangle est rectangle.

**Réponse : a.** rectangle.

**4.** Le triangle $CHG$ est rectangle en $G$. D'après le théorème de Pythagore, on écrit :

$$CG^2 + GH^2 = CH^2$$
$$3^2 + 3^2 = CH^2$$
$$9 + 9 = CH^2$$
$$CH^2 = 18$$
$$CH = \sqrt{18}$$

**Réponse : a.** $\sqrt{18}$.

> **L'astuce du prof**
> La longueur de la diagonale d'un carré de côté $a$ est $a\sqrt{2}$.

**5.** La section est le quadrilatère $CHEB$.

Dans celui-ci :

• $CH = BE$,

• $HE = CB$,

• $(HE) \perp (EB)$.

On en déduit que $CHEB$ est un rectangle.

**Réponse : b.** un rectangle.

> **Rappel**
> Un quadrilatère qui a des côtés opposés de même longueur est un parallélogramme.
> Si en plus, il a un angle droit, c'est un rectangle.

**2** **1. Faux.** La hauteur d'une pyramide est orthogonale à sa base. Ce n'est pas le cas de $[SA]$.

> **Gagnez des points !**
> La hauteur de la pyramide est $[SO]$.

**2. Vrai.** La section d'une pyramide par un plan parallèle à sa base est un polygone de même nature que le polygone de base. La base de la pyramide est un rectangle. La section est donc un rectangle.

**3. Faux.** La section est une réduction de la base. Le coefficient de réduction est $k = \frac{SO'}{SO} = \frac{3}{5}$. Les longueurs sont donc multipliées par $\frac{3}{5} = 0{,}6$.

Ainsi, $B'C' = \frac{3}{5} \times BC = \frac{3}{5} \times 3 = \frac{9}{5} = 1{,}8$ cm.

> **Rappel**
> Le coefficient de réduction est donné par :
> $$\frac{\text{longueur réduite}}{\text{longueur initiale}}.$$
> C'est un nombre plus petit que 1.

**4. Vrai.** Le coefficient de réduction est $k = \frac{3}{5} = 0{,}6$. On en déduit que $\frac{SB'}{SB} = 0{,}6$.

**5. Vrai.** $A'B'C'D'$ est une réduction de rapport $k = \frac{3}{5}$ de $ABCD$. On en déduit que $ABCD$ est un agrandissement de $A'B'C'D'$ de rapport $k' = \frac{1}{k} = \frac{5}{3}$.

Dans un agrandissement de rapport $k' = \frac{5}{3}$, les aires sont multipliées par :

$k'^2 = \left(\frac{5}{3}\right)^2 = \frac{25}{9}$.

Par conséquent :

$$\text{Aire}(ABCD) = \frac{25}{9} \times \text{Aire}(A'B'C'D')$$

> **L'astuce du prof**
> Si une figure $F'$ est une réduction de rapport $k$ d'une figure $F$, alors $F$ est un agrandissement de $F'$ de rapport $\frac{1}{k}$.

**6. Faux.** Dans une réduction de rapport $k = 0{,}6$, les volumes sont multipliés par $k^3 = 0{,}6^3 = 0{,}216$.

On en déduit :

$$\text{Volume}(A'B'C'D') = 0{,}216 \times \text{Volume}(ABCD)$$

## Exercices d'entraînement

**3** **1.** La section du cube se fait parallèlement à l'arête $[BC]$. La section d'un pavé droit par un plan parallèle à une arête est un rectangle dont l'un des côtés a la longueur de l'arête. Donc le quadrilatère $ADIJ$ est un rectangle.

**Programme de construction :**

- On commence par tracer le rectangle $DCGH$.

On place le point $I$ au milieu de $[CG]$.

- On trace le côté $[DI]$ du rectangle.
- On complète en traçant les autres côtés du rectangle.

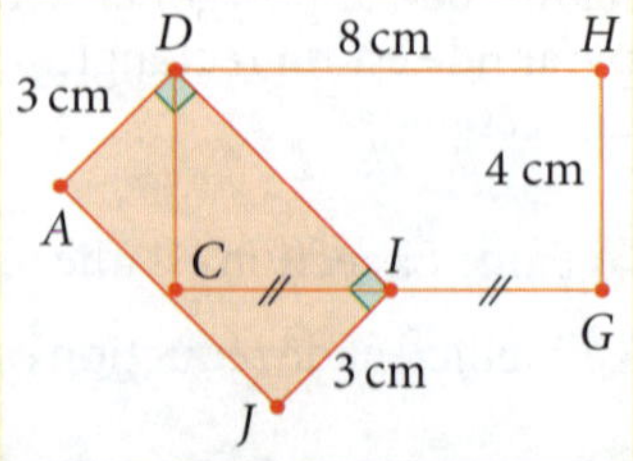


**2.** • Le triangle $DIC$ est rectangle isocèle, car $DC = CI = 4$ cm et $\widehat{DCI}$ est un angle droit.

Les angles à la base d'un triangle isocèle sont égaux : $\widehat{D} = \widehat{I} = \alpha$. De plus, le triangle est rectangle en C, donc $\widehat{C} = 90°$.

La somme des angles dans un triangle vaut 180°, donc $90 + \alpha + \alpha = 180$,

soit $\alpha = \dfrac{90}{2} = 45° = \widehat{DIC}$.

- Dans le triangle rectangle $DCI$,

$$\cos\widehat{CDI} = \cos 45° = \frac{\text{côté adjacent à } \widehat{D}}{\text{hypoténuse}} = \frac{DC}{DI} = \frac{4}{\text{DI}}.$$

Par produit en croix, on obtient :

$DI \times \cos 45 = 4$,

soit $DI = \dfrac{4}{\cos 45°} \approx 5{,}7$ cm

(valeur arrondie au dixième).

**3.** Le triangle $GEA$ est un triangle rectangle, les points $G$, $E$ et $A$ ne sont pas alignés. L'élève a tort.

**Remarque**

En procédant ainsi, on n'utilise pas de valeur approchée pour tracer $[DI]$.

**Gagnez des points !**

Un triangle rectangle isocèle est (toujours) constitué d'un angle de 90° et de deux angles de 45°.

**Gagnez des points !**

Pour calculer $DI$, on pouvait aussi utiliser le sinus.

**Piège à éviter**

Dans l'espace, il faut prendre en compte la perspective.

**4** **1. a.** La section d'un cylindre par un plan parallèle à l'axe est un rectangle dont l'un des côtés a la longueur de la hauteur du cylindre. Donc *RSTU* est un rectangle.

**b.** $OU = OR$ car ce sont des rayons du cercle. On en déduit que le triangle *OUR* est isocèle en *O*.

**Programme de construction :**

- On trace le segment $[\underline{OH}]$ de 2 cm.
- On trace une droite perpendiculaire à $[OH]$ passant par *H*.
- À l'aide du compas, on place les points *U* et *R* à 3 cm du point *O* sur la droite.

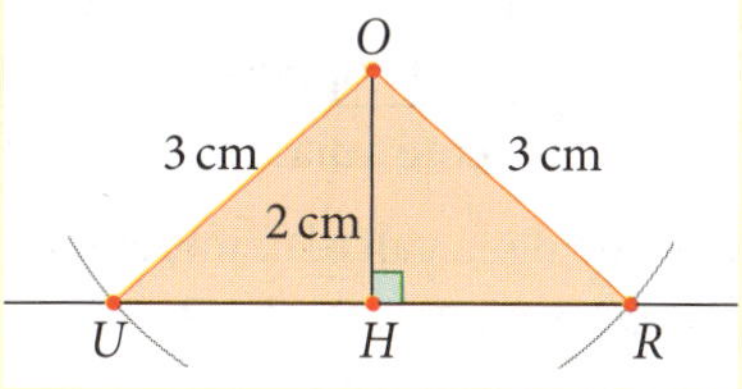


**2. a.** Dans le triangle *OHR* rectangle en *H*, d'après le théorème de Pythagore, on a : $OH^2 + HR^2 = OR^2$

$$2^2 + HR^2 = 3^2$$
$$HR^2 = 9 - 4 = 5$$
$$HR = \sqrt{5}$$

Finalement, $UR = 2 \times HR = 2\sqrt{5}$ cm.
C'est le résultat annoncé.

> **L'astuce du prof**
> On calcule d'abord *HR* pour en déduire *UR* sachant que *H* est le milieu de $[UR]$ (le triangle est isocèle).

**b.** La section est le rectangle *RSTU*. L'aire est donc :
longueur × largeur $= 6\sqrt{5} \times 2\sqrt{5} = 12 \times 5 = 60$ cm$^2$. Le résultat est bien un nombre entier.

**5** **1. a.** La section d'un cône par un plan parallèle à sa base est un cercle, le rayon de ce cercle est $O'A'$.

**b.** Le rayon de la section est une réduction du rayon de la base. Le rapport de réduction est $\dfrac{SO'}{SO} = \dfrac{3}{8} = 0{,}375$.

Le rayon de la base est 4 cm, donc le rayon de la section est :
$4 \times 0{,}375 = 1{,}5$ cm.

**2.** • L'aire de la base du cône est :
$\pi \times R^2 = \pi \times 4^2 = 16\pi$ cm$^2$.

• Dans une réduction, quand les longueurs sont multipliées par $k = 0{,}375$, les aires sont multipliées par $k^2 = 0{,}375^2 = 0{,}140\,625$.

> **Remarque**
> Les valeurs exactes sont données en fonction de $\pi$. Il ne faut pas remplacer $\pi$ par 3,14 qui est une valeur approchée.

Donc l'aire de la section est :
$0{,}140\,625 \times 16\pi = 2{,}25\pi\ \text{cm}^2$.

**3.** Il s'agit d'un cône de révolution, donc la demi-droite $[SO)$ est la bissectrice de l'angle $\widehat{ASB}$.
Dans le triangle $SAO$ rectangle en $O$, on écrit :

$$\tan \widehat{ASO} = \frac{\text{côté opposé à } \widehat{S}}{\text{côté adjacent à } \widehat{S}} = \frac{AO}{SO} = \frac{4}{8} = 0{,}25.$$

À l'aide de la calculatrice, $\widehat{ASO} = \tan^{-1}(0{,}5) \approx 27°$.
Par conséquent, $\widehat{ASB} \approx 2 \times 27 = 54°$.

> **Gagnez des points !**
> 1 000 L = 1 m³.
> 1 000 m = 1 km.
> 1 000 kg = 1 t.

**6** **1.** $2\,000\ \text{L} = 2\ \text{m}^3$ — $8\,000\ \text{m} = 8\ \text{km}$
$4\ \text{m}^2 = 40\,000\ \text{cm}^2$ — $4\,200\ \text{kg} = 4{,}2\ \text{t}$

***Aide :***
*On utilise un tableau de conversion pour transformer les $m^2$ en $cm^2$.*

| *m²* | | *dm²* | | *cm²* | |
|---|---|---|---|---|---|
| | *4* | *0* | *0* | *0* | *0* |

**2. a.** L'aire $\mathscr{A}$ d'un disque de rayon $r$ est $\pi r^2$.
Avec $r = 5$, on obtient :
$\mathscr{A} = \pi r^2 = \pi \times 5^2 = \pi \times 25 = 25\pi$.

> **Gagnez des points !**
> Il est indispensable de connaître ses formules d'aires et de volumes.

**b.** L'aire $\mathscr{A}$ d'un triangle de base $b$ et de hauteur $h$ est $\dfrac{b \times h}{2}$.
Avec $b = 8$ et $h = 5$, $\mathscr{A} = \dfrac{8 \times 5}{2} = \dfrac{40}{2} = 20$.

**c.** L'aire $\mathscr{A}$ d'une boule de rayon $r$ est $4\pi r^2$.
Avec $r = 2$, on calcule $\mathscr{A} = 4\pi \times 2^2 = 4\pi \times 2 \times 2 = 4\pi \times 4 = 16\pi$.

**d.** Le volume $\mathscr{V}$ d'une boule de rayon $r$ est $\dfrac{4}{3}\pi r^3$.
Avec $r = 3$, $\mathscr{V} = \dfrac{4}{3}\pi \times 3^3 = \dfrac{4}{\cancel{3}}\pi \times \cancel{3} \times 3 \times 3$
$= 4\pi \times 3 \times 3 = 36\pi$.

> **Pensez-y !**
> On simplifie le 3 du $\frac{4}{3}$ avec un 3 du rayon.

**e.** Le volume $\mathscr{V}$ d'un cube de côté $c$ est $c^3$.
Avec $c = 2$, le volume cherché vaut $\mathscr{V} = 2^3 = 2 \times 2 \times 2 = 8$.

**f.** Le volume $\mathscr{V}$ d'un cône de hauteur $h$ et de rayon $r$ est $\dfrac{1}{3}\pi r^2 h$.
Avec $h = 3$ et $r = 5$, on obtient $\mathscr{V} = \dfrac{1}{\cancel{3}}\pi \times 5^2 \times \cancel{3} = 5^2 \times \pi = 25\pi$.

**7** • Une sphère $S_1$ a pour rayon $r = 12$ m.
Son aire exacte est $\mathcal{A}_1 = 4\pi r^2 = 4 \times \pi \times 12^2 = 576\pi$ m².

Son volume exact est $\mathcal{V}_1 = \frac{4}{3}\pi r^3 = \frac{4}{3} \times \pi \times 12^3 = 2\,304\pi$ m³.

• Une sphère $S_2$ a pour aire $\mathcal{A}_2 = 1{,}44\pi$ cm².
On cherche son rayon $r$. De $\mathcal{A}_2 = 4\pi r^2$, il vient :
$4\pi r^2 = 1{,}44\pi$.
Soit $4r^2 = 1{,}44$

$r^2 = \frac{1{,}44}{4} = 0{,}36$

$r = \sqrt{0{,}36}$ ou $r = -\sqrt{0{,}36}$

$r = 0{,}6$ ou $r = -0{,}6$

La solution négative n'est pas acceptable, car un rayon est une grandeur positive.
On conclut $r = 0{,}6$ cm.

Le volume exact de $S_2$ est : $\mathcal{V}_2 = \frac{4}{3}\pi r^3 = \frac{4}{3} \times \pi \times 0{,}6^3 = 0{,}288\pi$ cm³.

• Une sphère $S_3$ a pour rayon $r = 2$ dm.
Son aire exacte est $\mathcal{A}_3 = 4\pi r^2 = 4 \times \pi \times 2^2 = 16\pi$ dm².

Son volume exact est $\mathcal{V}_3 = \frac{4}{3}\pi r^3 = \frac{4}{3} \times \pi \times 2^3 = \frac{32}{3}\pi$ dm³.

**Rappel**
Un nombre et son opposé ont le même carré.

**8** • L'aire $\mathcal{A}$ de la citerne se décompose comme l'aire $\mathcal{A}_1$ des deux demi-sphères et l'aire latérale $\mathcal{A}_2$ d'un cylindre :

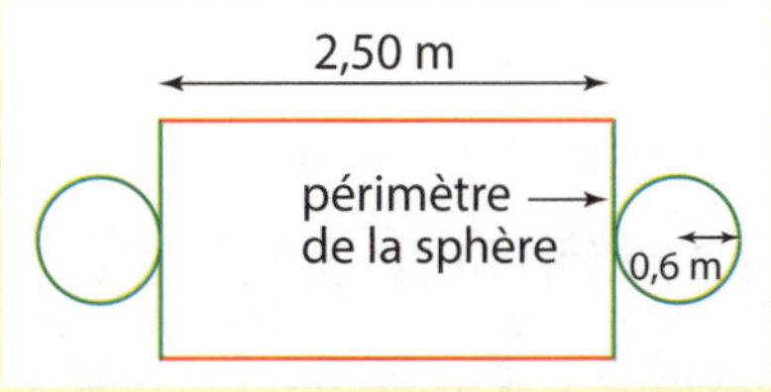


$\mathcal{A}_1 = 4\pi r^2 = 4 \times \pi \times 0{,}6^2 = 1{,}44\pi$.

L'aire latérale $\mathcal{A}_2$ du cylindre est l'aire d'un rectangle de longueur 2,50 m et de largeur le périmètre du cercle ($2\pi r$).

$\mathcal{A}_2 = 2\pi r \times h = 2 \times \pi \times 0{,}6 \times 2{,}5 = 3\pi$

D'où : $\mathcal{A} = \mathcal{A}_1 + \mathcal{A}_2 = 1{,}44\pi + 3\pi = 4{,}44\pi$ (valeur exacte).

$\mathcal{A} \approx 13{,}9$ m² (valeur approchée à 0,1 près)

**Piège à éviter**
Sur le schéma, c'est le diamètre de la sphère (1,20 m) qui est donné.
$\text{rayon} = \frac{\text{diamètre}}{2}$.

**Rappel**
L'aire latérale d'un cylindre de rayon $r$ est $2\pi rh$.

• Le volume $\mathcal{V}$ de la citerne est le volume $\mathcal{V}_1$ des deux demi-boules ajouté au volume $\mathcal{V}_2$ du cylindre :

$\mathcal{V}_1 = \frac{4}{3}\pi r^3 = \frac{4}{3} \times \pi \times 0{,}6^3 = 0{,}288\pi$

$\mathcal{V}_2 = \pi r^2 \times h = \pi \times 0{,}6^2 \times 2{,}5 = 0{,}9\pi$

D'où $\mathcal{V} = \mathcal{V}_1 + \mathcal{V}_2 = 0{,}288\pi + 0{,}9\pi = 1{,}188\pi$ (valeur exacte)

$\mathcal{V} \approx 3{,}7 \text{ m}^3$ (valeur approchée à 0,1 près).

**Gagnez des points !**
Le volume de deux demi-boules est le volume d'une boule.

**9** **1.** Le volume $\mathcal{V}$ de la niche est celui d'un prisme droit de hauteur $h = BC = 2$ m, dont la base est un trapèze rectangle d'aire $\mathcal{A}_{\text{ABGF}}$.

$\mathcal{V} = \mathcal{A}_{\text{ABGF}} \times h$

$\mathcal{V} = \frac{(BG + AF) \times AB}{2} \times h = \frac{(1{,}5 + 2) \times 3}{\cancel{2}} \times \cancel{2}$

$\mathcal{V} = 10{,}5 \text{ m}^3$

**Gagnez des points !**
ABGF est un trapèze d'aire : $\frac{(b+B)\times h}{2}$.

**2.** Les quatre façades de la niche sont les deux trapèzes rectangles de mêmes dimensions *ABGF* et *DCHE*, ainsi que les rectangles *BCHG* et *ADEF*.

L'aire $\mathcal{A}$ de ces quatre surfaces est :

$\mathcal{A} = 2\mathcal{A}_{ABGF} + \mathcal{A}_{BCHG} + \mathcal{A}_{ADEF}$

$\mathcal{A} = \cancel{2} \times \frac{(1{,}5 + 2) \times 3}{\cancel{2}} + 2 \times 1{,}5 + 2 \times 2$

$\mathcal{A} = 17{,}5 \text{ m}^2$

Avec son pot de peinture annoncé pour 18 m², Fabien aura assez de peinture.

**10** **1.** La bille a un diamètre de 3 cm, soit un rayon $r = 1{,}5$ cm.

Son volume est $\mathcal{V} = \frac{4}{3}\pi r^3 = \frac{4}{3} \times \pi \times 1{,}5^3 = 4{,}5\pi$ ($\approx 14{,}1 \text{ cm}^3$).

**2.** Le verre est un cylindre de rayon 3 cm. On cherche alors la hauteur $h$ d'un cylindre de rayon 3 cm ayant pour volume $4{,}5\pi$.

On cherche $h$ telle que : $\pi \times 3^2 \times h = 4{,}5\pi$.

On résout l'équation : $9\pi h = 4{,}5\pi$.

On déduit : $9h = 4{,}5$. Soit $h = \frac{4{,}5}{9} = 0{,}5$ cm.

Le niveau d'eau s'élève de 0,5 cm.

**L'astuce du prof**
On cherche *h* telle que le volume du cylindre de hauteur *h* soit égal au volume de la bille.

**Piège à éviter**
La donnée de 10 cm d'eau dans le verre était inutile.

# Vers le Brevet

**11** **1. a.** Le solide coloré est un prisme. En effet, il a deux faces polygonales (les triangles *DCG* et *AFB*) qui sont superposables, et les autres faces sont des rectangles.

**b.** Ce prisme a 5 faces, 6 sommets et 9 arêtes.

**c.** Le volume d'un prisme est donné par la formule : aire d'une base × hauteur.

- La base est un triangle rectangle d'aire :

$$\frac{\text{base} \times \text{hauteur}}{2} = \frac{4 \times 4}{2} = 8 \text{ cm}^2.$$

- Sa hauteur est $BC = 4$ cm.
- Le volume du prisme est $8 \times 4 = 32 \text{ cm}^3$.

> **Remarque**
> Le prisme est obtenu par section du cube selon la diagonale [*DG*]. On pouvait aussi calculer son volume en divisant par 2 le volume du cube.

**2. Programme de construction :**

- On commence par tracer le carré *ABFE* de côté 4 cm.
- On trace ensuite le rectangle *AFGD*.
- On complète le patron avec le triangle *DGC* et les carrés $GFB_1C_1$ et $DAB_2C_2$.

On vérifie bien que le prisme a 5 faces.

*Le patron n'est pas représenté ici en vraie grandeur.*

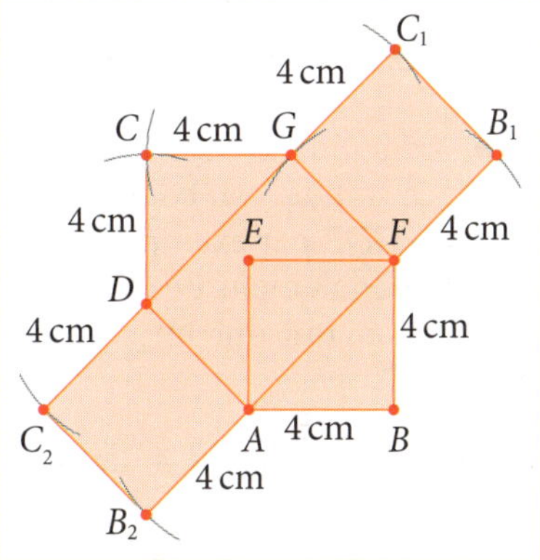


**12** **1. a.** Dans le triangle *MOH* rectangle en *H*, on écrit :

$$\cos \widehat{MOH} = \frac{\text{côté adjacent à } \widehat{O}}{\text{hypoténuse}}$$

$$\cos \widehat{MOH} = \frac{OH}{OM}$$

$$\cos \widehat{MOH} = \frac{4\,255}{6\,370}$$

$$\widehat{MOH} = \cos^{-1}\left(\frac{4\,255}{6\,370}\right)$$

$$\widehat{MOH} \approx 48°$$

> **Gagnez des points !**
> Utilisez la calculatrice pour déterminer la mesure de l'angle. Gardez la valeur exacte du quotient et n'oubliez pas les parenthèses pour la calculatrice.

**b.** L'angle $\widehat{HOA}$ est un angle droit, donc $\widehat{MOH} + \widehat{MOA} = 90°$.
On en déduit : $\widehat{MOA} = 90 - 48 \approx 42°$.
La latitude nord de la ville située en $M$ est 42°.

**2.** Dans un tableau de proportionnalité, les produits en croix sont égaux, donc $\ell \times 360 = 2\pi R \times \alpha$.
On obtient :

$$\ell = \frac{2\pi R \times \alpha}{360}$$

avec $R = 6\,370$ km et $\alpha = 42°$, d'où :
$\ell = \dfrac{2\pi \times 6\,370 \times 42}{360} \approx 4\,669$ km.
Les deux villes sont distantes d'environ 4 669 km.

**13** **1.** Les faces d'un cube sont des carrés de même dimension. [$DG$], [$GB$] et [$DB$] sont les diagonales de trois carrés de même dimension.
On en déduit que le triangle $DGB$ est équilatéral.

**2. a.** Le solide $DBCG$ est une pyramide. En effet, ce solide est constitué d'une base (le triangle $CDB$ par exemple) et de 3 autres faces qui sont également des triangles ($GCB$, $GCD$ et $GDB$) et qui ont un sommet commun (le point $C$).

**Remarques**
- On pouvait prendre comme base un des autres triangles.
- Dans une pyramide, les faces sont forcément des triangles. Comme la base est un triangle, on parle alors de tétraèdre.

**b.** Cette pyramide a 4 faces, 4 sommets et 6 arêtes.

**c. Programme de construction :**

- On trace le carré $ABCD$.
- On trace la diagonale [$BD$] qui est un côté du triangle équilatéral $DBG$.
- On place le point $G$ à l'aide du compas.
- On complète le patron (à l'aide du compas) avec les deux triangles $DGC$ et $GBC$ qui sont isocèles (et rectangle) en $C$.

On vérifie que la pyramide a bien 4 faces.

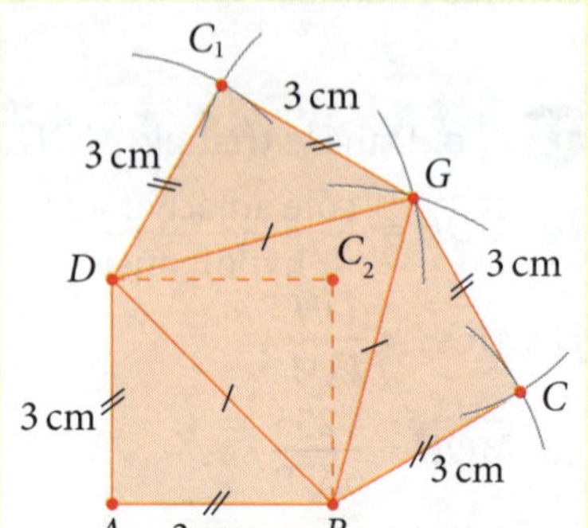


*Le dessin n'est pas représenté*

*ici en vraie grandeur.*

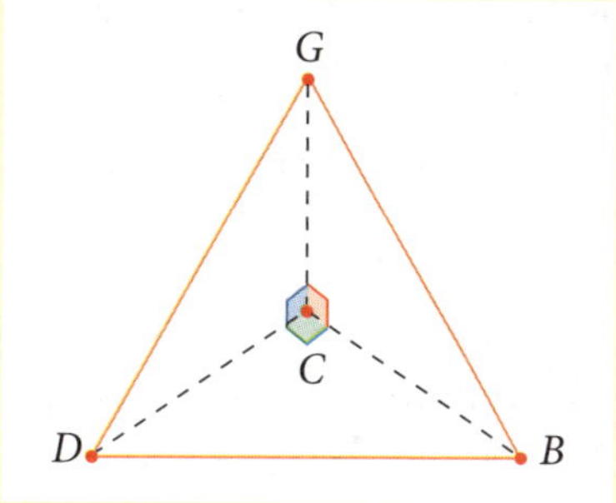


**3.** Le volume de la pyramide est :
$\frac{1}{3} \times \mathcal{B} \times h$ où $\mathcal{B}$ est l'aire de la base et $h$ la hauteur de la pyramide.

• La base est le triangle $DCB$ rectangle en C.
Son aire est $\frac{CD \times CB}{2} = \frac{3 \times 3}{2} = 4{,}5$.

• La hauteur est $h = CG = 3$.

• Le volume de la pyramide est
$V = \frac{1}{\cancel{3}} \times 4{,}5 \times \cancel{3} = 4{,}5 \text{ cm}^3$.

Le volume du cube est $3^3 = 27 \text{ cm}^3$.

Le volume de la pyramide représente $\frac{4{,}5}{27}$ du volume du cube.

Or, $\frac{4{,}5}{27} = \frac{45}{270} = \frac{\cancel{9} \times 5}{\cancel{9} \times 30} = \frac{\cancel{5} \times 1}{\cancel{5} \times 6} = \frac{1}{6}$.

**Gagnez des points !**
La proportion que représente le volume de la pyramide par rapport au volume du cube est $\frac{\text{volume de la pyramide}}{\text{volume du cube}}$.

Donc, le volume de la pyramide représente $\frac{1}{6}$ du volume du cube.

En d'autres termes, le volume du cube représente 6 fois le volume de la pyramide. L'élève a donc tort.

**14** **1.** La bougie est un cylindre de volume :
$\mathcal{V}_{\text{bougie}} = \pi r^2 h = \pi \times 3^2 \times 20 \approx 565 \text{ cm}^3$.

**2.** La boîte a la forme d'un parallélépipède rectangle (pavé droit) de volume :
$\mathcal{V}_{\text{boîte}} = \ell \times L \times h = 6 \times 6 \times 20 = 720 \text{ cm}^3$.

**3.** L'espace occupé par la bougie dans la boîte représente :
$\frac{\mathcal{V}_{\text{bougie}}}{\mathcal{V}_{\text{boîte}}} = \frac{565}{720} \approx 0{,}78$, soit 78 %.

**Rappel**
Le pourcentage cherché se calcule comme : $\frac{\text{volume de la bougie}}{\text{volume de la boîte}}$.

**15** **1. a.** Le triangle $BNM$ est rectangle en $B$ et d'aire $\mathcal{A}$ telle que :

$$\mathscr{A} = \frac{\text{base} \times \text{hauteur}}{2} = \frac{BN \times BM}{2} = \frac{10 \times 7}{2} = 35 \text{ cm}^2.$$

**b.** Le volume $\mathscr{V}_1$ de la pyramide $\mathscr{P}$ de base le triangle $BNM$ est :

$$\mathscr{V}_1 = \frac{1}{3} \times \mathscr{A} \times BG = \frac{1}{3} \times 35 \times 7{,}2 = 84 \text{ cm}^3.$$

**L'astuce du prof**

L'aire d'un triangle rectangle est le demi-produit des longueurs des côtés perpendiculaires.

**2.** • On calcule d'abord le volume $\mathscr{V}_2$ du parallélépipède rectangle :

$\mathscr{V}_2 = AB \times BC \times BG = 20 \times 12 \times 7{,}2 = 1\,728 \text{ cm}^3$.

• Le volume $\mathscr{V}_3$ du solide coupé s'obtient alors comme :

$\mathscr{V}_3 = \mathscr{V}_2 - \mathscr{V}_1 = 1728 - 84 = 1\,644 \text{ cm}^3$.

**16** **1.** Le verre est un cône de volume :

$\mathscr{V} = \frac{1}{3}\pi r^2 h$ avec $r = 4$ cm et $h = 12$ cm

D'où $\mathscr{V} = \frac{1}{3}\pi \times 4^2 \times 12 = 64\pi$.

**Gagnez des points !**

Calculez d'abord le volume de liquide versé dans un verre.

**2.** • Un verre, plein aux trois quarts, contient :

$\frac{3}{4} \times 64\pi = 48\pi$, soit $\approx 150{,}8 \text{ cm}^3$.

• $1 \text{ L} = 1 \text{ dm}^3 = 1\,000 \text{ cm}^3$

Une bouteille d'un litre permet de remplir :

$\frac{1\,000}{150{,}8} \approx 6{,}6$ soit 6 verres pleins.

**Gagnez des points !**

Le 7ᵉ verre ne sera pas rempli aux $\frac{3}{4}$.

**17** **1.** Soit $\mathscr{V}_1$ le volume du cylindre de rayon $r = 0{,}5$ mm $= 0{,}05$ cm et de hauteur $h$.

$\mathscr{V}_1 = \pi \times r^2 \times h = \pi \times 0{,}05^2 \times h$

On obtient le résultat annoncé :

$\mathscr{V}_1 = 0{,}0\,025 \times \pi \times h \text{ cm}^3$.

**Piège à éviter**

Faites attention aux unités. Le volume cherché est en $\text{cm}^3$, alors que le rayon donné est en mm.

**2.** Soit $\mathscr{V}_2$ le volume de la boule de rayon $r = 30$ cm.

$$\mathscr{V}_2 = \frac{4}{3} \times \pi \times r^3 = \frac{4}{3} \times \pi \times 30^3 = \frac{4}{3} \times \pi \times 27\,000$$

On obtient le résultat annoncé : $\mathscr{V}_2 = 36\,000 \times \pi \text{ cm}^3$.

**3.** La ficelle étant enroulée de manière à ce qu'il n'y ait aucun vide dans la pelote, le volume total de ficelle $\mathcal{V}_1$ correspond au volume $\mathcal{V}_2$ de la pelote (qui a une forme de boule).

De l'égalité $\mathcal{V}_1 = \mathcal{V}_2$, on déduit :

$0{,}0025 \times \pi \times h = 36\,000 \times \pi$

$$h = \frac{36\,000 \times \cancel{\pi}}{0{,}0025 \times \cancel{\pi}}$$

$h = 14\,400\,000$ cm

Soit $h = 144\,000$ m $= 144$ km.

On trouve bien le résultat proposé.

**Pensez-y !**
100 cm = 1 m.
1 000 m = 1 km.

**4.** • En comptant Elisabeth et les 294 « autres » élèves de son collège, on totalise 295 élèves.

• La longueur $L_p$ des 295 pelotes mises bout à bout mesure :

$L_p = 295 \times 144 = 42\,480$ km.

• La longueur $L_e$ de l'équateur correspond au périmètre d'un cercle de rayon 6 400 km.

$L_e = 2 \times \pi \times 6\,400$

$L_e \approx 40\,212$ km

• $40\,212 < 42\,480$, soit $L_e < L_p$.

La longueur des pelotes dépasse le tour de l'équateur. Ainsi, avec 295 pelotes, on pourrait faire le tour de l'équateur en les déroulant toutes et en les reliant bout à bout.

Elisabeth a donc raison.

CHAPITRE 14

# Algorithmes et programmes

## 1 Généralités

### 1 Définition

**Un algorithme est une suite finie d'instructions élémentaires sur des données**, à appliquer dans un ordre déterminé, qui permet d'obtenir un résultat.

**Exemple :** une recette de cuisine est un algorithme. Les données sont les ingrédients. Les instructions sont les opérations à effectuer sur les ingrédients dans un ordre bien précis (mélanger, chauffer…). Le résultat est le plat obtenu.

### 2 Variables

Dans un algorithme, **une variable est désignée par un nom. Elle peut prendre différentes valeurs :** un nombre, un mot (comme triangle), une liste de nombres…

Plusieurs instructions peuvent être effectuées sur ces variables :

- la **saisie** : l'utilisateur entre une valeur ;
- l'**affectation** : dans l'algorithme, on donne à la variable une valeur qui peut être par exemple le résultat d'un calcul ;
- l'**affichage** : la valeur de la variable est affichée.

Après avoir indiqué les variables mises en jeu dans l'algorithme (on parle de **déclaration** des variables), l'algorithme se décompose en trois parties : l'**entrée des variables** par l'utilisateur et/ou l'initialisation des variables, **le traitement** sur les variables, puis **la sortie**.

**Exemple :** On veut que l'algorithme affiche le résultat du programme de calcul suivant.

| Choisir un nombre<br>Ajouter 2 à ce nombre<br>Multiplier par 3 le résultat<br>Afficher le résultat |
|---|

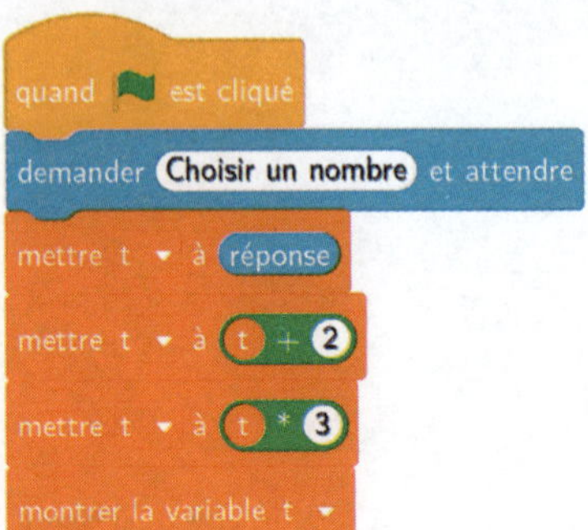

## EXERCICES RÉSOLUS

### Comprendre la structure d'un algorithme

**ÉNONCÉ**

Voici un algorithme :

**1.** Nommez les variables utilisées.

**2.** Déterminez, en utilisant la numérotation des lignes, les trois parties : entrée, traitement et sortie.

**3.** Qu'obtient-on avec cet algorithme lorsqu'on saisit 3 pour la valeur de $a$ ?

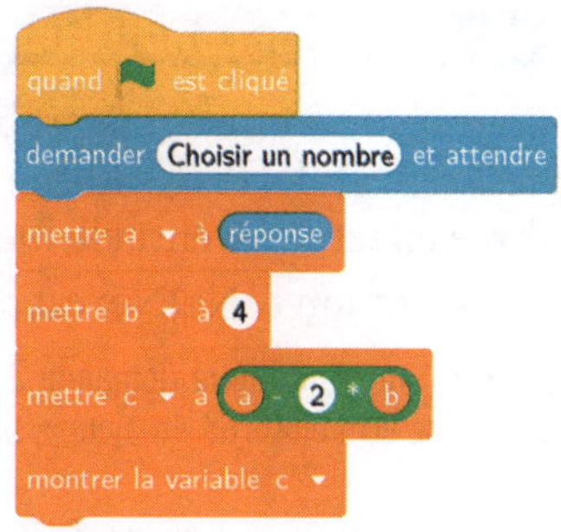


**CORRIGÉ**

**1.** Les variables sont $a$, $b$ et $c$.
**2.** Entrée : ligne (1) ; traitement : lignes (2), (3) et (4) ; sortie : ligne (5).
**3.** $a = 3$ ; $b = 4$ ; $c = 3 - 2 \times 4 = 3 - 8 = -5$.
La valeur affichée est $-5$.

> **Remarque**
> La ligne (1) correspond à la déclaration des variables.

### Comprendre les affectations

**ÉNONCÉ**

Voici un algorithme. Qu'affiche-t-il ?

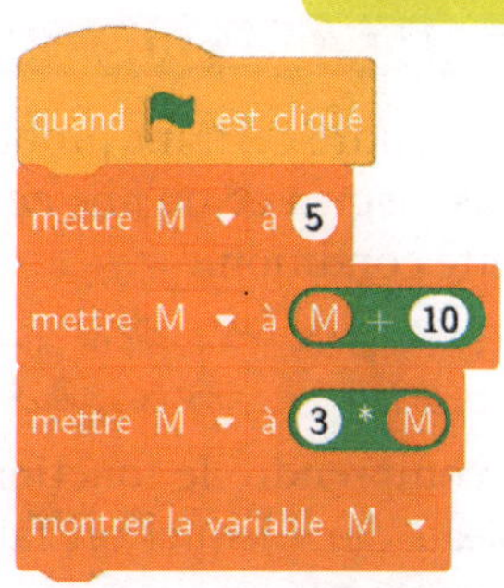


**CORRIGÉ**

La valeur de $M$ est d'abord initialisée à 5, puis elle évolue au fur et à mesure des instructions.

| | Valeurs de M |
|---|---|
| $M$ prend la valeur 5<br>$M$ prend la valeur $M + 10$<br>$M$ prend la valeur $3 \times M$ | 5<br>$5 + 10 = 15$<br>$3 \times 15 = 45$ |
| Afficher $M$ | 45 |

Le résultat affiché par l'algorithme est 45.

> **Remarque**
> La valeur de $M$ n'est pas entrée par l'utilisateur.

> **Méthode**
> Dans chaque calcul, reprenez toujours la dernière valeur de $M$.

## 2 Principales instructions

### 1 Instruction conditionnelle « SI… ALORS… (SINON) »

• Pour résoudre certains problèmes, on a besoin de tester une condition : si le test est validé, l'algorithme effectue certaines instructions ; sinon, l'algorithme effectue (éventuellement) d'autres instructions.

• L'instruction SINON n'est pas toujours nécessaire.

**Exemple :** un algorithme demande à l'utilisateur son âge. Si cet âge est supérieur ou égal à 18, l'algorithme écrit en sortie « majeur », sinon il écrit « mineur ».

### 2 Boucle itérative « POUR… »

Pour résoudre certains problèmes, on a besoin de répéter une même instruction (ou une série d'instructions) un certain nombre de fois. On appelle cela « exécuter une boucle ».

**Exemple :** pour afficher la liste des carrés des entiers consécutifs allant de 12 à 17, l'algorithme utilise une boucle itérative « POUR $N$ allant de 12 à 17, calculer et afficher $N^2$ ».

### 3 Boucle « TANT QUE… »

• Pour résoudre certains problèmes, on a besoin de répéter une série d'instructions jusqu'à ce qu'une condition donnée soit vérifiée. On dit que l'on teste cette condition.

**Exemple :** on veut savoir à partir de quelle valeur de $x$, entière, $2x + 3$ dépasse 3 488. On fait calculer $2x + 3$ tant que $2x + 3 < 3\,488$. Dès que $2x + 3$ atteint ou dépasse 3 488, l'algorithme affiche la valeur de $x$.

• Pour comprendre le fonctionnement de l'algorithme, on utilise souvent un tableau dans lequel on fait apparaître les valeurs successives des variables mises en jeu.

| Étape | Valeur de $x$ | Valeur de $2x + 3$ | Condition ($2x + 3 < 2\,488$) |
|---|---|---|---|
| Étape 0 (initialisation) | 0 | 3 | Oui |
| Étape 1 | 1 | 5 | Oui |
| Étape 2 | 2 | 7 | Oui |
| … | … | … | … |
| Étape 1 742 | 1 742 | 3 487 | Oui |
| Étape 1 743 | 1 743 | 3 489 | Non |

L'algorithme affiche la dernière valeur de $x$ : 1 743.

## EXERCICE RÉSOLU

### Comprendre le fonctionnement d'un algorithme

**ÉNONCÉ**

Clément a décidé d'arrêter de fumer. Il met chaque fin de semaine l'argent correspondant à sa consommation, soit 21 €, dans une tirelire. Il souhaite s'offrir un séjour aux sports d'hiver d'une valeur de 1 495 €.
Pour cela, il écrit cet algorithme :

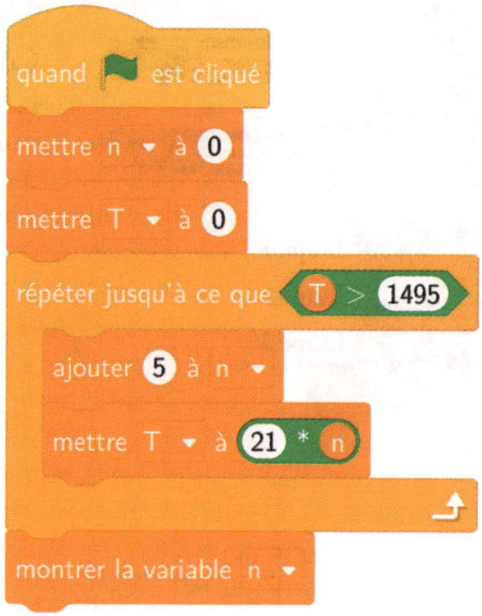


**1.** Que représentent $T$ et $n$ dans cet algorithme ?

**2.** Que fait cet algorithme ? Qu'affiche-t-il en sortie ?

**CORRIGÉ**

**1.** Dans cet algorithme, $n$ est le nombre de semaines pendant lesquelles Clément fait des économies. $T = 21 \times n$ est la somme qu'il y aura dans la tirelire de Clément au bout de $n$ semaines.

**2.** Cet algorithme affiche en sortie la plus petite valeur de $n$ telle que $21 \times n > 1\,495$. Autrement dit, Clément calcule le nombre minimal de semaines pendant lesquelles il devra économiser pour s'offrir un voyage de 1 495 €.

> **Rappel**
> Pour répondre à ce type de questions, aidez-vous d'un tableau.

| Étape | Valeur de $n$ | Valeur de $T$ | Condition ($T < 1\,495$) |
|---|---|---|---|
| Étape 0 (initialisation) | 0 | 0 | Oui |
| Étape 1 | 1 | 21 | Oui |
| Étape 2 | 2 | 42 | Oui |
| Étape 3 | 3 | 63 | Oui |
| … | … | … | … |
| Étape 71 | 71 | 1 491 | Oui |
| Étape 72 | 72 | 1 512 | Non |

C'est à la fin de la 72$^{e}$ semaine que Clément pourra s'offrir son voyage.

## Exercices d'entraînement

### 1 Échange de valeurs

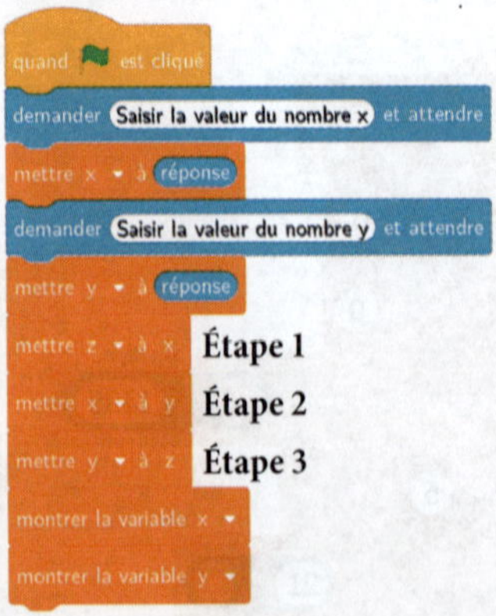


Voici un algorithme :

Complétez les tableaux suivants pour différentes valeurs de $x$ et $y$, puis expliquez ce que fait l'algorithme.

**1.**

| | $x$ | $y$ | $z$ |
|---|---|---|---|
| Entrées | 3 | 8 | |
| Étape 1 | | | |
| Étape 2 | | | |
| Étape 3 | | | |
| Affichage | | | |

**2.**

| | $x$ | $y$ | $z$ |
|---|---|---|---|
| Entrées | –2 | 5 | |
| Étape 1 | | | |
| Étape 2 | | | |
| Étape 3 | | | |
| Affichage | | | |

**3.**

| | $x$ | $y$ | $z$ |
|---|---|---|---|
| Entrées | $a$ | $b$ | |
| Étape 1 | | | |
| Étape 2 | | | |
| Étape 3 | | | |
| Affichage | | | |

### 2 Des segments dans tous les sens

**1.** Dessinez dans le repère ci-dessous le résultat obtenu avec cet algorithme :

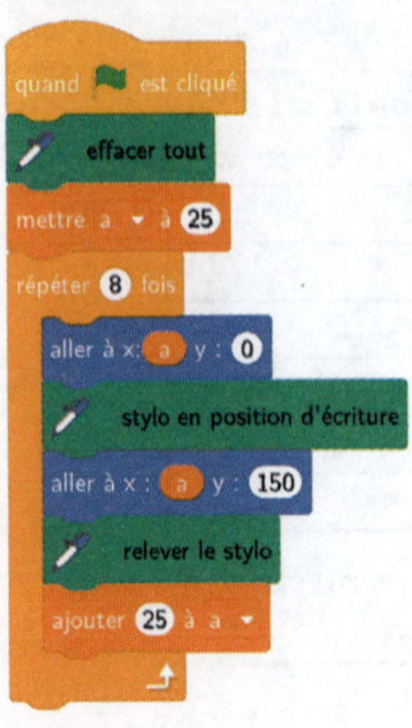


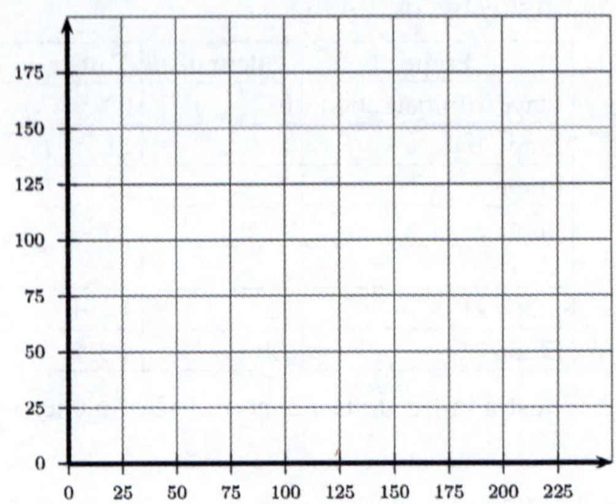

**2.** Même question avec cet algorithme :

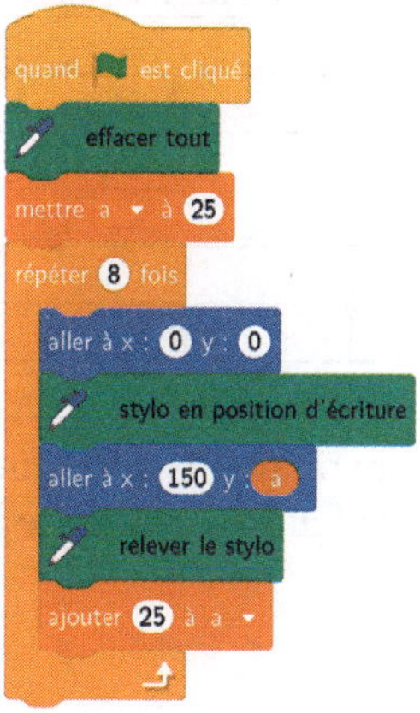


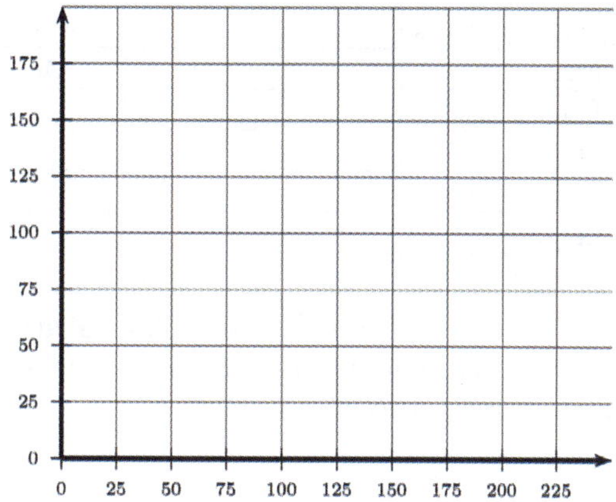


## 3 Bien comprendre un algorithme

Voici un algorithme :

**1.** Quelle est la valeur affichée à la fin de cet algorithme lorsqu'on entre 4 pour la valeur de *n* ?

**2.** Quel est le rôle de cet algorithme ?

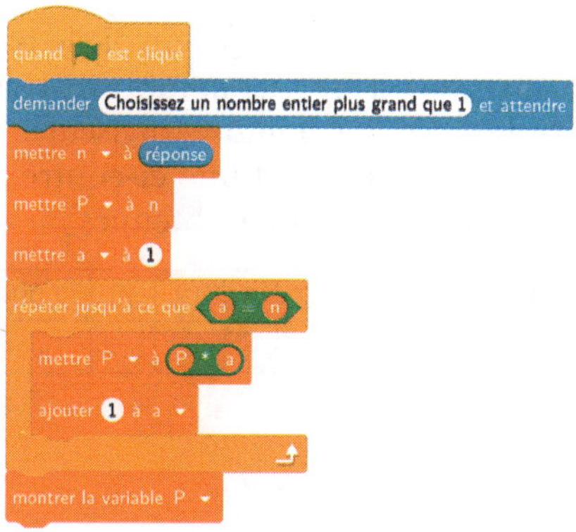


# Vers le Brevet

**Les exercices suivants utilisent le logiciel Scratch.**

## 4 La division euclidienne

L'opérateur  renvoie le reste de la division du premier nombre (dividende) par le deuxième nombre (diviseur).

**1.** On entre 6. Complétez le tableau suivant qui donne les valeurs successives prises par les variables *a*, *b* et *n*, ainsi que les valeurs données pendant 1 s au cours de l'exécution de l'algorithme.

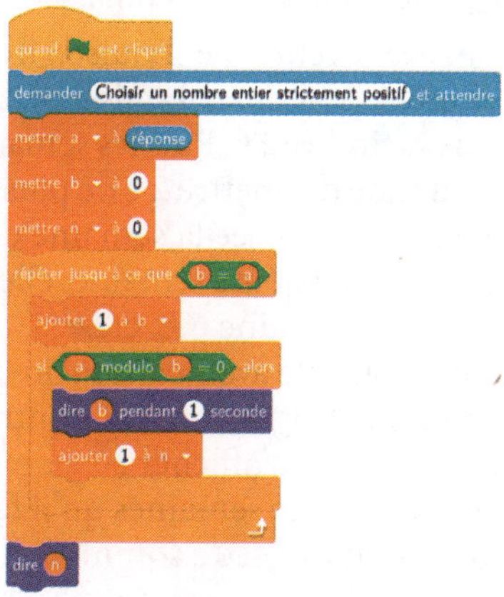

| | Valeurs de $a$ | Valeurs de $b$ | $a$ modulo $b$ = 0 | Valeurs de $n$ | Valeurs données pendant 1 seconde |
|---|---|---|---|---|---|
| Valeurs initiales | 6 | 0 | | 0 | |
| Étape 1 | 6 | 1 | Oui | 1 | 1 |
| Étape 2 | | | | | |
| Étape 3 | | | | | |
| Étape 4 | | | | | |
| Étape 5 | | | | | |
| Étape 6 | | | | | |

**2.** On entre 48. Quelles sont les valeurs données pendant 1 s ? Que représentent-elles pour le nombre entré ? Quelle est la valeur de $n$ affichée à la fin ? Que représente-t-elle ?

## 5 Pair ou impair ?

L'opérateur ( modulo ) renvoie le reste de la division du premier nombre (dividende) par le deuxième nombre (diviseur).
En utilisant l'algorithme ci-contre, complétez les valeurs de $y$ obtenues :

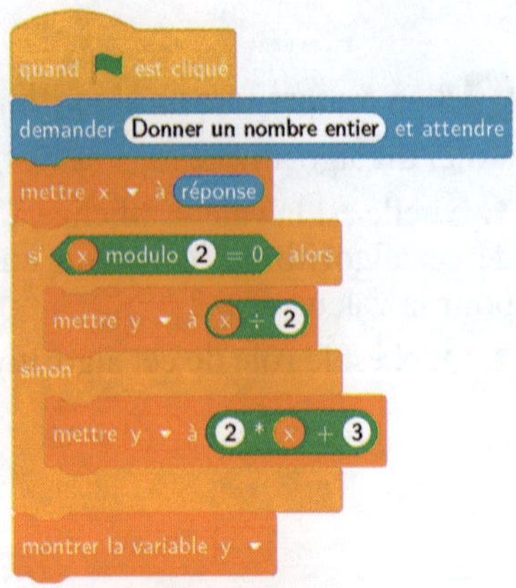


| Valeurs de $x$ | 2 | 5 | 12 | 15 | 2 000 |
|---|---|---|---|---|---|
| Valeurs de $y$ | | | | | |

$y$ = ................ Si ...........
$y$ = ................ Si ...........

## 6 Une histoire d'économie

Dans la tirelire de Louise, il y a 30 €. La première semaine, Louise décide de mettre dans sa tirelire 2 €. Puis les semaines suivantes, elle décide d'y mettre 2 € de plus que la somme qu'elle y a déposée la semaine d'avant.
Ainsi, la deuxième semaine, elle dépose 4 €, la troisième semaine 6 €, etc.
Louise souhaite avoir dans sa tirelire 1 000 €.
On donne l'algorithme ci-contre, qui permet de calculer et d'afficher :
– le nombre de semaines qu'il faudra à Louise pour atteindre cette somme ;

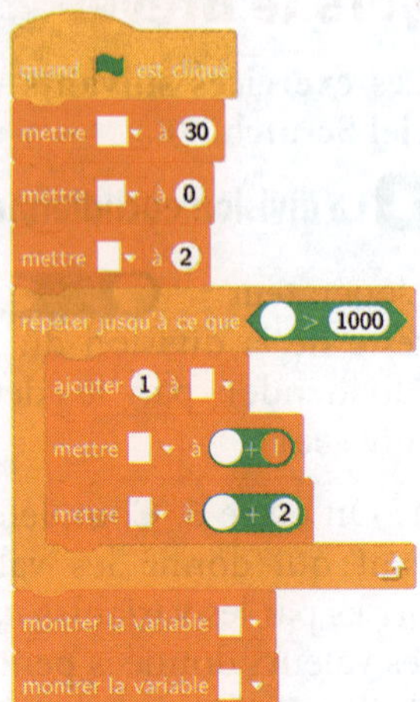

– la somme qu'elle devra mettre dans la tirelire la dernière semaine.
On note *S* la somme qu'il y a dans la tirelire, *C* le nombre de semaines et *I* la somme déposée dans la tirelire.

Complétez cet algorithme avec les lettres *S*, *C* et *I* afin qu'il affiche à la fin le nombre minimal de semaines qu'il faudra à Louise pour avoir 1 000 €, ainsi que la dernière somme qu'elle devra déposer pour atteindre cet objectif.

## 7 Écriture d'un programme de calcul

Voici un algorithme.

**1.** On choisit 5 comme nombre au départ. Quel nombre est montré à la fin ?

**2.** Écrivez le programme de calcul décrit par cet algorithme.

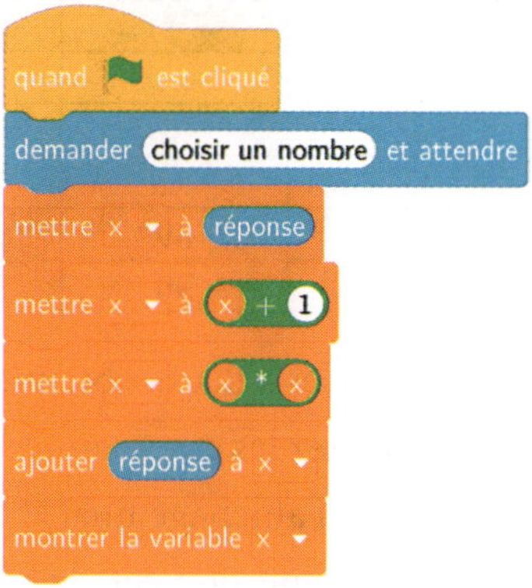


## 8 Quelle est la question ?

L'algorithme ci-contre répond à une question posée.

L'opérateur ( ) modulo ( ) renvoie le reste de la division du premier nombre (dividende) par le deuxième nombre (diviseur).

On entre 91. Le tableau ci-après donne les valeurs successives prises par les variables *x*, *n* et *p*, ainsi que le reste de la division euclidienne de *x* par *n* au cours de l'exécution de l'algorithme.

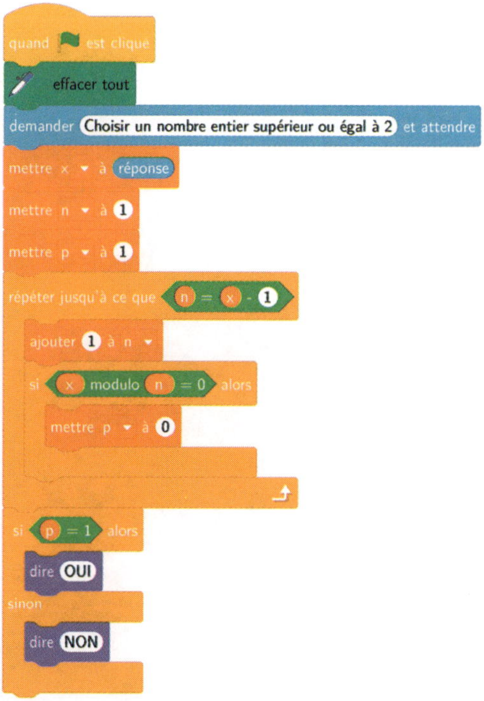

| Valeurs de $x$ | Valeurs de $n$ | $x$ modulo $n$ | Valeurs de $p$ |
|---|---|---|---|
| 91 | 1 | | 1 |
| 91 | 2 | 1 | 1 |
| 91 | | | |
| 91 | | | |
| 91 | | | |
| 91 | | | |
| 91 | | | |
| 91 | | | |
| … | … | … | … |
| … | … | … | … |
| … | … | … | … |
| 91 | 89 | | |
| 91 | 90 | | |

(Valeurs initiales)

**1.** Justifiez les valeurs obtenues dans les cases rouge et verte.

**2.** Complétez les cases jaunes du tableau.

**3.** Quel est l'affichage final ?

**4.** À quelle question cet algorithme répond-il ?

# Exercices d'entraînement

**1** **1.**

| | $x$ | $y$ | $z$ |
|---|---|---|---|
| Entrées | 3 | 8 | |
| Étape 1 | 3 | 8 | 3 |
| Étape 2 | 8 | 8 | 3 |
| Étape 3 | 8 | 3 | 3 |
| Affichage | 8 | 3 | |

**2.**

| | $x$ | $y$ | $z$ |
|---|---|---|---|
| Entrées | –2 | 5 | |
| Étape 1 | –2 | 5 | –2 |
| Étape 2 | 5 | 5 | –2 |
| Étape 3 | 5 | –2 | –2 |
| Affichage | 5 | –2 | |

**3.**

| | $x$ | $y$ | $z$ |
|---|---|---|---|
| Entrées | $a$ | $b$ | |
| Étape 1 | $a$ | $b$ | $a$ |
| Étape 2 | $b$ | $b$ | $a$ |
| Étape 3 | $b$ | $a$ | $a$ |
| Affichage | $b$ | $a$ | |

Cet algorithme permute les valeurs de $x$ et de $y$.

**Remarque**

À chaque étape, une variable conserve sa valeur précédente en l'absence d'opération sur celle-ci.

**2** **1.** Avec cet algorithme, on obtient huit segments verticaux dont les extrémités ont pour coordonnées :

- pour $a = 1$ : (25 ; 0) et (25 ; 150) ;
- pour $a = 2$ : (50 ; 0) et (50 ; 150) ;
- pour $a = 3$ : (75 ; 0) et (75 ; 150) ;
- pour $a = 4$ : (100 ; 0) et (100 ; 6) ;
- pour $a = 5$ : (125 ; 0) et (125 ; 150).
- pour $a = 6$ : (150 ; 0) et (150 ; 150).
- pour $a = 7$ : (175 ; 0) et (175 ; 150).
- pour $a = 8$ : (200 ; 0) et (200 ; 150).

**Remarque**

Pour chaque valeur de $a$, les premières coordonnées donnent les coordonnées du point de départ, les secondes les coordonnées du deuxième point.

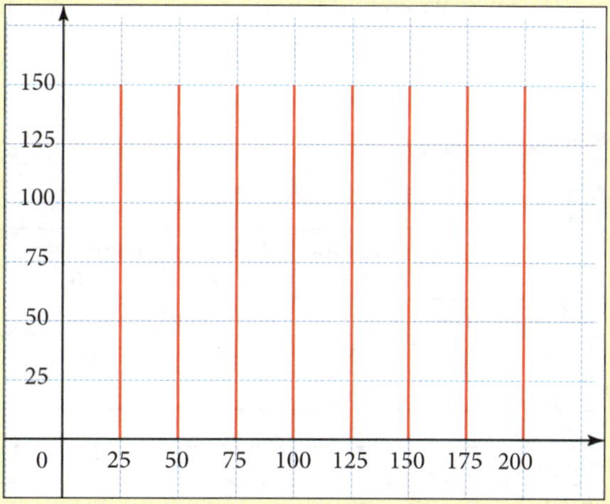

**2.** Avec cet algorithme, on obtient huit segments dont les extrémités ont pour coordonnées :

- pour $a = 1$ : (0 ; 0) et (150 ; 25) ;
- pour $a = 2$ : (0 ; 0) et (150 ; 50) ;
- pour $a = 3$ : (0 ; 0) et (150 ; 75) ;
- pour $a = 4$ : (0 ; 0) et (150 ; 100) ;
- pour $a = 5$ : (0 ; 0) et (150 ; 125) ;
- pour $a = 6$ : (0 ; 0) et (150 ; 150) ;
- pour $a = 7$ : (0 ; 0) et (150 ; 175) ;
- pour $a = 8$ : (0 ; 0) et (150 ; 200).

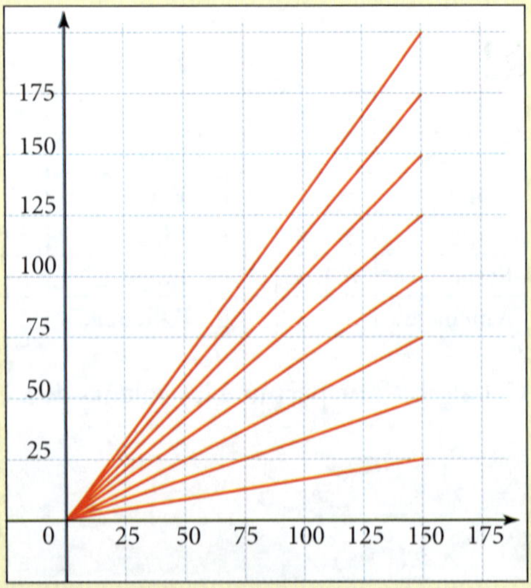


**3** **1.**

| Étapes | Valeur de $a$ | Valeur de $P$ |
|---|---|---|
| Étape 0 (initialisation) | | 1 |
| Étape 1 | 1 | $1 \times 1 = 1$ |
| Étape 2 | 2 | $1 \times 2 = 2$ |
| Étape 3 | 3 | $2 \times 3 = 6$ |
| Étape 4 | 4 | $6 \times 4 = 24$ |

**Pensez-y !**
Faites un tableau en indiquant les valeurs de $a$ et de $P$ à chaque étape.

Lorsqu'on entre $n = 4$, cet algorithme affiche 24.

**2.** Pour une valeur de $n$ entrée, cet algorithme affiche le produit : $1 \times 2 \times 3 \times 4 \times \ldots \times n$.

## Vers le Brevet

**4** **1.**

| | Valeurs de $a$ | Valeurs de $b$ | $a$ modulo $b$ = 0 | Valeurs de $n$ | Valeurs données pendant 1 seconde |
|---|---|---|---|---|---|
| Valeurs initiales | 6 | 0 | | 0 | |
| Étape 1 | 6 | 1 | Oui | 1 | 1 |
| Étape 2 | 6 | 2 | Oui | 2 | 2 |
| Étape 3 | 6 | 3 | Oui | 3 | 3 |
| Étape 4 | 6 | 4 | Non | 3 | |
| Étape 5 | 6 | 5 | Non | 3 | |
| Étape 6 | 6 | 6 | Oui | 4 | 6 |

À chaque fois que le reste de la division euclidienne de $a$ par $b$ est 0, le nombre $b$ s'affiche, et le nombre $n$ augmente de 1.

Lorsque le reste de la division euclidienne de $a$ par $b$ est nul, cela signifie que $b$ est un diviseur de $a$.

Cet algorithme donne (pendant 1 s) les diviseurs successifs du nombre entré au départ. La valeur affichée à la fin est le nombre de diviseurs qui ont été donnés au cours de l'exécution de l'algorithme. Ici, 6 a 4 diviseurs : 1, 2, 3 et 6, et donc la valeur de $n$ est 4.

**Remarque**

La variable $n$ compte le nombre de diviseurs du nombre entré au départ.

**2.** Les diviseurs de 48 sont : 1, 2, 3, 4, 6, 8, 12, 16, 24 et 48. Les valeurs affichées pendant 1 s sont donc : 1, 2, 3, 4, 6, 8, 12, 16, 24 et 48.

10 valeurs ont été affichées pendant 1 s. La valeur de $n$ affichée à la fin est donc 10.

**5** Si le reste de la division euclidienne de $x$ par 2 est nul, alors $y$ prend la valeur $\frac{x}{2}$, sinon $y$ prend la valeur $2 \times x + 3$.

Lorsque $x = 2$, $y = \frac{2}{2} = 1$.

Lorsque $x = 5$, $y = 2 \times 5 + 3 = 13$.

Lorsque $x = 12$, $y = \frac{12}{2} = 6$.

Lorsque $x = 15$, $y = 2 \times 15 + 3 = 33$.

Lorsque $x = 2\,000$, $y = \frac{2\,000}{2} = 1\,000$.

| Valeurs de $x$ | 2 | 5 | 12 | 15 | 2 000 |
|---|---|---|---|---|---|
| Valeurs de $y$ | 1 | 13 | 6 | 33 | 1 000 |

$y = \frac{x}{2}$ si $x$ est pair ; $y = 2 \times x + 3$ si $x$ est impair.

**6** Dans la première partie de l'algorithme, on écrit les valeurs de départ des variables (on initialise).

Dans la deuxième partie de l'algorithme, on répète jusqu'à ce que la somme $S$ dépasse 1 000 €. Autrement dit, l'algorithme continue tant que $S \leq 1\,000$.

**Remarque**

« Incrémenter » signifie « augmenter ». $C$ joue le rôle de compteur dans cet exercice.

On incrémente $C$ de 1 à chaque fois ($C$ compte le nombre de semaines au cours desquelles Louise met de l'argent dans sa tirelire).

La somme $S$ qu'il y a dans la tirelire augmente de la somme $I$ déposée chaque semaine.

La somme $I$ déposée chaque semaine augmente de 2 € chaque semaine.

Dans la dernière partie (affichage des résultats), on fait afficher les valeurs des variables $S$ et $C$.

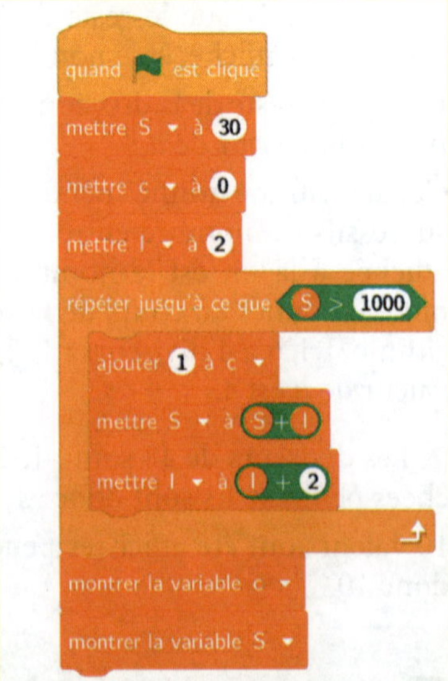


**7** **1.** $x$ prend la valeur 5, puis la valeur $5 + 1 = 6$, puis la valeur $6 \times 6 = 36$, et enfin la valeur $36 + 5 = 41$.

La valeur finale est donc 41.

**2.** Le programme de calcul décrit par cet algorithme est :

| Choisir un nombre<br>Lui ajouter 1<br>Élever au carré le résultat<br>Ajouter le nombre de départ<br>Afficher le résultat |
|---|

**Remarque**

« Réponse » correspond au nombre que l'on entre au départ.

**8** **1.** $91 = 2 \times 45 + 1$

Dans la case rouge, il y a 1, qui est le reste de la division euclidienne de 91 par 2.

$p$ a pour valeur de départ 1 et change si le reste de la division euclidienne de 91 par $n$ est nul, autrement dit, si $n$ est un diviseur de 91 (il prend dans ce cas la valeur 0).

Comme le reste de la division euclidienne de 91 par 2 est 1 (non nul), la valeur de $p$ ne change pas et reste à 1.

**2.** Tableau complété :

| Valeurs de $x$ | Valeurs de $n$ | $x$ modulo $n$ | Valeurs de $p$ |
|---|---|---|---|
| 91 | 1 | | 1 |
| 91 | 2 | 1 | 1 |
| 91 | 3 | 1 | 1 |
| 91 | 4 | 3 | 1 |
| 91 | 5 | 1 | 1 |
| 91 | 6 | 1 | 1 |
| 91 | 7 | 0 | 0 |
| 91 | 8 | 3 | 0 |
| … | … | … | … |
| … | … | … | … |
| … | … | … | … |
| 91 | 89 | 2 | 0 |
| 91 | 90 | 1 | 0 |

**3.** L'affichage à la fin de cet algorithme est NON. En effet, la division euclidienne de 91 par 7 est 0 ($91 = 7 \times 13$). Par conséquent, $p$ prend la valeur 0.

**4.** L'algorithme répond à la question : « Le nombre entré est-il premier ? »
91 admet un diviseur autre que 1 et lui-même, donc il n'est pas premier.

**Rappel**
Un nombre premier est un nombre qui admet deux diviseurs exactement : 1 et lui-même.

# Sujet de brevet

## Sujet de brevet

**D'après Nouvelle-Calédonie, décembre 2019**

*Toutes les réponses doivent être justifiées, sauf si une indication contraire est donnée. Pour chaque question, si le travail n'est pas terminé, laisser tout de même une trace de la recherche ; elle sera prise en compte dans la notation.*

### EXERCICE 1 Questionnaire à choix multiple 12 pts

Cet exercice est un questionnaire à choix multiples (QCM). Pour chaque question, une seule des trois réponses proposées est exacte. Sur la copie, indiquer le numéro de la question et la réponse A, B ou C choisie.
**Aucune justification n'est demandée.**
Aucun point ne sera enlevé en cas de mauvaise réponse.

| Questions posées | Réponses proposées | | |
|---|---|---|---|
| | **A** | **B** | **C** |
| **1.** Quelle figure a la plus grande aire ? Les longueurs données sont en centimètres. | 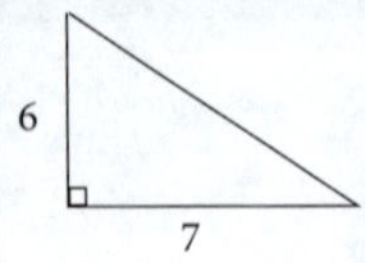  | 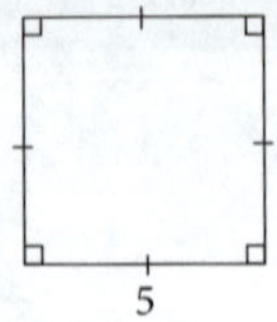  | 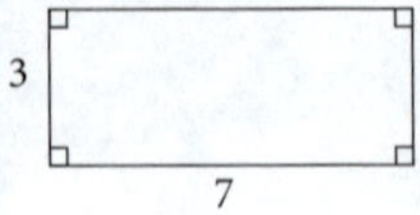  |
| **2.** Une page de roman se lit en moyenne en 1 minute 15 secondes. Quel temps de lecture faudrait-il pour un roman de 290 pages ? | Environ 5 heures | Environ 6 heures | Environ 7 heures |
| **3.** La masse de la planète Neptune est de l'ordre de : | $10^{-15}$ kg | $10^{4}$ kg | $10^{26}$ kg |
| **4.** $(2x + 3)(2x - 3) =$ | $2x^2 - 9$ | $4x^2 - 12x + 9$ | $4x^2 - 9$ |

## EXERCICE 2 Héros

8 pts

Hugo réalise un assemblage de carreaux représentant son héros préféré. Pour cela il doit coller 22 carreaux violets, 2 blancs, 162 noirs et 110 verts. Tous les carreaux sont mélangés dans une boîte.
Hugo choisit un carreau au hasard.
On estime que tous les carreaux ont la même chance d'être choisis.

**1.** Quelle est la probabilité que Hugo choisisse un carreau vert?

**2.** Quelle est la probabilité que Hugo ne choisisse pas un carreau violet?

**3.** Quelle est la probabilité que le carreau choisi soit noir ou blanc?

**4.** En une journée Hugo a collé 75% des carreaux. Combien de carreaux cela représente-t-il?

## EXERCICE 3 Construction

10 pts

Le quadrilatère *EFGH* est un agrandissement de *ABCD*. Le schéma ci-dessous n'est pas à l'échelle.
On donne *AC* = 80 cm et *GE* = 1 m.

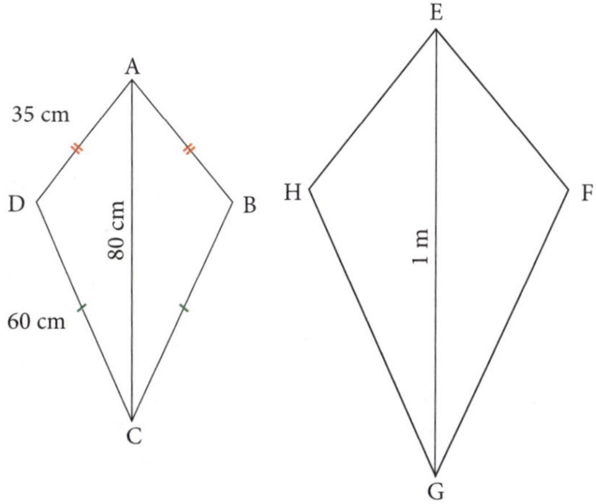


**1.** Montrer que le coefficient d'agrandissement est 1,25.

**2.** Calculer *GH* et *EF*.

**3.** On considère que l'aire du quadrilatère *ABCD* est égale à 1 950 cm$^2$.
Calculer l'aire de *EFGH* en cm$^2$. Arrondir à l'unité.

## EXERCICE 4 Cerf-volant

**14 pts**

Thomas attache son cerf-volant au sol au point T. Il fait 20 pas pour parcourir la distance *TH*.
Un pas mesure 0,6 mètre.
Le schéma ci-dessous illustre la situation. Il n'est pas à l'échelle.

Les points *T*, *C* et *E* sont alignés.
Les points *T*, *H* et *F* sont alignés.
$TC = 15$ m

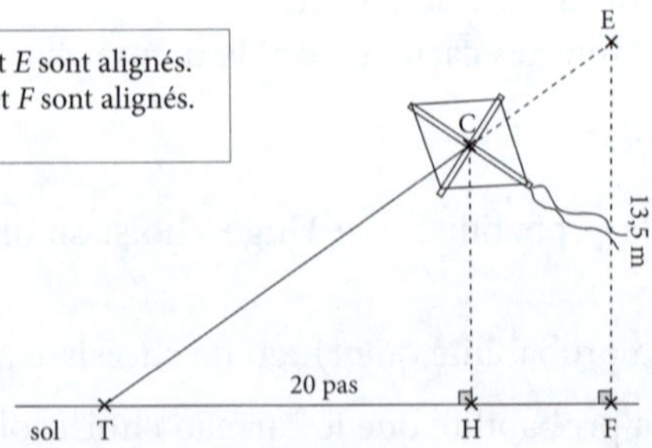


**1.** Montrer que la hauteur *CH* du cerf-volant est égale à 9 m.

**2.** Thomas souhaite que son cerf-volant atteigne une hauteur *EF* de 13,5 m. Calculer la longueur *TE* de la corde nécessaire.

## EXERCICE 5 Coup de vent

**14 pts**

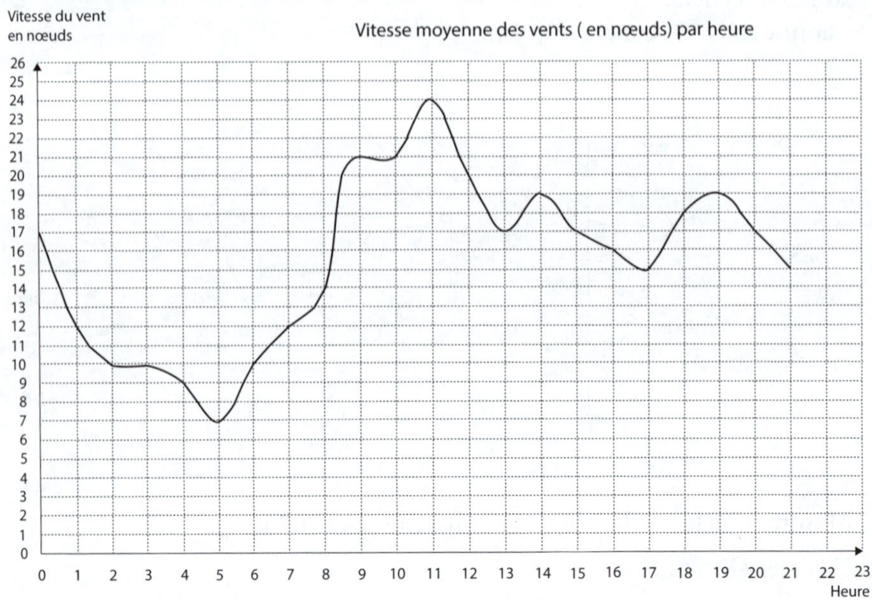

Angelo va sur le site « météo NC » pour avoir une idée des meilleurs moments pour faire du cerf-volant avec ses enfants.
Il obtient le graphique à la page précédente qui donne la prévision de la vitesse du vent, en nœuds, en fonction de l'heure de la journée.
Répondre aux questions par lecture graphique. Aucune justification n'est demandée.

**1. a.** Quelle est la vitesse du vent prévue à 14 h ?
**b.** À quelles heures prévoit-on 12 nœuds de vent ?
**c.** À quelle heure la vitesse du vent prévue est-elle la plus élevée?
**d.** À quelle heure la vitesse du vent prévue est-elle la plus faible ?

**2.** La pratique du cerf-volant est dangereuse au-dessus de 20 nœuds. De quelle heure à quelle heure ne faut-il pas faire de cerf-volant ?
On répondra avec la précision permise par le graphique.

## EXERCICE 6 Peinture

19 pts

On veut peindre des murs d'aire inférieure à 100 m$^2$.
Voici les tarifs proposés par trois peintres en fonction de l'aire des murs à peindre en m$^2$ :

**Peintre A :** 1 500 F par m$^2$
**Peintre B :** 1 000 F par m$^2$ et 10 000 F d'installation de chantier
**Peintre C :** 70 000 F quelle que soit l'aire inférieure à 100 m$^2$

**1.** Montrer que pour 40 m$^2$, le tarif du peintre A est de 60 000 F, le tarif du peintre B est de 50 000 F et le tarif du peintre C est de 70 000 F.
Dans la suite de l'exercice, $x$ désigne l'aire des murs à peindre en m$^2$.

**2.** Écrire, en fonction de $x$, le prix proposé par le peintre B.
Les fonctions donnant les prix proposés par le peintre B et le peintre C sont représentées à la page suivante.

**3.** Soient $A(x)$ et $C(x)$ les expressions des fonctions donnant le prix proposé par les peintres A et C en fonction de $x$.
On a $A(x) = 1\,500x$ et $C(x) = 70\,000$

**a.** Quelle est la nature de la fonction $A$ ?
**b.** Calculer l'image de 60 par la fonction $A$.
**c.** Calculer l'antécédent de 30 000 par la fonction $A$.
**d.** Tracer la représentation graphique de la fonction $A$ sur le graphique page suivante.

**4. a.** Résoudre l'équation $1\,500\,x = 1\,000\,x + 10\,000$.

**b.** Interpréter le résultat de la question **4.a.**

**5.** Lire graphiquement, sur le graphique ci-dessous, les surfaces entre lesquelles le peintre B est le moins cher des trois peintres.

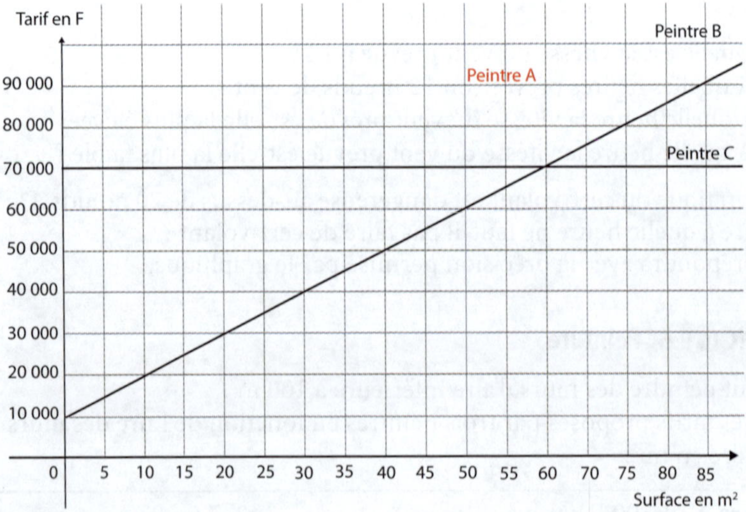


## EXERCICE 7 Cheveux

**10 pts**

Guillaume aimerait savoir combien de cheveux il a sur la tête. Pour cela il représente sa tête par une sphère de rayon $R$. Il mesure le tour de sa tête comme indiqué sur le schéma ci-dessous et obtient 56 cm.

*Rappels :*
Périmètre d'un cercle de rayon $R$ : $\mathcal{P} = 2\pi R$
Aire d'une sphère de rayon $R$ : $\mathcal{A} = 4\pi R^2$

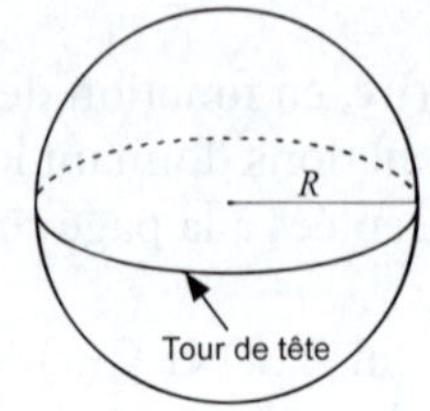


**1.** Montrer que le rayon d'un cercle de périmètre 56 cm est environ égal à 9 cm.

**2.** Guillaume considère que ses cheveux recouvrent la moitié de la surface de sa tête. Sur 1 cm² de son crâne, il a compté 250 cheveux.
Estimer le nombre de cheveux de Guillaume.
Pour cette question toute trace de recherche sera valorisée lors de la notation.

## EXERCICE 8 « Scratch » 13 pts

Dans les figures de cet exercice la flèche indique la position et l'orientation du lutin au départ.

**1.** Indiquer le numéro du dessin correspondant au script ci-dessous.

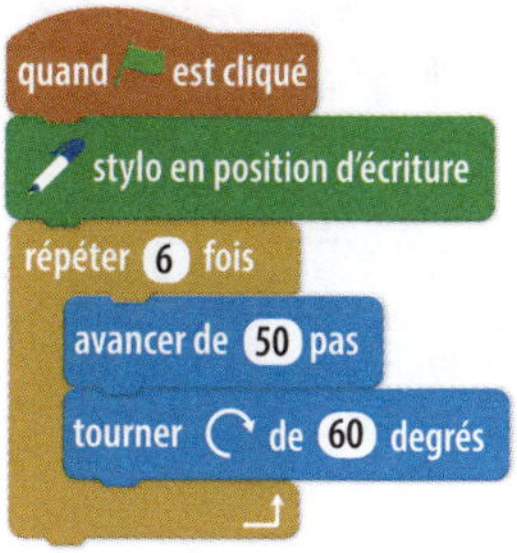


Dessin n° 1 Dessin n° 2 Dessin n° 3

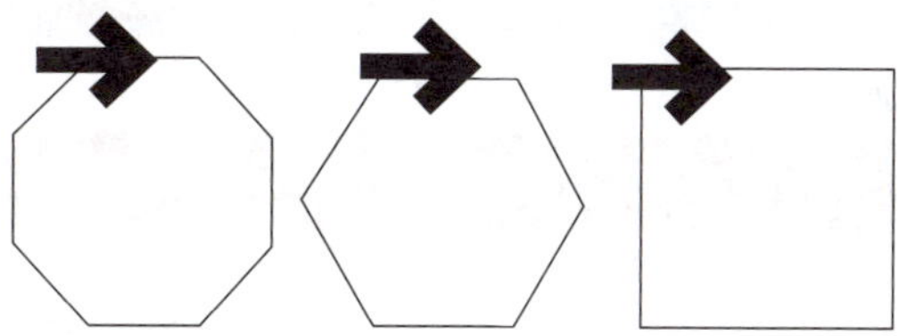

**2.** Compléter les deux informations manquantes du script qui permet de réaliser la figure ci-dessous.

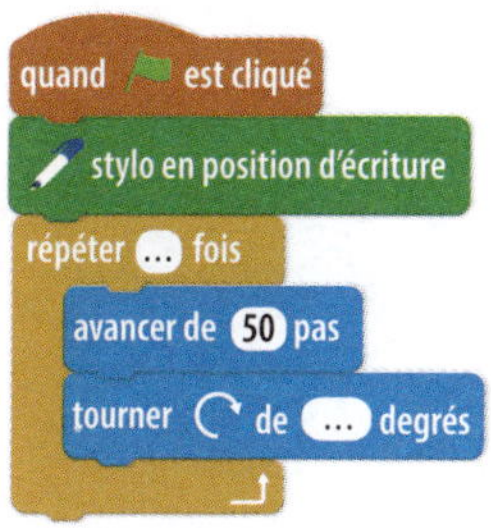


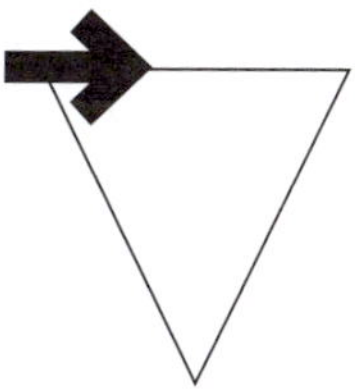

**3.** En ordonnant les instructions proposées, compléter le script permettant de réaliser la figure ci-dessous. On indiquera les numéros des instructions.

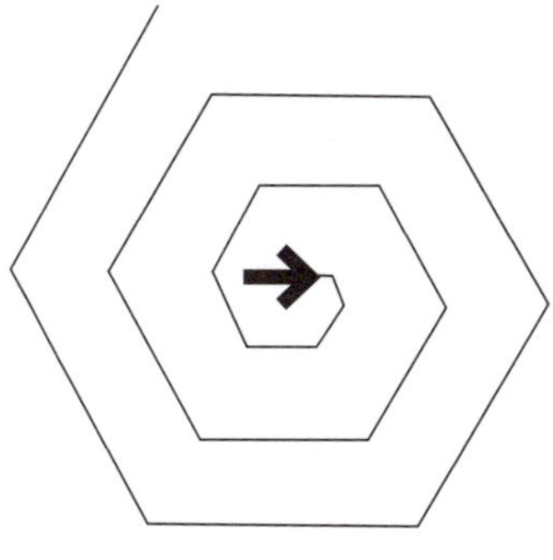

Pour ce script on a créé la variable longueur

Compléter en mettant les numéros à leur place

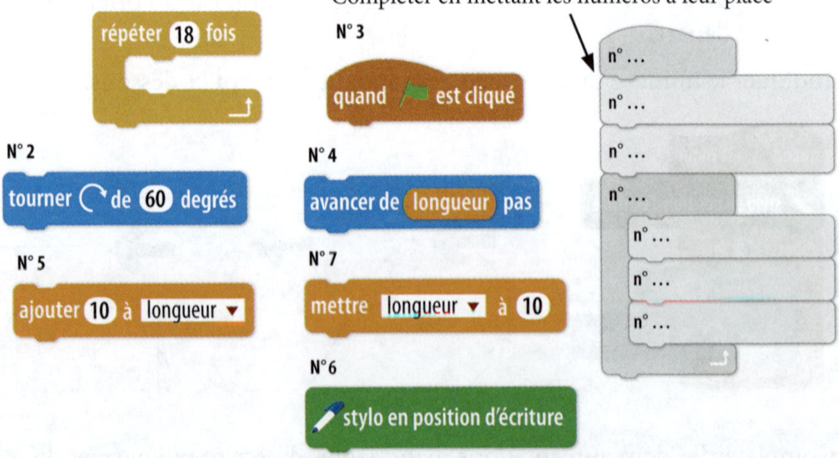

## CORRIGÉ

### EXERCICE 1

**1. Comparaison d'aires**

L'aire du triangle est :

$\mathcal{A}_1 = \frac{\text{base} \times \text{hauteur}}{2} = \frac{6 \times 7}{2} = \frac{42}{2} = 21.$

L'aire du carré est : $\mathcal{A}_2 = \text{côté} \times \text{côté} = 5 \times 5 = 25.$

L'aire du rectangle est : $\mathcal{A}_3 = \text{longueur} \times \text{largeur} = 7 \times 3 = 21.$

La figure de plus grande aire est donc le carré.

> **Méthode**
> Calculez chacune des trois aires puis comparez-les.

**Réponse : b.**

**2. Vitesse et temps de lecture**

Une page de roman se lit en :

$1 \text{ min } 15 \text{ s} = 1 \text{ min} + \frac{15}{60} \text{ min} = 1 \text{ min} + \frac{1}{4} \text{ min}$
$= 1{,}25 \text{ min}.$

Donc 290 pages de roman se lisent en 290 fois plus de temps.

$290 \times 1{,}25 \text{ min} = 362{,}5 \text{ min} = 360 \text{ min} + 2 \text{ min } 30 \text{ s} = \frac{360}{60} \text{ h} + 2 \text{ min } 30 \text{ s}$
$= 6 \text{ h} + 2 \text{ min } 30 \text{ s soit} \approx 6 \text{ h}.$

> **Pensez-y !**
> Utilisez l'écriture décimale de 1 min 15 s.
> 15 s = 0,25 min

**Réponse : b.** 6 heures.

**Autre méthode :**

5 heures = 5 × 60 min = 300 min
6 heures = 6 × 60 min = 360 min
7 heures = 7 × 60 min = 420 min
1 min 15 s = 1,25 min
En 5 heures sont lues 300 ÷ 1,25 = 240 pages.
En 6 heures sont lues 360 ÷ 1,25 = 288 pages.
En 7 heures sont lues 420 ÷ 1,25 = 336 pages.
Donc un roman de 290 pages est lu en un peu plus de 6 heures.

**3. Masse de Neptune**

- $10^{-15}$ kg = $\underbrace{0{,}000\,000 \ldots 000}_{15 \text{ zéros}}1$ kg : c'est de l'ordre de l'infiniment léger !
- $10^{4}$ kg = 10 000 kg : c'est la masse d'un gros camion.
- $10^{26}$ kg = $1\underbrace{\,000 \ldots 000}_{26 \text{ zéros}}$ kg : cette masse correspond à celle que peut avoir une planète.

> **Pensez-y !**
> Il n'y a aucun calcul à faire dans cette question. Il faut se représenter l'ordre de grandeur des puissances de 10.

**Réponse : c.** $10^{26}$ kg.

**4. Développement d'une expression**

$(2x + 3)(2x - 3)$
$= 2x \times 2x - 2x \times 3 + 3 \times 2x - 3 \times 3$
$= 4x^2 - 6x + 6x - 9$
$= 4x^2 - 9$

**Réponse : c.** $4x^2 - 9$

> **Méthode**
> Utilisez la double distributivité : $(a + b)(c + d) = ac + ad + bc + bd$.

> **Pensez-y !**
> $2x \times 2x = 2 \times 2 \times x \times x = 4x^2$

## EXERCICE 2

**1. Probabilité de choisir un carreau vert**

La boîte contient un total de :
$22 + 2 + 162 + 110 = 296$ carreaux.
Hugo choisit un carreau vert avec une probabilité $p_1$ :

$$p_1 = \frac{\text{nombre de carreaux verts}}{\text{nombre total de carreaux}} = \frac{110}{296}$$

$\boldsymbol{p_1 = \frac{55}{148}}$ (valeur exacte).

$\boldsymbol{p_1 \approx 0{,}37}$ (valeur arrondie au centième).

> **Gagnez des points**
> • Comme Hugo choisit un carreau au hasard et que tous les carreaux ont la même chance d'être choisis, on est en situation d'équiprobabilité.
> • Une probabilité se calcule alors avec la formule : $\frac{\text{nombre de carreaux verts}}{\text{nombre total de carreaux}}$.

**2. Probabilité de ne pas choisir un carreau violet**

La probabilité p de choisir un carreau violet est :

$$p = \frac{\text{nombre de carreaux violets}}{\text{nombre total de carreaux}} = \frac{22}{296} = \frac{11}{148}.$$

La probabilité $p_2$ de choisir un carreau qui ne soit pas violet est alors :

$$p_2 = 1 - p = 1 - \frac{11}{148}$$

$\boldsymbol{p_2 = \frac{137}{148}}$ (valeur exacte).

$\boldsymbol{p_2 \approx 0{,}93}$ (valeur arrondie au centième).

> **Rappel**
> Les événements « avoir un carreau violet » et « avoir un carreau non violet » sont deux événements contraires dont la somme des probabilités vaut 1.

**Autre méthode :**

La boîte contient 22 carreaux violets, donc $296 - 22 = 274$ carreaux qui ne sont pas violets.

La probabilité $p_2$ de choisir un carreau qui ne soit pas violet est alors :

$$p_2 = \frac{\text{nombre de carreaux non violets}}{\text{nombre total de carreaux}} = \frac{274}{296} = \frac{137}{148} \text{ (valeur exacte).}$$

$p_2 \approx 0{,}93$ (valeur arrondie au centième).

**3. Probabilité de choisir un carreau noir ou blanc**

La boîte compte 2 carreaux blancs et 162 carreaux noirs, soit 164 carreaux noirs ou blancs.

La probabilité $p_3$ de choisir un carreau noir ou blanc est :

$$p_3 = \frac{\text{nombre de carreaux noirs ou blancs}}{\text{nombre total de carreaux}} = \frac{164}{296}$$

$\boldsymbol{p_3 = \frac{41}{74}}$ (valeur exacte).

$\boldsymbol{p_3 \approx 0{,}55}$ (valeur arrondie au centième).

**4. Nombre de carreaux posés par Hugo en une journée**

La boîte compte un total de 296 carreaux.

75 % des carreaux représentent $\frac{75}{100} \times 296$

$= 0{,}75 \times 296 = 222$ carreaux.

**En une journée, Hugo a collé 222 carreaux.**

> **Gagnez des points**
> Prendre t % d'un nombre, c'est le multiplier par $\frac{t}{100}$.

## EXERCICE 3

**1. Justification du coefficient d'agrandissement**

Le coefficient d'agrandissement $k$ se calcule comme :

$$k = \frac{\text{longueur agrandie d'un côté}}{\text{longueur initiale du même côté}}.$$

On note que la longueur $AC = 80$ cm est agrandie en la longueur :

$EG = 1$ m $= 100$ cm.

D'où $k = \frac{100}{80} = \frac{5}{4} = 1{,}25$.

**Le coefficient d'agrandissement est bien 1,25.**

> **Piège à éviter**
> Pour calculer un coefficient d'agrandissement/réduction, on met les longueurs dans la même unité, ici par exemple en centimètres.

**2. Calcul de *GH* et *EF***

• La longueur $CD$ est agrandie en la longueur $GH$.

$GH = 1{,}25 \times CD = 1{,}25 \times 60 = 75$ cm

• La longueur $AB$ est agrandie en la longueur $EF$.

D'après le codage : $AD = AB = 35$ cm.

$EF = 1{,}25 \times AB = 1{,}25 \times 35 = 43{,}75$ cm

**En conclusion, *GH* mesure 75 cm et *EF* mesure 43,75 cm.**

> **Gagnez des points**
> Dans un agrandissement / réduction de coefficient $k$ : longueur finale $= k \times$ longueur initiale.

**3. Calcul de l'aire de *EFGH***

Dans un agrandissement (ou une réduction) quand les longueurs sont multipliées par $k$, les aires sont multipliées par $k^2$.

Le quadrilatère *EFGH* est un agrandissement du quadrilatère *ABCD* de coefficient 1,25.

$\mathcal{A}_{EFGH} = 1{,}25^2 \times \mathcal{A}_{ABCD}$

$\mathcal{A}_{EFGH} = 1{,}562\,5 \times 1\,950$

$\mathcal{A}_{EFGH} = 3\,046{,}875 \text{ cm}^2$

$\mathcal{A}_{EFGH} \approx 3\,047 \text{ cm}^2$ (résultat arrondi à l'unité)

**L'aire du quadrilatère *EFGH* est d'environ 3 047 cm².**

**Gagnez des points**

Dans un agrandissement / réduction de coefficient $k$ : aire finale $= k^2 \times$ aire initiale.

## EXERCICE 4

**1. Justification du résultat *CH* = 9 m**

On se place dans le triangle *TCH* rectangle en *H*.

$TC = 15$ m

$TH = 20$ pas $= 20 \times 0{,}6$ m $= 12$ m

D'après le théorème de Pythagore :

$TC^2 = TH^2 + CH^2$

$15^2 = 12^2 + CH^2$

$225 = 144 + CH^2$

$CH^2 = 225 - 144 = 81$

$CH = \sqrt{81}$ (car $CH > 0$)

$CH = 9$ m

**La hauteur *CH* du cerf-volant est donc bien égale à 9 m.**

**Gagnez des points**

Dans le triangle *TCH*, on fait le bilan des informations connues : triangle rectangle et deux longueurs.

**Méthode**

Quand on connaît deux longueurs sur trois dans un triangle rectangle, on calcule la troisième avec le théorème de Pythagore.

**2. Calcul de la longueur *TE* de corde nécessaire**

• D'après le codage, les droites (*CH*) et (*EF*) sont toutes deux perpendiculaires à la droite (*TF*). On en déduit que (*CH*) et (*EF*) sont parallèles.

• Dans les triangles *THC* et *TFE*, (*CH*) et (*EF*) étant parallèles, on applique le théorème de Thalès :

**Piège à éviter**

Vous devez justifier que (*CH*) et (*EF*) sont parallèles car ce n'est pas une donnée de l'énoncé. Et vous en avez besoin pour la suite !

$$\frac{TH}{TF} = \frac{TC}{TE} = \frac{CH}{EF}.$$

$$\frac{12}{TF} = \boxed{\frac{15}{TE} = \frac{9}{13{,}5}}.$$

De l'égalité encadrée, on déduit par produit en croix :

$TE \times 9 = 15 \times 13{,}5$

$TE = \dfrac{202{,}5}{9}$

$TE = 22{,}5$

**22,5 mètres de corde seront nécessaires pour que le cerf-volant de Thomas atteigne 13,5 mètres de haut.**

> **Gagnez des points**
> On remplace toutes les longueurs connues dans les quotients.

## EXERCICE 5

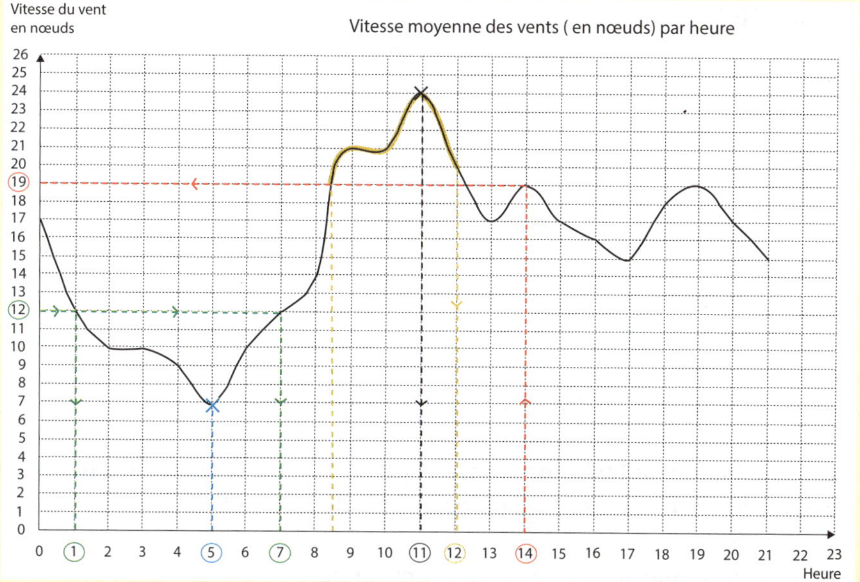


**1. a. Vitesse du vent prévue à 14 heures**

À 14 heures, on prévoit que le vent atteindra la vitesse de **19 nœuds** (voir pointillés rouges sur le graphique).

**b. Vitesse du vent prévue à 12 nœuds**

Le vent atteindra la vitesse de 12 nœuds à deux moments dans la journée : à **1 heure et à 7 heures** (voir pointillés verts sur le graphique).

**c. Moment de la journée où le vent est le plus violent**
Il est prévu que le vent atteigne sa vitesse maximale à **11 heures** (voir pointillés noirs sur le graphique).

> **Rappel**
> Cherchez le point le plus haut et le point de plus bas de la courbe. Puis lisez l'heure (l'abscisse) correspondante.

**d. Moment de la journée où il y a le moins de vent**
La vitesse du vent sera la plus faible à **5 heures** (voir pointillés bleus sur le graphique).

**2. Horaires de pratique du cerf-volant**
La pratique du cerf-volant devient dangereuse quand la vitesse du vent dépasse 20 nœuds, soit **entre 8 h 30 et 12 heures** (voir pointillés jaunes sur le graphique).

> **L'astuce du prof**
> Avec une règle placée horizontalement, regardez pour quelles heures la vitesse du vent est au-dessus de 20 nœuds.

## EXERCICE 6

**1. Étude des tarifs pour la peinture de 40 m²**

- Peintre A

Le tarif est de 1 500 F par m².
Pour 40 m², il en coûtera : $40 \times 1\,500 = 60\,000$ F.

- Peintre B

Le tarif est de 1 000 F par m² et 10 000 F d'installation de chantier.
Pour 40 m², il en coûtera :
$40 \times 1\,000 + 10\,000 = 50\,000$ F.

> **L'astuce du prof**
> Le résultat est annoncé dans la question. Vous devez donc trouver les résultats indiqués !

- Peintre C

Le tarif est fixé à 70 000 F, pour toute surface inférieure à 100 m², ce qui est le cas ici. Il en coûtera alors 70 000 F.
**En conclusion, le tarif du peintre A est de 60 000 F, le tarif du peintre B est de 50 000 F et le tarif du peintre C est de 70 000 F.**

**2. Prix proposé par le peintre B en fonction de *x***
Le tarif $B(x)$ proposé par le peintre B pour $x$ m² peint s'écrit :
$B(x)$ = prix d'un m² peint × surface peinte + frais d'installation de chantier
$B(x) = 1\,000 \times x + 10\,000$
$B(x) = 1\,000\,x + 10\,000$

> **Gagnez des points**
> $B(x)$ est une fonction affine car de la forme $mx + p$ avec $m = 1\,000$ et $p = 10\,000$.

**3. a. Nature de la fonction $A$**

L'expression de $A(x)$ est de la forme $a \times x$ avec $a = 1\ 500$ : c'est l'écriture d'une fonction linéaire.

**b. Image de 60 par la fonction $A$**

$A(60) = 1\ 500 \times 60 = 90\ 000$

**Le nombre 60 a pour image 90 000 par la fonction $A$.**

**Gagnez des points**

Remplacez $x$ par le nombre 60 dans l'expression de a.

**c. Antécédent de 30 000 par la fonction $A$**

Il s'agit de déterminer la valeur de $x$ pour laquelle :

$A(x) = 30\ 000$

$1\ 500\,x = 30\ 000$

$x = \dfrac{30\ 000}{1\ 500}$

$x = 20$

**Par la fonction $A$, l'antécédent de 30 000 est 20.**

**L'astuce du prof**

Déterminer un antécédent, c'est résoudre une équation.

**d. Représentation graphique de la fonction A**

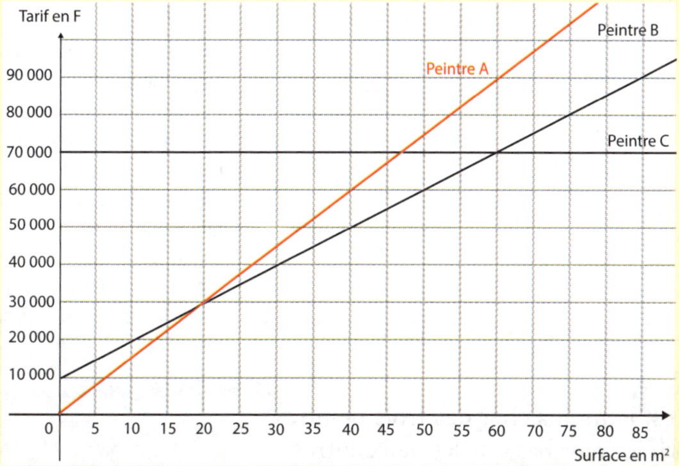


La fonction $A$ est une fonction linéaire (justifié en **3.a.**). Sa représentation graphique est donc une droite D passant par l'origine du repère. De plus $A(60) = 90\ 000$ (justifié en **3.b.**) : D passe donc par le point de coordonnées (60 ; 90 000).

Sujet type brevet

**4. a. Résolution d'une équation**

$1\,500\,x = 1\,000\,x + 10\,000$

$1\,500\,x - 1\,000\,x = 10\,000$

$500\,x = 10\,000$

$x = \dfrac{10\,000}{500}$

$x = 20$

**L'équation $1\,500\,x = 1\,000\,x + 10\,000$ a pour solution $x = 20$.**

> **Méthode**
>
> Pour résoudre cette équation :
> • Rassemblez les « x » d'un côté puis les « non x » de l'autre.
> • L'équation $ax = b$ a pour solution $x = \dfrac{b}{a}$.

**b. Interprétation de l'équation résolue**

L'équation $1\,500\,x = 1\,000\,x + 10\,000$ correspond à l'égalité $A(x) = B(x)$, et a pour solution $x = 20$.

Autrement dit **les tarifs des peintres A et B sont identiques pour 20 m² peints.**

> **Gagnez des points**
>
> Interpréter un résultat, c'est écrire la réponse dans le contexte, « l'histoire » de l'exercice.

**5. Lecture graphique**

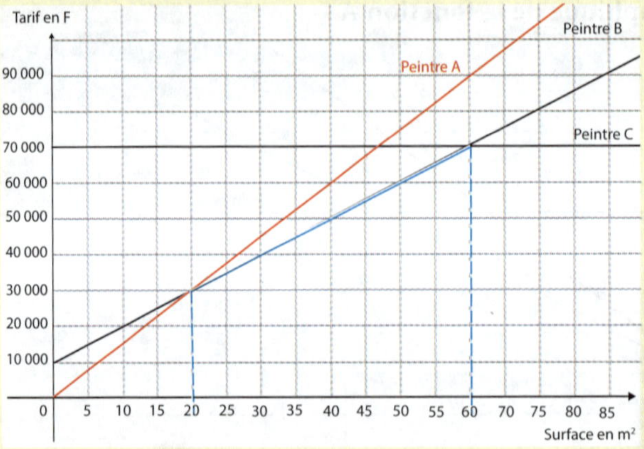


> **Remarque**
>
> On peut d'ailleurs lire sur le graphique que :
> – entre 0 et 20 m² peints, le tarif le plus bas est celui du peintre A ;
> – entre 20 et 60 m² peints, le tarif le plus bas est celui du peintre B ;
> – pour plus de 60 m² peints, le tarif le plus bas est celui du peintre C.

Le peintre B est le moins cher des trois peintres quand son tarif est plus bas que les deux autres.

On cherche alors sur le graphique quand $B(x)$ est plus petit que $A(x)$ et $C(x)$ : c'est pour $x$ compris entre 20 et 60 (voir pointillés bleus et portion de droite colorée en bleu sur le graphique).

**En conclusion, le peintre B est le moins cher des trois peintres quand la surface à peindre se situe entre 20 et 60 m².**

## EXERCICE 7

**1. Justification du rayon de la tête de Guillaume**

Le tour de tête de Guillaume mesure 56 cm. Il correspond au périmètre $P$ d'un cercle.

$P$ vérifie la relation $P = 2\pi R$ où $R$ est le rayon correspondant.

De l'égalité $2\pi R = 56$, on déduit :

$$R = \frac{56}{2\pi} = \frac{28}{\pi}$$

Soit $R \approx 8{,}91$.

On retrouve le résultat annoncé : **le rayon d'un cercle de périmètre 56 cm est environ égal à 9 cm.**

> **Gagnez des points**
> La formule à utiliser est proposée dans l'énoncé.

**2. Estimation du nombre de cheveux de Guillaume**

• D'abord, il s'agit de calculer la surface de la tête.

La surface $S$ de la tête est l'aire d'une sphère de rayon $R = 9$ cm.

$S = 4\pi R^2 = 4\pi \times 9^2 = 324 \times \pi$

$S \approx 1\,018$ cm$^2$

• La surface où poussent les cheveux correspond à la moitié de la surface de la tête :

$$\frac{S}{2} = \frac{324\pi}{2} = 162\pi \text{ (valeur exacte)}$$

$$\frac{S}{2} \approx 509 \text{ cm}^2 \text{ (valeur approchée)}$$

> **Piège à éviter**
> Le cuir chevelu correspond à la moitié de la surface de la sphère.

• 1 cm$^2$ de crâne compte 250 cheveux.

Donc $162\pi$ cm$^2$ de crâne comptent $162\pi \times 250 \approx 127\,235$ cheveux.

**En conclusion, Guillaume a environ 127 235 cheveux.**

## EXERCICE 8

**1. Dessin associé au script**

Le stylo répète 6 fois l'instruction : « un trait de longueur 50 pas, puis une rotation de 60° ».

La figure obtenue est donc un polygone à 6 côtés : c'est le dessin n° 1.

**2. Script complété pour le tracé d'un triangle**

La figure réalisée est un triangle équilatéral.

Ce pourquoi il faut reproduire trois côtés de même longueur, en tournant à chaque fois le stylo de 120°.

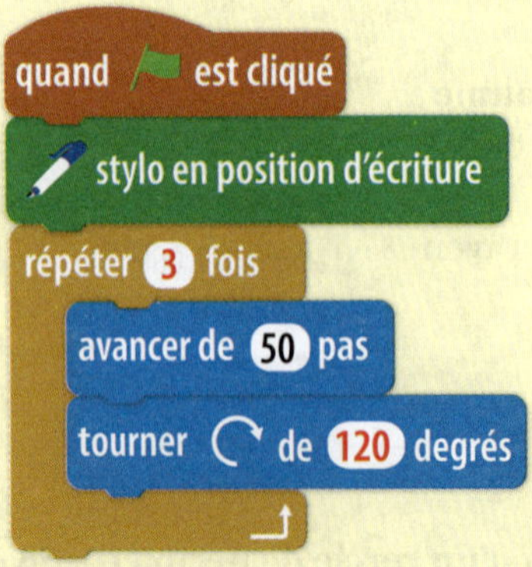


**L'astuce du prof**

Aidez-vous du script proposé dans la question **1** pour compléter celui-ci.

**Piège à éviter**

Faites attention au sens dans lequel tourne le stylo pour trouver l'angle en degrés.

**3. Script correspondant au tracé de la figure**

Étudions la figure représentée.
Il s'agit d'abord de tracer un segment de longueur donnée.
Puis à chaque rotation, la longueur du segment sera augmentée.
Il y a au total 18 segments.
On en déduit la série d'instructions :
n° 3 – n° 6 – n° 7 – n° 1 – n° 4 – n° 2 – n° 5.

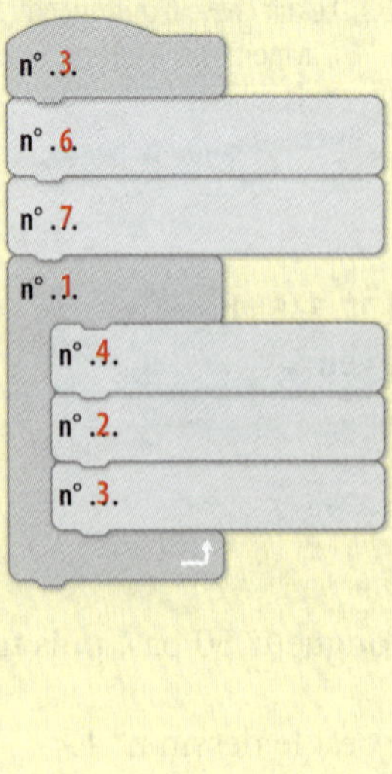


**Gagnez des points**

Aidez-vous là encore de la question **1** pour la structure de l'algorithme.

**Remarque**

Il est possible d'inverser les étiquettes n° 6 et n° 7.

NOTES

MIXTE
Papier issu de sources responsables
FSC® C022030

N° de projet : 10266968
Dépôt légal : janvier 2021
Imprimé en France, en janvier 2021
par Clerc Saint-Amand-Montrond (18).

Nathan est un éditeur qui s'engage pour la préservation
de son environnement et qui utilise du papier composé
de fibres naturelles, renouvelables, fabriquées à partir de bois
provenant de forêts gérées de manière responsable et contrôlée.